모로 박사의 딸

THE DAUGHTER OF DOCTOR MOREAU

by Silvia Moreno-Garcia

Korean translation edition is published by arrangement with Del Rey, an imprint of Random House, a division of Penguin Random House LLC through Imprima Korea Agency.

THE DAUGHTER OF
DOCTOR MOREAU

모로 박사의 딸

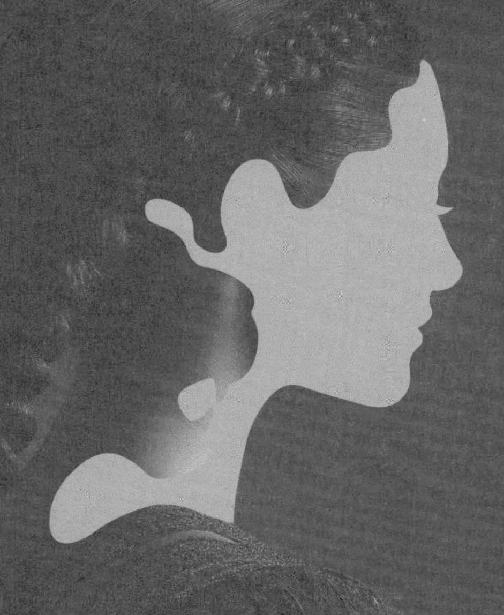

실비아 모레노-가르시아 김은서 옮김

기쁨과 영감을 주는

남편에게

마야 어휘 체계에서…… "페텐(peten)"이라는 단어는
섬과 반도 양쪽을 지칭하는 데 불규칙적으로 사용된다.
그러므로 정복 시대[1] 즈음 지도 제작자들이 유카탄반도를
멕시칸 본토와 떨어진 섬으로 표현한 데에는
변명할 여지가 충분히 있다.

—《주석과 질의응답이 수록된 미국 역사 잡지
(The Magazine of American History with Notes and Queries)》(1879)

1 1519~1521년에 에르난 코르테스가 이끄는 스페인 소부대가 멕시코를 정복한 시기를 일컫는다.

차례

3부 1877년

1부

1871년

1장

카를로타

두 신사는 보트를 타고 맹그로브[2] 숲을 헤쳐 그날 도착할 예정이었다. 정글은 소음으로 가득했고 새들은 침입자의 접근을 예견이라도 한 듯 커다랗게 불만을 토로했다. 본채 뒤 헛간에 있던 동물인간들도 뒤숭숭했다. 옥수수를 먹는 나이 든 당나귀조차 조바심이나 보였다.

카를로타는 전날 밤에 한참 동안 방 천장을 골똘히 바라보며 시간을 보냈고, 불안하면 늘 그렇듯 아침이 되자 배가 아팠다. 라모나는 카를로타에게 쓴귤차를 내려 줘야 했다. 카를로타는 신경이 날카로워지는 게 달갑지 않았지만, 손님이 모로 박사를 찾아오는 경우는 드물었다. 아버지인 모로 박사는 사람들과 떨어져서 사는 게 카를로타에게 좋다고 했다. 어렸을 때 아팠기 때문에 카를로타는 휴식을 취하고 평정을 유지하는 게 중요했다. 게다가 동물인간들 때문에 제대로 된 친구를 사귈 수도 없었다. 야샤툰에 방문하는 사

2 아열대나 열대의 해변이나 하구의 습지에서 자라는 관목이나 교목을 통틀어 이르는 말.

람은 모로 박사의 변호사이자 대리인인 프란시스코 리터나 에르난도 리잘데뿐이었다.

리잘데 씨는 늘 혼자 왔다. 아버지는 한 번도 카를로타를 리잘데 씨에게 소개한 적이 없었다. 카를로타는 집 바깥에서 아버지와 함께 산책하고 있는 리잘데 씨를 멀찍이서 두 번 봤을 뿐이었다. 리잘데 씨는 오래 머물지 않았다. 손님용 방에서 하루 묵은 적도 없었다. 자주 방문하지 않기도 했고 말이다. 리잘데 씨라는 사람이 있다는 건 몇 달에 한 번 오는 편지로 겨우 알 수 있었다.

이름은 알지만 실제로 부르는 걸 들어 본 적 없는 동떨어진 존재인 리잘데 씨가 이제 오고 있었고, 그것도 그냥 오는 게 아니라 새로운 마요르도모(집사)를 데려오고 있었다. 멜키아데스가 떠난 뒤 일 년 가까이 야샤튼을 관리하는 일은 전적으로 박사의 수중에 있었으나, 박사는 대체로 실험실 일로 바쁘거나 골똘히 사색에 잠겨 있었기에 개선이 필요한 상황이었다. 하지만 박사는 관리인을 찾을 의향이 없어 보였다.

"박사님은 너무 까다로우세요."

라모나가 헝클어지고 엉킨 카를로타의 머리카락을 빗으며 말했다.

"리잘데 씨는 박사님한테 편지를 보내서 여기 이런 사람도 있고, 저런 사람도 있다고 알려 주시지만 박사님은 이 사람도 안 되고 저 사람도 안 된다고, 늘 안 된다고만 하세요. 야샤튼이 사람들이 많이 들 오고 싶어 하는 곳인 것처럼요."

"왜 사람들이 야샤툰에 오려고 하지 않아?"

"수도에서 멀리 떨어져 있어서요. 다들 뭐라고 하는지 아시잖아요. 모두들 야샥툰은 반란군 영토와 너무 가깝다고 투덜거려요. 사람들은 여기가 세상의 끝이라고 생각해요."

"그렇게 멀지 않은데."

카를로타는 거리를 납작하게 만들어서 검고 하얀 선으로 그려 놓은 책 속 지도로만 유카탄반도를 파악하고 있었기에 이렇게 대꾸했다.

"엄청 멀어요. 맨질맨질한 자갈돌 길이랑 매일 아침 신문을 받는 데 익숙해진 웬만한 사람들은 망설이게 되죠."

"그러면 라모나는 어쩌다 여기서 일하게 됐어?"

"가족들이 남편을 골라 줬는데 형편없는 인간이었어요. 게을러서 낮에는 아무것도 안 하다가 밤에는 저를 때렸어요. 처음에는 참았지만 오래가지는 못했죠. 그러던 어느 날 아침 남편이 저를 심하게 때렸어요. 정말 심하게. 어쩌면 다른 때랑 똑같이 때렸을 수도 있지만 더는 참을 수 없었어요. 그래서 짐을 챙겨 도망갔지요. 야샥툰이라면 아무도 저를 찾을 수 없을 터라서 여기에 오게 됐어요."

라모나가 개의치 않는 듯 어깨를 으쓱했다.

"하지만 제 상황이 다른 사람들하고 같진 않잖아요. 다른 사람들은 사람을 만나고 싶어 하거든요."

라모나는 나이가 그렇게 많지는 않았다. 눈 주위에 부채꼴 모양으로 펼쳐진 주름은 깊지 않았고 흰머리도 조금밖에 없었다. 그러나 말투가 신중하고 다양한 일에 관해 말했으므로 카를로타는 라모나가 아주 현명하다고 생각했다.

"라모나가 보기에는 새 마요르도모가 야샤툰을 마음에 안 들어할 것 같아? 새 마요르도모도 사람들을 만나고 싶어 할까?"

"제가 어떻게 알겠어요? 그렇지만 그 사람을 데려오는 건 리잘데 씨예요. 리잘데 씨 결정이고 이건 잘한 일이죠. 박사님은 온종일 일하시지만 처리해야 하는 일은 아무것도 안 하시잖아요."

라모나가 빗을 내려놓았다.

"가만히 좀 있어요. 드레스가 구겨지겠어요."

문제의 드레스는 카를로타가 집에서 보통 입는 단정한 모슬린 점퍼스커트와는 달리 치렁치렁한 주름 장식과 뒷면의 커다란 리본이 달려 있었다. 품평회에 전시된 말처럼 몸치장을 한 카를로타를 보고 문간에서 루페와 카치토가 낄낄거렸다.

"근사해요."

라모나가 말했다.

"간지러워."

카를로타가 투덜거렸다. 카를로타는 자신이 커다란 케이크처럼 보일 것만 같다고 생각했다.

"잡아당기면 안 돼요. 그리고 너희 둘은 가서 세수하고 손 씻어."

라모나가 매섭게 노려보면서 한 마디 한 마디를 힘주어 말했다.

라모나가 그날 아침 해야 하는 일을 넋두리하며 방을 나서자 루페와 카치토는 라모나가 지나갈 수 있게 옆으로 비켜섰다. 카를로타는 샐쭉해졌다. 아버지는 그 드레스가 최근에 유행이라고 했지만 카를로타는 가벼운 치마에 익숙해져 있었다. 그 드레스는 메리다나 멕시코시티, 그도 아닌 다른 어딘가에서는 예뻐 보일지 모르겠으나 야샤툰에서는 장식이 쓸데없이 많았다.

루페와 카치토가 다시 낄낄거리면서 방으로 들어와 드레스의 단추들을 가까이서 들여다봤고, 카를로타가 팔꿈치로 둘을 밀칠 때까지 태피터[3]와 실크를 만지더니 또다시 낄낄댔다.

"그만해. 너희 둘 다."

"화내지 마, 로티. 그냥 네가 네 인형처럼 웃기게 보여서 그래."

카치토가 이어서 말했다.

"어쩌면 새 마요르도모가 사탕을 가져오고 그게 네 맘에 들지도 몰라."

"마요르도모가 사탕을 줄 것 같지는 않은데."

카를로타가 대꾸했다.

"멜키아데스는 우리한테 사탕을 줬잖아."

루페가 이렇게 말하면서 이제 세 사람에게는 너무 작아져 버린 낡은 흔들목마에 앉아 앞뒤로 움직였다.

카치토가 투덜거렸다.

"너한테만 사탕을 줬지. 나한텐 아무것도 안 줬어."

"그야 네가 깨물어서 그렇지. 나는 남의 손을 깨문 적이 없거든."

루페는 정말로 남의 손을 깨문 적이 없었다. 모로 박사가 처음 루페를 집에 데려왔을 때 멜키아데스는 박사가 카를로타를 루페와 단둘이 내버려 두는 건 말도 안 된다고 호들갑을 떨었다. 루페가 카를로타를 할퀴면 어쩌시려고요? 하지만 박사는 걱정 말라고, 루페는 괜찮다고 했다. 더욱이 같이 놀 친구가 너무나 간절했던 카를로

3 광택이 있는 얇은 평직 견직물. 여성복이나 양복 안감, 넥타이, 리본 따위를 만드는 데에 쓴다.

타는 루페가 깨물거나 할퀴었어도 입도 뻥끗하지 않았을 것이다.

하지만 멜키아데스는 단 한 번도 카치토를 마음에 들어 한 적이 없었다. 카치토가 루페보다 더 다루기 어려웠기 때문일 수도 있다. 어쩌면 멜키아데스 자신이 남자라 여자아이와 있을 때 안심할 수 있어서 그랬을지도 모른다. 아니면 카치토가 멜키아데스의 손가락을 문 적이 있어서일 수도 있다. 상처는 깊지 않았고 찰과상에 불과했지만 멜키아데스는 카치토를 질색하게 되었고 다시는 집 안에 들이지 않았다.

사실 멜키아데스가 좋아한 아이는 아무도 없었다. 라모나는 카를로타가 다섯 살 정도 됐을 무렵부터 모로 박사 밑에서 일했고 멜키아데스는 그 이전부터 야샤툰에 있었다. 하지만 카를로타는 멜키아데스가 아이들을 보고 미소 짓거나 아이들을 골칫덩어리 이상으로 대하는 걸 본 기억이 없었다. 멜키아데스가 집에 사탕을 가져온 이유는 라모나가 아이들에게 간식을 구해 오라고 부탁해서였지 자기 의지로 사 올 생각을 해서는 아니었다. 아이들이 시끄럽게 굴면 멜키아데스는 툴툴거리면서 아이들에게 사탕을 먹고 저리 가라고, 조용히 하고 자기를 내버려 두라고 했다. 멜키아데스는 아이들을 좋아하지 않았다.

라모나는 아이들을 사랑했고 멜키아데스는 아이들을 견뎠다.

멜키아데스가 떠난 지금, 카치토는 살금살금 집 안팎을 오가기도 하고 벨벳 소파가 놓인 거실과 부엌을 내달리기도 하고 심지어 박사가 보지 않을 때는 피아노 건반을 눌러서 불협화음을 만들기도 했다. 아이들은 멜키아데스를 그리워하지 않았다. 멜키아데스는 까탈스러웠고 멕시코시티에서 의사였다는 사실로 좀 우쭐거렸으며, 의사가 된 게 엄청난 성취라고 생각했다.

"우리한테 왜 마요르도모가 새로 필요한지 모르겠어."

루페가 말했다.

"아버지 혼자서 모든 일을 관리할 수 없는데 리잘데 씨는 모든 일이 완벽하길 원하잖아."

카를로타가 들었던 말을 그대로 되풀이했다.

"박사님이 어떻게 관리하든 말든 무슨 상관이지? 리잘데 씨는 여기 살지도 않잖아."

카를로타는 거울을 유심히 들여다보면서 진주 목걸이를 만지작거렸다. 목걸이는 드레스와 마찬가지로 단정하고 격식을 갖추게끔 그날 아침 카를로타가 새롭게 받은 물건이었다.

카치토 말이 맞았다. 카를로타는 선반 위에 놓인 분홍색 입술과 동그란 눈을 한 어여쁜 도자기 인형과 정말 비슷해 보였다. 그러나 카를로타는 인형이 아니라 소녀였고 그것도 숙녀에 가까운 소녀였으므로 페인트칠을 한 도자기 인형과 닮았다는 건 터무니없는 소리였다.

그렇지만 늘 도리를 다하는 카를로타는 거울에서 눈을 떼고 진지한 표정으로 루페를 쳐다봤다.

"리잘데 씨는 우리 후원자셔."

"참 참견하길 좋아하나 봐. 리잘데 씨는 그 사람으로 하여금 우리를 몰래 감시하게 해서 우리가 하는 일을 모조리 알고 싶은 것 같아. 그리고 대체 영국 사람이 야샤툰에서 무슨 일을 관리해야 하는지 알겠어? 영국에는 정글도 없잖아. 서재에 있는 책을 보면 영국에는 온통 눈과 추위와 마차를 타고 다니는 사람들밖에 없다고."

틀린 말은 아니었다. 카를로타가 책을 유심히 들여다보면(가끔씩 카치토와 루페도 흥미를 나타내며 카를로타의 어깨 너머를 들여다보았다.) 눈앞에 거짓말같이 마법의 땅이 펼쳐졌다. 영국, 스페인, 이탈리아, 런던, 베를린, 마르세유. 유카탄에 있는 마을과 비교하면 부자연스러운 이 지명들은 마치 꾸며 낸 이름처럼 느껴졌다. 특히 파리라는 이름을 듣고 놀랐다. 카를로타는 아버지처럼 천천히 그 이름을 내뱉어 보았다. **파리이**, 아버지는 이렇게 발음했다. 그러나 단순히 아버지가 그 단어를 말하는 방식보다 그 너머의 앎이 중요했다. 모로는 파리에 살면서 파리의 거리를 걸었고, 그래서 그가 파리에 관해 말하면 실제 장소가, 살아 있는 대도시가 연상되었다. 반면 카를로타는 야샥툰밖에 알지 못했으므로, 비록 동사를 똑바로 활용하더라도("Je vais à Paris(파리에 갈 거예요)") 파리는 그녀에게 결코 와닿는 장소가 아니었다.

파리는 모로 박사의 도시였지 카를로타의 도시는 아니었다.

카를로타는 어머니의 도시도 알지 못했다. 아버지 방에는 타원형 그림이 걸려 있었다. 어깨를 드러낸 야회복을 입고 목에는 반짝이는 보석을 맨 아름다운 금발 여인의 모습이 담긴 그림이었다. 하지만 그림 속 여인은 카를로타의 어머니가 아니었다. 그 여인은 박사의 첫 번째 부인이었다. 박사는 첫 부인과 젖먹이 딸아이를 열병으로 잃었다. 그 후 슬픔에 빠진 박사는 연인을 구했다. 카를로타는 박사의 혼외자였다.

여러 해에 걸쳐 야샤툰에 있었던 라모나조차 어머니의 이름이나 생김새를 알려 주지는 못했다.

라모나가 카를로타에게 말했다.

"피부가 까무잡잡하고 어여쁜 여인이 있었어요. 한번은 그 여자분이 집에 찾아오셨어요. 먼저 기다리고 계시던 박사님이 그분을 맞았고, 두 분은 작은 응접실에서 대화를 나누셨죠. 하지만 그분은 그때 말고는 다시 오지 않으셨어요."

모로 박사는 더 자세히 설명하길 꺼렸다. 간결하게 두 사람은 결혼한 적이 없고 카를로타의 어머니가 떠나 버려서 자기가 카를로타를 맡았다고 했을 뿐이었다. 카를로타는 이 말을 어머니가 다른 남자와 결혼해 새 가정을 꾸렸다는 뜻으로 짐작했다. 카를로타에게 형제자매가 있을 수도 있지만 그들을 만날 수는 없었다.

"네게 생명을 준 아버지 말을 경청하고, 나이 든 어머니를 얕보지 마라.[4]"

카를로타의 아버지가 찬찬히 성서를 읽었다. 그렇지만 모로는 카를로타에게 아버지인 동시에 어머니였다.

카를로타는 아버지의 가족인 모로 가에 대해서도, 어느 누구도 알지 못했다. 아버지에게 하나 있다는 남동생은 바다 건너 멀리 프랑스에 살았다. 카를로타에게는 아버지뿐이었지만 그녀는 그걸로 충분했다. 그녀는 아버지 말고는 누구도 필요하지 않았다. 파리도, 어디가 되었든 어머니의 도시도 원치 않았다.

야샤툰만이 실재하는 장소였다.

---

4 잠언 23장 22절.

"리잘데 씨가 사탕을 가져오면 참견 좀 한다고 해도 알 게 뭐람."
카치토가 지껄였다.
"박사님이 리잘데 씨에게 실험실을 보여 줄 거야. 늘 실험실에 틀어박혀 계시니까 리잘데 씨랑 새 마요르도모에게 보여 줄 게 분명 있을 거야."
루페가 추측했다.
"환자 말이야?"
"아니면 장비 같은 거. 장담하는데 사탕보다 더 재밌는 걸 거야. 카를로타가 실험실에 갈 테니 그게 뭔지 우리한테도 알려 주겠지."
"정말?"
낡은 목제 기차 장난감을 바닥에서 밀던 카치토가 이제 카를로타를 향해 고개를 돌렸다. 루페는 흔들목마를 멈췄다. 두 사람 모두 카를로타가 대답하기를 기다렸다.
"난 잘 모르겠어."
리잘데 씨는 야샤툰을 소유했고 모로 박사의 연구비를 댔다. 카를로타는 리잘데 씨가 아버지의 실험실을 보려고 했으면 진작에 봤을 거라고 생각했다. 그렇지만 새 마요르도모에게 실험실을 보여 줄지도 모르는 일이었다.
"나는 알겠는걸. 박사님이 라모나한테 실험실에 관해 말하는 걸 들었거든. 너한테 왜 그 드레스를 입혔다고 생각해?"
루페가 물었다.
"아버지가 나한테 손님을 맞이하고 그분들과 같이 걸으라고 하셨어. 확실한 건 없지만 말이야."

"분명히 실험실을 보게 될 거야. 보게 되면 우리한테도 알려 줘야 해."

그때 복도를 걷고 있던 라모나가 멈춰서 방을 들여다보았다.

"너희 아직도 여기서 뭐 하는 거야? 가서 세수해!

즐겁게 웃고 떠드는 시간이 끝났음을 눈치챈 카치토와 루페는 잽싸게 사라졌다. 라모나는 카를로타를 보고는 손가락을 가리키며 경고했다.

"이제 그 자리에서 꼼짝하지 말아요."

"응."

카를로타는 침대에 앉아 인형과 인형의 곱슬곱슬한 머리카락, 긴 속눈썹을 바라보며 인형이 웃는 것처럼 웃어 보려고 했다. 큐피드의 활처럼 생긴 인형의 조그마한 입술은 흠잡을 데 없어 보였다.

카를로타는 머리에 있는 리본을 잡아 손가락으로 말았다. 카를로타가 아는 세계라곤 야샤툰이 전부였다. 야샤툰 너머의 세상은 본 적이 없었다. 카를로타가 아는 사람은 전부 야샤툰에 있는 사람이었다. 어쩌다 리잘데 씨가 집에 있는 모습을 보면 런던이나 마드리드, 파리를 그린 동판화를 보는 것만큼이나 비현실적이었다.

리잘데 씨는 존재하는 동시에 존재하지 않았다. 카를로타가 얼핏 본 두 번 모두, 멀리 떨어진 형체에 불과했던 리잘데 씨는 본채 밖을 걸으며 아버지와 대화를 나눴다. 하지만 이번에 리잘데 씨가 방문하는 동안 카를로타는 리잘데 씨를 코앞에서 볼 테고 리잘데 씨뿐 아니라 마요르도모가 될 사람도 가까운 거리에서 볼 터였다. 곧 카를로타의 세계에 완전히 새로운 요소가 끼어들 참이었다. 아버지가 이방인에 관해 말씀하시던 때와 같았다.

카를로타는 마음을 진정시키려고 책장에서 책을 꺼내 독서 의자에 앉았다. 딸이 과학적 기질을 함양하길 바란 모로 박사가 샤를 페로의 동화뿐 아니라 식물과 동물, 생물학의 경이로움을 다룬 수많은 책을 선물한 덕에 카를로타는 교육적 글을 많이 접했다. 모로 박사는 『신데렐라』나 『푸른 수염』밖에 모르는 아이를 용납하지 못했다.

언제나 사근사근한 카를로타는 아버지가 자기 앞에 두는 책이라면 모조리 읽었다. 『어린이를 위한 과학 동화』는 즐겨 읽었지만 『물의 아이들』은 무서워했다. 『물의 아이들』에는 몸이 작아진 불쌍한 톰이 연어 떼와 마주치는 장면이 있었다. 책에서 아무리 연어 떼를 "모두들 진정한 신사"라고 안심시켜도, 톰이 그전에 마주친 사악하고 늙은 수달보다 연어 떼가 더 점잖다고 해도, 카를로타는 연어 떼가 아주 미세한 자극만 받아도 톰을 잡아먹지 않을까 의심했다. 책은 온통 이렇게 조마조마하게 마주치는 장면으로 가득했다. 잡아먹거나 잡아먹히거나. 이 동화는 굶주림의 무한한 사슬로 이루어져 있었다.

카를로타는 루페에게 읽는 법을 가르쳐 줬다. 그러나 카치토의 경우에는 글자를 더듬거리며 읽다 머릿속이 뒤죽박죽이 되어 버렸기 때문에 소리 내어 책을 읽어 줘야 했다. 그렇지만 카치토에게 『물의 아이들』을 읽어 준 적은 없었다.

아버지가 리잘데 씨와 신사 한 분이 함께 올 거라고 했을 때, 카를로타는 『물의 아이들』에 나오는 소름 끼치는 연어 떼를 떠올리지 않을 도리가 없었다. 그러나 카를로타는 환영을 외면하기보다는 삽화를, 책 속에 사는 수달과 연어 떼와 무시무시한 괴물을 똑바로 바라봤다. 아이들 모두 아동용 동화를 읽기에는 훌쩍 커 버렸지만 카를로타는 여전히 그 책에 마음을 빼앗겼다.

잠시 후 라모나가 돌아왔고 카를로타는 책을 치웠다. 카를로타는 라모나를 따라 응접실로 갔다. 모로 박사는 유행에 밝지 않아서 집에 있는 세간살이에도 신경 쓰지 않았다. 세간살이는 대부분 예전 목장 주인이 구입한 오래되고 무거운 가구로 이루어져 있었고 거기에 수년에 걸쳐 박사가 들여온 질 좋은 공예품이 약간 추가되었다. 그중에서도 눈에 띄는 물건은 프랑스제 시계였다. 시계는 매시간 종소리가 났고 카를로타는 언제나 종소리를 반겼다. 이렇게 정밀한 기계를 제작할 수 있다는 사실이 놀라웠다. 카를로타는 페인트칠을 한, 정교한 시계틀 안에서 기어가 돌아가는 모습을 상상했다.

카를로타는 응접실로 발걸음을 내디디며 시계가 내는 소리처럼 자신의 심장 박동 소리가 들리는 건 아닌지 궁금했다.

모로 박사가 카를로타를 향해 돌아서며 미소 지었다.

"여기는 저희 가정부와 딸입니다. 카를로타, 이리 오렴."

카를로타가 서둘러 곁으로 가자 모로는 카를로타의 어깨에 손을 올렸다.

"여러분, 제 딸 카를로타를 소개합니다. 여기는 리잘데 씨고, 여기 이분은 로턴 씨란다."

"안녕하세요?"

지금은 방구석 새장에 잠들어 있지만 훈련이 잘된 앵무새처럼,

카를로타가 기계적으로 말했다.

"여기까지 오시는 동안 즐거우셨길 바라요."

리잘데 씨의 수염은 조금 하얗게 셌지만 눈가에 주름이 깊게 패어 있는 모로 박사보다는 훨씬 젊어 보였다. 리잘데 씨는 금으로 된 비단 조끼와 질 좋은 재킷을 잘 차려입었고 카를로타를 향해 웃으며 손수건으로 이마를 꾹꾹 두드렸다.

반면 로턴 씨는 조금도 웃지 않았다. 로턴 씨는 조끼는 입지 않았고 장식이 없고 갈색과 크림색으로 된 모직 트위드 재킷을 입고 있었다. 카를로타는 그가 무척 젊은 데다 언짢아 보여서 놀랐다. 관자놀이부터 머리가 벗어진 멜키아데스 같은 사람을 구했을 거라고 짐작했기 때문이다. 머리털이 약간 텁수룩하고 헝클어졌어도 로턴 씨는 머리가 벗어지지 않았다. 눈빛은 또 얼마나 형형한지. 회색빛을 띤 촉촉한 눈이었다.

"그래. 괜찮았단다. 고맙구나."

리잘데 씨가 이렇게 대답하고는 모로 박사를 쳐다봤다.

"꽤나 어린 공주님이군. 우리 막내 또래겠는데."

"자녀가 많으세요?"

"아들 한 명하고 딸 다섯 명. 남자아이는 열다섯 살이고."

"저는 열네 살이에요."

"여자아이치고는 키가 크네. 우리 아들만큼 큰 것 같아."

"그리고 똑똑하지요. 제 딸은 품위 있는 언어는 모두 익혔습니다. 카를로타, 내가 여기 로턴 씨에게 번역을 좀 해 드리려고 하는데 로턴 씨에게 'natura non facit saltus'가 무슨 뜻인지 알려 드리겠니?"

카를로타는 정말로 "품위 있는" 언어를 배웠고 겉핥기식이나마 마야말도 할 줄 알았다. 카를로타는 아버지가 아니라 라모나에게 마야말을 배웠고 동물인간들도 마찬가지였다. 라모나는 공식적으로는 가정부였지만 비공식적으로는 이야기꾼이었고 집 주변에 자라는 모든 식물에 통달했으며 가정부 이상의 역할을 도맡았다.

"자연은 도약하지 않는다는 뜻이에요."

카를로타가 로턴 씨에게 시선을 고정한 채 대답했다.

"맞아. 그럼 그 개념을 설명해 주겠니?"

"변화는 서서히 일어나고 자연은 조금씩 나아간다는 뜻이에요."

카를로타가 웅변조로 말했다. 아버지는 이런 질문을 자주 했고 여기에 대답하기란 음계 연습만큼 쉬웠다. 이런 질문에 대답하는 일은 카를로타의 예민한 신경을 가라앉혔다.

"그 말에 동의하니?"

"자연은 그렇겠죠. 하지만 인간은 그렇지 않아요."

모로 박사가 카를로타의 어깨를 쓰다듬었다. 쳐다보지 않아도 카를로타는 아버지가 웃고 있다는 사실을 알 수 있었다.

"카를로타가 실험실로 우리를 안내할 겁니다. 제 연구를 보여 드리고 요점을 증명해 보이겠습니다."

방구석에서 앵무새가 눈을 뜨고 방 안의 사람들을 지켜보았다. 카를로타는 고개를 끄덕이고는 신사분들에게 자신을 따라오라고 했다.

2장
몽고메리

강은 아니었다. 유카탄 북부의 얇은 토양 위에는 강이 없었으니까. 그들은 강 대신에 손가락으로 땅을 파서 내륙으로 미끄러지듯, 정글로 뻗어 나간 석호를 따라갔다. 강은 아니지만 강과 흡사했다. 맹그로브 나무는 수면에 그늘을 드리웠고 나무뿌리가 한데 엮여 있어 가끔씩 경계를 늦춘 방문객의 목숨을 위협할 정도였다. 호숫물은 그늘에서는 암녹색처럼 보이다가 점점 흐려졌고 무성한 잎과 죽은 식물에 의해 탁한 갈색으로 물들었다.

남자는 남부 황야와 무성한 정글에 익숙해졌다고 생각했으나 이곳은 그가 예전에 벨리즈시티 근처에서 보았던 것과는 또 달랐다.

패니는 여기를 싫어하겠지.

뱃사공들은 베네치아의 곤돌라 사공처럼 장대를 민첩하게 움직여 바위와 나무를 피해 배를 조종했다. 놀랍게도 배에는 태양을 막아 주는 차양이 있었지만 에르난도 리잘데는 벌겋게 상기된 얼굴로 불편하게 몽고메리 옆에 앉아 있었다. 리잘데는 유카탄반도 도처에 농장을 여럿 소유하고 있었지만 메리다에 살면서 집에서 멀리 떠나는 위험을 감수하지 않았다. 이 여정은 리잘데에게도 낯선 일이었고 몽고메리는 리잘데가 모로 박사를 자주 방문하고 싶어 하지 않는다고 생각했다.

몽고메리는 자신들이 어디로 가고 있는지 정확히 몰랐다. 리잘데가 자세한 위치를 알려 주기를 꺼렸기 때문이다. 리잘데는 여러 방면에서 정보를 알려 주길 꺼렸지만 그가 제시한 금액은 몽고메리가 이 모험에 관심을 두게 했다. 몽고메리는 부스러기같이 적은 금액이라도 받으려 저열한 인간들 밑에서 일해 왔다. 리잘데가 제시한 일은 또 다른 성가신 일에 불과했다.

그뿐만 아니라 몽고메리는 빚을 지고 있었다.

"얄리킨에서 그렇게 멀지는 않을 텐데요."

몽고메리가 머릿속에 지도를 그리려고 애쓰며 말했다. 몽고메리는 쿠바에서 벌어진 전쟁을 피해서 온 쿠바인들이 얄리킨에서 캄페체 나무[5]를 채취하고 있다고 생각했다.

"우리는 인디언 구역 끝자락에 있다네. 신도 믿지 않는 그 망할 놈들. 그놈들이 해안가를 장악했다고."

리잘데가 자기 의견을 강조하는 것처럼 강물에 침을 뱉었다.

몽고메리는 바칼라르와 벨리즈시티에서 마야 자유민을 많이 보았는데, 그들은 스스로를 마세왈레[6]라고 불렀다. 영국인들은 정기적으로 마야인들과 교역했다. 서부에 사는 피부가 하얀 멕시코인

---

5 줄기가 붉고 가시가 많은 나무로 멕시코 캄페체주 남부에서 주로 자라며 '로그우드'라고도 불린다.

6 아즈텍 사회의 평민 계층, 마야 후손을 나타낸다.

들은 자기 민족을 지켜 온 스페인 사람들의 후손으로 마야인에게 호의적이지 않았다. 그러니 리잘데가 이 자유민들에게 악담을 퍼붓는 것은 놀랍지 않았다. 영국인과 마야인이 교역을 하는 이유는 영국인이 마야인을 좋아하거나 두 나라 사람들이 늘 우호적인 관계를 맺어서가 아니라, 몽고메리와 같은 국적인 영국인들 생각에는 영국 정부가 멕시코 땅 한 구획을 갈취하는 데 마야 반군이 도움이 될 수도 있기 때문이었다. 어쨌거나 분쟁이 일어난 영토는 조금만 협상을 벌이면 보호령이 될 수 있었으니까.

"언젠가 저 이교도 놈들이 불러들인 골칫거리를 없애고, 저 불결한 겁쟁이들을 갈가리 찢어 버릴 거야."

리잘데가 말했다.

몽고메리는 리잘데 같은 줄레[7]가 해안가로 달아나 배에 탄 뒤 이슬라 올보쉬 섬의 은신처로 도망치는 모습이나, 마야 반군에 대항하는 소규모 접전이 일어났을 때 허둥지둥 메리다로 오면서 줄곧 휘청거렸을 모습을 상상하자 웃음이 났다.

"마세왈레들은 신이 말하는 십자가의 형태를 띠고 이야기한다고 생각합니다. 정확하게 말해서 이교도는 아니지요."

몽고메리는 그저 리잘데의 상기된 얼굴이 조금 더 벌게지는 걸 보려고 이렇게 대꾸했다. 몽고메리는 자신에게 돈을 준다고 해도 아센다도(농장주)를 좋아할 수 없었다. 그는 누구도 좋아하지 않았다. 몽고메리에게 인간은 모두 개보다 못한 존재였기에 그는 인류를 매도했다.

7 외국인. 유카탄의 마야 주민들이 이 지역의 유럽인 또는 혼혈인에게 붙인 이름.

"어쨌든 이단인 건 마찬가지네. 로턴 자네도 주님을 제대로 섬기지 않는 것 같구먼? 자네 같은 부류가 거의 그렇긴 하지."

몽고메리는 리잘데가 말한 부류가 자신과 같은 직종에 속한 사람을 뜻하는 것인지 영국인을 뜻하는 것인지 의아해하다가 어깨를 으쓱하고는 말았다. 고용주가 내리는 명령을 따르는 데 경건한 신앙심이 필요한 건 아니었고, 믿음이라고는 아메리카 대륙에 발을 내딛기도 전에 잃어버린 지 오래였다.

두 사람은 수위가 얕아질 때까지 교대로 맹그로브를 헤쳐 나갔고 그곳에 나무 장대 두 개가 덩그러니 서 있는 걸 발견했다. 그중 하나에 간소한 나룻배가 묶여 있었다. 나루터에 다다른 게 분명했다. 거기서부터 밝은 적황색 흙길이 이어졌다. 우기에 흙길은 진창으로 변할 게 틀림없었다. 하지만 지금은 건기였고 울창한 관목과 덤불 사이로 길이 훤하게 나 있었다.

두 사람 앞에는 장정 하나가 앞서 걸었고, 뒤로는 장정 둘이 몽고메리의 소지품을 날랐다. 몽고메리가 야샥툰에 머물기로 마음먹었다면 세면용품만 조금 챙겨 왔을 터였고, 나머지 짐은 나중에 보냈을 터였다. 세면용품 외에 가져갈 물건은 거의 없었지만 말이다. 몽고메리는 늘 짐을 가볍게 해서 여행하는 편이었다. 몽고메리가 반드시 들고 다니는 소지품은 왼쪽 어깨에 멘 소총과 허리춤에 찬 권총, 주머니에 든 나침반이었다. 이 나침반은 삼촌이 준 결혼 기념 선물이었다. 몽고메리가 영국령 온두라스[8]를 지나 수많은 늪, 개울, 위태위태한 다리, 뾰족한 산등성이를 헤쳐 나갈 수 있게 도와주었

8 현재의 벨리즈에 있던 영국의 왕령 식민지.

고, 습기와 모기떼를 지나, 석회암투성이에 마호가니 나무가 우거진 땅을 헤치며, 성채만큼 견고한 밑동과 난초로 장식된 나뭇가지가 있는 케이폭 나무를 지나도록 도와준 물건이었다.

이제 나침반은 몽고메리를 여기 멕시코로 이끌었다.

걷다 보니 케이폭 나무 두 그루가 키 큰 무어식 아치에 그늘을 드리우는 곳에 이르렀다. 멀리 하얀 저택이 한 채 있었다. 모로의 저택은 전부 거대하고 높다란 벽으로 둘러싸여 있었고 무어식 아치가 사방에 자리 잡고 있었다. 저택과 다른 건물들(몽고메리는 왼편에 있는 마구간을 발견했다.)은 벽으로 둘러싸인 이 기다란 직사각형 가운데 놓여 있었고, 여기서 식물들은 야생의 상태로 너저분하게 자라고 있었다.

제대로 된, 웅장한 아시엔다(대농장)는 결코 아니었지만(그러기에는 부지가 너무 작은 것 같았다. 목장으로는 통할 법했다.) 그래도 볼만한 풍경이기는 했다. 이전 소유주들은 설탕 공장 운영을 할 생각이었다고 리잘데가 말했다. 그 말이 사실이라면 소유주들은 공을 들이지 않았다. 몽고메리는 공장에서 쓰는 높은 굴뚝의 흔적조차 찾지 못했다. 뒤쪽에 설탕 제분기가 있을 수도 있지만 그렇게 멀리까지는 보이지 않았다. 뒤쪽에는 공간을 나누는 낮은 벽이 있었다. 벽은 저택과 마찬가지로 하얀색으로 칠해져 있었다. 인부들의 거주지는 다른 건축물과 함께 그 벽 뒤에 있는 게 분명했다.

멕시코식으로 집을 짓는 방법은 스페인 사람들에게 전수받은 것으로, 벽 뒤에 벽을 세우고 그 뒤에 더 많은 벽을 세우는 식이었다. 호기심 많은 행인이 아무리 쳐다봐도 쉽사리 눈에 들어오는 건 없었다. 몽고메리는 저택의 튼튼한 정면 뒤에 매력적인 안뜰과 세속과 단절되어 안식을 주는 해먹, 일렬로 줄지은 통로 사이로 화초가 있을 거라고 확신했다. 저택의 대문은 높이가 약 3미터에 다다를 정도로 컸고 어두운색 목재로 되어 있었으나 저택의 하얀색과 대조를 이루어 흡사 검은색으로 보였다. 걸어서 온 사람들을 들여보낼 수 있는 쪽문이 있어서 양쪽 문을 열어젖힐 필요는 없었다.

어떤 부인이 쪽문을 열어서 두 사람을 맞이하고 모두가 안뜰을 가로질러서 건너자 몽고메리의 추측이 틀렸음이 드러났다. 안뜰에는 무성한 정원도, 늘어진 해먹도 없었다. 몽고메리는 피들우드 나무와 빈 화분이 마른 분수에 그늘을 드리운 광경을 보았다. 돌벽에는 다듬어지지 않은 부겐빌레아가 들러붙어 있었다. 우아하게 아치형 지붕이 덮인 길이 본 저택으로 이어졌고 쇠창살이 달린 창문으로는 안뜰을 내다볼 수 있었다. 외부와 단절된 멕시코식 주거지의 속성에도 불구하고 저택 안팎은 자유롭게 어우러진 것처럼 보였고, 아치길 위에는 나뭇잎과 꽃 형상이 새겨져 있어 자연을 떠올리게 했다. 돌과 식물이 만나고, 어둠과 공기가 만나는 역설을 몽고메리는 즐겼다.

부인은 몽고메리의 짐을 나르는 장정들에게 안뜰에서 기다리라고 말하고는 두 사람에게 자신을 따라오라고 했다.

리잘데와 몽고메리가 안내받은 응접실에는 기다란 프랑스식 문이 있었고 한물간 빨간 소파 두 개와 의자 세 개, 그리고 탁자가 하나 비치되어 있었다. 최고의 보금자리나 부유한 아센다도의 자랑거리라기보다는 단연코 되는대로 관리된 시골 저택에 가까웠으나 피아노가 한 대 있었다. 육중한 수공예품인 쇠로 된 샹들리에가 두드러지게 나무 들보에 매달려 있어서 이목을 끄는 동시에 어느 정도 부유함을 내비쳤다.

생뚱맞게도 정교한 시계가 벽난로 위에 놓여 있었다. 시계에는 지난 세기의 프랑스 제복을 입은 남성이 여성의 손에 입 맞추며 구애하는 장면이 그려져 있었다. 추가 장식으로 아기 천사들이 달려 있었고, 시계 윗부분은 연청색이었다. 시계는 방에 있는 어느 물건과도 어울리지 않았다. 마치 이 저택의 주인이 다른 부지를 샅샅이 뒤져 빼앗은 시계를 부랴부랴 여기 응접실에 던져 둔 것 같았다.

한 남자가 의자에 앉아 있었다. 두 사람이 들어오자 남자가 자리에서 일어나 미소 지었다. 몽고메리는 신장이 족히 190센티미터에 달해서 대체로 다른 사람들보다 훨씬 키가 컸는데, 모로 박사는 몽고메리보다도 컸다. 또한 모로 박사는 체격이 탄탄했고 보기 좋은 이마와 단호해 보이는 입술을 지녔다. 머리가 하얗게 세고 있었으나 열의와 활력이 있었고, 노년에 가까운 사람이라는 인상은 조금도 풍기지 않았다. 모로 박사가 혹시나 원했더라면 젊은 시절에 권투 선수를 했어도 될 법했다.

리잘데가 인사를 마치자 모로 박사가 물었다.

"오시는 여정은 괜찮았는지요? 아니스 리큐어 한잔하시겠습니까? 그걸 마시면 열기가 가신답니다."

몽고메리는 그보다 변변치 않은 술인 아과르디엔테에 익숙했다. 리큐어를 한 모금 마시는 건 몽고메리가 선호하는 선택지는 아니었다. 하지만 몽고메리는 한 번도 술을 거절해 본 적이 없었다. 도

리어 술을 거절하지 못하는 게 탈이었다. 그래서 그는 순식간에 손목을 꺾어 술을 들이켰고 둥근 도자기 쟁반에 빈 잔을 돌려놓았다.

"만나게 되어 반갑네, 로턴 씨. 맨체스터에서 왔다고 들었네. 중요한 도시지, 요즘 아주 커졌고 말이야."

"맨체스터에 가 본 지가 오래됐지만, 맞는 말씀이십니다."

"로턴 씨는 공학에 관심도 있고 경험도 좀 있는 데다 생물학에 관한 이해도 갖췄다고 알고 있네. 이렇게 말해도 될지 모르겠는데 약간 어려 보이는군."

"박사님 앞에 있는 저는 지금 스물아홉 살입니다. 어리다고 생각하실 수 있겠지만 그런 말씀에는 이의를 제기할 수 있을 것 같군요. 제가 겪어 온 일을 말씀드리자면, 저는 기술을 배우려고 열다섯 살에 집을 떠나 아바나로 가는 배를 탔습니다. 그곳에서 저희 삼촌이 다양한 기계류를 관리하고 계셨거든요. 저는 거기서 소위 마키니스타(기계공)가 되었지요."

몽고메리는 자신이 영국을 떠난 이유를 언급하지 않았다. 그의 아버지가 자식들을 조금씩 때려 온 사실을. 아버지도 술을 좋아했다. 가끔씩 몽고메리는 술을 좋아하는 속성이 유전되며 지긋지긋한 고통을 불러온다고 생각했다. 아니면 저주받았다고, 저주를 믿지 않음에도 저주받았다고 믿었다. 하지만 술을 좋아하는 속성이 유전된 게 맞다면 기계를 잘 다루는 속성도 가족한테서 물려받은 게 맞았다. 몽고메리의 아버지는 면 방적기와 벨트, 도르래, 보일러를 잘 알았고 삼촌 역시 기계를 다루는 법을 알았다. 그래서인지 어린 몽고메리도 장난감이나 놀이보다 지렛대가 움직이는 방식에 마음을 빼앗겼다.

"쿠바에는 얼마나 있었나?"

"카리브 제도에서 총 9년 있었습니다. 쿠바와 도미니카, 다른 몇몇 군데에서요."

"거기서는 잘 지냈고?"

"충분히 잘 지냈습니다."

"그럼 왜 떠나게 된 건가?"

"여기저기 자주 돌아다녔습니다. 몇 년 동안은 영국령 온두라스에서 지내는 게 잘 맞았지요. 하지만 이제 여기 있네요."

이렇게 돌아다니는 사람은 몽고메리 말고도 많았다. 이 지역으로 몰려드는 다양한 유럽인과 미국인 무리가 있었다. 몽고메리는 예전에 남부 연합군이었다가 미국 남북 전쟁이 끝나자 남쪽으로 달아난 사람들을 봤다. 이 남부 연합군 대다수는 이제 브라질에 있으면서 새로운 정착지를 잡고자 했으나 나머지는 영국령 온두라스에 모였다. 그곳에는 막시밀리아노 1세가 황제로서 취한 노력이 수포로 돌아간 뒤[9] 남은 독일인과 그들에게 상품을 공급하는 영국 상인들이 있었다. 여기에는 세인트 빈센트 섬과 그 밖의 다른 섬에서 온, 프랑스어를 유창하게 구사하는 카리브 흑인과 치클[10]을 채취하는 물라토[11] 인부, 마호가니 나무를 베는 이들, 해안가에 정착지

9 막시밀리아노 1세(1832~1867)는 오스트리아 황제 프란츠 요제프 1세의 동생이자 오스트리아의 대공으로, 1861년에 멕시코 시티를 점령한 프랑스의 나폴레옹 3세의 추대로 1864년부터 3년간 멕시코 제국의 황제로 재임했다. 남북전쟁을 끝마친 미국의 지원과 프로이센의 압박으로 프랑스군이 1866년에 멕시코에서 퇴각하자, 막시밀리아노는 이듬해 멕시코군에 생포되어 처형되었다.

10 껌 제조에 주로 사용되는 천연 고무.

11 백인과 흑인 사이의 혼혈.

를 굳건히 잡고 있는 마야인과 리잘데 같은 줄레가 있었다. 유카탄 반도에 사는 리잘데 가문처럼 상류층 멕시코인들은 흔히 순혈이자 백인인 사람의 우위를 주장하곤 했고 그중 일부는 정말로 몽고메리보다 피부가 하얬으며 눈동자가 파란색이나 녹색이었고 이러한 사실에 엄청난 자부심을 느꼈다.

몽고메리가 영국령 온두라스에 이어 멕시코를 택한 이유는 풍족한 천연자원 덕에 기회가 많아서라거나, 다양한 종류의 사람들이 북적거리는 데 끌려서가 아니라, 그저 한밤중에 타닥 소리를 내는 난롯불이 있는 춥고 조그마한 방으로 돌아가고 싶지 않았기 때문이었다. 그 광경은 어머니가 돌아가셨을 때와 연이어 엘리자베스가 죽었을 때를 떠올리게 했다. 패니는 이해하지 못했다. 패니는 영국을 문명사회로 여겼고, 몽고메리가 추운 기후를 싫어하는 걸 이상하게 여겼다.

"짐승들에 관해 말씀드리게."

마치 개에게 묘기를 부리라고 명령하듯이 리잘데가 몽고메리를 향해 느긋하게 손을 흔들며 말했다.

"몽고메리는 사냥꾼이라네."

"로턴 씨, 그게 정말인가? 사냥을 즐기는지?"

모로는 두 사람이 들어오기 전부터 앉아 있던 의자에 도로 앉으며 질문을 던졌다. 입술을 일그러뜨리며 실웃음을 짓고 있었다.

몽고메리도 소파 중 하나에 앉으며(여기 가구들은 전부 천갈이가 필요한 상태였다.) 팔꿈치는 팔걸이에 걸치고 소총은 손이 닿는 곳에 두었다. 리잘데는 벽난로 옆에 서서 거기 놓인 정교한 시계를 살펴봤다.

"재미로 하는 건 아니고 지난 몇 년간 사냥으로 먹고살았습니다. 공공 기관과 박물학자를 위해 표본을 구한 뒤, 표본을 방부 처리해서 유럽으로 보냈지요."

"그러면 박제를 하는 데 필요한 생물학적 문제나 특정 실험 비품을 다루는 데 익숙하겠군."

"네. 이런 일들을 정식으로 교육받지는 않았지만요."

"그런데도 즐겨 하지는 않나 보군? 많은 사내가 아름다운 동물이 고정되고 박제되는 걸 보는 데서 희열을 느껴서 사냥을 하지 않나."

"혹시 죽은 새 열 마리를 갖는 게 살아 있는 새 열 마리를 갖는 것보다 낫냐고 여쭤보시는 거라면, 대답은 '아니요'입니다. 저는 죽어 있는 동물 표본은 좋아하지 않습니다. 깃털을 뽑아내는 데 관심이 없고, 깃털이 숙녀의 멋진 모자에 달린 걸 보기보다는 붉은풍금새의 가슴에 붙어 있는 편을 선호합니다. 하지만 생물학은 본질상 그냥 새 한 마리가 아니라 새 열 마리가 필요하죠."

"어째서 그렇게 된다는 말이지?"

몽고메리는 가만히 있지 못하고 몸을 앞으로 숙였다. 옷은 구겨져 있었고 목에는 땀이 뚝뚝 흘렀다. 몽고메리는 무엇보다도 소매를 팔꿈치까지 걷어붙이고 얼굴에 차가운 물을 끼얹고 싶었지만 지금은 옷매무새를 다듬을 오 분도 없이 채용 면접을 보는 중이었다.

"세상을 둘러보려고 할 때는 철저하게 들여다봐야 합니다. 만약 제가 표본 하나를 포획해 런던으로 보낸다면 사람들은 그 표본이 해당 생물체의 유일한 견본이라고 여기겠지만 그건 사실이 아니죠. 적어도 수컷과 암컷 새가 눈에 띌 정도로 다를 때가 빈번합니다.

그래서 수컷 표본과 암컷 표본, 큰 표본과 작은 표본, 뼈만 앙상하게 남은 표본과 살이 포동포동하게 오른 표본을 보내야만 했고, 생물의 형태를 드러내는 다양한 표본을 제공하려고 노력했습니다. 동물학자들이 논의 중인 종을 이해할 수 있도록요. 다시 말해서, 제가 맡은 일을 잘 해내고 정확한 표본을 제공하려면 그러한 특징들도 같이 제공해야 합니다. 저는 새의 본질을 찾고 있는 거니까요."

"정말 훌륭한 요약일세!"

모로가 고개를 끄덕였다.

"새의 본질! 그게 바로 내가 연구를 통해서 찾으려고 하는 것이라네."

"실례인지 모르겠지만, 사실 저는 박사님이 어떤 일을 하시는지 모릅니다. 야샤툰에서 제가 무슨 일을 하면 될지 들은 바가 거의 없거든요."

주변에 수소문해 보았지만 몽고메리가 알 수 있었던 사실은 극히 적었다. 모로 박사는 개혁 전쟁[12] 무렵에 멕시코에 온 프랑스인이었다. 어쩌면 멕시코-미국 전쟁[13] 직후에 온 것일 수도 있었다. 멕시코는 툭하면 정복 세력과 내부 분란에 시달렸다. 모로는 적당한 자본과 큰 야망을 가지고 멕시코에 온 유럽인 중 하나일 뿐이었다. 하지만 외과 의사였음에도 모로는 개업을 하거나 큰 도시에 오래 머무르는 등, 멕시코 사회에서 자리 잡기를 원하는 사람이라면

---

12 1857년 개정된 새 헌법을 두고 1857년부터 1861년에 자유주의자와 보수주의자 사이에 벌어진 멕시코 내전이다.

13 1846년에서 1848년 동안 멕시코와 미국 사이 발생한 군사 분쟁. 맥락에 따라서 멕시코 전쟁, 그리고 당시 미국 대통령인 제임스 포크의 이름을 따서 포크 전쟁으로 불리기도 한다.

누구나 예상할 만한 일을 하지 않았다. 대신에 요양원 혹은 진료소 비스름한 것을 정글에서 운영하고 있었다. 정확히 어디에서 운영하는지는 알 수 없었다.

"야샤툰은 특별한 곳이라네. 여기에는 제대로 된 아시엔다처럼 직원이 많지도 않고 마요랄레스(농장 감독)나 카포랄레스(목장 관리인)도 바케로스(목동)나 루네로스(일용근로자)도 없다네. 모든 일을 조금씩 해야 하네.

혹시나 마요르도모 자리를 맡게 된다면 처리해 줘야 할 자질구레한 일로 바쁠 거라네. 오래된 노리아(양수기)는 쓸모가 없을 거야. 물론 우물이 두어 개 있지만 진짜 정원과 관개 수로를 보유하면 좋겠지. 집이랑 보조 건물이랑 부지를 유지하고 관리하는 일만으로도 충분히 바쁠 거라네. 거기다 내 연구와 관련된 일도 있지."

"리잘데 씨 말씀으로는 박사님이 농작물 개량을 도와주신다고 하시더군요."

딱 한 번이었지만 에르난도 리잘데가 지나가는 말로 "품종 융합"에 관해 말한 적이 있었다. 몽고메리는 모로가 식물을 접목하는 걸 좋아해서 레몬 나무에서 오렌지가 자라게 하는 식물학자 부류인지 궁금했다.

"맞다네. 그런 일도 조금 하지."

모로가 고개를 끄덕이며 말했다.

"여기 토지는 다루기가 힘들다네. 토양이 빈약하고 척박하지. 이곳 땅 밑에는 커다란 석회암 덩어리가 있다네. 사탕수수와 용설란이 자라긴 하나, 여기서 재배하기란 쉬운 일이 아니지. 하지만 이런 일을 뛰어넘어 내가 추구하는 바가 있어. 내 연구에 관한 자세한 내용을 밝히기 전에 분명히 다시 말하는데, 리잘데 씨가 확실히 했겠지만 여기서 일하려면 비밀을 지키겠다고 맹세해야 하네."

"비밀 유지 서류에 서명했습니다."

실제로 몽고메리는 거의 자기 인생 전체를 서명해서 넘긴 것이나 마찬가지였다. 몽고메리는 패니를 위해 빚을 졌고 감당할 수 있는 데까지 가능한 한 많은 드레스와 모자를 패니에게 사 주었다. 빚은 계속 팔리고 팔려서 리잘데의 손아귀에 떨어졌다.

"이 친구에 관해서는 이미 철저히 조사했네. 신중하고 유능한 친구라네."

"그럴지도 모르겠군요. 하지만 야샤툰에 남으려면 필요한 기질이 있습니다. 저희는 고립되어 있고 일은 고됩니다. 로턴 씨, 자네 같은 젊은 사람한테는 큰 도시가 더 잘 맞을 수도 있네. 확실히 자네 부인은 큰 도시를 선호할 게 분명하고 말일세. 부인이 이곳으로 올 계획은 없나 보군, 그렇지?"

"현재 별거 중입니다."

"알고 있다네. 하지만 부인하고 다시 연락하고 지낼 생각은 없나? 예전에 그런 적이 있지 않나."

몽고메리는 무덤덤한 표정을 지으려고 애썼지만 여전히 소파 팔걸이에 손가락을 찔러넣고 있었다. 리잘데가 모로 박사에게 무슨 서류를 보냈든지 그런 정보가 포함되었다는 사실은 놀랍지 않았지만, 아직 이런 질문에 대답하는 건 껄끄러웠다.

"저는 패니와 일절 연락을 끊었습니다."

"그러면 다른 가족은 없나?"

"삼촌이 살아 계신 마지막 친척이었는데 몇 해 전에 돌아가셨습니다. 영국에 사촌들이 있지만 만나 본 적은 없습니다."

몽고메리에게는 그보다 나이가 두 살 많은 엘리자베스라는 누나가 있었다. 몽고메리가 돈을 벌러 집을 나설 때까지 두 사람은 함께 뛰놀곤 했다. 몽고메리는 누나를 만나러 돌아오겠다고 약속했지만 엘리자베스는 그가 떠나고 일 년 뒤 결혼했다. 엘리자베스는 몽고메리에게 편지를 자주 보냈는데, 주로 불행한 자신의 결혼 생활과 남매가 재회하길 기대하는 내용이 담겨 있었다.

남매는 어렸을 때 어머니를 여의었다. 몽고메리는 난롯불이 타오르는 동안 누나 방에서 보낸 긴 밤들을 떠올렸다. 어머니가 돌아가신 후로 남매가 의지할 수 있는 건 서로뿐이었다. 아버지는 신뢰할 만한 사람이 아니었다. 술을 마시고 자식들을 때렸다. 엘리자베스와 몽고메리가 믿을 수 있는 건 서로뿐이었다. 엘리자베스는 결혼한 뒤에도 몽고메리가 자신을 구원할 거라고 믿었고 몽고메리도 누나에게 여비를 부치기로 했다.

그러나 몽고메리가 괜찮은 직장에 자리를 잡았을 무렵 그는 스물한 살이었고, 남동생으로서 누나에게 마땅히 지켜야 할 의무감은 크게 줄어들었다. 다른 일로 머릿속이 가득했고, 무엇보다도 킹스턴에 터를 잡은 영국 소상인의 딸인 패니 오언으로 가득했다.

몽고메리는 귀중한 저금을 누나에게 부치는 데 쓰기보다 집을 장만하고 패니와 결혼하는 데 썼다.

일 년 후 엘리자베스는 자살했다.

몽고메리는 엘리자베스를 패니와 맞바꾼 데다 그 과정에서 죽이고 말았다.

몽고메리가 목을 가다듬었다.

"저한테는 박사님의 과학적 연구에 관해 알릴 만한 친척이 없습니다. 혹시 우려하시는 일이 그거라면요."

몽고메리가 잠시 후 덧붙였다.

"무슨 연구를 하시는지 아직도 전혀 모르겠지만 말입니다."

"Natura non facit saltus. 이게 내 일이라네."

"제 라틴어 실력이 부족하네요, 박사님. 종(種)의 이름을 받아적을 순 있지만 아름다운 구절을 읊지는 못합니다."

시계가 정각을 알리면서 종을 울리자 박사가 출입구를 향해 고개를 돌렸다. 부인과 소녀가 방으로 들어왔다. 소녀의 눈은 커다랗고 호박색이었으며 머리카락은 검은색이었다. 소녀는 유행하는 밝은색 드레스를 입고 있었다. 드레스는 강렬한 분홍색인 데다 장식이 주렁주렁 달려 있어서 부자연스러웠지만 인정사정없이 아름답게 반짝이고 있었다. 마치 궁중 모임을 주재하는 어린 여제의 드레스 같았다. 시계처럼 소녀의 복장은 응접실과 어울리지 않았지만 몽고메리는 그게 바로 모로 박사가 의도한 인상이라는 생각이 들었다.

"여기는 저희 가정부와 딸입니다. 카를로타, 이리 오렴."

박사의 말에 소녀가 그 곁으로 걸어갔다.

"여러분, 제 딸 카를로타를 소개합니다. 여기는 리잘데 씨고, 여기 이분은 로턴 씨란다."

박사의 딸은 아직 소녀라고 할 만한 나이로 보였다. 하지만 몽고메리는 곧 사람들이 소녀가 입은 앳된 드레스를 성숙한 코르셋과 무겁고 긴 드레스로 맞바꿀 거란 상상을 했다. 그게 바로 사람들이 엘리자베스에게 저지른 짓이었다. 화려한 벨벳과 모슬린으로 꽉 감싸서 질식사시키는 것.

엘리자베스는 자살한 게 아니었다. 엘리자베스는 살해당했다. 여성들은 판자에 꼼짝 못 하게 핀으로 고정시킨 나비 같은 신세였다. 딱하게 됐군. 소녀는 아직 자기 운명이 어떻게 될지 모를 터였다.

"로턴 씨에게 'natura non facit saltus'가 무슨 뜻인지 알려 드리겠니?"

누가 봐도 농담조로 박사가 물었다. 몽고메리는 농담 따 먹기를 할 기분이 아니었다.

"자연은 도약하지 않는다는 뜻이에요."

몽고메리의 혀에는 아까 한 모금 마신 아니스 리큐어 맛이 아직 강하게 남아 있었고, 그는 만약 자기가 채용되지 못하면 어떻게 될지 궁금했다. 프로그레소[14]로 돌아가 술을 진탕 퍼마시겠지. 술을 마시고는 무작정 다른 항구로 가는 거야. 남쪽으로, 아마도 아르헨티나로. 하지만 이런 생각을 하기에 앞서 몽고메리에게는 갚아야 할 빚이 있었다. 리잘데가 쥐고 있는 빚이.

---

14 온두라스 서북부의 도시.

3장

카를로타

상투스, 상투스, 상투스. 세 차례 외치는 '거룩하시도다'. 모로 박사의 실험실은 그들이 기도를 드리는 예배당보다도 신성한 공간이었다. 라모나는 모든 바위와 동물, 잎사귀, 거기다 사물에도 신성함이 깃들어 있다고 했다. 돌과 진흙과 심지어 모로 박사가 한 번도 사용한 적은 없지만 침대맡에 보관한 권총에도 말이다. 그게 바로 알루쉬[15]에게 사카브[16]와 꿀, 피 몇 방울을 바쳐야 하는 이유였고 그 덕분에 작물이 잘 자랄 수 있었다. 공물을 바치지 않으면 옥수수는 시들고 말 터였다. 또한 집 안에 사는 알루쉬에게도 공물을 바쳐야 하는데, 바치지 않으면 알루쉬가 가구를 옮기고 화분을 깨 버릴 것이기 때문이었다. 세상은 손수건에 수놓은 자수처럼 섬세하게 균형을 유지해야 한다고 라모나는 말했다. 주의를 기울이지 않으면 삶이라는 실타래는 얽히고설킨다고.

---

15 유카탄반도와 과테말라에서 온 마야인들의 신화적 전통에서 나타나는 일종의 요정 또는 정령.

16 의례 때 마시는 음료로 사카로도 부름.

멜키아데스는 그런 일이 있을 법하다고 생각하는 것만으로도 신성 모독에 해당한다고 주장했다. 그는 신성함이 꽃이나 빗방울 안에 존재할 수 없다고 여겼다. 정령에게 공물을 바치는 것은 악마의 소행이나 마찬가지였다.

그렇지만 카를로타는 신성한 공간인 실험실에 아버지 없이 들어갈 수 없었다. 카를로타가 실험실에 가게 되면 대체로 박사는 카를로타를 문간방에 두고 읽을거리를 주거나 관리하에 일을 시켰다. 카치토와 루페는 실험실에 출입할 수 없었다. 라모나조차 거기에는 발을 붙일 수 없었다. 멜키아데스가 관리인으로 일했을 때는 멜키아데스만이 자유롭게 열쇠로 문을 열어 실험실 안으로 들어갈 수 있었다.

그렇지만 그날 아버지는 열쇠를 건네주었고 카를로타는 그 열쇠를 돌려 신사들에게 문을 열어 주었다. 그리고 방을 이리저리 돌아다니며 덧문을 열어젖혔다. 기다란 창문 세 개에서 빛이 흘러 들어와 박사의 은밀한 세계를 드러냈다.

길쭉한 탁자가 문간방을 두드러지게 차지하고 있었고 탁자에는 현미경이 여러 대 놓여 있었다. 모로 박사가 실험실 안으로 카를로타를 들여보내 줄 적에는 멀리서 주문한 돌말류로 만든 장식을 보여 주곤 했다. 렌즈 아래에서 미세 조류는 만화경같이 형형색색의 빛깔을 띠었다. 그러고 나서 모로는 슬라이드를 바꿔서 뼛조각이나 깃털, 해면동물의 단면을 슬쩍 보여 주었다. 아이한테 현미경 속 물체는 과학적 실존이라기보다는 신기한 대상에 가까웠다.

실험실에는 현미경으로 관찰하는 일 말고도 놀라운 것들이 있었다. 박제된 동물들이 깃털과 모피를 말쑥하게 간직한 채 진열장과 유리병에 보존되어 있었고 커다란 고양이의 뼈대가 탁자 위에 진열되어 있었다. 문간방의 벽면도 기상천외한 그림으로 장식되어 있었다. 그림에는 구부린 근육과 드러난 골격, 강물처럼 보이는 정맥과 동맥이 인간 육체를 가로질러 흐르는 모습이 묘사되어 있었다. 수많은 책과 서류가 키 큰 책장에 꽂혀 있었고 바닥에도 쌓여 있었다. 이게 모로 박사가 가진 책의 전부는 아니었다. 모로 박사는 책이 가득 찬 서재도 보유했으나, 저택의 나머지 부분과 다소 동떨어진 문간방에서 대체로 일하곤 했다.

"로턴 씨, 다윈의 범생설에 관해 들어 본 적 있나?"

몽고메리가 박물관 전시 중에 입장한 관람객처럼 서성이다가 벽에 걸린 그림을 보고 있을 때 모로가 질문했다.

"범생설은 유전적 형질과 관련된 것이죠. 자세한 내용은 떠오르지 않네요. 저한테 다시 알려 주셔야겠는데요."

카를로타는 몽고메리가 솔직하게 말하는 건지, 그저 지겨운 건지, 아니면 아버지한테 퉁명스럽게 구는 것인지 알 수 없었다. 몽고메리는 얼굴을 약간 찌푸렸고 살짝 비웃는 것 같기도 했다.

"다윈은 동물이나 식물 각각이 제뮬이라고 불리는 아주 작은 입자를 만들어 낸다고 주장했다네. 그리고 제뮬은 순서에 따라 유기체의 후손을 형성하는 기본적인 구조를 제공한다고 했지. 물론 우리 눈으로 볼 수는 없지만 제뮬은 거기 존재한다네. 문제는 다윈이 답을 발견하긴 했지만 제대로 된 답이 아니라는 걸세."

"어째서요?"

"다윈의 시야는 너무 피상적이네. 내가 추구하는 바는 생명체를 이루는 모든 물질의 본질을 탐구하고, 그걸 넘어 도약하는 거라네. 그게 내가 이룬 일이네. 나는 다윈을 넘어서서, 벽돌공이 집을 짓는 것처럼 생명을 들여다보고 생명을 이루는 가장 기본적인 단위를 분리한 뒤 거기서 새로운 것을 만들어 냈지.

멕시코시티 호수에 있는 아홀로틀을 상상해 보게. 아홀로틀은 도롱뇽과 흡사한 조그마한 생명체에 불과하지만 다리를 잘라 내면 다리가 다시 자라나지. 이제 자네한테 아홀로틀처럼 팔다리가 다시 자라나는 능력이 생겼다고 상상해 보게. 만약 인간이 황소 같은 힘을 지니거나 어둠 속에서도 예리하게 볼 수 있는 고양이의 눈이 있으면 가능해지는 의료적으로 응용할 수 있는 방법과 치료법을 모두 상상해 보라고."

"그건 불가능하다고 생각합니다."

"어떻게든 두 유기체의 제뮬을 들여다보고 섞을 수 있다면 가능하다네."

"그 말씀은 도롱뇽이 가진 속성을 떼어내서 인간이 가진 속성과 섞는다는 뜻인가요? 더더욱 있을 수 없는 이야기로 들리는데요, 모로 박사님. 제가 만약 도롱뇽의 피를 박사님의 혈관에 주입하면 박사님은 죽음을 면치 못하실 테고 아무리 무능한 동물학자라도 제 말에 동의할 겁니다."

"피가 아니라, 핏속에 숨어 있는 본질이 중요한 거라네. 나는 이미 해냈다네. 내 딸이 그 증거지."

이제 몽고메리는 박사의 말을 진지하게 받아들여야 하는지 묻는 것처럼 리잘데를 바라본 뒤 이맛살을 찌푸리며 카를로타를 쳐다보았다.

"나는 오래전에 결혼한 적이 있네. 아내와 딸은 죽었어. 질병이 그 둘을 앗아 갔지. 의사로 훈련을 받았지만 내가 할 수 있는 일은 아무것도 없더군. 그렇지만 이런 비극을 겪고 나니 특정 분야의 생물학 연구에 관심이 생겼네. 여러 해가 지나고 두 번째 여성으로부터 카를로타가 태어났지. 하지만 첫 결혼 생활처럼 내 삶은 슬퍼할 준비를 마친 것 같았네. 내 딸은 희귀한 혈액 질환을 앓고 있네."

모로 박사는 유리 진열장으로 다가가 진열장을 활짝 열며 말했다. 진열장 안에는 수많은 병과 용기가 보관되어 있었다. 카를로타는 그 병과 용기에 무엇이 들었는지 낱낱이 알았다. 모로는 진열장에서 벨벳 안감이 달린 나무 상자와 황동 주사기, 솜이 든 도자기 용기와 소독용 알코올 병을 꺼냈다.

"카를로타를 살리려고 가능한 한 연구를 발전시켜서 마침내 해결책을 찾았네. 재규어에서 발견된 일부 고유 요소와 아이의 필수 제뮬을 결합하는 방법을 발견했단 말일세. 이 약을 써서 딸을 살릴 수 있었네. 이제 슬슬 주사 맞을 시간이구나, 카를로타."

모로가 카를로타에게 앞으로 오라고 손짓했다.

"그걸로 뭘 하시려는 거죠?"

몽고메리가 걱정하는 목소리로 물었다.

"아버지는 거짓말을 안 하세요. 저는 아파요."

카를로타가 차분하게 몽고메리를 흘깃 바라본 후 모로에게 가서 팔을 들어 올렸다.

바늘에 찔린 흔적은 알아채기 어려울 정도였다. 카를로타의 피부에 붉은 꽃이 피어났다. 카를로타는 모로가 건네준 솜뭉치를 조심스럽게 팔에 눌렀다.

"이제 이 조그만 알약이 딸아이의 소화를 도와줄 거네. 카를로타는 신경이 예민해지면 가끔 복통을 앓기도 하는데 주사를 맞으면 증상이 더 악화한다네."

모로가 약병의 코르크 마개를 열어 건넨 알약을 카를로타가 입에 넣었다.

"이렇게 끝이라네. 일주일에 한 번 주사를 맞는 것으로 모든 일이 끝이지."

카를로타에게 아무런 해가 가해지지 않는 광경을 보고 로턴은 찌푸렸던 이마를 풀었지만 이내 의심스러운 듯 냉소를 지었고 심지어는 소리 죽여 웃기까지 했다.

"즐거우신가요? 제가 뭔가 재밌어 보이는 일을 했나요?"

"아가씨를 보고 웃은 게 아닙니다. 다만 이 광경이 아무것도 증명하지 못한다는 겁니다."

몽고메리가 모로를 보면서 고개를 가로저었다.

"모로 박사님, 재미있는 이야기였습니다. 하지만 주사 한 방으로 소녀한테 재규어의 힘을 부여할 수 있다는 말씀은 못 믿겠네요."

"나는 동물의 힘에 기반해 카를로타를 건강하고 온전하게 하는 방법을 찾았고, 그건 자네가 말하는 바와는 엄밀히 말해서 같지 않네. 그 말이 나온 김에 내가 하는 연구와 리잘데 씨를 위해 진행 중이라고 할 수 있는 연구의 요점을 이야기해야겠군."

"인간에게 아가미를 줘서 바닷속에서 숨 쉴 수 있게 한다고요?"

"반대일세. 동물을 새로운 형태로 만들어서 다른 무언가로 바꾼다는 뜻이네. 돼지가 두 발로 서거나 개가 말을 할 수 있게 하는 거지."

"흠, 그뿐인가요!"

"동물의 조직 일부를 다른 부분에 이식해서 성장 방식을 바꾸거나 사지를 변형하는 일이 가능하네. 가장 내밀한 구조라고 못 바꾸겠나? 자, 이제 나를 따라오게."

모로가 카를로타에게 실험실로 이어지는 문을 열라고 손짓했고 그들은 실험실 안으로 들어갔다. 처음에는 어둠 속에서 거의 아무것도 보이지 않았다. 여기 창문도 기다랗지만 밑부분이 반은 벽돌로 막혀 있었고, 이번에는 카를로타가 한쪽 끝에 갈고리가 달린 긴 막대기를 써서 돌아다니면서 덧문을 열었다. 햇빛이 엄청나게 쏟아져 들어와 박사의 무기고를 이루는 여러 선반과 병, 도구, 깔때기, 혼합용 튜브, 저울, 비커를 정갈하게 비추었다. 가열용 용기와 증발용 도자기 접시도 있었다. 진열장의 서랍은 모두 분류표가 붙어 있었고 박사가 구리와 철, 유리로 직접 만든 온갖 종류의 장치도 있었다. 방 한가운데 있는 탁자에는 종이와 유리병, 심지어는 박제된 동물 표본 몇 개가 흩어져 있었다. 실험실에는 용광로와 화덕도 있었다. 그 위에는 고리가 줄지어 있었고 고리에는 작은 삽과 부젓가락, 펜치가 걸려 있었다.

누가 봐도 실험실이 무척 혼잡하다는 사실을 어렵지 않게 알 수 있었다. 멜키아데스가 있을 때는 실험실을 정리하는 걸 도왔었다. 모로가 허술한 사람은 아니었지만 때로 기분이 오락가락했다. 이따금 모로는 미친 듯이 활발히 움직이다가 다음 순간에는 무력한 상태에 빠져 늘어져 있었다. 무기력하고 우울할 때면 서재의 안락의자에 아무렇게나 누워서 창밖을 내다보거나 침대에 누워 부인의 타원형 초상화를 물끄러미 쳐다보며 깨어 있는 시간을 보내곤 했다.

카를로타는 말로 표현할 수 없이 아버지를 사랑했지만 그럴 때면 괴로워서 심장이 뒤틀리는 느낌을 받았다. 부인의 초상화를 눈여겨보는 시선과 자신을 대강 훑어보는 시선에서, 아버지의 마음속에는 죽은 아내와 아이가 가장 중요한 자리를 차지하고 있음이 명백하게 드러났기 때문이다.

카를로타는 불충분한 대체품일 뿐이었다.

그러나 모로는 이번 방문을 기대해서인지 아니면 다른 이유에서인지 좀처럼 가시지 않던 우울한 기색을 그달에는 보이지 않았다. 어쨌든 그들이 실험실에 서 있을 때 모로는 거의 들떠 있었고 팔을 활짝 벌리면서 장비 서너 개를 가리킨 후 실험실 막다른 곳에 있는 붉은색 벨벳 커튼 쪽으로 가라고 손짓했다.

"로턴 씨, 이쪽으로 와 보게. 내 연구의 산물을 한번 봐 주겠나."

서커스 진행자가 재주를 부리듯이 모로가 커튼을 옆으로 젖혔다.

커튼 뒤에는 측면이 유리로 된 커다란 통이 있었는데 굴릴 수 있도록 바퀴가 달려 있었다. 몽고메리는 통을 자세히 보려고 무릎을 꿇었다. 그러더니 재빨리 리잘데 쪽으로 고개를 돌려 카를로타가 알아들을 수 없는 말을 속삭였고 리잘데도 몽고메리에게 뭔가를 속삭였는데, 두 사람의 표정으로 보아 몽고메리가 충격을 받은 게 분명했다.

카를로타에게도 흔한 광경은 아니었다. 여태껏 이 단계에 있는 동물인간을 눈여겨볼 기회는 한 번도 없었다. 모로는 동물인간이 더 자란 후에야 카를로타에게 보여 주었다. 통 안에 있는 생명체는 커다란 멧돼지처럼 생겼고 그만큼 컸다. 하지만 사지가 모두 제자리에 달리지 않았고 발굽이 있어야 할 자리에는 손가락이, 즉 가느다란 피부가 튀어나와 있었다. 머리 역시 기형적이고 짓눌린 것처럼 보였다. 귀도 없고 눈은 감고 있었다. 물일 리는 없고, 얇은 막이나 점액과 비슷한 탁한 물질에 생명체가 잠겨 있었고 같은 점액이 입도 덮고 있었다.

카를로타는 유리에 얼굴을 대거나 손가락으로 유리를 두들겨 보고 싶었지만 감히 엄두를 내지 못했다. 몽고메리도 자기와 같은 마음이지만 역시 움직이지 못하는 게 아닌가 싶었다. 두 사람 모두 유리 너머에 있는 생명체를 뚫어지게 쳐다봤다. 등이 휘어져 있는 모습이라든가 면도날같이 튀어나올 듯한 등뼈, 팽팽한 피부를 따라 긴 선을 그리는 혹 하나하나를 바라보았다. 그 눈…… 카를로타는 그 동물인간의 눈이 무슨 색인지 알고 싶었다. 생명체는 털은커녕 솜털조차 한 올 없었다. 카치토와 루페는 얼굴 여기저기에 솜털이나 있었고, 오리털처럼 부드럽고 많은 그 솜털은 그들의 팔다리도 덮고 있었다.

"이게 뭐죠?"

마침내 몽고메리가 입을 뗐다.

"동물인간이라네. 모두 돼지 자궁에서 성장하지. 어느 정도 자라면 여기로 옮긴다네. 이 용액은 일종의 조류와 균류를 혼합한 용액

인데 같이 넣으면 성장을 촉진하는 특정 화학 물질이 분비되지. 또한 동물인간은 뼈와 근육이 쇠약해지지 않게끔 영양액을 공급받네. 물론 이외에도 보여 줄 게 많지만, 자네는 몇 주만 지나면 직립 보행을 하고 도구를 다루는 능력을 갖출 생명체를 보고 있는 거라네."

"그러면 이건…… 박사님이 돼지와 사람을 섞으신 건가요?"

"돼지 안에 유기체를 잉태시켰냐는 의미라면 맞다네. 그렇지만 일부 제뮬은 돼지가 아닌 동물한테서 가져왔고, 또 다른 제뮬은 인간한테서 가져왔지. 이 생명체는 단일하게 구성된 게 아니라네."

"이것은…… 이건 정말 살아 있나요?"

"그렇다네. 지금은 자고 있지만."

"그리고 살아가나요? 결국 이 통에서 꺼내면 숨을 쉬면서 살아가나요?"

생명체는 지금 거의 살아 있는 것처럼 보이지 않았지만 숨을 쉬고 있었다. 살짝 씰룩거리는 모습으로 알 수 있었다. 하지만 사실상 누군가가 보존액에 넣은 기형 동물처럼 보일 뿐이었다.

"가끔씩 죽을 때도 있어요."

카를로타가 작년과 재작년에 있었던 동물인간을 떠올리며 말했다. 동물인간은 전부 돼지 뱃속에서 죽었고 모로는 수중에 남은 동물이 형편없는 상태라고 불평하면서 돼지와 개밖에 없으면 일을 할 수 없다고 했다.

하지만 멜키아데스는 고양잇과의 대형 동물이나 원숭이를 잡아오는 사냥꾼은 아니었다. 멜키아데스는 이미 기분이 약간 상해 있었는데 왜냐하면 모로가 6개월마다 재규어를 원했고, 그러려면 멜키아데스가 도시에 가서 대화하고 싶지 않은 상대와 대화해야 했기 때문이다. 사냥꾼들은 보통 날가죽을 거래했기 때문에 야샤툰에 재규어를 끌고 가는 데 터무니없는 가격을 요구했다. 멜키아데스는 성가신 심부름을 하러 가는 걸 진저리를 칠 정도로 싫어했다.

모로가 수긍하며 고개를 끄덕였다.

"그래. 동물인간이 늘 살아남는 건 아니라네. 이것도 내가 해결하려는 일 중 하나라네. 과정에는 아직 문제가 없는 게 아니라네."

"이게 살아가는 거군요."

몽고메리가 나지막이 말했다.

모로가 박수를 치며 웃었다. 박수 소리가 하도 우렁차서 천장을 튕겨 나올 것 같았다. 모로는 웃고 있었다.

"자, 여러분. 이제 더 성장한 동물인간을 만나 봅시다."

모로가 방 밖으로 그들을 안내했다.

"문 잠가라, 카를로타."

카를로타는 박사가 시키는 대로 신사들이 나가자 실험실 문을 잠그고 문간방 문도 잠갔다.

모로는 아술레호스[17] 무늬가 있는 부엌으로 그들을 안내했다. 부엌 타일 각각은 꽃이나 기하학 모양이 그려져 있어서 무슬림이 가톨릭 왕에게 통치를 받던 시절을 떠올리게 했다. 출입문 옆에는 유약을 바른 솥이 걸려 있었다. 다락방에는 바구니와 토기 접시가 쌓여 있고 식당에는 도자기와 유리잔, 그릇이 보관되어 있었다. 요리

17 스페인, 포르투갈, 라틴 아메리카 건물에 사용되는 채색타일. 꽃무늬, 기하학적 무늬가 많으며 색은 비교적 강렬한 녹, 등, 황색 등을 쓴다.

용 솥은 콩과 쌀이 채워지길 바라며 거꾸로 쌓여 있었다. 거기에는 토르티야를 요리할 때 쓰는 코말 철판 두 개와 옥수수를 가는 데 쓰는 메타테[18] 두 개가 있었고 나무 숟가락, 국자, 초콜릿 거품기, 칼 여러 개와 각종 도구가 담긴 벽걸이 선반이 있었다.

부엌 가운데에는 양쪽에 긴 의자가 달린, 커다랗고 거칠며 오래된 식탁이 있었다. 그곳에 라모나와 카치토, 루페가 앉아 있었다. 그들이 들어오자 세 사람은 자리에서 일어났다.

"박사님, 음식을 가져다 드릴까요?"

"아니, 라모나. 지금은 됐어. 로턴 씨에게 여기 어린 친구 두 명을 소개하려고 하네. 여기는 리비아하고 체사레라네."

모로가 두 어린 동물인간의 정식 이름을 쓰면서 말했다.

모로는 자신이 창조한 동물인간에게 알맞은 라틴어 이름을 붙였으나 라모나가 각각에게 별명을 붙이거나 동물인간들이 서로를 또 다른 이름으로 불렀다. 카치토(작은)는 키가 작아서 그런 별명을 갖게 되었다. 루페는 라모나에게 그야말로 루페(늑대)처럼 보였다. 사실 라모나는 박사가 좋아하는 이름을 쓰지 않았다. 카를로타조차도 별명이 있었다. 카를로타의 별명은 로티였고 심지어 때로는 카를로타 이하 델 엘로테 카라 데 테호코테(산사나무 열매로 만든 옥수수 얼굴의 딸 카를로타)로 불렸다. 카치토와 루페는 낄낄대며 운율과 말장난을 만들어 낸 자신들이 웃기다고 생각했다.

당연히 모로는 별명으로 부르는 걸 마음에 들어 하지 않았지만 (그는 별명으로 부르는 게 저속하다고 못마땅해했다.) 이와 관련해 마땅히

---

18 윗면이 평평한 맷돌 형태의 용구.

조처할 방법이 없었고 모로조차도 별명에 익숙해져 버렸다. 라모나는 아이들에게 이야기를 들려주고 단어를 가르쳤으므로, 아이들은 박사가 정한 규칙에 따라 살아가기도 했지만 라모나가 만든 습관에 따라 살기도 했다. 라모나가 한 말에 따르면 이 세상은 끊임없는 타협이자 상대방과 스스로에게 건네는 안부 인사이므로 이러한 상황은 당연했다.

"안녕하세요, 로턴 씨."

카치토와 루페가 일제히 인사했다.

"로턴 씨와 악수하렴."

몽고메리가 손을 내밀어 두 아이 모두와 악수를 하고는 고개를 끄덕였다. 몽고메리는 감탄한 듯했다. 찌푸린 미소는 사라지고 없었다.

"여기 이 귀를 보게나."

모로가 카치토를 앞으로 잡아당겼다. 고운 갈색 털로 덮인 카치토의 뾰족한 귀를 모로가 조심스럽게 콕 찔렀다.

"하지만 루페의 경우, 귀는 조금 더 작고 손가락은 더 발달해 있네. 여기 이 턱도 보게나. 튀어나와 있지만 카치토의 턱만큼 나쁘지는 않지."

모로가 루페의 얼굴을 두 손으로 감싸면서 루페의 고개를 들어 올렸다.

"이 아이들은 아직 어려서 이목구비가 완전히 자리를 잡지 않았네. 하지만 얼마나 꼴을 잘 갖췄는지 보게나. 얘들아, 로턴 씨에게 뭐라도 말해 보렴."

"만나 뵙게 되어 기뻐요."

카치토가 말했다.

"사탕은 가져오셨나요?"

루페가 불쑥 물었다.

"나는…… 그래. 만나서 반갑구나. 미안하지만 사탕은 안 가져왔어."

몽고메리는 손으로 입을 막고는 카치토와 루페를 잠깐 들여다보다가 고개를 돌려 박사를 바라보았다.

"박사님, 앉아서 물 한 잔만 마실 수 있을까요?"

"그럼, 물론이지. 라모나, 차를 좀 끓여서 응접실로 가져와 줘. 손님들이랑 응접실에서 이야기할 거니까. 카를로타, 실험실 열쇠를 내 방에 돌려놓아 주겠니?"

모로가 카를로타의 어깨에 손을 얹고는 손바닥으로 어깨를 톡톡 두드리며 부탁했다.

"나중에 같이 저녁 먹자."

"네, 아버지. 여러분, 만나 뵈어서 즐거웠어요."

카를로타는 예의 바르게 인사하는 걸 까먹지 않았다. 카를로타는 이렇게 세세하게 신경 쓰는 일을 잘했다. 카를로타의 목소리는 부드러웠고 아버지 말씀에 동의한다는 듯이 고개를 숙였다.

4장

몽고메리

모로 박사는 상자를 열어 담배를 권했다. 몽고메리는 고개를 내저었다. 몽고메리는 모로가 능숙한 손놀림으로 담배에 불을 붙이고 소파에 앉아서 차를 가지고 들어오는 라모나를 향해 미소 짓는 모습을 지켜보았다.

몽고메리는 우아한 잔에 손을 뻗어 손가락으로 도자기의 감촉을 느꼈다. 하지만 여전히 자신이 환각을 본 게 아닌가 싶었다. 술이 마침내 뇌를 잠식한 것일 수도 있었다. 이따금 몽고메리는 엘리자베스가 나오는 꿈을 꿨고 엘리자베스가 자기 귀에 대고 속삭인 게 분명하다고 생각했다. 하지만 헛것을 본 적은 없었다.

아니다. 몽고메리가 본 것은 진짜였고 이제 그들은 응접실에 앉아 평온하게 차를 마시고 있었다. 아무것도 잘못된 건 없다는 듯이. 마치 기적이나 저주가 구현된 걸 눈으로 보지 않은 것처럼.

리비아라고 불리는 동물인간은 짝을 이루는 수컷보다 키가 크고 날씬했으며 주둥이가 짧고 귀가 둥글어서 색과 외양이 재규어런디와 닮았다. 체사레라고 불리는 소년은 오실롯과 같은 검은 반점과 줄무늬가 있었다. 체사레의 털은 황갈색이었고 얼굴은 동그랬다. 이들을 보면 누구라도 곧바로 살쾡이와 연관 짓겠지만 이들은 인간 형태를 갖추고 있기도 해서 몽고메리는 예전에 어떤 이집트학 연구자가 동물의 머리를 한 신을 그린 그림을 보여 줬던 걸 떠올렸다. 또는 누가 봐도 정글 속 짐승을 합쳐 놓았다는 걸 알 수 있는, 고대 마야 사원에 있는 고대 신의 얼굴 조각을 떠올렸다. 몽고메리는 모로가 어떻게 이런 생명체를 만들어 냈는지 상상조차 할 수 없었다. 실은 거의 한마디 말도 내뱉지 못했다.

"좀 괜찮아졌나, 로턴 씨?"

"지금 제 상태가 어떤지 잘 모르겠군요."

몽고메리가 초조하게 웃으며 말했다.

"박사님이 제게 보여 주신 것은…… 말로 표현하기가 어렵네요."

"그게 바로 도약이라네."

"네. 저도 그렇게 생각했습니다. 하지만 목적이 뭡니까? 따님의 질병을 낫게 하시려는 건 이해하지만 동물인간을 만들어 내는 게 박사님께 무슨 이득이 됩니까?"

"그건 모로 박사가 아니라, 나한테 이득이 되네."

리잘데가 끼어들었다. 리잘데는 불편해 보이는 등받이가 높은 마호가니 나무로 만든 팔걸이 의자에 앉아 있었는데, 거기 앉아서 오른손에 불붙이지 않은 담배를 쥐고 왕처럼 위엄 있는 자세를 취하고 있었다.

"동물인간은 일꾼 문제를 해결해 줄 수 있지."

"일꾼 문제요?"

"이 지역 원주민은 늘 밭일을 해 왔네. 적당히 등을 떠밀어 주면 전통을 따라 부지런히 일하고 규율을 따랐지. 그러다가 하신토 팻 같은 쓰레기 같은 놈들이 와서 폭력을 부추겼다네. 설탕은 값나가는 작물이지. 용설란도 값어치가 나갈 수 있는데, 땅에서 일할 일손이 충분한 경우에만 그렇지. 빌어먹을 반도의 절반이 봉기를 일으키고 다른 절반은 신뢰할 수 없을 때는 이뤄질 수 없는 일이라고. 로턴 씨, 요즘 원주민은 전부 믿을 수 없다고 보네. 원주민한테는 음모를 꾸미는 기질이 있어.

자, 옛날에는 카리브 제도에서 흑인 일꾼을 들여올 수 있었지만 이제는 더 이상 그런 일이 불가능하다네. 어떤 경우라도 언제나 돈이 너무 많이 들지. 메리다에서 사람들이 중국이나 한국에서 일꾼을 데려와야 한다고 말하는 걸 들었네. 그렇게 데려왔을 때 비용이 얼마나 들지 모르겠지만 말일세."

리잘데가 만지작거리던 담배에 불을 붙이려고 멈췄다.

"게다가 이 중국 사람들을 데려온다고 쳐도 쓸모없는 일이 될 수도 있다네. 이탈리아인 무리를 들여오려고 했던 친구가 있었지. 그 이탈리아인들은 황열병으로 죽었다네. 모두가 이 땅에 적응할 수 있는 건 아니더군."

리잘데가 못마땅해하면서 얇은 입술을 일그러뜨렸다.

"현지 일꾼. 유카탄반도에서 길러진 일꾼. 그게 바로 비결일세."

"마세왈레를 고용하는 대신 동물인간이 설탕을 경작하길 바라시는 겁니까?"

"자네는 모로가 해 놓은 걸 봤잖나. 두 다리로 설 수 있고 도구를 다룰 수 있는 손을 가진 동물인간 말일세. 능력 있는 의사가 사소한 문제 몇 개만 해결하면 가능할 걸세."

"사소한 문제라니요?"

그 질문에는 박사가 답했다.

"내 딸이 말한 것처럼 몇몇 동물인간은 죽네. 성숙은 어려운 과정이라네. 성장을 촉진할 필요가 있지만, 가끔씩 그 과정에서 결함이 발생한다네. 동물인간은 모두 수명이 짧지만 그건 전적으로 앞뒤가 맞는 일이네. 고양이를 떠올려 보게나. 열두 살이 되면 이미 노묘지. 인간은 열두 살이 된다고 늙은 게 아니지만 말일세."

"저희가 본 동물인간은 몇 살입니까?"

"그 아이들은 칠 년 전쯤 태어났지만 정신적 능력이나 신체적 발달 측면에서 이제 열두 살 또는 열세 살 먹은 아이와 비교할 수 있네. 그 아이들은 내 연구가 성공했다는 걸 보여 주는 가장 큰 증거라네. 성장 속도가 조금씩 둔화하고 있어서 이런 추세라면 서른 살 또는 서른다섯 살쯤까지 아무 문제 없이 살 거라네. 그 이후에는 뼈에 심각한 문제가 생길 수도 있지."

"삼십 년이라고 해도 수명이 그렇게 긴 것처럼 느껴지지는 않는데요."

"일 년보다 길잖아."

리잘데가 끼어들었다.

"동물인간이 보통 그렇게 오래 삽니까?"

"아닐세. 처음에는 오래 못 살았네. 수명을 늘리면 문제가 생겼지. 피부에 문제가 생기든가, 근육과 신경에 경련이 생겼어."

"그런 데다 그 아이들도 뼈에 문제가 생길 수 있고요."

"서른 살에는 생길 수도 있다는 말이네. 여덟 살에 뼈에 문제가 생기는 것보다는 훨씬 좋은 일이지. 하지만 이게 유일한 문제는 아니라네. 카를로타가 건강을 유지하려면 주사를 맞아야 하는 것처럼 동물인간도 안정된 상태를 유지하려면 약물 치료를 받아야만 하네. 약물 치료를 받지 않으면 동물인간은 병이 날 거야. 짐작이 갈 텐데 이런 이유 때문에 리잘데 씨의 아시엔다로 현재 일꾼들을 보내는 건 불가능하지만, 그게 궁극적인 목표라네."

"현재 동물인간은 얼마나 있나요?"

"스물넷이 넘는군. 원한다면 나중에 볼 수 있네. 리잘데 씨가 자네에 관해 한 말이 사실인지 궁금하네."

"리잘데 씨가 뭐라고 하셨죠?"

"우리는 야샤툰에서 마요르도모로 일할 적임자를 찾으려고 철저히 조사했다네. 나는 동물 표본을 구해 줄 사람이 필요하네. 꼭 가져와야 할 물건들이 있고, 자네가 메리다에 가서 참석해야 할 수도 있는 용무가 있지. 자네가 할 일이 수없이 많다네. 그렇지만 자네가 해야 하는 일 중에 가장 중요한 건 동물인간을 돌보는 일일세. 자네는 벌목 캠프나 그 밖에 고된 환경에서 일하면서 다양한 사람들을 상대해 왔겠지. 내 생각엔 그 경험이 유용할 걸세. 하지만 자네가 지금 내 앞에 서 있는 이유는 자네가 야생 동물을 두려워하지 않는다고 리잘데 씨가 보장했기 때문이라네."

몽고메리가 들고 있는 도자기 잔은 금색 테두리에 노란 꽃문양으로 장식되어 있었다. 몽고메리는 엄지손가락으로 잔 테두리를 문지르며 억지웃음을 지었다.

“리잘데 씨가 거짓말하신 거예요. 저는 야생 동물을 두려워합니다. 바보가 아닌 이상 두려워하죠.”

“하지만 재규어를 잡지 않았는가. 리잘데 씨가 그 재규어에 관해 편지로 알려 주신 적이 있네.”

“그 재규어요.”

그 이야기. 그 이야기는 몽고메리에게 명성을 안겨 주었다. 미치광이 몽고메리 로턴. 엘 잉글레 로코(미친 영국인). 모로가 관심을 보이며 자신을 바라보고 있었으므로 몽고메리는 그 이야기를 해야 한다는 사실을 깨달았다.

“저는 벨리즈시티 남부에 있는 작은 마을에 있었습니다. 재규어는 기회를 엿보는 포식 동물이고 대개는 사람들과 거리를 유지하죠. 이 재규어가 왜 마을 근처에 왔는지 모르겠지만 마을 사람들은 전에도 그 재규어를 두 번 봤다고 합니다. 하지만 두 번 모두 재규어는 아무 짓도 하지 않았고 사람들이 재규어를 쫓아냈죠. 강가에서 빨래를 하는 여인이 몇 명 있었습니다. 그중 한 여인이 그날 자기 딸을 데려왔습니다. 네 살 정도 된 어린아이였지요. 그 아이는 자기 엄마한테서 멀리 떨어지지 않은 곳에서 서성거리고 있었는데 재규어가 덤불에서 튀어나와 아이를 덮쳤습니다. 재규어는 턱으로 아이의 머리를 물고 아이를 끌고 가 버렸지요.

저는 재규어를 쫓아갔습니다. 권총을 지니고 있지 않아서 가지고 있던 칼을 써야만 했지요. 겨우 죽일 수 있었습니다.”

몽고메리는 권총을 지니고 있지 않았던 이유에 대해서는 말하지 않았다. 몽고메리는 전날 밤 술을 마셨고 구토로 셔츠를 더럽혀서 강가에서 셔츠를 빨고 있었다. 그는 자기 손가락을 물들인 끔찍하게 많은 피에 관해서도 말하지 않았다. 눈물을 흘린 사실도, 모든 일이 끝난 뒤 구역질을 하려고 했으나 하지 못했다는 사실도 말하지 않았다. 몽고메리의 위장은 이미 텅 비어 있었다. 그렇지만 모로는 전체 이야기를 파악했을지도 모른다. 뭔가를 아는 눈초리였다.

"다치지는 않았고?"

"그때 입은 상처가 팔에 있습니다."

몽고메리의 신경이 당시 몸싸움을 기억하는 것처럼 손끝이 따끔거려서 몽고메리는 잠깐 말을 멈췄다. 가끔씩 그는 팔이 쑤셨고 그때의 싸움이 남긴 여파가 살갗을 파고들었다.

"그 아이는 죽었습니다. 결국엔 쓸모없는 짓이었지요."

"그래도 용감한 행동이었네."

몽고메리는 끙 하고 앓는 소리를 내뱉고는 차를 마셨다. 재규어가 아이를 씹어 먹느라 한눈을 판 사이에 다가가서 칼로 찌른 건 용감한 행동이 아니었다. 마을 사람들은 상황을 잘 알았다. 그 미친 영국인.

그 일이 일어난 후 몽고메리는 패니에게 편지를 썼다. 무엇을 바라고 편지를 썼는지는 그 자신도 몰랐다. 영웅적인 행동이었다고 패니가 말해 주기를 바랐는지도 모른다. 몽고메리를 가엽게 여겨서 곁에 돌아와 건강을 되찾게 보살펴 주기를 바랐는지도 모른다. 하지만 패니는 개의치 않았고 몽고메리에게 간결하고 차가운 편지한 통을 보냈을 뿐이었다.

"야샤툰에서 일하려면 늘 동물들 사이에 둘러싸여 있어야 해. 흔치 않은 능력이 필요하지."

리잘데가 말했다.

"주변에 사자 조련사가 없나 봐요?"

몽고메리가 농담을 던졌다.

"로턴 씨, 아직은 자네가 내 마음에 들지 모르겠다네."

모로가 차분히 말했다. 그가 반쯤 피운 담배가 손가락에 매달려 있었다.

"자네가 이 일에 적합한 인물인지 모르겠다는 말이야."

"솔직히 저도 제가 이 일을 수락할지 모르겠습니다."

그 말에는 리잘데가 답했다.

"지금 당장 결정을 내릴 필요는 없네, 안 그런가? 모두 저녁 먹기 전에 낮잠이나 좀 자자고. 업무에 관해서는 내일 아침에 의논하세."

몽고메리는 재킷 주머니에 자리 잡은 휴대용 술병을 꺼내 술을 한 모금 마시고 싶었기 때문에 리잘데의 의견에 동의했고 배정받은 방에 다다르자마자 바로 한 모금 마셨다. 재킷과 셔츠를 벗고 나서 술을 한 모금 마시고, 또 한 모금 마셨다.

방은 넓었고 가구는 오래되고 무거웠으며 값비싼 마호가니 나무로 되어 있었다. 침대에는 모기장이 쳐져 있었는데, 많은 밤을 추레한 해먹에서 보낸 참이라 몽고메리는 모기장을 보고 만족했다. 침대 발치에는 육중한 궤가 놓여 있었다. 궤의 잠금판은 새[鳥] 문양이 정교하게 새겨져 있었다. 또한 몽고메리가 이 지역에서 본 적이 있는 휴대용 책상의 일종인, 바르게뇨 책상[19]도 있었다. 쪽매붙임을 한 책상 널판은 은으로 덧씌워져 있고 추상적인 패턴을 선보여서, 아술레호스 무늬처럼 스페인 사람들에게 전수받고 무어 양식에 영향을 받았다는 사실을 드러냈다. 특유의 황동 못이 박혀 있는 수도사 의자[20]는 창가 옆에 놓여 있었다.

방에는 커다란 거울도 있었다. 몽고메리는 거울 같은 물건을 보유할 만큼 좋은 장소에서 지내지 못했으므로 한동안 보지 못했던 스스로의 모습을 보았다. 몽고메리의 몸은 탄탄했지만 비정상적으로 여위어 있었다. 옛날 옛적에 패니는 몽고메리가 약간 잘생겼다고, 아니 적어도 충분히 보기 좋다고 생각했다. 이제는 그렇게 생각하지 않겠지. 어쩌면 그 말도 거짓말이었을 것이다. 패니가 가장 아름답다고 본 것은 돈이었다. 몽고메리한테 없었던 돈. 몽고메리는 패니가 인생에서 비싸고 좋은 물건을 선호한다는 사실을 알았지만 두 사람이 사귈 때 패니가 사치를 부린다고 못마땅해하지 않았고, 결혼했을 때는 패니가 행복해한다고 생각했다.

하지만 삼촌이 돌아가셨을 때 몽고메리가 아무런 유산도 상속받지 못하자 패니는 몹시 화를 냈다.

"삼촌한테는 영국에 자식들이 있잖아."

"하지만 당신 삼촌은 자식들을 사랑하지 않잖아. 그리고 당신을 자기 아들처럼 생각한다며."

---

19 16~18세기 초기의 수납장으로 상판을 내리면 책상으로 쓸 수 있는 형태이다.

20 16~17세기에 이탈리아와 스페인의 수도원에서 사용된 안락의자로 좌석과 등받이가 가죽으로 되어 있고 유일한 장식으로 둥근 황동 못이 달려 있다.

"그게 왜 중요해?"

그건 꽤나 중요했다. 패니는 남부럽지 않은 삶을 원한다고 했다. 두 사람이 잘 못 산다고 생각하지는 않았지만 몽고메리 역시 집안에서 부족한 부분을 발견하기 시작했고 패니가 칙칙하고 무미건조한 존재로 살기에는 지나치게 매력적이라는 사실을 인정했다. 패니는 보석 같은 존재였으므로 보석처럼 반짝반짝 빛나야 했다. 패니는 행복해야 했다. 몽고메리는 못생긴 커튼과 싸구려 깔개를 살펴보면서 그 물건들이 모두 자신을 반영하는 것처럼 느꼈다. 그는 자신이 못나고 어리석다고 생각했고 부인이 얼굴을 찡그리는 모습이나 다른 남자들이 패니를 쳐다보는 시선을 염려했다.

몽고메리는 부자가 된 것처럼 패니를 위해 넓은 새집을 장만했고 런던과 파리에서 원단을 수입했고 진귀한 향수를 구했으며 금팔찌와 다이아몬드 귀걸이를 샀다. 무지막지한 돈을 빌렸고 그 돈을 갚기 위해 더 많은 돈을 빌렸다. 하지만 패니가 행복해하는 모습을 보는 데 그만한 값어치는 하지 않았을까? 패니가 양팔로 몽고메리의 목을 감싸고 완벽한 미소로 빛나는 모습을 보는 게 그만한 값어치는 하지 않았을까?

결국 몽고메리는 떠나야 했다. 몽고메리는 패니에게 영국령 온두라스에 가면 두 사람에게 더 많은 기회가 있을 거라고 했다. 하지만 패니는 영국령 온두라스를 좋아하지 않았다. 패니는 카리브 제도를 좋아해 본 적이 없고 영국령 온두라스는 더 싫다고 했다. 두 사람이 말다툼을 벌이는 일이 잦아졌다. 패니는 자주 울었다. 심란해서 속이 끓었다. 이건 몽고메리가 패니에게 약속한 삶이 아니었다. 패니는 몽고메리가 자기 재력을 속였다고 비난했다.

몽고메리는 패니와 어떻게 대화하면 좋을지 몰랐다. 말수가 점점 줄고 움츠러들었으며 일에 집중할 뿐이었다.

몽고메리는 두 달짜리 업무를 맡아 벌목 캠프에 갔다. 그가 돌아왔을 때, 패니는 집을 떠나고 없었다. 두 사람의 금전 문제는 악화되었고 위태로운 재정 상황을 알게 된 패니가 끝내 몰래 달아난 것이었다.

패니를 비난할 수는 없었다. 몽고메리는 신사답게 살기에는 재산이 부족했으며, 지나치게 무뚝뚝하고 뭔가에 사로잡혀 있었는데, 심지어는 주기적으로 술병을 가까이 하며 자기 연민에 빠지기까지 했다. 게다가 지나치게 침울했다. 그것도 너무 자주. 패니는 몽고메리를 이해하지 못했다. 몽고메리는 자신과 다르기 때문에 패니를 사랑했지만 결국 그 점이 두 사람을 갈라서게 했다.

몽고메리는 손가락으로 팔에 있는 흉터를 쓸어내리다가 거울에 비친, 억지로 웃고 있는 자기 자신을 보았다. 야샤툰에 머물면 제대로 된 식사를 해서 살을 찌울 수 있을지도 몰랐다. 영국령 온두라스에서 동물 표본을 찾는 일은 되는대로 이뤄졌다. 마키니스타로 일하는 것보다 보수는 좋았지만 돈이 떨어져서 빚쟁이를 피하려고 할 때만 그 일을 맡았다. 몽고메리는 돈을 저축하지 않았다. 벌어들인 적은 수입은 술과 도박으로 탕진했고 때로는 침대를 같이 쓸 매춘부를 고용했다. 가능하면 금발에 파란 눈을 한 여성을. 패니 오언처럼.

하지만 몽고메리는 리잘데의 돈으로 머리 위 지붕이 안겨 주는 안전함을 원하는지 확신하지 못했다. 이곳에서 몽고메리가 누릴 수 있는 안락함은 상당했다. 눕고 싶은 침대, 좋은 가구, 이런 것들은 벼룩에게 물리고 머리에 이가 있는지 살펴야 하는 삶에 변화를 주겠지. 하지만 그 대가는……

몽고메리는 침대에 몸을 뻗고 누웠지만 낮잠을 자지는 않았다. 조금 후 노크 소리가 나더니 라모나가 몽고메리가 쓸 도자기 물병과 세면대야를 들고 들어왔다. 몽고메리는 라모나에게 감사를 표하고 저녁 식사 전에 옷매무새를 가다듬었다.

그들은 간단히 식사를 했고 몽고메리는 와인을 마음껏 마셨다. 업무에 관한 이야기가 화제에 오르지는 않아서 몽고메리는 주로 대화에 참여하기보다는 다른 사람들이 하는 말을 들었다.

저녁 식사를 마친 후 그들은 다시 응접실로 갔고 모로의 딸이 그들을 위해 피아노를 연주했다. 카를로타의 피아노 솜씨가 아주 능숙한 건 아니었다. 몽고메리는 모로가 자기 딸을 교육시키는 일이라면 최선을 다했겠지만 가정교사 없이 기적을 바랄 수는 없겠다고 생각했다. 패니는 피아노를 아주 잘 쳤다. 패니는 좋은 가문에서 자란 젊은 여성이라면 갖춰야 할 훌륭한 자질을 모두 갖추고 있었다.

마침내 라모나가 카를로타를 데려가자 남자들은 담배를 피우기로 했다.

몽고메리는 먼저 자리를 뜨면서 안녕히 주무시라는 인사를 하고는 자기 방으로 돌아갔다. 다시 한번 지금 이 상황과 장소에 관해 헤아려 보았다.

동물인간, 실험. 잠꼬대 같은 소리였지만 몽고메리가 이미 겪은 일보다 심할까? 몽고메리는 벌목 캠프에서 혹독한 환경을 견뎌 냈고 햇볕이 수풀을 통과하지 못하거나 끝없이 내리는 비 때문에 뼛속까지 얼어붙던 정글에서의 별난 추위도 견뎌 냈다. 바람이 세상의 이쪽 모퉁이에 있는 하늘을 쪼개서 집들에서 울부짖는 소리가 났다. 많은 사람들이 괴로워하며 힘들게 일했고 아센다도의 시중을 들었다. 피부가 흰 멕시코인들이 말하기 좋아하는 것처럼 마야 반군이 지주들에게 반기를 든 건 앙심을 품어서만은 아니었다. 하지만 그래서 어쩌라는 건가? 몽고메리는 다녀갔던 모든 곳에서 외관은 다르더라도 똑같은 고통을 느꼈다. 영국에서 고통은 공장에 있었고, 라틴아메리카에서 고통은 밭에 있었다. 늘 조금 더 돈이 많고, 조금 더 힘이 센 사람이 있었고, 그 사람이 다른 사람을 지배했다. 아센다도는 원주민에게 외상을 줬고 원주민은 평생 빚을 진 채 살았다. 하지만 아센다도가 없었다면 신부가 수금하러 왔을 것이고 결과는 같았다. 잡초를 베고, 사탕수수를 베고, 사람들은 그들을 위해 일해야 했다. 개같이 일하고, 개같이 살고, 죽을 때도 개같이 죽었다.

몽고메리는 영국인들이 이렇게 계속 빚을 지는 마야인을 두고 멍청하다고 말하는 걸 들은 적이 있었다. 하지만 그 스스로도 빚을 지고 있기에 삶을 통제하는 능력은 잃기가 쉬우며 삶을 통제하는 고삐는 가차없이 잡아당겨질 수 있다는 사실을 잘 알고 있었다. 좀 더 용감했더라면 자기 머리에 총알을 박아 넣었을지도 모른다. 하지만 모로에게 말했던 것처럼 몽고메리는 용감하지 않았다. 더할 나위 없는 겁쟁이였다. 몽고메리는 침대에 누워 베개 밑에 권총을 두고 두 눈을 감았다. 손바닥 밑에 닿는 침대 시트의 감촉이 부드러웠다. 이따금 밤이 되면 그러듯 머릿속으로 패니에게 편지를 써봤다.

부유한 아센다도가 소유한 조그마한 농장에서 지내게 되었어. 넌 아시엔다와 농장이 뭐가 다른지 알고 싶어 하겠지. 그냥 규모가 다를 뿐이야. 하지만 여기는 잠자리가 좋고 깨끗한 곳이야. 분쟁으로 엉망이 되고 세상과 동떨어진 이런 지역들이 늘 깨끗한 건 아니거든. 바닥은 먼지투성이고 잠자리는 더러운 해먹인 데다 양초도 없어서 칠흑 같은 어둠 속에서 잠자리에 들면 밑에서는 닭들이 뛰어다니는 곳에서 지낸 적도 있어. 네가 뭐라고 할지 알아. 내가 영국으로 돌아가야 한다고 하겠지. 하지만 나는 영국을 잊어버린 것 같아. 아니면 애초에 영국을 몰랐던 것 같아. 난 낙태된 존재 같아. 자궁에서 뜯겨졌고 고향도 없는.

이런 말을 끄적이거나 편지를 보낸 적은 없었다. 하지만 자신이 편지를 쓰는 모습이나 패니가 그 편지를 펼쳐 우아한 손으로 들고 불빛에 다가가는 모습, 소리 내어 읽는 패니의 목소리를 상상하는 일은 마음을 누그러뜨렸다. 그렇지만 몽고메리는 패니의 얼굴을 상상하고 싶지 않았다. 패니의 파란 눈동자와 곱슬거리는 풍성한 금발 머리카락, 그의 옆에 늘어진 석고처럼 창백하면서 나른한 몸을 떠올리고 싶지 않았다.

아니다. 패니를 상상할 때는 환상을 더 진전시켜야 했다. 몽고메리는 어떤 여인의 머리카락에 얼굴을 파묻고 눈을 감은 뒤 천천히 숨을 들이마셨다. 숨을 멈추며 환영을 되살리려고 패니의 이름을 속삭였다.

내뱉은 말은 미끄러지듯 사라지고 머릿속은 텅 비었다.

꿈에서 정글과 꽃을 보았다. 거대한 재규어 한 마리가 가슴팍 위에 올라앉아 무거운 돌처럼 짓눌렀다. 그때 비명 소리가 몽고메리를 잠에서 깨웠다.

몽고메리는 자리에서 일어나 권총을 집어 들었다.

5장

카를로타

라모나는 차를 가져다주고 손님들 짐이 모두 각자 방에 있는지 확인했다. 리잘데가 부리는 사람들은 방 하나를 할당받아 거기서 대기하라는 지시를 들었고 아이들은 말 잘 듣고 조용히 있으면서 눈에 띄지 말라는 지시를 받았다. 아이들은 자유롭게 뛰어다니지 못했으므로 몰래 카를로타의 방에 가서 놀았다.

카치토는 조이트로프[21]를 돌려서 말이 질주하게 했다. 루페는 장난감 병정을 일렬로 세웠다. 거기에는 보병과 기병도를 높이 휘두르는 기병이 있었고 장난감 대포도 있었다. 장난감 병정은 하얀 옷깃과 빨간 소매가 달린 파란색 외투에 흰색 바지를 입어서 나폴레옹의 그랑드 아르메[22] 제복을 흉내 내고 있었다. 장난감 병정은 모두 검은색 샤코[23]를 쓰고 있었고 샤코 앞부분에는 다이아몬드 모양

21 회전하게 만든 여러 장의 그림을 사용하여 작은 구멍을 통해 회전 드럼이 만드는 움직이는 환영을 볼 수 있도록 하는 초기 애니메이션 기구.

22 Grande Armée. 1805년 나폴레옹 1세가 명명한, 프랑스군을 중심으로 한 군대의 명칭이다.

23 원통, 원추, 또는 역원추형의 높은 깃털술이 앞에 달린 육군용의 군모.

표찰이 달려 있었다. 나폴레옹의 열렬한 지지자인 모로는 딸의 이름을 나폴레옹의 아내 조제핀의 이름을 따서 호세피나로 지으려고 했으나 마지막 순간에 마음을 바꿨다.

모로는 '자유'를 뜻하는 카를로타라는 이름이 딸한테 어울린다고 생각해서 그리 지었다. 그렇지만 결국 어느 황후와 같은 이름을 갖게 된 셈이었다. 몇 해 안 되는 기간이지만 멕시코를 통치했던 카를로타 황후는 카를로타 모로가 여덟 살 때 유카탄을 방문했다. 하지만 카를로타는 황후가 재위했던 시절을 거의 기억하지 못했고 평생을 세상과 떨어져 지냈기 때문에 프랑스 군대가 멕시코를 얼마나 크게 바꾸었는지도 말할 수 없었다.

그나마 아는 사실이라고는 세로 데 라스 캄파나스[24]에서 남편이 처형된 후 카를로타 황후가 미쳐 버렸다는 이야기였다. 카를로타는 브뤼셀에 유폐된 미친 여자와 이름이 같은 건 이상한 일이라고 생각했으며 그 사실이 불길하게 느껴졌다. 하지만 모로는 벨기에 출신인 카를로타 황후가 훌륭한 귀부인이었으며 자기는 운수 같은 건 믿지 않는다고 카를로타를 안심시켰다.

"저 영국인은 눈에 아무 색이 없어. 라모나가 나한테 말해 줬어."

카치토가 말을 꺼냈다.

"눈에 색이 없는 사람은 없어."

카를로타가 대꾸했다. 화려한 드레스를 간편한 드레스로 갈아입은 카를로타는 바닥에 배를 깔고 누워서 장난감 병정을 지켜보았다. 그녀는 장난감을 가지고 놀기에는 나이가 많아졌다. 그렇지만

---

24 스페인어로 '종의 언덕'이라는 뜻으로, 멕시코 케레타로에 위치한 언덕이자 국립공원.

아버지는 그들이 장난감을 가지고 노는 걸 그만두게 하지 않았고, 카를로타는 성인이 되면 아버지가 자신을 떠나보낼까 봐 두려워서 때로는 영원히 소녀로 남아 있기를 간절히 바랐다.

"저 사람은 아니야. 저 사람 눈에는 색이 없다니까. 마치 구름 같아. 그건 진짜 색이 아니야."

"저 사람들이랑 실험실에 들어가 봤어?"

루페가 물었다.

"응. 실험실 안에 있는 걸 다 봤어. 아버지가 거기에 동물인간을 하나 두고 계시거든. 하지만 아직 다 자라지는 않았더라고. 수조 안에 있었는데, 자궁 안에 있어야 할 것처럼 생겼더라. 물론 실제로 그러면 안 되겠지만. 이상했어. 피부도 온통 문제가 있는 것 같았고."

"자궁 안이라고? 그러면 아주 작았겠네."

카치토가 이렇게 말하면서 귀를 긁었다.

"아니. 옛날 사람들이 말하는 호문쿨루스처럼은 아니었어."

"호…… 뭐라고?"

"아버지 책에 있는 그림에서 봤어. 사람들은 아주 작은 사람들을 만들어서 병에서 키울 수 있다고 생각했대."

"철자가 어떻게 돼?"

카를로타가 소리 내어 철자를 발음했다. 모로는 카를로타에게 읽는 법을 가르쳤고, 카를로타는 루페와 카치토에게 이야기책의 내용을 알려 줬다. 루페는 삽화에 감탄했고 카치토는 단어에 관심을 보이며 새로 배운 단어를 하나씩 큰 소리로 읽은 뒤 대화할 때 써먹었다.

"그 동물인간을 손으로 잡을 수 있어?"

카치토가 물었다.

"아니. 그런 게 아니야. 연금술사라면 그렇게 생각했겠지만."

"너희 아버지는 연금술사야. 너희 아버지가 그렇게 말씀하시는 걸 들었는걸."

"아니야. 우리 아버지는 화학을 잘 아시는 거야."

"어떻게 다른데?"

카치토가 조이트로프를 돌리며 물었다.

"멍청한 질문 좀 그만해."

루페가 이렇게 말하고는 들고 있던 장난감 병정을 내려놓았다.

"우리한테 동물인간을 보여 줘. 그래야 무슨 말인지 알지."

"어떻게?"

"열쇠 갖고 있잖아."

"아버지 방에 가져다 놓기로 했는걸."

"손님들이 와 있는 오늘 밤에는 실험실에 일하러 가지 않을 거야. 즉 너희 아버지는 열쇠가 필요하지 않을 거라는 뜻이지. 장담하는데 다들 자러 갔을 때 우리가 살짝 볼 수 있을 거고 너희 아버지도 모를 거야."

"아버지가 아시면 우리한테 화를 내실 거야. 그리고 굳이 뭐 하러? 너네 재밌으라고?"

"너희 아버지는 신사분들 즐거우라고 실험실을 보여 줬잖아."

"그건 달라."

"어떻게 다른데? 오늘 밤에 가자니까."

"말했잖아. 아버지가 화내실 거야."

"우리한테 열쇠 안 주면 슬쩍해서 너 빼고 볼 거야. 그러면 멜키아데스가 자기 침대 밑에 숨겨 둔 사탕을 우리가 전부 먹었을 때처럼 넌 우리가 널 빼놓았다고 엄청 화를 내겠지."

"이건 그거랑 달라!"

"같아. 우리가 널 빼놓으면 나중에 투덜댈 거잖아."

카를로타는 입술을 깨물었다. 루페가 지금처럼 고집 피우는 게 싫었다. 카치토는 알고 싶어서 질문했지만 루페는 이기고 싶어서 같은 문제를 파고들었다. 하지만 혼자 남겨지기는 싫었다. 카를로타는 아버지처럼 두 사람이 자기를 환자 취급하는 걸 원치 않았다. 여전히 모로는 가끔씩 카를로타를 환자 취급하면서 난리법석을 떨었고 체온을 재면서 침대에 가만히 누워 있으라고 명령했다. 카를로타는 이제 괜찮아졌다. 기운도 훨씬 세졌다.

"좋아. 하지만 다들 자러 간 후에 보러 갈 거고, 조용히 해야 해."

루페는 남은 저녁 시간 내내 미소를 지었고 그 미소는 자기만족을 뜻했다. 카를로타는 루페한테 동조한 건 잘못한 일이라고 생각했지만 더 할 말이 없었다. 카를로타가 발을 뺐다면 루페가 놀렸을 테고 카치토도 같이 그랬을 것이다. 카치토는 루페가 말하는 대로 행동했다. 카를로타는 열쇠가 제자리에 있는지 모로가 확인하길 바랐지만 그는 열쇠를 확인하지 않았다. 아마도 리잘데 씨와 이야기하느라 너무 바빴던 것 같다.

밤늦게 카치토와 루페가 와서 노크하자 카를로타는 침대맡에 있는 등잔을 들었다. 카를로타가 조용히 하라고 입술에 손가락을 대자 카치토와 루페가 고개를 끄덕였다. 세 사람은 맨발로 복도를 서둘러 통과해서 문간방으로 통하는 문 앞에 다다랐다. 카를로타는 열쇠를 꺼냈지만 자물쇠에 넣지는 않았다.

"왜 그래?"

루페가 속삭였다.

"아버지가 안에 계실 수도 있잖아."

"불빛이 없잖아. 핑계 대지 마. 이 겁쟁이야."

"난 겁쟁이가 아니야."

카를로타가 화를 내면서 중얼거렸지만 두 사람에게 일주일 내내 놀림당하는 게 싫어서 열쇠를 돌렸다. 어쨌든 카를로타도 동물인간을 다시 보고 싶었다. 그래도 아버지의 지시를 어기고 몰래 돌아다니는 건 옳지 않았다. 아마도 다음 날 아침 카를로타는 예배당에 들러 묵주 기도를 바칠 것이었다.

카를로타가 문을 열었고 세 사람은 안으로 들어갔다. 어둠 속에서 문간방은 책과 동물 표본으로 가득 차 있었지만 아까처럼 카를로타에게 보물이 그득한 금고같이 보이지는 않았다. 그곳에 있으니 기분이 좋지 않았다. 카를로타는 등잔을 꽉 붙잡았다.

"어서. 지금 와서 돌아갈 수는 없어."

루페가 소곤거렸다.

카를로타가 두 번째 문, 즉 실험실로 통하는 신성한 문을 열었다. 이번에는 주저하지 않고 태연한 척 들어갔다. 등잔불이 그림자를 춤추게 했고 카를로타는 돌아서서 아직 문가에 있는 루페와 카치토를 득의양양하게 쳐다보며 소곤거렸다.

"어쩔 거야? 너네가 보고 싶어 했잖아."

루페와 카치토는 망설였다. 어쩌면 그 둘은 카를로타가 마음을 고쳐먹고 겁쟁이처럼 자기 방으로 달아나길 기대하고 있었는지도 모른다. 둘은 천천히 실험실로 들어갔다. 그러고는 고개를 들어 선반과 작업대 위에 있는 유리잔을 전부 바라보았다. 마침내 그 둘은 카를로타가 서 있는 곳으로 살금살금 걸어왔다.

"어디에 있어?"

루페가 물었다.

"이거 좀 들어."

카를로타가 카치토에게 말하면서 등을 건넸다.

카를로타는 붉은색 커튼을 옆으로 걷었다. 아버지만큼 재주를 부리지는 못했지만 그래도 손가락으로 통을 가리켰을 때 두 사람을 깜짝 놀라게 할 수는 있었다. 세 사람 모두 서로 바짝 붙어 서 있었다.

"아기처럼 생기지 않았는데."

카치토가 말했다.

"이건 아기가 아니야."

"그럼 이게 뭔데?"

아무 대답이 없었다. 생명체는 창백하고 고요하게 비밀을 가득 품은 채로 어둠 속에 떠 있었다. 루페는 대열을 깨고 앞으로 나아가 유리에 몸을 가까이 붙이고는 손가락으로 통을 두드렸다.

"거기, 안녕."

"하지 마."

"왜?"

루페가 계속 유리를 두드리면서 대꾸했다.

카를로타도 처음 동물인간을 봤을 때 유리를 건드리고 싶었지만 감히 엄두를 내지 못했다. 루페는 턱을 치켜들고 손바닥으로 유리를 세게 두들기면서 낄낄거렸다. 카치토도 낄낄거리며 유리를 건드렸고 카를로타는 체념한 듯 고개를 내저었다. 배짱이 없는 사람이 되고 싶지 않아서 카를로타도 손가락으로 유리를 두드렸다. 따뜻한 감촉이 피부에 닿았다.

카를로타는 손톱으로 유리에 동그라미를 그렸다.

동물인간이 한쪽 눈을 떴다. 동물인간은 하얀 막으로 뒤덮여 있었다.

루페와 카치토가 헉하는 소리를 내뱉으며 뒷걸음질 쳤다. 카를로타는 깜빡이지도 않는 눈을 쳐다봤다. 카를로타가 두 사람에게 가야 한다고 말하려고 입을 뗀 순간이었다.

동물인간이 머리로 유리를 쾅 들이박았고, 카를로타는 화들짝 뒤로 물러서며 두 손을 꽉 마주 잡았다.

"가야 해."

카치토가 속삭였다.

동물인간이 다시 머리로 유리를 쾅 들이박자 막이 벗겨지면서 황금빛의 큰 눈이 드러났다. 그 눈은 만물을 꿰뚫어 보는 고대 신 레비아탄의 눈처럼 소름 끼쳤고 굶주려 보였다. 동물인간이 입을 벌리자 뱀장어가 아가리를 벌린 것처럼 아주 가는 이빨이 드러났다. 동물인간은 괴성을 질렀지만 물이 그 소리를 덮어서 소리 없이 고통을 내비쳤다. 동물인간은 감옥 같은 수조에서 앞뒤로 힘차게 움직여 몸으로 파문을 일으켰다. 그러고는 자기 몸을 긁어서 목 주변에 새빨간 선이 생겼다.

"죽어 가고 있어."

루페가 이어서 말했다.

"우리가 저기서 꺼내 줘야 해. 재 죽어 가고 있어."

"아버지를 모셔와야 해."

"숨을 못 쉬잖아. 익사하고 있다고."

"등잔을 돌려줘."

카를로타가 카치토에게 말했다. 하지만 카치토는 등잔이 부적이라도 되는 것처럼 꼭 붙잡고 있었다.

"카치토, 그것 좀 놔 봐!"

카치토는 카를로타의 말을 따르기는커녕 탁자에 등잔을 부딪치며 허둥거렸다. 카를로타는 고개를 돌려 루페한테 아버지를 깨워야겠다고 말하려고 했다. 하지만 루페는 그들 곁에 있지 않았다. 오븐 위에 있는 삽을 집어서 수조 쪽으로 가고 있었다.

"루페!"

"저기서 꺼내 줘야 해!"

루페가 소리 지르며 삽을 세게 휘둘렀다.

유리에 금이 가기 시작했다. 루페는 삽을 다시 휘두르고 또 휘둘렀다. 카를로타가 달려와 루페를 옆으로 밀쳤다. 루페는 바닥에 넘어졌고 그녀가 쥐고 있던 삽도 쨍그랑 소리를 내며 탁자 밑으로 떨어졌다.

카를로타는 깊게 금이 간 유리 수조를 바라보며 찰나의 순간 동안 이 일을 해결할 수 있을 거라고 생각했다. 그때 동물인간이 통제가 되지 않는 맹렬한 힘으로 몸을 던져 유리가 산산조각 났고 실험실 여기저기로 유리 파편이 날아갔다. 물이 바닥에 흘러넘쳤다. 고기가 상할 때 풍기는 것처럼 역한 냄새가 났다. 카를로타는 토하지 않으려고 손으로 입을 틀어막았다.

동물인간은 경련을 일으키며 네 발로 섰다. 팔다리는 매끈하지만 빈약해 보였고 피부는 깊은 바다에서 불쑥 뽑혀 나온 것처럼 반투명에 가까웠다. 동물인간은 가냘픈 울음과 성난 으르렁 사이에 있는 소리를 냈다. 그러고 나서 루페 쪽으로 고개를 돌리고는 돌진했다. 동물인간은 걷지 않았다. 거의 미끄러지는 것처럼 보였지만 미친 듯이 빠른 속도여서 카를로타가 조심하라고 외칠 틈도 거의 없었다. 루페는 허둥지둥 일어섰지만 아주 잽싸지는 못했고, 달려든 동물인간이 루페의 다리에 이빨을 박아 넣었다.

루페가 비명을 질렀다. 카를로타는 동물인간 쪽으로 몸을 던져 루페한테서 떼어내려고 했다. 하지만 동물인간은 물고기처럼 미끄러워서, 카를로타가 세게 잡아당기며 주먹을 내리쳐 봐도 루페를 놓아주지 않았다.

카를로타는 삽을 떠올리고 탁자 밑으로 다가갔다. 손가락이 미끈거려서 동물인간의 머리를 후려칠 때 삽을 놓칠 뻔했다. 카를로타는 동물인간이 루페를 놓아줄 때까지 두 번이나 더 후려쳐야 했고 그런 뒤에도 동물인간은 죽지 않았다. 으르렁거리며 바닥에서 펄떡거렸다.

카를로타는 삽을 내려놓고 루페를 발치로 끌어당기려 했다. 루페는 울면서 카를로타에게 매달렸다.

"여기를 떠나야 해."

"아파!"

카를로타가 주위를 둘러봤다. 카치토는 탁자 위로 뛰어 올라가 눈을 가리고 있었다. 카를로타가 실험실 밖으로 루페를 끌고 가려고 했지만 몇 발자국 떼기도 전에 동물인간이 다시 일어나 그들을 향해 돌진했다. 두 사람은 뒷걸음질 치다가 발을 헛디뎌 넘어졌다.

핏기 없는 동물인간이 물결 모양으로 등을 구부리고 송곳니를 드러내며 두 사람을 향해 뛰어오르자 루페가 다시 비명을 질렀고 카를로타도 같이 비명을 질렀다.

어둑어둑한 곳에서 커다란 총성이 울리더니 총성만큼 커다랗고 물기를 머금은 쿵 소리가 났다.

숨을 들이마셔. 천천히 숨을 들이마시고 내뱉어. 카를로타가 초조해하거나 오래된 발작으로 몸이 무너지려고 하면 아버지는 그렇게 말씀하시곤 했다. 하지만 호흡을 조절하지 못해서 카를로타는 숨을 급히 들이마셨고 루페는 훌쩍거렸다.

카를로타는 고개를 돌렸다. 바닥 위에 몸을 떨며 복부에서 피를 콸콸 흘리는 동물인간의 모습이 보였다. 동물인간은 그르렁거리다가 허공에 입을 쩍 벌렸다.

부츠 한 쌍이 깨진 유리를 밟아서 으드득거리는 소리가 났다.

몽고메리가 동물인간에게 다가가 머리에 총부리를 겨누고 다시 총을 발사했다. 동물인간은 마지막으로 몸서리를 치더니 피와 물이 뒤섞인 땅바닥에 꼼짝하지 않고 누워 있었다. 카를로타가 입술을 깨물자 입에서 피맛이 느껴졌다. 주변에는 온통 죽음이 풍기는 진한 구리 같은 냄새가 났다. 카를로타가 루페를 움켜잡자 그녀는 카를로타의 어깨에 얼굴을 묻고 울었다.

"카를로타!"

모로가 불쑥 방으로 들어와 카를로타 옆에 무릎 꿇고 앉더니 카를로타의 얼굴을 쓰다듬었다.

"얘야, 어디 다친 데는 없고?"

모로는 카를로타가 똑바로 앉게 도와주었다. 카를로타는 고개를 끄덕이며 숨을 헐떡였다.

"네. 하지만 그게…… 그게 루페를 물었어요."

"카치토, 등잔을 이리 가져와라!"

카치토가 탁자로 뛰어내려 등을 들어 올렸다. 모로가 루페에게 다리를 보여 달라고 하자 루페가 모로의 말대로 다리를 보여 줬다. 모로는 뭔가 중얼거리더니 자리에서 일어섰다. 모로의 시선은 죽은 생명체에 이르렀다가 영국인 쪽으로 가닿았다.

"이렇게 참혹하게 죽일 것까지 있었나?"

"제 잘못이에요, 아버지."

카를로타가 모로의 손을 붙잡으며 말했다.

"저희가 동물인간을 보려고 했어요."

"네 잘못이라고!"

카를로타는 더 말하고 싶지 않았지만 긍정의 의미로 맥없이 고개를 끄덕였다. 옆으로 몸을 뺀 모로의 눈초리가 매서워졌다. 카를로타는 아버지가 자신을 때릴지도 모르겠다고 생각했다. 아버지에게 맞은 적은 한 번도 없었지만 냉랭한 표정을 보느니 맞는 게 나을 것 같았다.

"로턴 씨, 루페의 상처를 봐 줘야겠네. 날 좀 도와줄 수 있겠나?"

"네. 박사님."

"아빠, 저는 어떻게 할까요?"

"내 눈앞에서 사라져!"

그 말은 말이라기보다 으르렁거리는 소리에 가까웠다. 카를로타는 눈에 눈물이 가득 고인 것을 느꼈지만, 그 자리에서 영국인이 동정하는 눈빛으로 자신을 쳐다보고 있고 아버지는 노발대발해서 쳐다보고 있었으므로 울 수조차 없었다.

카를로타는 손을 문지르며 조용히 실험실 밖으로 나갔다.

다음 날 카를로타는 응접실에서 두 사람이 대화하는 소리를 들었다. 아버지와 로턴이. 리잘데 씨나 다른 누군가가 전날 밤 소동에 관해 알고 있는지는 알 수 없었다. 카를로타는 그런 일이 일어나지 않길 기도했다.

"일어나면 안 되는 일이었어. 유례없는 사고였네."

카를로타는 보이지 않게 문 가까이에 몸을 바짝 대고 귀를 쫑긋 기울였다.

"그렇지만 여전히 위험이 남아 있습니다."

"자네가 지적한 것처럼 야생 동물과 관련된 일은 늘 위험이 따르네. 어젯밤에 해 준 일에 감사하네. 나는 자네가 이 일에 적합한 사람이라고 보네."

잠깐 정적이 흘렀다. 유리잔이 쨍그랑거리는 소리가 났다.

"리잘데 씨가 저에 관한 문서에 제가 술을 마신다고 적지 않았습니까?"

"그게 자네에게 심각한 문제인가?"

"박사님께는 심각한 문제가 아닙니까?"

"낮 동안에 제대로 일할 수만 있다면 여가 시간에 뭘 하든 상관없다네."

몽고메리가 소리 내서 웃었다. 그 웃음소리는 유쾌한 기색이 조금도 없었고 개가 짖는 소리와 비슷했다.

"저는 항상 제 할 일을 합니다."

"그러면 우린 잘 지낼 수 있겠군. 이 일을 맡고 싶나?"

"네."

몽고메리는 주저하지 않고 분명히 말했다.

카를로타는 어떻게 이런 일이 일어난 뒤에 몽고메리가 저렇게 말할 수 있는지, 발치에 시체가 있고 피웅덩이에 잠긴 실험실 한가운데 서 있다가 어떻게 저렇게 기품 있고 차분하게 말할 수 있는지 의아했다.

카를로타는 그들을 보려고 문간으로 고개를 내밀었다. 아버지는 카를로타를 못 봤지만 비스듬히 앉아 있던 몽고메리는 즉시 이쪽에 시선을 고정했다. 카치토가 말했던 것처럼 몽고메리의 눈에는 아무런 색이 없었다. 회색빛이고 촉촉했지만 아무 감정도 느껴지지 않았다.

카를로타는 야샤툰이 세상의 끝이라고 했던 라모나의 말을 떠올렸다. 그리고 카를로타는 그 말이 맞다고, 이 남자는 야샤툰이 세상의 끝이라고 생각해서 이곳에 왔고, 세상의 끝에 다다라서 그저 모든 것이 멸망하기를 기다리는 중이라고 생각했다.

2부

1877년

6장

몽고메리

몽고메리는 강렬한 두통과 얼굴에 내리쬐는 눈부신 햇빛에 일어나 게으른 자신을 나무랐다. 모로 박사는 몽고메리가 맡은 일을 다 했기 때문에 술을 마신다고 그를 비난하지 않았다. 사실 몽고메리는 자신이 술을 마셔서 박사가 기뻐하는 게 아닌지 의심스러웠다. 박사가 음주를 반대할 거라는 상상조차 하기가 어려웠다. 강론과 신비스러운 분위기로 동물인간을 통제하는 것과 마찬가지로 박사는 이렇게 몽고메리를 통제했다.

몽고메리는 술로 매일을 버텼다. 야샤툰에서 지낸 육 년간 몽고메리는 여러 번 금주하려고 했으나 심부름을 하러 시내에 가면 싸구려 선술집에 앉아 고약한 냄새가 나는 담배를 피우며 술잔을 연거푸 들이켜곤 했다. 아니면 집 안 곳곳에 숨겨 놓은 아과르디엔테 병을 하나 찾아서 병마개를 따곤 했다.

하지만 그날은 금요일이었고 모로는 주사를 놓고 싶어 했다. 몽고메리는 얼굴에 물을 끼얹고 옷을 입은 후 눈살을 찌푸리며 시계를 쳐다보다가 부엌으로 향했다.

라모나와 루페가 손바닥으로 반죽을 주무르며 토르티야를 만들고 있었다. 두 사람의 손에서 나는 규칙적인 쿵쿵 소리가 익숙한 선율처럼 들렸다.

“좋은 아침이에요, 로턴 씨. 커피 한잔하실래요?”

“좋은 아침입니다. 네, 감사합니다. 박사님은 실험실에 계신가요?”

“아니요. 통풍으로 괴로워하고 계세요. 로티 말로는 간밤에 계속 뒤척이셨대요. 그래서 로티가 오늘 아침 일찍 통풍에 좋은 걸 드렸어요. 박사님은 잠깐 주무시고 계시고 로티는 산책하러 나갔어요.”

라모나가 일어나서 물을 끓이는 동안 루페는 계속 토르티야를 만들었다. 커피는 효율적이고 빠르게 만들어졌고 몽고메리도 마찬가지로 커피를 신속하게 마셨다.

“카를로타는 세노테[25]에 갔나 보군요.”

몽고메리가 관자놀이를 문지르면서 토기 잔을 내려놓았다. 전날 밤 몽고메리는 누나 생각을 했다. 어제가 누나의 기일이어서 기분이 좋지 않았고 패니에게 편지를 쓰는 일조차 마음을 달래 주지 못했다.

“늘 가던 데죠.”

루페가 생석회만큼이나 신랄한 어조로 말했다.

“카를로타를 데려와 줄래?”

---

25 멕시코 유카탄반도에서 발견되는 자연 현상으로, 석회 기반암(基盤岩)이 오랜 세월 빗물에 무너져 내리며 표면을 드러낸 지하수 샘이다.

"내가 가면 안 올 거예요. 내가 부탁하면 한참 걸리거든요. 카를로타를 부르려면 소리를 지르는 편이 나을걸요."

몽고메리는 한숨을 내쉬고 집을 나섰다. 루페와 카를로타 사이에 무슨 일이 벌어지고 있는지 이해할 수 없었지만 최근에 두 사람은 습관처럼 끊임없이 다퉜다. 몽고메리는 누나와 친해서 둘 사이에 다툼이랄 게 없었으므로 카를로타와 루페가 이렇게 말다툼을 하는 게 이상하게 느껴졌다. 하지만 카를로타와 루페는 자매지간이 아니었다. 아마 그런 간단한 이유 때문이었는지도 모른다.

머릿속에 다시 엘리자베스가 떠올라서 몽고메리는 빠르게 걸었고 세노테에 빨리 도착해서 빨리 돌아오기를 바랐다. 그의 마음을 좀먹는 건 한가함이었다. 잡일로 하루를 바쁘게 보내면 우울함이 잦아들 터였다.

카를로타가 즐겨 수영하는 세노테는 바알람[26]이라고 불리는 곳이었다. 바알람이라고 불리는 이유는 세노테로 가는 길 옆에 재규어인간의 형상을 새긴 하얀색 석상이 홀로 서 있었기 때문이다. 세노테는 작았다. 아니 적어도 지면에서 내려다보이는 부분은 햇빛이 아롱거리는 청록색 물이 적당한 크기의 원을 이루고 있었고 바위를 몇 개 타고 내려가면 쉽게 접근할 수 있었다. 해가 한창 떠 있을 때 이 물웅덩이에 몸을 담그는 건 즐거운 일이었다.

그날 카를로타는 세노테에서 수영하고 있지 않았다. 팔로 두 눈을 가리고 부채(좋은 가문에서 자란 멕시코 숙녀라면 절대 빼놓을 수 없는 장신구)를 옆에 놓고 리넨 다회복을 입은 채로 땅바닥에 몸을 뻗고 누

---

26 마야어로 재규어라는 뜻.

워 있었다. 큰 도시에 사는 부잣집 아가씨라면 이렇게 입고서는 집 바깥에 나갈 엄두를 결코 내지 못했을 것이다. 그런 아가씨라면 겹겹이 비단을 두르고 유행하는 치마받이, 화려한 모자와 장갑이 필요할 테지만, 이곳은 야샤툰이었기 때문에 박사의 딸은 마음 가는 대로 할 수 있었다.

몽고메리는 모로가 조만간 적절한 사윗감을 찾으려고 카를로타에게 좋은 옷을 입혀서 메리다로 보낼 거라고 확신했다. 카를로타는 이제 스무 살로 결혼할 나이가 됐다. 몽고메리의 누나는 열여덟 살에 결혼했다.

몽고메리는 루페가 말했던 것처럼 소리를 지르지 않았다. 그럴 필요가 없었다.

"카를로타, 일어나. 이제 돌아갈 시간이야."

몽고메리의 그림자가 카를로타의 몸 위로 아른거리자 카를로타는 느긋이 팔을 들고는 눈을 깜빡이며 눈에 띄는 벌꿀색 눈으로 몽고메리를 쳐다봤다. 카를로타가 장난스럽게 입술을 삐죽거렸다.

"온 지 일 분도 안 됐는걸요."

카를로타의 목소리는 벨벳과 진주, 부채를 펄럭이는 모습만큼 듣기 좋았고 머리카락은 칠흑 같았다. 그날따라 카를로타의 머리카락은 어깨 아래로 자유롭게 흘러내렸다.

그렇다. 모로는 카를로타에게 알맞은 남편감을 찾는 데 아무런 문제도 없을 것이다. 카를로타 같은 미인은 이목을 끌 게 확실했다.

"모로 박사님이 곧 찾으실 거야."

"몽고메리, 눈 밑에 다크서클이 있네요. 술 마시면 다크서클이 생겨요. 술을 안 마셨을 때 더 잘생겼어요."

카를로타는 직설적이면서 매력적이었다. 부채를 펄럭거리기는 했지만 카를로타는 수아레[27]와 살롱[28]이 어떻게 돌아가는지 몰랐고 꽃말도 몰랐다.

"그건 내가 허영에 차 있지 않다는 말이니 잘됐네."

몽고메리가 차분하게 말했다.

"여기서 떠나고 싶지 않아요. 루페가 오늘 아침에 너무 심하게 굴었는데 걔 기분이 다시 좋아질 때까지 집에 돌아가고 싶지 않아요. 오후 늦게까지는 좋아지지 않을 거예요."

"루페가 너한테 달려들어서 얼굴을 할퀴어도 상관없어. 오늘은 금요일이잖아. 주사를 맞고 아버지를 도와서 동물인간들에게 약을 줘야지."

몽고메리는 두 사람이 서 있는 세노테의 청록색 물보다도 더 차갑게 말했다.

"싫어요."

카를로타는 다시 입을 삐죽거렸지만 몽고메리가 손을 내밀자 그의 손을 잡고 일어났다.

두 사람은 좁은 오솔길을 따라 돌아가기 시작했다. 두 사람은 재규어가 새겨진 흰색 조각상을 지나쳤고 카를로타는 조각상을 보려고 멈춰 섰다. 몽고메리는 초조한 듯 손가락으로 자기 허벅지를 두드렸다.

---

27 프랑스어로 파티, 특히 어떤 사람의 집에서 밤에 격식을 갖추어서 하는 것.

28 과거 상류 가정 거실에서 흔히 열리던 작가, 예술가들을 포함한 사교 모임.

"영국 이야기 다시 해 줘요. 얼마나 추운지요. 피부에 눈이 닿으면 어떤 느낌인가요?"

"왜 눈에 관해 듣고 싶은데?"

"거기 있는 걸 모조리 알고 싶어요. 우리 아버지처럼요."

네 아버지는 그런 일이 가능하다고 상상하는 미친 사람이야. 몽고메리는 생각했다. 하지만 이곳에서 이렇게 오래 지낸 몽고메리도 미친 사람이긴 마찬가지였다. 육 년이라는 세월이 눈 깜짝할 사이에 지나갔다. 몽고메리는 늘 돈을 모아서 다음 해에 떠날 거라고 되뇌었지만 그가 진 빚의 복리는 터무니없었다. 리잘데는 자기가 도량이 넓다는 걸 과시하려는 듯이 이따금 몽고메리에게 돈을 조금 부쳐 줬다. 몽고메리는 시내에 가면 봉급을 인출해서 술 마시는 데 썼고 나머지로는 도박을 했다.

"모든 걸 다 알 수는 없어."

두 사람은 다시 걷기 시작했다.

"사람들이랑 많이 이야기하고 책을 많이 읽으면 알 수 있어요."

카를로타가 확신에 찬 목소리로 대답했다.

"아니. 그럴 순 없어. 어떤 일들은 직접 경험해야만 해."

"오늘 짜증 나게 구네요! 말하는 게 꼭 루페 같아요! 둘이 같이 내 험담 해요?"

"아니. 너네 둘은 왜 싸우는 건데?"

카를로타가 한숨을 쉬면서 아름다운 두 눈을 몽고메리 쪽으로 휙 치켜떴다. 굵은 속눈썹이 단검처럼 예리했다.

"루페는 이곳을 떠나고 싶어 해요. 야샤툰 바깥에 뭐가 있는지 보고 싶대요. 프로그레소랑 메리다, 그리고 다른 곳들도 보고 싶어 하더라고요. 말도 안 되죠."

"뭐가?"

"루페는 떠날 수 없어요. 약을 어떻게 구하겠어요? 그리고 누가 야샤툰을 떠나고 싶어 하겠어요?"

"모두가 너처럼 책을 통해서 세상을 볼 수 있는 건 아냐. 다른 사람들은 더 재밌는 일을 찾거든."

"내가 따분하다고 생각해요?"

"그렇게 말한 적은 없는데."

"야샤툰은 완벽한 곳이에요. 세상에서 제일 좋은 곳이라고요."

"그렇게 건방지게 말할 만큼 너는 세상에 관해 잘 몰라."

몽고메리가 웃음을 참지 못하며 말했다.

"정말요? 도시는 뭐가 그렇게 매력적인데요? 뚜떼나 바카리[29] 게임에서 봉급을 전부 잃어버릴 수 있다는 점이요?"

석탄처럼 열을 내며 카를로타가 물었다.

몽고메리는 카를로타가 자신이 아니라 루페한테 화났다는 사실을 알았다. 지금 그 분노의 화살을 마주하고 있는 까닭은 카를로타 옆에서 걷고 있기 때문이었으므로 어디론가 화살의 방향을 돌려야만 했다. 그렇지만 몽고메리는 걸음을 멈추고 카를로타를 바라보았다. 몽고메리는 딱히 자기 결점을 아무에게도 숨기지는 않았으나 그렇다고 자기 얼굴에 돌을 던지는 것처럼 그 사실을 불쑥 들이미는 것도 원치 않았다.

---

29 둘 다 카드놀이의 일종이다.

모로는 자기 딸이 유카탄반도의 순한 꿀벌과 비슷하다고 믿고 싶어 했다. 유카탄반도의 꿀벌은 까만 밀랍으로 된 둥근 자루에 꿀을 저장하며 침이 없었다. 하지만 몽고메리는 카를로타의 말이 늘 상냥하지만은 않고 때로는 그를 침으로 찌르기도 한다는 걸 알았다.

"무례하게 구는 건 하루에 한 번으로 족해, 카를로타. 빈속에 두 번이나 무례하게 굴면 내 인내심이 견디지 못해."

조금이라도 나쁜 짓을 하면 종종 그러듯이 카를로타는 바로 뉘우치는 것처럼 보였다. 카를로타는 쉽게 후회하곤 했다.

"미안해요."

카를로타가 다정하게 몽고메리의 팔에 손을 올려 소매를 잡으며 말했다.

"용서해 줘요, 몬티."

애칭으로 부르는 건 굉장히 뜻밖인 데다 드문 일이라서 몽고메리는 화내지 않고 그저 알았다며 고개를 끄덕였고 두 사람은 말없이 걸었다. 카를로타가 조금 불행해 보였으나 몽고메리는 아무 말도 보태지 않았다. 그렇지만 카를로타를 쳐다보기는 했다.

그도 그럴 것이, 쳐다보지 않을 수가 없었다. 도시에 있는 최고 유곽에서 가장 높은 값을 받는 여인은 피부가 가장 흰 여인이었다. 우유와 꿀 같은 피부를 지닌 소녀들. 카를로타의 어머니가 하얀 피부의 숙녀가 아니었다는 사실은 분명했다. 카를로타의 피부는 건강한 구릿빛이었고 허리까지 굵게 물결치는 머리카락은 칠흑같이 까맸으며, 두 눈은 벌꿀색이었다. 그렇지만 카를로타라면 도시에서 가장 매력적인 매춘부가 될 수 있었다. 몽고메리는 카를로타가 나무란 것처럼 뚜떼나 바카라에 봉급을 탕진하지 않고 다른 종류의 쾌락에 탕진했을 수도 있었으리라.

카를로타가 긴 의자에 몸을 늘어뜨리기만 해도 오달리스크[30]가 될 수 있었다. 움직이는 모습은 또 어찌나 우아하고 어찌나 보기 좋게 균형 잡혀 있었는지……

모로 박사의 딸을 생각하면서 이런 말을 해서는 안 되므로 몽고메리는 돌아오는 길에 결연히 입을 다물었다. 두 사람이 망할 대화를 시작하지 않았고 카를로타가 자기 팔을 건들지도 않았더라면 좋았겠다고 생각하며.

저택에 도착하자 카를로타는 집 안으로 들어갔고 몽고메리는 입구에서 꾸물거리다가 돌로 만들어진 벤치에 앉아서 쉬었다. 오래지 않아 멀리서 말을 탄 장정이 무리를 지어 나타났다. 몽고메리는 서두르지 않고 자리에서 일어나 집 안으로 들어갔다가 소총을 가지고 나왔다. 카를로타와 루페가 몽고메리를 보고는 호기심 가득한 표정으로 고개를 들었다.

"무슨 일이에요?"

카를로타가 물었다.

"안에 있어."

몽고메리는 이렇게 대답하고는 밖으로 나가 장식용 철문을 지나 튼튼한 나무문을 통해 다시 벽돌 의자로 돌아왔다. 방문하기로 한 손님이 없었으므로 그는 경계를 풀지 않았다.

여섯 명으로 이루어진 무리였다. 두 청년이 말에서 내렸다. 두 청

30 튀르키예 궁정에서 황제의 시중을 들던 여자 노예 또는 총희(寵姬).

년은 인부들이 입는 하얀색 면 셔츠와 바지가 아니라 도시 사람들이 입는 복장을 하고 있었다. 어두운색 옷은 무더운 정글에는 어울리지 않았고 빳빳한 깃이 달린 셔츠와 화려한 자수가 수 놓인 양복 조끼는 우스꽝스럽게 보였다. 두 청년은 몽고메리가 쓴 토키야[31] 밀짚모자처럼 햇빛을 막아 주는 모자를 쓴 게 아니라 챙이 위로 올라간 어두운색 펠트 모자를 쓰고 있었다.

거창하기만 한 저런 옷을 걸치다니, 산 채로 삶아지는 건 아닌가? 몽고메리가 집을 나와 정글로 떠날 때, 특히 우기에는 긴 가죽 코트를 입고 낡은 섀미 가죽 장갑을 꼈다. 그러나 손가락까지 부드러운 새끼 염소 가죽으로 덮지는 않았고, 산책하러 나가는 멋쟁이처럼 보이지도 않았다.

"여기가 야샥툰인가요?"

청년 중 하나가 모자를 벗어 옆 사람에게 건네며 물었다. 청년의 머리카락은 밝은 갈색이었고 눈동자는 녹색이었다. 완벽하게 다듬은 콧수염이 입고 있는 말끔한 옷과 새 가죽 부츠와 어울렸다.

"맞습니다."

몽고메리는 아무렇지도 않게 무릎에 소총을 올려놓았다.

"우리는 원주민 약탈 부대를 추적 중입니다. 누가 지나가는 걸 본 적 있습니까?"

"어디서 오셨는데요?"

"비스타 에르모사에서 왔습니다."

---

31 스페인어로 히피하파(jipijapa)라고 부르는 파나마 풀의 잎에서 채취하는 튼튼하고 유연한 섬유를 말한다. 유명한 파나마 모자의 재료로 사용된다.

"이렇게 멀리까지 와서 뭐 하고 있는 거죠?"

"비스타 에르모사를 알아요?"

청년이 이제 장갑을 벗어서 또 옆 사람에게 건네며 물었다. 그러더니 손으로 머리를 쓸어넘겼다.

"압니다. 가볍게 말을 타러 오기에는 꽤나 먼 곳이죠."

몽고메리가 고개를 끄덕이며 대답했다.

"가볍게 말을 타러 온 게 아닙니다. 원주민 약탈 부대를 추적 중이라고 말했잖습니까."

그렇게 입고서 퍽이나. 속으로 이렇게 생각한 몽고메리는 예전에 들었던 이야기가 떠올라 눈살을 찌푸렸다. 리잘데의 아들이 방문할 거라는 이야기였다. 이 청년이 리잘데의 아들인가? 리잘데 가문이 소유한 아시엔다가 아주 많다 보니, 리잘데의 아들이 비스타 에르모사에 있다고 박사가 말했는지 기억해 내기가 어려웠다. 하지만 그러면 앞뒤가 맞았다. 비스타 에르모사는 그들이 지내는 농장에서 가장 가까운 아시엔다였다. 몽고메리는 보통 다른 곳에서 물자를 구했기 때문에 청년이 벌써 한 달 내내 다녀갔더라도 그가 비스타 에르모사에 머물고 있는지 몰랐을 것이다.

"여기는 아무 일 없습니다만."

몽고메리는 청년이 오른손에 여봐란듯이 낀 반지 두 개를 바라보며 말했다.

"흠. 우리는 비스타 에르모사에서 흔적을 발견했고 원주민들은 이쪽으로 갔어요. 따라잡으면 분명 알게 될 거라고 생각했지요. 놈들은 광견병에 걸린 개나 마찬가지예요. 놈들이 주변에 얼쩡거리는 걸 원하는 건 아니잖아요?"

"만약에 원주민이 주변에 있었다 쳐도 오래전에 떠났을 겁니다."

"우리한테 장정 몇 명만 빌려주는 건 어때요? 그럼 원주민을 추적하는 데 도움이 될 텐데요. 놈들은 동쪽, 토르톨라[32] 섬으로 갔을 게 분명합니다."

"여기는 요양원입니다. 내어 드릴 장정은 없고 환자들만 있지요. 보이지 않는 원주민을 추격하는 일에 관해 말씀드리자면, 지금 하는 것처럼 정글을 통과하는 길을 내면 원주민에게 길을 열어 주는 꼴이고, 당신들이 아무것도 발견하지 못한 후에 **진짜** 원주민들이 그 길을 따라오면 우리한테는 **진짜** 문제가 생깁니다. 길은 초대장이나 다름없어요. 동쪽으로 길을 내지 마세요. 여기서 우리끼리만 있으면 말썽에 휘말리는 일도 없습니다."

몽고메리가 거짓말을 하는 건 아니었다. 마야 반군은 정말 약탈을 하곤 했다. 그들은 음식과 가축, 죄수를 앗아 갔다. 하지만 야샥툰은 외딴곳에 있었고 지금까지 운이 좋았다. 원주민들이 비스타에르모사에 사는 사람들과 다퉜다면 몽고메리는 그 일에 관여하고 싶지 않았다.

청년은 자기 모자를 도로 낚아채서 모자로 부채질을 했다.

"이름이 어떻게 되죠?"

청년은 짜증이 난 것 같았다. 정중한 질문은 아니었다.

"몽고메리 로턴입니다."

몽고메리가 과장된 몸짓으로 모자를 들어 올리며 말했다.

---

32 영국령 버진아일랜드에서 가장 크고 인구가 많은 섬.

"저는 야샤툰의 마요르도모입니다."

"아주 잘됐군요. 나는 에두아르도 리잘데입니다. 우리 아버지가 당신한테 봉급을 지급하죠. 장정을 몇 명 내어주면 이곳에서 떠나겠습니다."

"전 모로 박사님 밑에서 일하고 있고 여기는 요양원입니다."

"그러면 모로 박사님을 불러 주시죠. 박사님한테 말해서 댁한테 명령을 내리게."

"지금 주무십니다. 고작 이런 일로 박사님을 방해할 수는 없지요."

청년 옆에 있던 동행이 웃음을 터뜨렸다. 동행은 청년처럼 머리카락이 갈색이었으나 눈동자는 어두운색이었다.

"못 들었어요? 이 사람이 바로 에두아르도 리잘데라니까요."

"저도 말했잖습니까. 멍청이나 말을 타고 길을 내면서 토르톨라인가 뭐시기인가에 간다고."

"지금 우리를 멍청이라고 했어?"

에두아르도가 물었다.

"말에 다시 타시죠, 신사 여러분."

"어떻게 감히, 이 자식이! 감히 누구한테 이래라저래라해!"

몽고메리는 담배에 불을 붙이듯 태평스러운 태도로 자리에서 일어나 청년을 향해 총을 겨누었다.

"저는 지금 말에 다시 타라고 권해 드리는 겁니다."

"믿을 수가 없네! 이시드로, 지금 이 상황이 믿겨?"

"지금 당장 떠나지 않으면 복부에 총알을 박아 줄 테니 믿는 편이 나을걸요."

좀 더 신중했어야 했지만 기분이 좋지 않아서 말을 상냥하게 할 정신이 없었다. 모로가 나중에 이 일로 나무라겠지만 지금 몽고메리는 두 청년을 노려보며 그들이 투덜거리면서 자기에게 눈을 부라리는 모습을 지켜봤다.

몽고메리 뒤쪽에서 사근사근하면서 또랑또랑한 목소리가 들려왔다.

"신사 여러분, 죄송하지만 실례를 무릅쓰고 제가 아버지를 깨웠어요. 모로 박사님은 조금만 있으면 나오실 거예요."

카를로타가 집 밖으로 나와 몽고메리 옆에 섰다. 카를로타는 청년들에게 시선을 고정했고 청년들은 고개를 숙여 인사했다. 몽고메리도 카를로타를 보고 고개를 끄덕였다.

"저와 함께 응접실로 가실래요? 죄송하게도 동행분들은 여기서 말이랑 기다리셔야 하겠지만 음료수를 갖다드릴 수 있는지 알아볼게요."

카를로타가 우아하게 손을 흔들며 집 안쪽을 가리켰다.

"그렇게 해 주시면 감사하겠습니다. 실례지만 모로 박사님의 따님인가요?"

에두아르도가 미소 지으며 물었다.

"카를로타 모로입니다."

카를로타가 이렇게 말하면서 손을 내밀었다.

청년들은 카를로타의 손에 입을 맞췄고 카를로타를 따라가기 전에 깜짝 놀란 표정을 주고받았다. 가벼운 다회복을 입은 카를로타는 평상복 차림에도 여성스럽게 보여서 몽고메리도 얼빠진 표정으로 쳐다보는 청년들을 탓할 수 없었다. 반대로 카를로타가 꽉 조이는 코르셋을 입고 목까지 단추를 채웠더라도 카를로타를 보면 애인이나 밀회 같은 관념이 떠올랐을 것이다. 이런 관념을 떠올리게 하는 건 드레스가 아니라 카를로타였다.

하지만 몽고메리가 두 청년이 주고받은 무례한 표정을 봤다면 그들의 복부에 총알을 한 방씩 쐈을 것이다. 그렇게 해도 두 청년한테는 아무 효과가 없었겠지만 말이다. 총을 쏘는 대신 몽고메리는 이렇게 말했다.

"앞장서세요, 모로 양."

그러고는 잠깐 기다렸다가 소총을 어깨에 멘 채 집 안으로 들어갔다.

7장

카를로타

아침에 일어나자마자 안뜰에 있는 새에게 먹이를 주는 건 카를로타가 즐기는 일이었다. 카를로타는 새들이 열심히 짹짹거리는 소리에 귀를 기울인 후 집을 한 바퀴 돌고 분리벽을 건너서 예전에는 인부들이 거주했지만 이제는 동물인간들이 사는 곳으로 향했다. 거기서 라모나와 카를로타는 허브와 채소밭을 가꿨다. 두 사람은 양파, 향이 강한 에파조테, 고추, 달콤한 향이 나는 민트를 길렀고 그것들은 모두 채소밭이나 점토로 만든 화분에 가지런히 놓여 있었다. 라모나는 민트와 부에나 풀, 픽소이 나무껍질을 끓이면 여성의 분만을 유도할 수 있다고 했다. 노랗고 쓴맛이 나는 시킨 즙은 변질된 체액을 맑게 하고 조롱박 나무는 소화불량을 도와주며 이쉬 칸툰부브[33]는 독을 치료할 때 사용되었다.

카를로타가 아는 것이라고는 아버지의 책에서 조금씩 익힌 여러 종의 라틴어 학명이나, 아버지의 플라스크에 꼼꼼하게 적혀 있는

---

33 의료용 허브.

화학물질의 긴 이름 따위였다. 체계적이라고 할 수는 없지만 카를로타는 교육을 잘 받았고 자신이 받은 양육 과정에서 잘못된 점을 찾지 못했다.

어렸을 때 카를로타는 메리다에 있는 좋은 가문 사람들이 자식들에게 그러듯이 아버지가 자신을 신부 학교[34]에 보낼까 봐 겁냈지만 모로는 제도권 교육에 완전히 무관심했다. 학교에 가면 야망 없는 사람이 돼, 모로는 이렇게 말했다.

그리하여 카를로타는 야샥툰에 고립된 채 모로와 라모나의 보살핌을 받으며 카치토, 루페와 놀았고 더위가 팔다리를 팽팽하게 감싸는 날이면 시원한 세노테에 뛰어들며 자랐다.

그날 카를로타는 늦게 일어났다. 간혹 아버지를 돕거나 몽고메리가 하는 일인 박제술을 익히는 등 실험실에서 해야 할 잡일이 있었다. 몽고메리는 카를로타를 깜짝 놀라게 하는 요령을 많이 알고 있었다. 가령 고양잇과의 표본을 고정시키는 일은, 특히 입 부분을 고정하려면 굉장히 능숙해야 했다. 입술 안쪽을 점토로 채워 원하는 위치로 고정해야 했으며 피부가 마를 때 수축되지 않게 주의해야 했다. 입안은 혼응지(混凝紙)[35]로 채웠다. 점토로 채우면 제거하기가 무척 어려웠기 때문이다.

모로는 이렇게 카를로타가 식물학과 동물학에 관심을 가지게끔 키우면서도 피아노를 치는 데 역시 힘쓰기를 요구했다. 피아노는 조율이 전혀 안 되어 있었지만, 카를로타는 아버지의 말에 복종했

---

34 사교계에 나가기 전의 젊은 여성들에게 상류사회의 에티켓과 교양 등을 교육하는 학교.

35 펄프에 아교를 섞어 만든 종이. 습기에 무르고, 마르면 아주 단단해진다.

고, 아버지가 시키는 대로 행동했다. 카를로타는 모로가 앞에 놓은 책을 읽었고 밤에는 기도를 드렸다. 저녁에는 자수를 놓거나 아버지의 양말을 꿰매는 등 집안일을 했다. 카를로타의 삶은 쾌적했다. 무언가가 틀어져 완벽한 세계가 조금이라도 기울어지면 카를로타는 세노테로 들어가 완벽한 고독 속으로 피신했다.

그날 아침 카를로타는 새에게 모이를 주고 부엌으로 갔다. 라모나는 화구 옆에서 바빴고 루페는 천으로 접시를 닦고 있었다.

"아버지는 다리가 아프시대. 보통 드시는 카모마일 대신에 아버지가 좋아하시는 재스민 차를 끓이는 게 좋을 것 같아."

"재스민 차가 남아 있어야 말이죠. 다 마셨어요."

라모나가 말했다.

"정말?"

"로턴 씨가 곧 도시에 갈 거예요. 장 봐 올 목록에 재스민 차를 추가하시든가요."

"그건 좋지 않은 생각이에요. 몽고메리 다시 술 마시잖아요. 메리다 근처에만 가면 도박으로 봉급을 몽땅 날려 버릴걸요."

루페가 접시를 다락방에 가져다 두면서 끼어 들었다.

카를로타는 몽고메리가 그런 상태에 있는 게 싫었지만 또 한편으로 그럴 때가 됐다고 생각했다. 몽고메리는 술을 끊었다가 마셨다가를 반복했다. 모로는 몽고메리가 술을 마시는 기간에도 생산성이 떨어지지 않는다면서 신경 쓰지 않는 듯했으나, 카를로타는 머리카락이 헝클어져 눈을 찌르고 시큼한 냄새를 풍기는 모습이 꼴 보기 싫었다.

그런 꼴을 그만 보려고 아버지한테 몽고메리가 집에서 금주하도록 지시해 달라고 부탁했지만 모로는 웃어넘겼다. 인간한테는 의지할 버팀목이 필요하단다, 모로는 이렇게 말하면서 악습에 의지하듯이 인간에게 부적합한 것이야말로 인간 족속에게 가장 필요한 것이라고 했다.

그러자 카를로타는 몽고메리가 인간이 아닌 동물인간에게도 술을 마시게 한다고 했다. 모로는 카를로타 말이 맞다고 하면서, 동물인간은 인간이 아니지만 그들에게도 버팀목이 필요하다고 했다. 그러고는 그들에 대한 일종의 동정심이라고 확언했다.

"불쌍한 몽고메리."

카를로타가 중얼거렸다.

"몽고메리가 바보 같은 짓을 하는 건 네 탓이 아니야. 암튼 난 도시에 가야겠어. 몽고메리 대신 일을 잘 처리한 다음에 도박에 잘못 건 돈을 전부 찾을 때까지 돌아오지 않을 거야."

루페가 건방지게 말했다.

"택도 없는 소리."

"왜 안 되는데? 주문 좀 넣고 동전 세는 건 그렇게 어려운 일도 아니야."

"왜 안 되는지 알잖아. 바보처럼 굴지 마. 혹시 누가 널 보면 어쩔 건데? 그리고 도시에는 한 번도 가 본 적 없어서 아무것도 모르잖아."

"너만 글깨나 읽어서 뭐가 어떻게 돌아가는지 아는 줄 알아?"

루페가 카를로타에게 송곳니를 드러내고는 입술을 씰룩여 신랄한 미소를 지었다.

"너한테 말을 하든 안 하든 언젠가는 갈 거야."

"다시는 그런 말 하지 마. 머리 아플 것 같으니까."

"그래. 꼬마 아가씨 머리를 아프게 할 수는 없지."

"너는 구제불능이야."

카를로타가 이렇게 중얼거리고는 말다툼이 이어지지 않길 바라며 급히 방 밖으로 나갔다. 요즘 루페는 지독하게 굴었다. 이제 카를로타는 술 냄새가 고약할 정도로 취한 몽고메리와 성가시게 구는 루페와 맞서야 했고, 이 두 상황은 밤늦게 모기가 귓가에서 앵앵거리는 것보다 더 괴로웠다.

온종일 있을 작정으로 카를로타는 세노테로 향했다. 카를로타가 지나간 길은 서서히 정글에 잠식되고 있었다. 곧 몽고메리와 일꾼들이 다시 길을 뚫어야 했다. 석호로 이어지는 다른 길과 큰길과 연결된 세 번째 길도 내면서 말이다. 큰길은 다른 길들에서 서쪽으로 구불구불하게 나 있었고 나머지 세상과 통하는 길이기도 했다.

세노테로 가는 길은 몸속 깊은 곳에 새겨져 암송할 수 있는, 운율을 띤 시구 같았다. 눈을 감고 걸어도 세노테로 가는 길을 찾을 수 있었다. 실제로 카를로타는 보는 것보다 듣는 것으로 정글을 더 잘 파악했다. 눈으로 보는 아름다움을 알아보지 못해서가 아니라 듣는 게 가장 강력한 감각으로 여겨졌기 때문이다. 라모나는 정글에 정령이 가득하다고 했다. 카를로타는 주의 깊게 귀를 기울여 돌과 흙 속에 있는 정령을 감지하려고 했다. 그러고는 땅에 누워 원숭이가 끽끽거리는 소리와 라임색 앵무새가 꽥꽥거리는 소리, 메추라기가 휘파람 부는 소리, 물이 조용히 졸졸대는 소리, 세노테의 깊은 물속에서 눈먼 물고기가 그보다 조용히 속삭이는 소리가 어우러져 정글이 만들어 낸 교향곡에 경의를 표했다. 자신이 물고기와 메추라기, 원숭이라고 상상해 봤다. 자신이 나무를 기어오르는 포도나무와 덩굴 식물이고, 가지를 높이 뻗은 케이폭 나무라고, 그 가지에 달린 꽃에 나비가 팔랑거리며 스치는 모습을 상상했다. 그리고 가끔은 재규어가 되어 햇살 아래 몸을 뻗고 혀로는 진한 고기 맛을 느끼는 상상을 했다.

카를로타는 유카탄에서 맹렬한 우기와 차분한 건기가 규칙적으로 반복되는 걸 좋아했다. 습기를 머금은 더위를 즐기는 딸과 달리 모로는 조용히 투덜거리며 열을 식히러 자기 방으로 피신했다. 카를로타는 햇살을 쫓아다녔고 손으로 나무껍질을 쓸어내렸다.

때로는 몇 년이고 세노테 옆에 참을성 있게 조용히 누워 있을 수 있을 것 같았고, 때로는 이해할 수 없는 감정에 휩싸여 손가락을 두드리며 구름을 바라보곤 했다.

그날 세노테에 도착했을 때 카를로타는 문득 눈[雪]이 어떤 촉감일지 궁금했다. 날이 더워서 이런 생각을 하는 게 이상하게 느껴졌지만 이런 생각이 든 것도 뜨거운 날씨 때문이었다. 라모나는 얼굴에 물을 끼얹는 것처럼 차가운 것에 관해 떠올리면 몸을 식힐 수 있다고 했다. 카를로타는 그렇게 생각하는 게 효과가 있다고 믿지 않았지만 그래도 물을 떠올리고 이제는 눈을 떠올리면서 기분을 냈다. 현미경으로 눈송이를 살펴보면 눈송이는 은빛 삼각형과 육각형, 별이 이어진 모양이었다. 교과서에 그렇게 나와 있었다.

땅에 드러누워 팔로 눈을 가리고는 얼음이 무슨 맛인지 떠올리려고 애썼다. 교과서에서는 비나 얼음이 무슨 맛인지, 붉은 흙은 어떤 향인지 알려 주지 않았다.

이렇게 평화롭게 누워 물웅덩이 옆에서 영원히 살 수도 있을 것 같았다. 하지만 몽고메리가 단호하고 진지한 표정으로 다가왔기에 카를로타는 몽고메리를 따라갔다. 손으로는 오래된 재규어 조각상을 훑기도 하고 몽고메리의 소맷자락을 스치기도 했다. 길을 따라가는 카를로타의 발걸음은 낙엽 바스락거리는 소리가 나지 않을 정도로 가벼웠고, 몽고메리의 무거운 가죽 부츠는 잔가지와 작은 식물을 밟아 시끄러운 소리를 냈다.

카를로타는 붉은코 코아티[36]나 베즈무치[37]를 좋아하는 것처럼 몽고메리를 좋아했다. 베즈무치가 개굴거리는 소리는 다른 개구리가 개굴거리는 소리나 라모나가 불길하다고 여기는 부엉이 우는 소리보다 송아지가 음매 하는 소리와 유사했다. 몽고메리가 좋은 이유는 그가 카를로타가 사는 세상의 일부였고 카를로타는 자기가 사는 세상 속에 있는 것이라면 모두 좋아했기 때문이다. 몽고메리는 잘 다져진 길과 같았다.

그렇지만 대하기가 어려울 때도 있어서 카를로타는 가끔씩 몽고메리의 손에 손톱을 찔러 넣어 반달 모양을 남기고 싶었다. 루페도 대하기 어려울 때가 있었다. 카치토는 그렇지 않았다. 카치토는 언제나 친근했다. 아버지도 대하기가 어렵지는 않았다. 카를로타는 아버지한테 화가 난 적이 없었다. 모로를 너무 존경했기 때문에 의

36 남아메리카 코아티라고도 불리며, 식육목 미국너구리과의 포유류 동물.

37 중남미에 서식하는 두꺼비의 일종으로 사탕수수두꺼비 또는 거대두꺼비로 불린다.

견이 충돌하더라도 빠르게 자기 탓을 했지, 모로 탓을 한 적은 한 번도 없었다.

카를로타는 고분고분하고 상냥했다. 이건 모로 박사가 딸에게 바라는 행동이었다. 카를로타는 아버지가 원하는 바에 부응하려고 애썼다. 그렇지만 그날 아침에는 몽고메리가 화를 돋우는 것처럼 느껴서 악의에 찬 말을 내뱉고 말았다.

"정말요? 도시는 뭐가 그렇게 매력적인데요? 뚜떼나 바카라 게임에서 봉급을 전부 잃어버릴 수 있다는 점이요?"

"무례하게 구는 건 하루에 한 번으로 족해, 카를로타. 빈속에 두 번이나 무례하게 굴면 내 인내심이 견디지 못해."

이따금 말다툼하긴 했지만 몽고메리의 감정을 상하게 하려는 의도는 없었기 때문에 함께 걸어가면서 카를로타는 후회했다. 야샤툰에 도착하자 몽고메리는 대문 옆에 남았고 카를로타는 안뜰로 들어갔다. 새장 옆에 루페가 서 있었다. 그날 루페에게도 잘해 주지 못한 것이 떠올라 카를로타는 한숨을 내쉬었다.

"가기 전에 앵무새한테 모이 주는 거 까먹었지?"

"지금 주면 돼."

"그럴 필요 없어. 내가 줬거든."

"아직도 나한테 화났어?"

루페가 입술을 꾹 오므리며 카를로타를 쳐다봤다.

"네가 나한테 화났다고 생각했는데."

"화가 나도 잠깐이었어."

천천히 집 안으로 돌아가면서 카를로타가 '미안해'라고 속삭였고 루페도 미안하다고 웅얼거렸다. 그때 몽고메리가 두 사람을 지나쳤는데, 카를로타는 몽고메리가 유리장을 열더니 소총을 꺼내는 걸 보고 깜짝 놀랐다. 놀라기는 했지만 불안한 건 아니었다. 하지만 몽고메리가 날카롭게 목청을 높인 순간 몸이 굳었다.

"안에 있어."

몽고메리가 소총을 손에 든 채로 말했다. 카를로타는 몽고메리가 뭘 하려는 건지 궁금했다. 그래서 몰래 따라가 출입구에서 멀지 않은 그늘 속에 서서 몽고메리가 하는 말을 들었다.

바깥에는 방문객이 있었다. 몽고메리가 칼집 안에 든 칼처럼 격앙된 감정을 숨기고 한결같은 어조로 말하는 반면 남자들은 화난 목소리로 대꾸하더니 말소리가 점점 더 커졌다. 카를로타는 몽고메리가 다시 술을 마신다는 사실을 떠올렸고 그게 마음에 걸렸다. 술은 사람을 망가뜨리고 판단력을 흐리게도 했다. 몽고메리가 실수하면 어쩌지?

"아버지를 모셔와."

카를로타는 자기 옆에 서서, 마찬가지로 열심히 듣고 있던 루페에게 속삭였다.

몽고메리가 손가락으로 소총의 방아쇠를 쓰다듬는 모습을 상상하자 나서지 않을 수 없었다. 카를로타는 앞으로 나섰지만 조마조마한 심정을 표현하지는 않았다. 정중하게 말을 꺼냈다.

"신사 여러분, 죄송하지만, 실례를 무릅쓰고 제가 아버지를 깨웠어요. 모로 박사님은 조금만 있으면 나오실 거예요."

바깥에는 장정이 여섯 명 있었다. 네 명은 아직 말을 타고 있었고 말에서 내린 두 명은 몽고메리와 말다툼을 벌이고 있었다. 두 사람은 패션 잡지에 나온 신사처럼 옷을 제대로 갖춰 입고 있었다. 그중 한 명은 카를로타를 발견한 순간 당황한 듯이 손으로 모자를 꽉 잡았다. 카를로타는 청년에게서 리잘데 씨와 닮은 점을 발견했지만 청년의 눈동자는 녹색이었고 이목구비는 아버지보다 더 뚜렷했다.

이렇게 카를로타가 불 난 데 물 한 바가지를 던진 듯한 형국이었다. 녹색 눈동자의 신사가 비틀거리며 앞으로 나와 카를로타의 손에 입맞춤했고 다른 신사도 이를 따랐다. 카를로타는 두 신사를 좀처럼 방문객을 맞지 않는 응접실로 안내했다. 지저분하고 나이 든 앵무새가 새장 안에서 그들을 맞이하는 것처럼 목청껏 소리 질렀다.

"이렇게 이례적으로 인사를 드리게 되어서 죄송합니다. 제 이름은 에두아르도 리잘데이고, 이쪽은 제 사촌 이시드로입니다."

잘생긴 청년이 이렇게 말할 때 카를로타는 무릎 위에 올려 둔 손을 조심스럽게 맞잡으며 자리에 앉았다.

그들이 안뜰을 지나쳐 갈 때 에두아르도는 아무 말도 하지 않았지만 카를로타는 곁눈질하는 시선을 느꼈다.

"만나서 반갑습니다. 그렇지만 저한테 사과하실 필요는 없을 것 같네요. 로턴 씨는 그저 저희 집을 안전하게 지키고 계실 뿐이에요."

카를로타의 목소리는 단호했지만 악의는 조금도 없었다. 카를로타는 청년들이 방문한 게 싫지 않았다.

"네, 물론이죠. 사과드립니다."

청년이 몽고메리를 향해 몸을 돌리더니 가슴에 손을 얹고 친근하게 말했다.

"성가신 일이 많은 날이었습니다. 제가 더위에 지쳤던 것 같군요."

몽고메리는 아무 말도 하지 않은 채 그저 소총을 내려놓고 팔짱을 꼈다.

몽고메리가 대꾸하지 않았지만 카를로타가 고개를 끄덕이며 대신 사과를 받아들였다.

두 청년 모두 잘생겼고 짙은 색 옷을 맵시 입게 차려입고 있었다. 두 청년은 벽에 한쪽 어깨를 기대고 구부정하게 서 있는 몽고메리와 달리 꼿꼿이 서 있었다. 카를로타는 아는 남자가 별로 없었다. 집안사람을 제외하고 아는 남자라고는 책이나 해적 소설에 나오는 인물이 전부였다. 후스토 시에라 오라일리[38]나 엘리히오 안코나[39], 월터 스콧 경[40]의 펜 끝에서 나온 남자들이었다. 이렇게 카를로타가 사는 정적인 세상에 다른 부류의 남자가 쳐들어왔다.

에두아르도 리잘데는 활기찬 녹색 눈으로 카를로타를 쳐다보았고 카를로타는 시선을 낮추어 자기 손가락을 바라보았다.

"신사 여러분, 안녕하십니까."

모로가 들어오면서 말했다.

카를로타는 에두아르도가 시선을 들어 올려 아버지를 향해 말하고 다시 사과한 후 자기 소개하는 걸 들으면서 계속 자기 손을 쳐다봤다. 카를로타의 손에 입맞춤할 때 에두아르도 리잘데는 실수

---

38 1814~1861, 멕시코 작가이자 정치인.

39 1835~1893, 유카탄 전 주지사이자 작가.

40 1771~1832, 스코틀랜드의 시인이자 소설가.

를 했다. 에두아르도의 입술은 순간적으로 카를로타의 손목에 들러붙었다. 카를로타는 그 부분을 어루만졌다.

"음, 이시드로와 저는 유카탄반도를 떠났다가 최근에 돌아왔습니다. 저희가 소유한 부지를 알고 지내면 좋겠다고 생각하신 아버지께서 이 지역 아시엔다를 둘러보고 찬찬히 살펴보길 원하는지 여쭤보셨지요. 아버지께서 방문하실 기회가 거의 없으셔서 말입니다. 메리다에서 처리해야 할 일이 더 많으시거든요. 그렇게 저희는 결국 비스타 에르모사에 머물게 되었습니다."

"그래서 정확히 어쩌다가 야샤툰에 오게 된 거라고 하셨더라?"

몽고메리가 이렇게 질문하자 카를로타가 그를 쳐다봤다. 몽고메리는 여전히 팔짱을 끼고 미간을 찌푸린 채로 벽에 몸을 기대고 있었다.

앵무새는 낯선 사람들이 있어서 기운이 나는지 소란을 떨었다. 앵무새가 몽고메리에게 배운 저속한 말을 외치자 카를로타가 자리에서 일어나 손가락으로 새장의 빗장을 눌러 새를 진정시키려고 했다. 카를로타가 말했다. 쉿. 조용히 해야지. 아유, 예뻐라.

"로턴 씨, 말씀드렸다시피 제 아시엔다 근처에서 원주민 약탈 부대를 봤다는 이야기가 있고 원주민들이 대략 이쪽 방향으로 향한 것 같아서 저희를 뒷받침할 인력을 요청드린 겁니다."

"저희는 아시엔다가 아니라 요양원을 운영 중이라니까요. 여기엔 인력이 없습니다. 아버님께서 이런 사실은 알려 주지 않으셨나 보군요."

"박사님이 여기서 연구를 하신다고는 하셨지요. 결핵 연구였던가요?"

퉁명스러운 몽고메리의 말투와 달리 에두아드로는 친근하게 말했다.

"그래도 환자들을 돌보는 간병인은 있겠지요?"

"로턴 씨와 제가 저희 딸의 도움을 받아 야샤툰을 관리합니다."

자리에 앉으며 그렇게 말한 모로가 카를로타에게 손짓했다. 카를로타는 도로 자리에 앉았고 모로는 딸의 손을 쓰다듬었다.

"요리사가 한 명 있고, 저희가 보유한 동물을 돌봐 주는 젊은 하인이 두 명 있지요."

이 말은 모로와 몽고메리가 낯선 이들 앞에서 내보이는 거짓말이었다. 아무도 야샤툰에 누가 진짜로 사는지 알면 안 됐다. 카를로타는 청년들이 후원자인 리잘데 씨의 가족이지만 모르는 사람으로 간주해야겠다고 생각했다.

"그렇게 사람이 적다고요? 두렵지 않으세요? 원주민들이 이 지역에 점점 가까이 오는데요."

산들바람이 불어서 하얀 커튼이 안으로 펄럭이자 몽고메리는 자세를 바꿨다. 앵무새가 다시 한번 새된 비명을 질렀지만 이번에는 아무 말도 하지 않았다.

몽고메리가 대꾸했다.

"원주민들은 우리에게 별로 관심이 없을 겁니다. 원주민들이 큰길로 갈 수도 있지만 우리는 그냥 내버려 둘 거예요. 그래서 여러분이 토르톨라 섬 쪽으로 길을 내는 걸 권해 드리지 않았던 겁니다. 어디에도 다다르지 못하거나 만나고 싶지 않은 사람들과 마주치게 될 테니까."

"원주민들이 호전적이긴 하지만 그래도 용감한 장정과 총 앞에서는 맞수가 못 되죠."

이시드로가 그렇게 말했다.

"유카탄에 얼마 안 있었나 보군요? 여러분은 메리다에서 자라서 그다음에 어디, 멕시코시티로 갔나요?"

"물론이죠."

"그렇다면 여러분은 유카탄반도의 이 지역을 별로 못 봤을 겁니다. 마야 반군이 동부를 차지한 데에는 그럴 만한 이유가 있습니다. 반군은 이 지역을 잘 알고 용감한 데다 지도자에 대한 믿음을 품고 움직여요. 개미탑을 들쑤시지는 않듯이, 저라면 반군을 건드리는 일은 하지 않겠습니다."

"혹시나 멕시코 정부가 그런 태도를 따른다면 유카탄은 둘로 쪼개지겠네요. 우리는 디아즈 대통령이 군대를 보내서 폭동을 일으키는 원주민을 모두 제자리에 돌려 놓기를 원할 뿐이에요."

"그런 일은 없을 것 같은데요."

"영국인이 그렇게 생각하는 건 놀랍지도 않네요."

에두아르도가 말했다.

"결국 당신네 영국인들은 원주민과 거래를 하잖아요. 로턴 씨, 우리가 야삭툰에 온 이유는 원주민 무리가 우리를 위협해서만이 아니라 원주민이 이 농장을 우호적인 곳으로 여긴다고 들어서이기도 합니다. 원주민이 여기서 거래를 통해 물자와 지원을 얻는다고요."

"지금 그 말은 사실이 아닙니다. 누구한테 그런 이야길 들었는지 궁금하군요."

"비스타 에르모사가 가까운 건 아니지만 그곳 사람들도 똑같은 이야기를 들었답니다. 후안 쿠무쉬가 귀족이자 지배자인 것처럼 이 지역을 돌아다닌다고."

쿠무쉬라는 이름은 늘 카를로타를 멈칫하게 하곤 했다. 쿠무쉬는 장군이었고, 베르나베 센이나 크레센시오 포옷 같은 다른 반군처럼 강력하거나 잘 알려지지는 않았지만, 사람들이 관심을 기울이면서 자기 땅에 잘못 들어서는 일이 없길 기도할 정도로 충분히 많은 장정을 통솔했다. 쿠무쉬는 몽고메리가 야샤툰에 오기 전에도 오랫동안 야샤툰 가까이에서 활동한 인물이었고 멜키아데스가 그에 관해 악담을 퍼부었지만 라모나는 아무 말도 하지 않았다. 이름을 말해서 불운을 불러들이지 않는 게 최선이라고 라모나는 말했다.

"저희는 그런 사람을 집 안으로 불러들이지 않습니다. 확실히 오해하고 계신 것 같네요."

"사람들이 때때로 터무니없는 이야기를 한다는 건 인정합니다."

에두아르도가 얼굴을 찡그리며 말을 이었다.

"하지만 제 땅에 관한 일이니만큼 주의를 기울여야 하는데 당신이나 야샤툰에 사는 사람들을 잘 모르니까 말이죠."

"이렇게 은근히 비방하면서 의견을 밀어붙이시면 저희도 당신을 알고 싶은 마음이 별로 들지 않습니다."

"쿠무쉬가 근처에 있다는 이야기를 듣기만 해도 저는 겁에 질려 죽었을 것 같아요."

카를로타가 말했다. 딱히 사실은 아니었지만, 몽고메리가 도시에 가면 판돈을 거는 수탉처럼 몽고메리와 에두아르도가 서로를 다시 쪼아 대는 걸 보고 싶지 않았다.

카를로타는 에두아르도가 딴눈을 팔길 바라면서 수줍게 속눈썹을 깜박이며 그를 쳐다봤다.

"모로 양, 그런 일이 생긴다면 정말 비통하겠네요."

에두아르도가 찡그린 얼굴을 펴고 순식간에 웃으면서 모로를 향해 몸을 돌렸다.

"다시 한번 죄송합니다. 더는 여러분께 결례를 범하면 안 될 것 같네요. 저희는 돌아가 보겠습니다."

"문제가 해결되어서 기쁘군요."

모로가 자리에서 일어나 손을 내밀자 에두아르도가 손을 맞잡아 악수했다.

"이렇게 만나 뵙게 되어 아쉽네요. 도착하자마자 먼저 저를 소개하는 편지를 보냈어야 했는데 말이죠. 이제 여러분 모두 저희가 대단히 무례하다고 생각하시겠죠."

"아니요. 당연히 그렇게 생각하지 않습니다. 다음에 다시 방문하는 건 어떻습니까. 며칠 머물다 가도 괜찮겠고. 도시에 살았으니까 사교 모임에 익숙할 텐데 이렇게 적적히 지내는 게 거북하겠군요."

"정말이지 갇혀 지내기는 했죠."

이시드로가 말했다. 이시드로는 사촌인 에두아르도만큼 잘생기지는 않았지만 보기 좋은 미소를 지었고 이제 그 미소는 카를로타를 향하고 있었다.

"저희는 음악 소리를 몹시 그리워했습니다. 피아노를 치시나요, 모로 양?"

이시드로가 업라이트 피아노를 가리키자 카를로타가 고개를 끄덕였다.

"조금요. 아버지가 가르쳐 주셨어요."

"노래도 부르지요."

모로가 끼어들었다.

"그렇다면 반드시 돌아오겠습니다. 숙녀분이 노래 부르는 걸 들으면 정말 좋겠네요."

악수를 몇 차례 더 나눈 후 카를로타가 자리에서 일어났다. 새장 속 앵무새는 마침내 싫증이 나서 웃거나 소리 내기를 관뒀다.

"출입문으로 돌아가는 길을 안내해 드릴까요?"

카를로타가 움직이자, 네 번째 일행이자 카를로타를 그림자처럼 따라다니는 몽고메리가 카를로타와 신사들 뒤에서 세 걸음 떨어져 걸었다.

이시드로는 카를로타 왼쪽에서 걸었고 에두아르도는 오른쪽에서 걸어서 카를로타는 두 청년을 더 자세히 보려고 천천히 걸음을 뗐다. 청년들은 카를로타가 사는 세상인 야샤툰에 속해 있지 않았고 그런 색다른 모습이 흥미로웠다. 또한 에두아르도가 훑어보는 시선 때문에 카를로타는 잠시 손바닥으로 허리를 꾹 눌러서 손가락 아래에 닿는 드레스의 부드러운 촉감을 느껴야 했다. 어렸을 때는 남자가 두려웠고, 그들이 사람을 통째로 잡아먹을까 봐 두려웠다. 하지만 몽고메리를 두려워했던 마음은 금세 사라졌다. 몽고메리가 자신을 야금야금 먹어 치울 거라고는 한 번도 생각해 본 적이 없었다.

그러나 에두아르도는 굶주린 사람처럼 보였다. 출입문에 도착해서 에두아르도가 카를로타의 손을 잡고 다시 입맞춤하자 카를로타는 얼굴을 붉혔다.

"폐를 끼쳐서 죄송합니다. 저희가 정말 무례했어요. 하지만 만나뵈어서 기쁘네요. 모로 박사님의 따님이 이렇게 아름다우시다는 사실을 알았더라면 더 빨리 왔을 겁니다. 제가 성급하게 굴지 않았더라면 더 유쾌한 첫 만남이 되었을 것 같네요."

에두아르도가 카를로타의 손을 놓아주며 말했다.

"저희를 나쁘게 생각하진 않으실 거죠?"

"네. 오해가 있었을 뿐인데요."

"상냥하시네요. 덕분에 덜 창피하군요."

에두아르도가 목소리를 깔면서 말하고는 카를로타에게만 달콤한 미소를 지어 보인 후 고개를 들어 몽고메리를 쳐다봤다.

"로턴 씨, 다시 한번 사과드립니다. 좋은 하루 보내세요."

청년들은 다시 말에 올라타더니 곧 멀어져 갔다. 카를로타는 청년들이 아득히 사라지는 모습을 지켜봤다.

"저 사람들을 다시 보게 될까요?"

"분명히 다시 보게 될 거야. 말이 넘어져서 등골이 부러지면 좋겠지만."

카를로타가 놀라서 돌아봤다.

"몽고메리! 무슨 말을 그렇게 해요!"

"저놈들은 찡얼거리는 데다 예의도 없어. 나보고 어쩌라고? 저놈들을 찬양하는 노래라도 하라고?"

"저 사람들은 당신한테 사과했는데 당신이 미친개처럼 소리 지르는 걸 똑똑히 들어서 그렇죠."

"미친개라고. 아이고, 참 나. 이렇게까지 두둔하는 걸 보니 저 인간들이 확실히 좋은 인상을 남겼나 봐. 둘 중에 누가 더 맘에 들어? 녹색 눈동자에 머리카락이 예쁜 놈? 아니면 갈색 눈동자에 치열이 가지런한 놈?"

카를로타는 한 번 빠지면 헤어 나올 수 없는 모래 지옥을 헤쳐 나가는 것처럼 느껴서 아무 말도 하지 않았으나 몽고메리는 계속 교활하게 웃으면서 문간에 기대어 카를로타를 쳐다봤다.

"그렇다면 녹색 눈동자 쪽이군. 맞아?"

카를로타는 다시 집으로 들어가면서 몽고메리를 팔꿈치로 밀쳤지만 여전히 아무 말도 하지는 않았다.

"다른 개를 잘 아는 개가 하는 조언을 들어. 그 녀석한테는 이빨이 있다고."

"구제불능이네요! 그만해요!"

카를로타가 마침내 소리를 질렀다.

몽고메리가 떠들썩하게 웃는 소리가 마치 따귀를 때리는 것 같아서 카를로타는 뺨이 새빨갛게 달아오른 채 재빨리 안뜰을 가로질러 갔다. 집 안으로 들어와서는 열려 있는 창문 옆 가죽 의자에 앉아 얼굴이 화끈거리지 않고 차분하게 숨을 쉴 수 있을 때까지 바깥에 있는 점토로 만든 화분 속 식물과 거품이 보글거리는 분수를 바라보았다. 다섯, 여섯, 일곱. 열까지 세고 기다려. 강한 감정은 좋지 않아, 아버지가 말했다. 진정해. 더 이상 어렸을 때처럼 고통스럽지는 않았다. 예전에는 현기증도 있었고 심장이 마구 뛰기도 했다. 어린 시절 카를로타는 항상 불행했고 늘 앓아누워 있었다.

등 뒤에서 루페가 다가왔다. 카를로타는 침착한 발걸음 소리를 듣고 루페라는 걸 알았다. 루페가 걷는 소리는 라모나가 느리고 힘겹게 걷는 소리나 카치토가 발을 잽싸게 끌면서 걷는 소리와 달랐다.

"그 사람들 이제 갔어?"

"응. 갔어. 그 사람들 때문에 걱정하지 않아도 돼."

"응접실에 있을 때 그 사람들이랑 무슨 얘기 했어?"

"원주민 약탈 부대가 있고 야샤툰에 있는 누군가가 후안 쿠무쉬한테 물자를 제공한다고도 했어. 몽고메리가 쿠무쉬를 도운 게 아니냐고 거의 추궁하더라고."

"몽고메리가 쿠무쉬한테 물자를 판다고 해도 놀랍지는 않아."

"왜 그렇게 말해?"

카를로타가 돌아서서 루페를 쳐다보자 루페가 어깨를 으쓱였다.

"영국인들이 원주민들에게 총알과 화약을 파는 건 모두가 아는 사실이잖아. 몽고메리는 영국인인 데다 술을 마시려면 언제나 돈이 필요하고. 몽고메리는 영혼이 병들었다고, 라모나가 그랬잖아. 술독에 빠지려고 늘 아과르디엔테를 찾는다고."

그 말은 사실이었고 아과르디엔테만 찾는 게 아니었다. 브랜디나 위스키, 술이라면 뭐든지 되었다. 최근 몽고메리는 결연하게 금주 중이었다. 하지만 그날 아침 카를로타는 몽고메리의 눈을 들여다보고 숨길 수 없는 징후를 발견했다. 그렇다. 몽고메리는 다시 술병에 의존하고 있었다. 몽고메리는 비난받아 마땅했고 그와 동물 인간들이 술을 마시도록 허락한 아버지도 비난받아 마땅했다.

모로는 아무런 조치를 취하지 않았고 몽고메리는 술에 취한 상태를 오락가락하며 어떤 시기에는 건강하고 온전하게 지냈고 다른 시기에는 심연에 굴러떨어졌다. 하지만 몽고메리가 정말 그들을 위험에 빠뜨릴 수 있나? 몽고메리는 스스로에게 해를 가했지만, 다른 사람에게 피해를 주지는 않았다.

"어쩌면 몽고메리는 우리를 안전하게 지키려고 크루조프[41]에게 잘해 주는 걸지도 몰라."

카를로타가 무슨 생각을 하는지 짐작하는 것처럼 루페가 말했다.

"크루조프가 떠받드는 신은 십자가를 통해 신도들한테 말하는 거 알아? 그 신은 예배당의 예수 그리스도나 당나귀 두개골과 다르게 진짜로 말한대."

헛간 뒤편에는 건물이 한 채 있었고 누군가 그 건물 벽에 당나귀 두개골을 붙여 놓았다. 라모나 말로는 당나귀 두개골은 모로가 야샥툰에 오기 전에도 거기 있었고, 당시에 뭔가를 잘못한 일꾼은 거기로 가서 잘못을 저지른 대가로 당나귀가 속삭이는 숫자만큼 채찍을 맞아야 했다고 한다. 루페와 카를로타는 어렸을 때 당나귀 두개골을 무서워했다.

"십자가는 말을 못 해. 복화술이겠지."

---

41 19세기 중반 유카탄에서 찬 산타 크루즈 마을을 중심으로 등장한 독립적인 반란군의 마야 국가. 또한 이 지역에서 성 십자가를 중심으로 발전한 종교의 추종자를 뜻하기도 한다.

"라모나가 말할 수 있다고 했어."

"너는 네가 모든 걸 다 안다고 생각하지만 그렇지 않아."

"너도 마찬가지야."

카를로타는 의자를 뒤로 밀치며 자리에서 일어났다.

"아버지가 날 찾으시는지 알아봐야겠어."

"내가 몽고메리에 관해서 한 말은 박사님한테 말하지 마. 박사님이 몽고메리를 믿을 수 없다고 생각하면 해고할 테고 그러면 우리 일에 간섭하려 드는 마요르도모가 새로 생기겠지. 적어도 몽고메리는 우리를 내버려 두는 사람이고 오늘 그 남자처럼 발을 구르거나 소리를 지르진 않잖아."

"어떤 남자?"

"그 에두아르도 씨."

"다 듣고 있었어? 몰래 듣고 있었으면서 무슨 이야기 했는지는 왜 물어본 거야?"

카를로타가 몹시 화를 내며 물었다.

그 이유는 루페가 더 잘 알았다. 루페는 방문객과 멀리 떨어져서 눈에 띄지 말아야 했다. 긴 스카프로 머리와 얼굴을 덮으면 루페는 사람처럼 보였다. 다른 동물인간들처럼 이상하게 걷지도 않았다. 하지만 얼굴을 가리지 않으면 얼굴에 난 적갈색 털이 눈에 띄었고 서로 붙어 있는 작은 갈색 눈을 들여다보기도 쉬웠다. 루페를 보면 재규어런디의 모습이 떠올랐기 때문에 누구라도 루페의 얼굴을 보면 소스라치게 놀랄 터였다. 다른 동물인간들도 놀랍긴 마찬가지였다.

"조금 엿들었을 뿐이야."

루페가 어깨를 으쓱이며 시인했다.

"에두아르도 씨는 소리 지르지 않았어."

"로티, 너 귀가 먹었구나."

카를로타는 서둘러 방을 박차고 나갔다. 그날따라 모두가 이유도 없이 모질게 굴고 제정신이 아닌 것처럼 보였다. 카를로타는 계속 세노테 근처에서 쉬고 있기를, 나아가 세노테 속 깊은 곳까지 헤엄쳐서 차가운 물이 피부에 닿기를 바랐다.

8장

몽고메리

몽고메리는 서둘러 걸어서 분리돌벽 뒤로 향했고, 그곳에는 동물인간들이 기거하는 헛간이 붙어 있었다. 헛간은 모두 이 지역 전통 방식에 따라 지어졌고 지붕은 비가 내려도 견딜 수 있는 팔마데 구아노[42]로 되어 있어서 몇 년에 한 번씩 갈아 주었다. 이 헛간을 제외하고도 분리벽 뒤쪽에는 건물이 몇 채 더 있었다. 그중 하나는 목재 건축물로 한때 사탕수수를 압착할 때 사용하던 기계를 보관했다. 무엇보다 중요한 일은 물이 공급될 수 있게 노리아와 당나귀가 쉴 새 없이 움직여야 했다. 당나귀가 지치지 않게 교체되었다. 당나귀는 아침에 세 시간, 저녁에 세 시간 넘게 일하면 안 됐다.

아시엔다의 급수 시스템은 야샥툰에서 몽고메리가 맡은 첫 번째 과제였고 몽고메리는 자신이 이룬 성과와 동물인간들이 해낸 일이 다소 자랑스러웠다. 동물인간들은 밭을 치우고 관개 수로를 깨끗이 유지하고 도로를 관리해서 잡초가 시설을 덮지 않게 했다.

---

42 유카탄반도에서 자라는 야자나무의 일종으로, 야자수 잎은 주거지 지붕에 자주 사용됨.

사탕수수를 생산하는 대신 그들은 돼지와 닭을 키우고 여러 종류의 야채를 적당히 경작했다. 3월에는 기름골을 심었고 5월에는 차요테와 토마토가 제철이었으며 6월이 되면 콩과 옥수수의 계절이었다. 나무를 베는 일부터 꿀을 조심스럽게 채집하는 일까지 달력에 월마다 다양한 업무가 표시되어 있었다. 메트로놈처럼 토지가 리듬을 정했다. 돈을 많이 벌 다른 기회가 있어서 이렇게 농사를 짓는 일이 가난한 소작농에게나 어울린다고 여기는 다른 아센다도는 이렇게 노력하는 걸 우스꽝스럽게 여겼겠지만, 몽고메리는 그들이 하는 일과 일을 해서 자급자족한다는 감각을 좋아했다. 몽고메리는 동물에게 먹이를 주거나 자신들이 키우는 말 두어 마리를 돌보는 일을 즐겼다. 게다가 그들은 일을 해야만 했다. 리잘데가 붕대와 의료용품, 모로의 실험 용품 비용을 지불했지만 리잘데가 주는 돈만으로는 결코 동물인간 스물아홉을, 특히 몸집이 큰 아흐 카브나 아아인 같은 녀석들을 모두 먹여 살릴 수 없었다.

몽고메리는 리잘데 가 청년들과 나눈 대화와 그들에 대한 카를로타의 반응을 곰곰이 생각하며 잠시 걸음을 멈췄다. 앞서 몽고메리는 카를로타가 자기한테 쌀쌀맞게 굴었기 때문에 청년들과 연관지어 카를로타를 놀렸더랬다. 하지만 이제는 상황을 더 잘 분별할 수 있었고 카를로타를 괴롭히지 말았어야 했다고 결론지었다. 사과를 해야 하나? 하지만 그건 아주 사소한 일이었고, 무릎을 꿇고 가슴팍에 모자를 댄 채로 숙녀의 용서를 구하는 자기 모습을 상상하니 곤혹스러웠다. 혹시나 사과를 받아 주지 않으면 기분이 상하겠지. 어떻게 해야 할까. 몽고메리는 카를로타 모로 생각은 그만하고 다른 일에 관해 더 생각해야겠다고 결론지었다.

그렇지만 그건 지독하게 어려운 일이었다. 카를로타는 가시처럼 신경을 긁었다.

"좋은 하루예요! 몽고메리."

카치토가 갑자기 옆에 나타났다. 카치토는 다 컸지만 키는 몽고메리의 가슴팍에 겨우 닿았다. 깡마르고 민첩했으며 털은 황갈색으로 귀 주변이 더 짙은 색이었고 오실롯과 같은 반점과 줄무늬가 있었다. 카치토는 보통 유쾌하게 들리는 앳된 목소리를 냈다. 루페보다 친근했고 상냥하다가도 순식간에 뚱해지는 카를로타보다 다루기 쉬웠다. 걔는 버릇없는 꼬마 여제나 다름없지.

"너도 좋은 하루 보내렴!"

생각을 끊어 준 걸 고마워하면서 몽고메리가 인사했다.

"늦었지만 탁자를 바깥으로 꺼내는 게 좋겠구나."

"기다리고 있었어요."

카치토가 씩씩하게 말했다.

금요일은 동물인간 전체가 주사를 맞고 알약을 복용하는 날이었는데, 알약은 주사를 맞으면 메스꺼워지는 속을 진정시켜 주는 역할을 했다. 이렇게 정기적으로 약물을 투여받지 않으면 동물인간은 죽게 될 터였다. 하지만 카치토가 열의를 보이는 데는 다른 이유가 있었다. 모로는 동물인간을 치료하면서 동시에 동물인간이 몽롱한 혼수상태에 빠지게 하는 물질도 투여했다. 아편을 피운 사람을 본 적이 있는 몽고메리는 동물인간이 아편을 피운 것과 똑같이 나른한 표정을 짓는 걸 보았다. 그러나 그게 아편과 같은 물질이라고 의심하지는 않았다. 모로가 매주 동물인간이 술을 마시게 해 주는 것처럼 이 물질은 동물인간을 진정시켰다.

이걸 문제 삼아 박사를 탓할 수도 없었다. 수년간 몽고메리는 동물인간이 괴로움에 몸을 뒤틀거나 고통을 견디는 모습을 봐 왔다. 모로는 실험을 해서 온전한 생명체를 만드는 게 아니라 종종 병약하거나 어렸을 때 죽어 버리는 생명체를 만들었다. 폐가 제대로 작동하지 않거나 심장이 불규칙하게 뛰었다. 박사가 봐 왔듯이 동물인간은 새끼를 낳을 수 없었지만, 혹여 새끼를 낳더라도 과연 살아남을 수 있을지 몽고메리는 확신할 수 없었다.

몽고메리는 아이를 원한 적이 없었다. 패니는 그 점을 마음에 들어 하지 않았다. 패니는 대가족을 꿈꿨다. 몽고메리는 아이들이 자신을 닮아서 주정뱅이나 허풍쟁이가 될까 봐 두려웠다. 심지어는 엘리자베스를 닮을까 봐 두려웠다. 깨어 있을 때조차 누나의 얼굴을 다시 봐야 하고 누나를 계속 떠올려야 한다면 얼마나 끔찍할까.

박사는 최근 삼 년간 새로운 동물인간을 만들지 않았다. 몽고메리는 묻어 줘야 했던 몇몇 생명체를 떠올리며 그 점을 감사히 여겼다. 연약한 동물인간은 천에 싸여 임시변통으로 만든 묘지에 묻혔다. 라모나는 묘지에 묻힌 동물인간을 위해 촛불을 켰고 카를로타는 기도를 드렸다. 몽고메리는 한마디도 하지 않았다.

"박사님이 오실 때까지 얼마나 걸려요?"

"모로 박사님은 금방 오실 거야."

"다 끝나면 박사님한테 럼주 한 병만 달라고 물어봐 주실 수 있어요?"

"오늘은 금요일이야. 토요일이 아니라고. 그리고 술 마시기에는 너무 이른 시간이야."

몽고메리는 자신이 완벽한 위선자라고 생각하며 대꾸했다. 때때로 이른 아침부터 술을 맘껏 마셨기 때문이다.

"흥청망청 놀려고 그러는 게 아니에요. 아흐 카브가 이가 계속 아프대요."

아흐 카브는 이가 두 줄로 났고 그게 멈추지 않고 자라서 뽑지 않으면 두개골이 뚫릴 참이었다. 가장 나이 많은 동물인간인 아흐 카브는 목소리가 굵고 몸이 회색이었으며 루페와 카치토보다도 먼저 태어났기 때문에 기형이 심해서 괴로워했다. 그다음에 태어난 페엑은 최근에는 뼈만 남아 있는 것처럼 보였고 피부가 지저분했다. 아아인도 나이 든 동물인간이었고 카이만[43] 같은 피부는 늘 군데군데 크게 벗겨져 있었다. 동물인간은 대부분 옷을 입었다. 카치토와 루페처럼 인간과 더 흡사하게 생겼다면 일반적인 옷도 입을 수 있었다. 그러나 인간과 흡사하게 생기지 않은 동물인간은 평범한 재봉사에 맞서는 체형이거나, 그들의 기형적인 손으로는 단추를 채우거나 끈을 매는 게 어렵다는 걸 보여 주었다. 아아인의 경우에는 긴 꼬리를 가진 데다가 직물 대부분이 몸을 간지럽혔다. 카를로타는 찰 체[44]를 끓여서 피부가 가라앉게 아아인의 등에 문질러 주었다.

"박사님이 아흐 카브의 이를 봐주셔야 하겠군. 내가 말씀드릴게."

몽고메리가 이렇게 말하면서 진흙에 반쯤 파묻힌 채 울타리 안

43 중남미산의 큰 악어.

44 Chaal che'. 식물의 일종으로 찻잎을 우려낸 물이 류머티즘을 치료하는데 사용된다.

에서 낮잠을 자고 있는 흑돼지들을 바라보았다. 돼지고기는 유카탄에서 맛있게 먹을 수 있는 요리였지만 박사의 실험에 돼지가 쓰였기 때문에 모로와 카를로타는 칠면조나 생선 요리를 더 자주 먹었다. 동물인간은 주로 야채를 먹었고 특별한 경우에는 닭고기를 먹었다. 몽고메리가 사냥을 하는 날이면 다른 재료가 냄비에 들어가기도 했다.

몽고메리는 자주 사냥을 하지는 않았다. 그러나 그가 사냥할 때면 라모나는 사냥이 순탄하도록 알루쉬에게 공물을 바치는 데 신경을 썼다. 라모나는 사람들이 옛 방식을 잊어버린 도시가 아니라, 프리미시아[45]라는 전통을 따르는 마을에서 자라났다. 그래서 몽고메리는 라모나를 기쁘게 하려고 그 전통을 따라 돌에 소원을 빌기도 했다. 라모나는 이런 일들에 엄격했고, 모로가 강론을 강제하듯이 다른 이들도 철저히 절차를 수행했다.

루페는 그중에서도 독실하지 않은 쪽이었다.

카치토가 울타리에 몸을 숙였다.

"오늘 리잘데 가 사람이 여기 왔었다고 들었어요."

"방금 그 이야기는 루페나 카를로타가 말해 준 거니?"

"우리가 그 사람들한테 빚을 졌나요, 몽고메리? 노호치 쿠엔타[46] 같은 건가요?"

카치토가 이름을 대지 않고 이렇게 대답했다.

---

45 신에게 감사하는 의례 또는 수확을 잘할 수 있게 행해지는 의례.

46 큰 외상 거래 또는 막대한 빚. 마야 일꾼들이 금전적인 채무를 갚을 수 없게 만들어서 아시엔다에 묶이게 고안된 시스템.

아시엔다 소유주는 두 가지 형태로 된 부채를 이용해 일꾼을 통제했다. 작은 부채는 티엔다 데 라야[47]에서 농산물을 구입할 때 생겼다. 그러나 큰 부채는 결혼을 하거나 장례를 치를 때 발생했다. 빌린 돈은 성당과 관청에서 발생하는 비용으로 전부 사용됐다. 법적으로 노예 제도는 금지되어 있었다. 실제로는 마요르도모가 급하게 장부에 적어 놓은 메모가 빚진 액수를 나타냈고 일꾼들은 이 금액 때문에 결코 떠날 수 없었다. 야샤툰에는 티엔다 데 라야가 존재하지 않았고 몽고메리가 금액을 적은 장부도 없었으므로 카치토가 한 말은 생소하게 들렸다.

"뭐 때문에 그렇게 말하는 거니?"

"박사님이 피곤하시면 카를로타가 박사님의 편지를 소리 내서 읽어 드리거든요."

"너랑 루페는 안 자고 깨어 있으면 문간 너머에서 듣고 있지? 너는 리잘데를 만난 적이 없는데 어떻게 빚을 지겠니?"

"글쎄요…… **몽고메리**는 리잘데 씨한테 빚이 있잖아요."

"그건 내가 멍청이여서 그래. 하지만 넌 똑똑하잖아."

"박사님도 빚을 지고 있잖아요. 문간 너머에서 이해한 바로는 그래요."

"저 탁자를 가져오자."

몽고메리는 모로의 재산 상태를 카치토와 논할 수는 없어서 말을 돌렸다.

두 사람은 창고에서 탁자를 가져와서 헛간 앞에 두었다. 얼마 지

---

47 아센다도가 운영하는 가게로 일꾼들이 외상으로 물건을 구입한다.

나지 않아 박사와 카를로타가 나타났다. 카를로타는 박사의 가방과 물건을 들고 있었고 박사는 지팡이에 몸을 기대고 있었다.

카를로타가 탁자에 필요한 도구를 놓았다. 카를로타는 바로 눈앞에 있는 일에 눈을 떼지 않고 주의를 기울이며 몽고메리한테는 눈길조차 주지 않았다. 그 모습을 본 몽고메리는 카를로타가 아직 화나 있다는 사실을 알았다.

동물인간은 나이가 어린 순으로 줄을 서서 약물을 투여받았다. 라 핀타와 에스트레야, 엘 무스티오가 줄 맨 앞에 서 있었다. 그들은 마르고, 얼굴이 납작했으며, 개를 닮았고, 체격이 작아서 다른 이와 비교했을 때 거의 눈에 띄지 않았다. 그도 그럴 것이 이곳에는 아찔할 정도로 다양한 외형과 전형을 가진 동물들이 있었기 때문이다.

유별나게 창의적인 구석이 있어 고통받던 모로는 굽은 어깨와 짧은 아래팔을 가진 털 많은 동물인간뿐 아니라 걸을 때 손가락 마디가 땅바닥을 스치고 척추가 굽은 유인원 같은 동물인간도 만들었다. 킨카주[48]같이 놀란 듯한 동그란 눈과 긴 혀를 가진 땅딸막한 동물인간과 누가 봐도 파카[49]의 반점과 줄무늬를 가진 또 다른 동물인간, 아르마딜로같이 뼈처럼 딱딱하고 특징적인 가로 띠와 작은 귀를 가진 세 번째 동물인간도 만들어 냈다. 기형적인 귀와 툭 튀어나온 하관, 조그마한 눈을 거의 덮는 뻣뻣한 머리털을 가진 동물인간들도 있었다. 송곳니, 털, 비늘이 혼잡하게 뒤섞여 있고 뼈가

48 미국너구릿과 동물, 나무 위에서 산다.

49 기니피그류(類)의 토끼만 한 동물.

얼마나 늘어날 수 있는지 보여 주고 있었다.

하지만 이렇게 살갗이 뒤틀리고 변형되었음에도 그들이 비롯한 원래 동물을 알아챌 수 있었다. 카치토와 루페는 확실히 살쾡이를 닮아 있었고 다른 동물인간의 얼굴에서는 여우와 장난기 많은 코아티를 발견할 수 있었다. 파르다는 주둥이가 늑대와 흡사한 데다 뛸 듯이 큰 보폭으로 움직였고, 위에치는 몸집이 작고 유연했지만, 다른 동물인간들은 발을 질질 끌거나 절뚝거리면서 간신히 숨을 돌렸다.

처음에 몽고메리는 동물인간의 생김새를 보고 놀랐으며, 이상하게 걷는 모습을 보는 것만으로도 경악했다. 몽고메리는 동물인간을 신화에 나오는 생명체나 중세 필사본에 있을 법한 존재, 열병에 들뜬 어떤 필경사가 상상 속에 지어낸 산물로 생각했다. 그도 아니면 지도 끝에 서식하는 괴물이었다. 여기 용들이 있나니![50]

몽고메리는 이제 동물인간을 그저 야샤툰 사람으로 여겼다.

동물인간은 순서대로 들어왔고 몽고메리는 엘 로호가 늘 그러듯이 새치기하려는 걸 나무랐고 페엑의 어깨를 토닥이며 카치토와 이야기를 나눴다.

그날은 평소와 비슷했지만 꼭 그렇지만도 않았다. 몽고메리는 박사가 일하는 모습을 지켜보며 담배를 꺼내 불을 붙였고 잠깐 들렀던 청년들을 생각했다. 그 참견하기 좋아하는 얼간이들을 생각할수록 더욱 짜증이 났다.

---

50 초기 세계 지도에서 등장하는 문구로 잠재적인 위험이 존재한다고 예상되는 미발견 지역에 용, 크라켄과 같은 괴물의 삽화와 함께 등장하는 문구.

나중에 동물인간이 모두 자기 헛간으로 돌아가자 몽고메리는 카를로타를 도와 박사의 물건을 챙겨서 전부 안에 다시 두었다. 카를로타는 실험실에서 꾸물거리지 않고 먼저 자리를 떴다.

몽고메리는 질책을 받을 참이라는 걸 알았고 카를로타 역시 그 사실을 알았을 것이다. 그게 아니면 카를로타는 분노를 삭이지 못해서 방을 빠져 나갔을 것이다. 평소 카를로타가 실험실을 좋아하는 데다, 두 사람이 모로가 가진 도구와 물건을 청소하고 정리하면서 한 시간은 족히 실험실에서 보낸 적이 여러 번 있었기 때문이다. 때로는 몽고메리가 카를로타에게 어떻게 동물의 가죽을 잘라서 표본을 고정하는지 보여 주기도 했다.

"로턴, 따분해서 이웃한테 시비를 걸었나? 그게 아니면 오늘 그렇게 군 데에는 다른 이유가 있나?"

"저는 그 청년들을 빨리 쫓아내려고 노력했습니다. 따님이 방해하지 않았더라면 쫓아낼 수 있었겠죠."

"그럼 카를로타가 잘못했다는 말인가?"

박사는 조급한 기색을 드러내며 물었다.

"아닙니다, 박사님. 그저 따님께서 도와주실 필요가 없었다는 뜻이고, 하지만 제가 잘못한 걸 지금은 압니다. 리잘데 청년들한테 오지 말라고 편지를 보내셔야 할 것 같습니다. 이곳에 오지 못하게 뭔가 이야기를 지어낼 수도 있을 겁니다."

박사는 노란 액체가 든 병을 불빛에 들어 올려 살펴보았다.

"내가 왜 그래야 하지?"

"그 청년들은 박사님이 하시는 일을 이해하지 못합니다."

"이해 못 하겠지. 그 청년들은 내가 가난한 이들을 위해 요양원을 운영한다고 생각하니까."

박사가 조심스럽게 선반 위에 병을 돌려놓으면서 말했다.

"박사님께서 편지를 쓰시는 게 최선입니다. 제가 내일 가지고 갈 수 있습니다. 만약 그 청년들이 오면 진실을 알게 될지도 모릅니다. 솔직히 말씀드려서 따님한테 지나치게 관심을 보이는 그런 부류로 보였습니다."

"그러길 바라네."

모로가 몽고메리의 허를 찌르며 확고하게 결심한 듯 말했다.

"네?"

몽고메리가 당황스러워하며 물었다.

"리잘데는 점점 안달을 내고 있고 나한테 지쳐 버렸네. 수년간 리잘데한테 성과를 약속했지만 보여 준 게 거의 없다네."

"하지만 동물인간은 진짜잖아요."

몽고메리가 이의를 제기했다.

"그래, 그래. 진짜지. 그렇지만 우리 둘 다 동물인간이 얼마나 연약한지도 알잖나."

박사가 얼굴을 찌푸리며 말했다.

"내가 하는 모든 일에는 아직 이해되지 않는 뭔가가 있다네. 늘 꿈꾸는 것에 미치지 못하지. 팔다리가 굽거나 갑자기 기형이 나타나고 오류들이 작업을 방해한다네. 한번은 완벽에 가까웠는데 흠…… 그건 다시 반복할 수 있는 성공이 아니었지."

모로는 틀림없이 루페와 카치토를 염두에 두고 말하고 있었다.

루페와 카치토는 튼튼하고 민첩했으며 영리했다. 모로가 만든 다른 생명체들은 연민을 불러일으키곤 했다. 나이 든 동물인간은 더 엉망이었지만 어린 동물인간도 결점이 있었다.

"매일 더욱 큰 간극을 발견한다네. 결코 있어서는 안 될 결함을 말이지. 시간이 삼십 년이 더 있어도 이 퍼즐을 풀 수 있을 거라는 생각이 들지 않네. 하지만 이제 나한테는 삼십 년이 아니라 일 년도 남아 있지 않다네. 리잘데는 싫증이 났어. 리잘데한테 야샥툰은 더 잘 활용할 수 있는 휴경지고 내 연구 계획은 매력을 잃었네. 리잘데한테 편지를 썼지만 그 사람은 다루기가 아주 어려워졌어. 자금은 줄어들고 있고 리잘데는 돈이나 물자를 더 제공하지 않을 것 같다네."

카치토가 한 말이 맞았다. 박사는 경제적으로 비상사태에 놓여 있었지만 몽고메리에게 이 사실을 알리지 않고 있었다. 몽고메리는 비밀이나 교묘한 속임수를 좋아하지 않았다. 그렇지만 몽고메리가 항의하기도 전에 박사가 다시 말했다.

"그래서 리잘데 가의 청년들이 온 게 신의 섭리처럼 여겨지는 거라네. 몽고메리, 그 청년들이 우리를 구원할지도 몰라."

"이해가 잘 안 되는데요."

"카를로타 말이야. 젊고 예쁘지 않나? 둘 중 하나라도 그 애한테 구혼하면 우리는 이 정체기에서 살아남을 수 있을 테지. 카를로타가 결혼하게 된다면 우린 내쫓기지 않을 테고 모든 일이 잘될 거라네."

아, 그게 계획이군! 박사는 카를로타를 메리다에 끌고 가서 남편감을 찾는 대신 남편감이 카를로타 앞에 모습을 드러냈다고 판단한 것처럼 보였다. 이치에 맞는 말이었다. 몽고메리의 누나는 열여덟 살에 결혼했다. 몽고메리 자신도 결혼식 당일에 스물한 살이었다. 몽고메리는 사랑을 좇아 결혼했다. 카를로타는 재산을 보고 결혼할 터였다. 어쩌면 카를로타는 신경 쓰지 않을 것이다. 패니는 좋은 물건을 좋아했고 남편이 진주를 구입할 여력이 되면 결함이 많아도 용서할 수 있었다. 이는 패니가 부유한 남자와 재혼한 데에서 분명히 드러났다.

"따님과 이 문제를 상의하셨습니까?"

"아니. 이건 그 애가 결정할 문제가 아니네."

모로의 눈빛은 확고하고 침착했다.

이렇게 모로가 행동 방침을 정한 것은 법적으로도 뒷받침되었다. 여성은 성년이 되어 스물한 살이 되어도 부친이 명시적으로 허락하지 않으면 부친의 집이 아닌 곳에서 살 수 없었고 자기 의지대로 할 수 있는 일이 많지 않았다. 그러므로 혹시나 아버지가 세운 계획이 마음에 들지 않더라도 카를로타가 아버지에게서 벗어날 수는 없었다. 그렇지만 몽고메리는 준마(駿馬)처럼 신사들 앞에서 뽐내듯 보여진 뒤 재빨리 팔릴 수도 있다는 사실을 카를로타한테 알려 주지도 않는 게 냉정하게 여겨졌다.

"청년들이 오면 예의를 갖춰야 하네. 딸아이는 걱정하지 말게나. 걔는 예의 바르게 굴 테니까. 더 이상 그 청년들과 티격태격하지 말게, 알겠나?"

"알겠습니다, 박사님."

몽고메리가 아무런 억양도 없이 대답했다.

그날 밤 몽고메리는 방에 앉아 아과르디엔테 한 잔을 기울이면서 다시 패니를 떠올렸다. 한동안은 패니를 떠올리지 않았다. 패니가 떠나고 처음 몇 달 동안은 패니를 잊으려고 술을 마셨지만 시간이 맡은 바 역할을 해서 몽고메리는 예전만큼 패니에 관해 곰곰이 생각하지 않았다. 패니에게 머릿속으로 편지를 보내는 횟수가 점점 줄어들었다. 머릿속으로만 편지를 쓰는 게 무슨 소용이람? 하지만 그날 저녁 몽고메리는 편지를 쓰고 있는 자신을 발견했다.

야샤툰에서 우리는 모두 상품이야. 팔고 거래하고 교환하는 상품. 물론 가격은 각기 다르지만. 카를로타 모로는 금이나 루비에 맞먹는 값어치를 해. 그렇지만 에두아르도 리잘데 같은 남자가 과연 그 가치를 알지 모르겠네. 거룩한 것을 개에게 주지 말며 진주를 돼지 앞에 던지지 말라. 그것들이 발로 짓밟고 돌아서서 너희를 물어뜯을까 염려하라.[51]

몽고메리는 아과르디엔테를 마시고 눈을 감았다. 이곳에서 너무 많은 시간을 보냈다. 떠나야 했다. 지금까지는 반쯤 만족한 상태로 자신을 안심시킬 수 있었으나, 리잘데 가 청년들이 온 것은 일종의 신호였다. 여기 남아 있으면 모로처럼 미쳐 버릴 테고, 품어서는 안 될 비밀을 강박적으로 좇으면서 하루하루를 보낼 터였다.

51 마태복음 7장 6절.

9장

카를로타

카를로타는 앵무새에게 모이를 주고 노래를 흥얼거렸다. 새를 돌보는 일을 마친 뒤에는 모로의 의료 가방을 들고 인부들이 살던 오래된 헛간으로 향했다. 전날 아흐 카브의 이를 봐주기로 되어 있던 모로 박사가 또 자기 임무를 소홀히 해서 이번에도 카를로타가 도와주기로 했다. 동물인간들은 가끔씩 라모나가 하는 말을 따라서 모로를 치유자라는 뜻의 아흐 삭 야(Aj ts'aak yaaj)라고 불렀다. 하지만 카를로타야말로 동물인간의 이와 뼈, 팔다리를 돌보는 일에 가장 신경을 많이 썼다. 카를로타는 이러한 일을 꺼리지 않았다. 사실 이런 일을 하면서 즐거움을 느꼈다. 카를로타는 바쁜 게 좋았고 남을 돕는 것도 좋아했다.

토요일 아침에 카를로타가 아흐 카브를 방문했을 때 아흐 카브는 아직 졸려 보였다. 실제로 미사를 보거나 아침 식사를 하기도 전인 이른 시간이었지만 이런 문제는 빨리 처리하는 게 최선이었다. 아흐 카브가 하품을 하며 기지개를 켜는 동안 카치토가 헛간 밖으로 의자와 탁자를 끌고 나왔다. 카를로타는 의료 가방을 내려놓은 다음 아흐 카브의 입을 헹구고 손을 씻을 수 있도록 물병에 물을 채웠다.

"아흐 카브가 또 비명을 지르면서 난리를 피울 게 분명해요."

칸이 말했다. 칸은 호리호리하고 팔다리가 긴 데다 머리카락이 황갈색이어서 원숭이를 가장 닮았으나 긴 주둥이는 늑대를 닮은 것 같기도 했다.

"꼬리를 물어뜯어 버릴 테다."

아흐 카브가 으르렁거렸다.

"자, 싸우지들 말고."

카를로타가 고개를 절레절레 젓고는 아흐 카브의 팔을 잡으며 말했다.

"입을 크게 벌려 봐."

아흐 카브는 시키는 대로 입을 벌려 입안을 보여 주었다. 이가 면도날처럼 날카롭고 많았지만 카를로타는 망설이지 않고 손가락으로 턱을 미끄러지듯 지나쳐 아픈 부분을 가볍게 찔렀다.

카를로타는 아흐 카브를 괴롭히는 이를 찾았다. 어려운 점은 이를 뽑는 게 아니라 통증을 줄이는 것이었다. 통증을 줄이려면 에테르[52]를 써야 했으므로 카를로타는 손수건에 에테르를 톡톡 두드렸다. 이전에 여러 번 해 봤던 작업이라 신속히 발치를 했고, 길쭉한 이가 쟁반 위에 놓였다. 그다음에는 이가 있던 빈 구멍을 요오드포름을 적신 거즈로 채웠다. 이가 새로 자라기까지 그리 오래 걸리지

52 용매나 마취제로 쓰이는 알코올 추출물.

는 않을 것이었다.

"어떻게 지내, 칸? 뭐 필요한 거 있어?"

"손목이 아파요."

"흥! 붕대를 꽉 매면 하루 만에 괜찮아질 텐데. 늘 똑같지. 손목이 삐고, 발목이 삐고. 칸은 유리 몸이야."

아흐 카브가 말했다.

"그러는 너는 냄새나고 덩치만 큰 데다가 불친절해."

칸이 새침하게 대꾸했다.

"내 덩치는 적당하다고."

아흐 카브가 자랑스럽게 가슴을 내밀며 말했다.

"내가 한번 볼게."

카를로타가 말했다.

몇몇 동물인간은 뼈가 잘 부러졌다. 카를로타가 보기에 손목이 삔 게 아닌가 싶어도 골절일 수 있었고, 이 경우 최악은 부목을 대지 않는 거였다. 모로는 숙련된 의사라도 푸토-콜리스 골절과 손목이 삔 것을 착각할 수 있다고 했으며 동물인간의 특이한 신체 구조와 털 때문에 확실히 진단을 내리기가 더 어려웠다. 그렇지만 카를로타는 늘 적절한 치료 방법을 알아내곤 했다.

마침내 카를로타는 칸이 어쨌든 손목을 삐었고 가죽 붕대면 손목을 충분히 쉬게 할 수 있을 것이라고 판단했다.

카를로타가 할 일을 끝마치자 카치토가 물병에 있는 물을 그릇에 부었다. 그녀는 다시 손을 씻었다.

카를로타는 곁눈질로 근처를 지나가는 몽고메리를 보았다. 몽고메리 역시 일찍 일어나서 잡일을 하고 있었다. 카를로타는 몽고메리를 못 본 척했다. 전날 몽고메리가 놀렸기 때문에 또다시 놀림을 당할까 봐 두려웠다.

녹색 눈동자 쪽이군. 몽고메리는 어떻게 카를로타가 마음에 들어 하는 청년이 누군지 알았을까? 하지만 몽고메리가 한 말이 맞았다. 카를로타는 에두아르도의 눈이 마음에 들었다.

카를로타는 의료용품을 챙겨서 집 안으로 돌아갔다. 부엌에는 아버지를 위한 식사가 차려진 쟁반이 있었다. 어떤 날에는 카를로타가 꽃을 꺾어 토스트와 잼과 함께 아버지께 드렸다. 사소하지만 보기 좋은 일이었다. 하지만 그날은 시간이 촉박했기에 카를로타는 미소만 지어 보였다.

카를로타는 빠르면서도 일정하게 걸었고 방 안에 들어가기 전에 노크를 한 번 했다. 그러고는 침대맡 탁자에 조심스럽게 쟁반을 올려놓은 뒤 하얀 커튼을 옆으로 밀어젖히고 키 큰 프랑스식 문을 열어 산들바람이 들어오는 동시에 안뜰에 있는 화초가 보이게 했다. 밤에는 안뜰에 서서 네모난 모양의 밤하늘을 올려다보며 별을 관찰할 수 있었고 낮에는 햇빛이 벽에서 자라는 담쟁이덩굴을 감싸고 분수 속 장식용 타일을 반짝이게 했다. 빛과 공기, 물이 다 함께 어우러져 황홀한 세계가 펼쳐졌다.

"아침을 가져왔어요. 시장하지 않다는 말씀은 하지 마세요."

"배가 안 고프구나."

모로가 자리에서 일어나며 말했다.

모로는 턱수염이 하얬고 검은 머리카락은 대부분 색이 바랬다.

이제 그는 예전보다 천천히 움직였지만 언제나 마호가니 나무처럼 단단했던 몸은 아직 꼿꼿했다. 모로는 카를로타가 곁에서 호들갑을 떠는 걸 좋아하지 않았고 보살피려는 태도를 취하는 것에도 기분이 상했다. 자신이 환자가 아니라고 짚고 넘어가는 걸 좋아했으며 카를로타가 지나치게 상냥하게 굴면 돌려보내려고 했다.

"약은 드셨어요?"

"응. 그래서 속이 안 좋고 배도 안 고프구나."

"속을 진정시키는 데 좋은 차를 만들었어요."

카를로타가 조심스럽게 차를 따라 주었다.

모로는 차를 홀짝거리면서 미소 지었다. 카를로타는 그날 모로가 입을 옷을 옷장에서 꺼내 의자 등받이에 올려놓았다. 타원형 그림 속에 있는 아름다운 금발 여인이 카를로타를 향해 웃고 있었다. 카를로타는 천으로 그림을 덮어 버리고 싶었다. 그 그림은 카를로타를 항상 불안하게 했다.

"얘야, 너는 나한테 참 잘해 주는구나."

그날 아침 모로는 기분이 좋았다.

카를로타는 모로의 재킷을 솔로 털고 손으로는 조심스럽게 직물을 만지면서 미소 지었다. 카를로타는 모로가 위엄 있고 완전해 보이는 모습을 좋아했다.

"리잘데 가 청년들은 어떤 것 같니?"

카를로타는 재킷 옷깃에 고집스럽게 들러붙어 있는 가느다란 흰 머리를 잡아서 떼어냈다.

"그분들에 관해서는 아무 생각이 없어요."

“그 청년들이 며칠 머물면 좋을 텐데. 너는 여기서 너무 외롭잖니.”

“외롭지 않아요. 실험실에 해야 할 일이 있는걸요.”

카를로타로 하여금 문간방과 실험실에 자주 출입하여 일을 돕게 한 지도 이제 몇 해가 되었다. 모로는 오래전에 아이들이 동물인간을 풀어 줘서 일어났던 사건을 잊은 건 아니었지만 통풍 발작이 점점 자주 찾아와서 카를로타가 필요했다. 모로 박사는 통증을 완화시키려고 리튬, 콜히친, 감홍(甘汞), 모르핀을 순환하여 복용하는 등 갖가지 시도를 했지만 그의 병은 쉽게 치료되지 않았다.

모로가 카를로타에게 맡긴 일은 면밀하게 나뉘어 있었다. 카를로타는 동물인간을 돌보고 그들이 통증을 느끼는 부위와 상처를 살폈으며 모로를 위해 특정한 화합물을 혼합하기도 하고 플라스크와 용기를 청소하기도 했지만 여전히 많은 것이 숨겨져 있었다. 아버지의 과학적 업적을 이루는 비밀을 전부 이해할 수는 없었다. 하지만 목재나 동물 표본을 나르면서 실험실 일을 도와주는 몽고메리도 그걸 이해하지는 못했다.

카를로타는 언젠가 모로가 더 많은 일을 하게 해 주고, 그의 노트와 책을 모두 자세히 볼 수 있게 허락해 주기를 바랐다. 카를로타는 참을성을 길러야 했다. 모로 박사는 서두르지 않았다.

“실험실에서 일하는 거랑 주변에 사람이 있는 건 별개의 문제야.”

“저한테는 아버지가 있어요. 루페도 있고요.”

“하지만 신사분들과 함께 시간을 보내는 건 환영할 만한 변화가 될 거란다.”

"몽고메리도 신사잖아요."

"로턴한테는 여러 측면이 있지만 신사는 아니지. 오갈 데 없는 주정뱅이라고는 할 수 있겠구나."

"아버지도 어떤 면에서는 오갈 데 없는 처지잖아요?"

카를로타는 여전히 몽고메리에게 화가 나 있었지만 공정하려면 몽고메리를 옹호해야 할 것 같았고 그가 충분히 신사답다고 생각하기도 했다.

아버지는 그 말을 듣고 눈살을 찌푸렸다.

"그게 무슨 무례한 말이냐? 내가? 오갈 데가 없다고?"

"언젠가 그렇게 말씀하신 적이 있잖아요. 작은아버지와의 관계에 대해 말씀하시면서……."

"내 말을 잘못 알아들은 게 분명하구나."

카를로타는 모로가 그렇게 말한 것을 기억하고 있었다. 모로는 몹시 슬플 때면 카를로타보다 죽은 부인이 그려진 타원형 초상화를 가만히 들여다보기를 원하곤 했는데 그럴 때 한번 얘기했더랬다.

"오갈 데 없는 처지라고! 내가! 게다가 리잘데 가 청년들보다 로턴이랑 있는 게 더 편하다는 게 가당키나 한 말이냐."

모로가 목소리를 곤두세우자 카를로타는 아버지를 실망시키고 싶지 않아서 고개를 가로저었다.

"그럴 리가요."

카를로타는 재빨리 말했다.

"하지만 저는 그분들을 모르는걸요."

"그건 쉽게 해결할 수 있단다. 수줍어해서는 안 돼. 그 청년들이

와서 머물 때 친근하고 상냥하게 굴어라. 우리는 항상 리잘데 가 사람들에게 잘 대해 줘야 한단다. 좋은 드레스를 가지고 있으니까 그걸 입기에 좋은 기회가 되겠구나. 그리고 네 머리는…… 최신 패션 잡지에 나오는 스타일로 매만지는 것도 좋겠고."

카를로타는 보통 머리를 두껍게 한 갈래로 허리까지 떨어뜨리거나 느슨하게 풀고 다녔다. 그러나 몽고메리가 도시에서 가져온 잡지와 신문에는 머리를 꼬거나 말아 올리고 장신구와 부분 가발을 이용해 머리를 꼼꼼히 쌓아 올리는 등 공들여 머리를 매만진 여성들이 있었다.

"너는 훌륭한 아가씨고 그분들은 훌륭한 청년들이야. 우리가 도시에 있었다면 너는 벌써 사교계에 발을 들여놓았을 거란다. 하지만 우리는 여기 있어서 너를 세상에 제대로 선보일 기회가 없었구나. 네 또래의 아가씨는 구혼을 받기도 한단다. 알고 있지? 피아노 연습도 좀 하렴. 그 청년들이 너를 어떻게 생각하는지 두고 보자꾸나."

"네, 아빠."

카를로타는 자기가 패션 잡지를 아무리 많이 봤어도 청년들이 자기 품행이나 드레스에서 흠을 찾은 건 아닐지 궁금했다.

"네가 불안해하지 않았으면 좋겠구나. 불안할 때 병이 재발할 수 있단다."

"불안하지 않아요. 괜찮아요."

카를로타가 작은 목소리로 말했다.

"오늘은 시편 어느 부분을 읽어야 하지?"

모로가 성서를 둔 서랍을 가리키며 물었다. 평일 아침에 모로는 카를로타가 과학과 관련된 글을 읽어 주는 걸 좋아했지만 미사가 있는 아침에는 성서를 읽어 주는 걸 제일 좋아했다.

"Dominus illuminatio mea.[53]"

"군대가 나를 대적하여 진을 칠지라도 내 마음 두렵지 아니하며, 전쟁이 일어나 나를 치려 할지라도 나는 오히려 태연하리로다.[54]"

카를로타는 이제 알아듣기 쉽고 사근사근한 목소리로 말했다. 시편은 카를로타가 낭송하려고 공부할 필요가 없을 정도로 쉬웠다.

박사가 미소를 지었다. 모로는 만족했다.

모로가 차를 다 마시고 옷을 갈아입자 두 사람은 예배당으로 함께 걸어갔다. 모로는 토요일마다 표지가 빨간 가죽 제본 성서를 읽으며 미사를 집전했다.

예배당은 별로 크지 않아서 이렇게 적은 무리도 겨우 수용했다. 이곳은 모로가 오기 전에 여기 살았던 농장 마요르도모와 그 가족을 위해 지어진 것이지, 돌벽 뒤에 거주했던 인부들을 위해 지어진 것은 아니었다. 그래서 모두 빽빽이 붙어 있었고 해가 땅을 달구기 전인 이른 시각인데도 너무 더웠다.

하지만 카를로타는 작고 소박한 예배당이 마음에 들었다. 예배당의 한쪽 벽에는 에덴동산에 나오는 이브가 그려진 예쁜 벽화가 있었는데, 이브는 아버지의 성서에서처럼 하얀 피부에 금발 머리이거나 타원형 초상화 속 여인과 비슷해 보이기보다는 카를로타의 피부가 연상되는 거무스름한 색으로 그려져 있었다. 카를로타

---

53 '야훼는 나의 빛'이라는 뜻. 시편 27장 1절.

54 시편 27장 3절.

는 그 벽화를 흥미롭게 들여다보았다. 반면 십자가에 매달린 예수 그리스도는 눈처럼 피부가 하얬는데, 카를로타는 고통으로 얼굴이 일그러진 예수를 보는 걸 좋아하지 않았다.

모로는 강론을 하면서 그리스도가 받은 고통에 관해 자주 이야기했고 하느님이 세상에 고통을 주셔서 모든 것이 완벽해질 수 있었다는 사실을 동물인간이 이해하기를 강력히 촉구했다. 원죄는 지워져야 했지만 고통 없이는 그 과업을 이룩할 수 없었다. 모로 박사가 동물인간을 만들어 온 건 하느님이 창조를 완벽하게 하고 죄악에서 우리 모두를 구원하는 일을 그에게 맡겨서였다. 따라서 모로 박사는 예언자이자 성인이었다.

그러나 카를로타는 동물인간들이 이러한 개념을 오해한다는 사실을 알고 있었다. 카를로타는 동물인간들이 모로 박사가 수심이 깊은 염해를 소유하고 있다든가, 하늘에 떠 있는 별과 번개를 지배한다든가 이야기하는 걸 들었다. 또한 모로는 동물인간들이 하는 말을 항상 바로잡지는 않았다.

카를로타는 이런 행동이 신성 모독이 될까 봐 걱정했다. 또한 모로가 동물인간을 위해 짜 놓은 세상이라는 태피스트리와 야샥툰이 존재하는 목적에 관해서도 걱정했다. 모로가 실험이나 의학 연구를 하지 않았다면 카를로타는 죽었을 것이다. 그것은 확실했다. 모로는 자연을 덮은 베일을 찢으면 경이로운 사실을 얼마나 많이 발견할 수 있는지 카를로타에게 말하곤 했다. 아무런 희망도 없던 이들에게 희망을 줄 수 있는 치료법.

그렇지만…… 동물인간은 이상하고 기이한 질병을 가지고 태어났고 그 질병 때문에 갖가지 고통을 겪다가 목숨을 잃을 수도 있었다.

동물인간은 인류를 위해 고통받았다. 하지만 '고통은 선물'이라는 게 모로가 반복해서 하는 말이었다. 고통 없이는 달콤함도 없기에, 고통을 견뎌야만 했다.

그날 아침 모로는 동물인간이 복종하고 온화해야 한다고 하면서 예배당에서 흔히 다루는 또 다른 주제를 언급했다.

"아무도 비방하거나 다투지 말고, 온화하며 모든 사람에게 예의 바르게 대하십시오.[55]"

카를로타는 예배당 뒤편에서 문간에 몸을 기댄 채 뚱한 표정을 짓고 있는 몽고메리를 발견했다. 카를로타는 몽고메리가 강론을 듣고 있는지 의심스러웠다. 그리고 무리 사이에서 루페를 찾을 수 없었다. 모로가 기도를 시작하자 카를로타는 고개를 숙이고 기도문을 나지막이 읊었다.

보라, 하느님의 어린 양. 세상의 죄를 없애시는 분이시니 이 성찬에 초대받은 이는 복되도다.

강론이 끝나자 몽고메리와 카치토는 동물인간들을 다시 헛간으로 데려가 잡일을 하게 했고 카를로타는 루페를 찾아다녔다. 카를로타는 루페가 낡은 건물에서 벽에 매달려 있는 당나귀 두개골을 빤히 올려다보고 있는 걸 발견했다. 카를로타는 루페가 앉아 있는 벤치 옆에 앉았다. 두 사람은 함께 당나귀 유골을 쳐다보았다. 카를로타는 루페가 왜 예배당에서 위안을 얻는 대신 이곳을 찾는지 이

55 디도서 3장 2절.

해할 수 없었지만 이제 루페가 좋아하는 것들을 대부분 이해하기 어렵다는 사실을 알았다. 루페는 카를로타에게 자신을 해명하지 않았고 카를로타가 하는 질문은 종종 질책을 받았다.

"예배당에 또 안 왔더라. 아버지가 화내실 거야."

"아마도 화내시겠지."

"너는 신경 쓰지 않는구나."

"카치토가 앵무새처럼 오늘 온종일 박사님이 하신 말씀을 되풀이할 텐데, 뭐."

"그건 상관없어. 아버지는 네가 예배당에 있길 바라실 거야."

카를로타가 굽히지 않고 말했다. 카를로타는 루페가 곤경에 처하는 것도, 완벽한 그들 가정에 분란이 생기는 것도 원하지 않았다. 그러나 이제는 소원해져 버린 루페가 카를로타에게서 시선을 돌렸다.

카를로타가 생각했다. **루페는 떠나고 싶어 하는구나. 루페한테 날개가 있었다면 지평선에 닿을 만큼 멀리 떠났겠는데.**

"박사님은 매번 같은 말만 하시잖아."

"아니야."

"넌 귀가 먹었어, 로티."

카를로타는 다시 말다툼을 벌이고 싶지 않아서 대꾸하지 않았다. 루페가 자리에서 일어나자 카를로타는 밖으로 따라 갔다. 다시 집으로 들어가는 대신 두 사람은 담쟁이덩굴이 뒤덮여 있고 검붉은 색으로 칠해진 안뜰 벽 옆에 자리를 잡았다. 카를로타는 루페의 어깨에 머리를 기댔고 두 사람은 분수를 바라보았다.

침묵은 어떤 상처도 누그러뜨리는 연고 같았다. 새들은 새장에서 지저귀고 분수대에는 거품이 일었다. 두 사람은 서로에게 품었던 악감정을 모두 잊었다.

카를로타는 모로의 침실 속 하얀 커튼이 바람에 펄럭이는 모습을 지켜보다가, 이렇게 온전히 위안을 주던 분위기를 깨뜨렸다.

"아버지는 리잘데 가 청년들이 나한테 관심을 품길 바라시는 것 같아."

"어떤 관심?"

"아버지 말씀으로는 내가 구혼을 받을 나이래."

"그랬으면 좋겠어?"

카를로타가 읽은 해적 소설에서는 여성이 납치되기도 하고 흥미진진한 방식으로 연인을 만났다. 구혼을 받는 일은 콩을 요리하거나 아마포를 빠는 일처럼 평범한 과정을 의미했다. 하지만 구혼을 받는 일은 카를로타가 아직 경험해 보지 못한 낯선 일이기도 했으므로 그 자체로 흥분할 만했다. 비록 다른 여성들은 일상적으로 구혼을 받을지라도 말이다.

"그 사람들은 잘생겼어. 난 잘생긴 사람을 남편으로 두고 싶더라."

루페는 웃으면서 어렸을 적에 그랬던 것처럼 카를로타의 땋은 머리를 가는 손톱으로 쓸어내렸다. 루페는 카를로타의 머리카락을 땋아 주는 걸 좋아했다. 인형 머리를 땋아 주는 것처럼. 카를로타는 모두에게 인형 같은 존재였다.

"그런 이유로 남편을 원하다니 터무니없어. 라모나한테 물어보면 말해 줄 거야. 라모나의 남편은 꽤나 잘생겼지만 주먹으로 라모나의 코를 부러뜨렸다고. 겉모습만 봐서는 아무것도 알 수 없어."

“라모나가 그런 이야기는 하지 않았는데.”

“했거든. 네가…….”

“그래, 알았어. 내가 귀가 먹었지.”

카를로타가 지친 듯이 중얼거렸다.

카를로타는 잘생긴 외모가 훌륭한 인품과 밀접하게 연관될 이유는 없다고 여겼지만 고약한 입냄새가 나는 못생긴 낯선 이와 결혼하는 걸 운명으로 받아들이고 싶지도 않았다. 남편이 잘생기면서 신사적이라면 좋지 않을까? 결혼하는 것을 깊이 생각해 본 건 아니었다. 카를로타는 언제나 야샤툰에 살면서 아버지를 돌보고 실험실을 들락거리며 수영하러 물웅덩이를 다닐 거라고 생각했다. 결혼하면 집을 떠나야 할까? 리잘데 가 청년 중 한 명과 결혼한다면 멀리 가지 않아도 될 것이다. 비스타 에르모사에 살면서 자주 방문할 수 있을 것이다.

카를로타는 상황이 변하는 걸 원치 않았다.

그럼에도 불구하고.

에두아르도 리잘데의 두 눈동자는 비가 내리기 전에 하빈[56]의 잎 색깔처럼 아름다운 녹색이었다. 카를로타는 그 모습을 떠올리고 얼굴을 붉혔다.

---

56 어독 나무라고도 알려져 있으며 껍질과 뿌리에 독성 화합물이 있는 나무.

10장
몽고메리

결국 에두아르도 리잘데가 며칠간 함께 지내겠다는 말을 전하는 데는 일주일도 채 걸리지 않았다. 몽고메리는 에두아르도가 다시 돌아올 거라고 확신하기는 했지만 서두르는 꼴이 우스웠다.

두 청년이 도착하기 전까지 헤아릴 수 없이 준비를 많이 해야 했다. 그들은 꼼꼼하게 집 안에 있는 먼지를 털었고 찬장에 잠가 둔 도자기 그릇을 꺼내어 씻었으며 광이 나게 커틀러리를 닦았다. 몽고메리조차 옷장 구석에 있던 파란색 라운지 재킷과 싱글브레스트 조끼를 꺼내서 입어야 했다. 카치토는 몽고메리가 거울 앞에 서서 폭이 넓은 연노랑색 크라바트를 고쳐 매는 걸 보고 웃음을 터뜨렸다. 패니는 노란 장미를 좋아했고 이 크라바트는 패니를 위해 장만한 것이었다.

"그렇게 별로야?"

"별로인 건 아니에요. 달라 보여요."

카치토가 쾌활하게 말했다.

몽고메리는 조심스럽게 여우 머리가 달린 은색 넥타이핀을 쥐고 자기 모습을 살펴봤다. 유니폼으로 생각하고 매일 입는 흰 셔츠와 흰 바지를 입은 모습과는 달랐고 정말 우습게 보인다고 생각했다.

몽고메리는 스스로를 속이지 않았다. 몽고메리의 얼굴은 늘 그랬던 것처럼 평범하고 특징이 없었다. 패니를 쫓아다닐 때는 머리와 옷에 공을 들였다. 몽고메리는 열정적으로 패니를 쫓아다녔고 곁에 패니가 있으면 간혹 자기가 왕자로 변한 것처럼 느꼈다. 하지만 그런 시절은 오래전에 지나가 버렸다.

그래도 손톱 밑에 때가 끼거나 머리카락이 헝클어진 채로 리잘데 가 청년들 앞에 나타날 수는 없었다. 몽고메리가 가진 코트는 최신 스타일은 아니었지만 보기 괜찮은 것 같았고, 남자가 몸단장을 한다고 나쁠 건 없지 않냐고 스스로에게 되물었다. 최근에 자신을 돌보지 않았다고 해서 촌뜨기처럼 주위를 배회해야 한다는 뜻은 아니었다.

"면도를 해야 할지도 모르겠군."

몽고메리가 손으로 뺨을 문지르며 카치토에게 말했다. 리잘데가 청년들은 잘 정돈된 짧은 콧수염을 기르고 있었다. 몽고메리는 수염이 자라게 내버려 두었다.

"어떤 것 같아? 여기 양옆에 구레나룻을 없애야 할까?"

"구레나룻이 없으면 못생겨 보여요."

이번에는 몽고메리가 웃을 차례였다.

"내가 사내아이는 아니지만 내일이 되기 전에 이 망할 구레나룻을 다듬는 게 좋겠어."

이렇게 말하면서 몽고메리는 크라바트를 잡아당겼다.

"손님들을 볼 수 있으면 좋을 텐데요."

"안 된다는 거 알잖아. 눈에 띄지 말아야 해."

"네, 그럼요. 하지만 궁금해요. 그 사람들은 후안 쿠무쉬를 죽이길 원하잖아요. 쿠무쉬를 뒤쫓다니 두려움을 모르는 게 분명해요."

"그 인간들은 겁쟁이에 멍청이야. 둘 다. 정말로 쿠무쉬를 만났다고 생각하면 뒤돌아서 달아날걸."

카치토는 어리둥절하다는 듯이 몽고메리를 향해 고개를 갸웃거렸다.

"상관없어요. 그 사람들은 절대 쿠무쉬를 못 찾을 테니까요. 후안 쿠무쉬는 정글에 있는 나무란 나무는 모조리 꿰고 있고 언제나 장정 육십 명과 함께 다니거든요. 몽고메리가 도시에서 가져온 신문에서 읽었어요."

"신문에 있는 이야기를 모두 믿으면 안 돼."

몽고메리는 카치토가 신문에서 또 무엇을 읽었는지 궁금해하며 말했다.

"그렇지만 쿠무쉬는 두려움을 모르고 자기 사람을 위해 싸운대요. 리잘데 가 사람들과는 다르게요. 리잘데 가 사람들은 스스로를 위해 싸우나 봐요."

"아직도 노호치 쿠엔타를 걱정하니? 걱정하지 않아도 돼."

"하지만 몽고메리는 그 사람들을 싫어하잖아요."

"그래, 싫어해. 그렇지만 그 인간들을 좋아하는 건 내 일이 아니야."

다음 날 몽고메리는 아침 일찍 밖이 환할 때 일어났으며 조금도 술냄새를 풍기지 않았다. 몽고메리는 콧수염을 남겨 놓고 면도를 했지만 리잘데 가 청년들이 자기들을 따라 했다고 생각할까 봐 짜증이 나서 얼굴에 난 수염을 모조리 깎아 버렸다. 그리하여 수척하고 초췌해 보였지만 몽고메리는 자기한테 없는 세련된 모습을 시도하는 것보다 그편이 낫다고 생각했다.

다시 패니를 떠올렸다. 패니가 자신을 바라보던 모습, 패니를 쫓아다니던 시절과 노란 장미를 떠올렸다. 그 이후로 이가 하나 깨졌고 팔에 흉터가 생겼으며 눈 밑에는 주름이 생겼다. 몽고메리는 이제 서른다섯 살이었고 스무 살에 어떤 사람이 되고 싶었는지 기억나지 않았다. 그는 오래전에 자기 자신을 잃어버렸다.

예정된 일을 처리한 후 약속 시간에 저택 출입문에 자리를 잡고 청년들을 기다렸다. 청년들은 제시간에 오지 않았고, 오겠다고 한지 한 시간이 지나서야 왔다. 마침내 청년들이 말을 타고 다가오자 몽고메리는 청년들과 말을 마구간으로 안내했다. 몽고메리는 말에서 벗겨낸 안장주머니와 청년들이 가져온 짐을 청년들이 지낼 방에 각각 둬야 해서 청년들로 하여금 응접실로 향하게 했다.

이렇게 일을 처리한 뒤 몽고메리는 라모나에게 청년들이 가져온 짐을 풀어 달라고 부탁하고는 자기 방에 들러 골라 놓은 옷으로 갈아입고 재빨리 크라바트를 제자리에 고정했다. 몽고메리가 응접실에 들어갔을 때 모로 박사는 벌써 청년들과 사이좋게 대화를 나누고 있었다. 에두아르도는 한가하게 손가락을 피아노 건반에 올려놓고 같은 음을 세 번 쾅쾅 쳤다.

그들은 몽고메리가 구석에 뻣뻣하게 서 있는 모습을 거의 눈치채지 못했다. 몽고메리가 정말로 대화에 끼길 기대한 건 아니었다. 단지 얼굴을 내밀어야 하기 때문에 거기 있었을 뿐이다. 술병을 들고 자기 방에 틀어박혀 있고 싶었지만 그랬다면 모로 박사는 몽고메리가 무례하다고 여겼을 것이다.

몽고메리는 카를로타 모로가 거실에 들어서자 술병은 물론이고 숨 쉬는 것조차 까먹을 뻔했다.

카를로타는 목부터 엉덩이까지 몸에 딱 붙고 그 밑으로는 폭넓게 치마가 퍼진 우아한 흰 잎사귀 무늬의 녹색 드레스를 입고 있었다. 머리는 위로 말아 올렸는데 부드럽게 말린 머리카락 몇 가닥이 매력적으로 얼굴을 드리웠다. 카를로타는 오른손으로 부채를 들고 있었고 특유의 몸짓으로 놀랍도록 편안하게 움직였다.

얼마나 사랑스러웠는지, 마치 청춘의 아름다움을 그린 그림 같았고 몽고메리는 누군가 자기가 갑작스레 만면에 활짝 미소를 지으려는 걸, 카를로타를 지켜보면서 순수하게 기뻐하고, 당혹스러운 열망으로 눈빛이 이글거리는 걸 알아챌까 봐 두려워서 재빨리 시선을 돌렸다.

에두아르도는 앞으로 나서기 전에 재킷을 한번 잡아당기고는 카를로타에게 눈부신 미소를 보낸 뒤 카를로타의 손을 잡아 손등에 입맞춤했다.

“모로 양, 그동안 어디 숨어 계셨는지 저희가 궁금해하던 참이었습니다.”

이시드로가 이어서 말했다.

“네. 정말로요. 에두아르도가 막 피아노를 치겠다고 하던 참이었어요. 치게 놔두면 안 됩니다."

"저희를 위해 피아노를 연주하면서 노래를 불러 주시겠습니까?"

"원하신다면요."

카를로타는 이제 이시드로가 자기 손등에 입맞춤하게 뒀지만 시선은 계속 에두아르도에게 머물러 있었고 이시드로를 향한 건 잠깐뿐이었다.

몽고메리는 자기가 충분히 잘 차려입었다고 생각했지만 카를로타는 파란 재킷에 노란 크라바트를 맨 몽고메리를 흘낏 쳐다보지도 않았다.

카를로타는 피아노 앞에 앉아 단순한 곡을 골랐다. 카를로타는 대단한 연주자는 아니었지만 목소리가 또렷하고 듣기 좋았다. 신사들은 정중하게 손뼉을 쳤고 카를로타가 듣기 좋고 평범한 선율을 두어 번 연주한 뒤 이시드로가 피아노를 치겠다고 나섰다.

에두아르도가 카를로타에게 춤을 청했다. 카를로타는 교태를 부리며 대답하는 게 아니라 깜짝 놀란 것처럼 보였다.

"유감스럽게도 춤을 배운 적이 없어요."

"간단해요. 당신처럼 아름다운 분이라면 더욱 간단하지요. 그렇지 않나요, 로턴 씨? 모로 양처럼 아름다운 여성이라면 언제나 발을 디딜 곳을 찾을 거라고 생각하지 않으십니까?"

"저는 잘 모르겠습니다."

"모로 양이 아름다운 걸 모르겠다는 말씀입니까?"

몽고메리는 좀 전에 자신이 잠깐 카를로타를 바라보던 걸 에두아르도가 알아챘다는 사실을 깨달았다. 몽고메리가 그렇게 속이 빤히 보였던가, 아니면 에두아르도가 생각보다 통찰력이 뛰어났던가? 어쩌면 에두아르도는 저번 날 대립한 일에 대한 대가로 몽고메리에게 창피를 주길 바란 것뿐일 수도 있었다. 둘 다일 수도 있었다.

"모로 양은 제가 하는 칭찬보다는 당신이 하는 칭찬을 분명히 더 좋아하실 것 같은데요."

카를로타는 이제 정말 궁금하면서도 당혹스러운 듯이 몽고메리를 힐끗 쳐다봤다.

"자, 어서요. 로턴 씨. 부끄러워하는 건 아니죠? 숙녀라면 누구한테든 칭찬받는 걸 늘 환영하는 데다가 당신은 모로 양이 오랫동안 알고 지낸 사람이잖아요. 박사님 밑에서 얼마나 오래 일하셨죠? 육 년인가요? 칠 년? 모로 양은 분명히 당신을 다정한 삼촌쯤으로 생각할 테고 어떤 칭찬이라도 기쁘게 받아들일 겁니다."

몽고메리는 대꾸하지 않았다. 에두아르도는 이를 자기가 이긴 걸로 받아들였다. 그가 카를로타를 바라보았다.

"두어 가지 간단한 스텝을 알려 드릴게요."

카를로타는 화제가 전환되어 반가운 것처럼 보였고 수줍게 고개를 끄덕였다. 경험이 부족하고 머뭇거렸지만 에두아르도와 함께 몸을 움직일 때 카를로타는 우아했다. 이전에 한 번도 춤을 춰 본 적이 없었지만 카를로타의 몸은 음악을 이해했고 재주가 있었다. 몽고메리는 유연하고 나긋나긋한 카를로타를 품에 안으면 얼마나 영광스러울지 상상할 수 있었다.

에두아르도를 올려다보는 카를로타의 얼굴에는 젊음과 격정이 자아내는 흔한 감정이 고스란히 드러나 있었다.

주머니에 양손을 넣은 채로 거기 서서 두 사람을 지켜보던 몽고메리는 마지막으로 여자와 춤을 춘 게 언제였는지 떠올렸다. 마지막으로 같이 춤을 춘 사람은 패니였다. 두 사람은 파티에 갔다. 몽고메리는 파티를 좋아하지 않았지만 패니가 좋아했기 때문에 패니를 위해 간 것이었다. 가장 인기 있는 카드리유[57] 춤은 **르 티후아**(le tiroir), **르 리니에**(les lignes), **르 몰리네**(le molinet), **르 란시에르**(les lanciers) 등의 프랑스어 이름이 있었다. 하지만 패니가 가장 잘 춘 건 비엔나 왈츠였다.

몽고메리는 패니의 허리에 손을 얹고 그녀를 꽉 잡았던 때를 떠올렸다. 패니가 반짝이듯 환하게 웃던 모습과 입고 있던 석류 같은 붉은색 드레스(새틴과 얇은 명주 망사로 된 드레스로 마치 나비가 날갯짓하듯 하늘하늘했다.), 그리고 무엇보다도 목에 뿌렸던 우아하지만 일시적인 장미 향유 향기를 떠올렸다. 몽고메리는 카를로타가 손목이나 목에 향수를 살짝 뿌린 건지, 아니면 그 향기가 땀냄새인지 알고 싶었다.

몽고메리는 먼저 실례한다고 중얼거리며 응접실 밖으로 나왔다. 아무도 그가 떠나는 걸 눈치채지 못했다.

다음 날은 토요일이었지만 손님들이 와서 모로 박사가 늘 집전하는 미사가 취소되었기 때문에 몽고메리는 손님들과 같이 아침 식사를 하지 않으려고 일찍 침대에 누워 잠을 청했다. 정오에 가까운 시간에 몽고메리가 부엌에 들어갔을 때는 카를로타가 라모나와 언쟁을 벌이고 있었다.

---

57 18세기 후반과 19세기에 유행했던 춤으로, 4쌍의 남녀가 사각형을 이루어 춘다.

라모나가 몽고메리를 바라보며 말했다.

"거기 있었군요. 로턴 씨, 제가 이 황소고집인 아가씨가 정신 좀 차리게 하려는데 도대체 듣지를 않네요. 혼자서 두 청년을 데리고 세노테에 가고 싶다는데 그럴 순 없잖아요."

"그 사람들이 수영하러 가고 싶어 한다고."

카를로타는 어제 저녁에 입은 것보다 간편한 드레스를 입고 있었다. 꽃무늬가 있는 하얀 드레스로 녹색 리본이 장식으로 달려 있었다. 가볍고 시원해 보였으며 카를로타한테 어울렸다.

"제가 살던 마을에서는 여자가 남자랑 결혼하기 전에는 말도 못 붙였는데 지금 저한테 음식을 싸라고 하면서 두 남자랑 같이 가게 내버려 두라고요?"

"실없는 소리 하지 마, 라모나. 그냥 소풍 가는 거야."

"걱정 마요, 라모나. 내가 세 사람과 동행하지요."

"같이 갈 사람은 필요 없어요."

카를로타가 잽싸게 대답했다.

"혼자서는 못 가."

카를로타는 짜증이 난 것 같았지만 몽고메리의 말투에는 협상의 여지가 없다는 게 확연히 드러났고 그녀는 더 불평하지 않을 만큼 영리하거나 자존심이 셌다.

"그러면 도시락은 됐어. 다과 없이 그 사람들을 거기 데리고 갈 거니까."

카를로타가 쌀쌀맞게 말했다.

"그러시든가요."

카를로타는 거의 뛰다시피 빠르게 걸어서 청년들이 담소를 나누고 있는 안뜰에 이르렀고 그제야 걸음을 늦추고 흥분된 마음을 가라앉혔다. 청년들이 몽고메리를 본 순간 유쾌한 분위기는 사그라들었다.

"좋은 날입니다, 신사분들. 모로 양이 말하길 두 분이 수영하러 가고 싶어 하신다고요."

몽고메리가 밀짚모자를 들어 올려 인사했다.

"네. 모로 양이 근처에 쾌적한 세노테가 있다고 하셨고 오늘 날씨가 몹시 더워서요. 열기를 좀 식혀야 할 것 같아요."

에두아르도가 몽고메리를 향해 미소 지었다.

"모로 양이 하신 말씀에 따르면 로턴 씨가 말을 데려올 필요는 없을 것 같습니다. 걸어가도 괜찮습니다."

"걷는 것도 정말 좋죠. 자, 그럼 가시죠."

몽고메리는 이렇게 쾌활하게 말하고는 뒤도 돌아보지 않고 걷기 시작했지만 그들 얼굴에 떠올랐을 실망한 표정을 상상할 수 있었다. 몽고메리는 청년들을 약 올리길 원하는 만큼이나 보호자 역할을 하길 원하지 않았다.

그들이 함께 걷는 동안 대화는 드문드문 이어졌고 몽고메리는 계획한 대로 어떻게든 소풍을 망쳤다고 생각했다. 하지만 아직 끝이 아니었다.

도착하자 몽고메리가 세노테를 손가락으로 가리켰다.

"신사분들, 여기 있습니다. 여기가 바로 세노테 바알람입니다."

"아주 좋네요."

에두아르도가 한 말은 조금도 진심이 담겨 있지 않은 게 분명했다. 두 신사는 넘어질까 봐 두려운 듯이 물웅덩이와 꽤 거리를 두고 서 있었다.

"바로 수영하실 겁니까?"

"여기서 당신이랑 수영을요?"

"안 될 게 있습니까? 부끄러워하는 건 아니죠? 숙녀분은 고개를 돌리고 있을 거고, 그게 본래 계획이었을 거라고 확신합니다만."

에두아르도는 턱을 치켜세웠으나 아무 말도 하지 않았다. 몽고메리는 어깨를 으쓱했다.

"흠. 여러분이 하지 않으신다면 제가 잠깐 하지요."

몽고메리는 모자를 벗고 그다음엔 셔츠를 벗었다. 몽고메리는 늘 입고 다니는 깃 없는 단순한 면 셔츠를 다시 입고 있었다. 멋쟁이처럼 보이려고 노력하는 건 가당치 않았다. 이제 실크 크라바트를 매는 일도 바보 같은 짓도 하지 않을 것이다.

몽고메리가 부츠를 벗자 카를로타가 얼굴을 붉히며 고개를 돌렸다. 몽고메리는 흰 바지는 입은 채로 돌을 밟고 내려가 신나게 물속으로 뛰어들었다. 세노테는 아주 시원했으므로 보통 때 같았으면 몽고메리는 머리를 뒤로 젖히고 눈을 감은 채로 오랫동안 수영을 계속했겠지만 얼마 지나지 않아 바지가 흠뻑 젖은 상태로 다시 동행이 있는 곳으로 돌아왔다. 그러고는 부츠를 다시 신고 셔츠를 등에 둘렀다.

"신사분들, 정말 수영을 좀 해 보셔야 해요."

"우리밖에 없었다면 우리도 했겠죠."

에두아르도가 대답했다. 에두아르도는 나무 몸통에 손을 기대고 있었고 눈빛은 날카로웠다.

"보시다시피 우리만 있는 건 아니고, 당신처럼 그런 광경을 모로 양한테 보이는 건 실례인 것 같네요."

"하지만 제가 모로 양과 워낙 오랫동안 알고 지낸 사이라!"

"당신……!"

에두아르도가 단호하게 말했다.

"정말로 부끄러움을 많이 타나 보군요. 걱정 마요. 모로 양과 제가 자리를 비켜 드릴 테니까. 돌아오는 길이 야샤툰으로 바로 이어져 있어서 집으로 오는 길은 쉽게 찾을 수 있을 겁니다."

손가락으로 길을 가리켜 보인 몽고메리는 카를로타의 등 가운데를 손으로 밀어서 청년들과 떨어지게 했다.

카를로타는 항의하지 않고 조용히 움직였으나 세노테로부터 꽤 멀어져서 재규어 조각상을 지나 숲속에 있는 새들만 두 사람이 말하는 소리를 들을 수 있게 되자 주먹을 불끈 쥐고 몽고메리 앞에 섰다.

"어떻게 그럴 수가 있어요, 몽고메리!"

"내가 뭘 어떻게 했는데? 합의한 대로 청년들을 세노테까지 데려갔고 이제는 널 집으로 데려가고 있잖아."

몽고메리가 아무것도 모르는 척 말했다.

"아니요. 안 그랬잖아요. 저 사람들한테 창피를 줬잖아요! 만약에 저 사람들이 화내면 어떻게 할 거예요? 만약에 아버지한테 말하면 어떻게 할 거예요? 만약에……."

"만약에 에두아르도 리잘데가 너랑 결혼하고 싶은 맘이 들지 않으면 어떻게 할 거냐고? 박사님이 널 다른 남자한테 팔아넘겨야겠지. 걱정 마. 박사님은 구매자를 찾아낼 테니까."

카를로타는 이를 갈면서 몽고메리의 뺨을 때렸고, 이는 몽고메리가 예상한 바였다. 그때 카를로타가 눈에 눈물이 가득 고인 채로 황급히 가 버렸고, 이건 몽고메리가 예상하지 못했던 일이었다.

"카를로타!"

몽고메리가 소리치면서 따라잡으려고 했지만 카를로타는 치마를 들어 올리고 맹렬히 달렸다. 카를로타가 아무리 빠르게 달려가더라도 따라잡을 수는 있었겠지만 그러지 않는 편이 낫겠다고 생각해서 몽고메리는 불현듯 멈춰 섰다.

어딘가에서 셔츠를 떨어뜨린 바람에 몽고메리는 뒤돌아 걸어가면서 욕을 내뱉었다. 그러다 길 한가운데서 진흙이 묻은 셔츠를 발견하고는 다시 입었다.

몽고메리가 집으로 들어갔을 때 카를로타는 아무 데서도 보이지 않았고 몽고메리도 카를로타를 찾지 않았다. 가능하다면 영원히 내버려 두는 게 최선이었다.

11장

카를로타

카를로타는 야샤툰에 있는 모든 것을 사랑했지만 그중에서도 아버지를 가장 사랑했다. 모로 박사는 하늘에 떠 있는 태양처럼 카를로타가 살아가는 나날을 비춰 주었다.

맞다. 모로 박사는 때로는 엄격했고 요구하는 게 많았다. 그렇지만 카를로타는 수년 전 모로가 어린 자신에게 맞는 치료제를 아직 개발하지 못했던 시절 저녁마다 일어났던 일들을 모두 기억했다. 모로가 얼굴에 붙은 젖은 머리카락을 떼 주고 물을 주며 머리 밑에 베개를 하나 더 받쳐 주던 모습을 기억했다. 고통으로 정신이 아득할 때 곁에는 매일 밤 모로가 있으며 카를로타를 낫게 해 주겠다고 약속했다.

그리고 해냈다. 모로는 약속을 지켰다. 카를로타는 무력하거나 약하다고 느끼는 것, 다른 이들한테 휘둘리는 것을 싫어하는 것만큼 모로가 보여 준 애정에 감사했다.

카를로타는 모로를 사랑했고 그를 기쁘게 하는 걸 좋아했다.

카를로타가 응접실에 들어가자 에두아르도가 다가와 손등에 입맞춤했고 카를로타는 당황했다. 에두아르도가 춤을 청했을 때 카를로타는 겨우 대답했다.

카를로타는 스텝을 잘못 밟거나 청년들이 자신을 멍청하다고 생각할까 봐 두려워서 처음에는 에두아르도의 제안을 거절하려고 했다. 하지만 딸이 신사들과 어울리길 아버지가 원했으므로 카를로타는 억지 미소를 지었다.

에두아르도는 부드럽게 카를로타의 손을 잡고 스텝을 밟는 법을 보여 줬다.

"우아하시네요. 전에 춤을 춰 본 적이 없다고는 짐작도 못 하겠는걸요."

"그렇게 말씀해 주시다니 친절하시네요. 발을 밟을까 봐 겁이 나요."

너무 작게 말해서 카를로타는 다시 말해야 했고 에두아르도는 말을 들으려고 카를로타 쪽으로 바짝 몸을 숙였다.

"그런 일은 없을 것 같네요. 박사님은 어째서 모로 양을 도시에서 교육받도록 보내지 않으셨죠?"

"제가 어렸을 때 아팠어요. 매일 침대에서 시간을 많이 보냈죠. 그렇지만 저는 방에 있는 걸 개의치 않았어요. 책을 읽을 기회가 생겼거든요."

카를로타는 여전히 속삭이듯이 말했다. 카를로타는 그림 같은 미소를 지으며 입꼬리를 내리지 않았다.

"좋아하는 책이 뭐예요?"

카를로타는 해적이 나오는 책과 아버지의 과학 교과서를 비슷하게 좋아했지만 훌륭한 기사도 문학을 좋아한다고 하면 에두아르도가 자신을 멍청하다고 생각할 것 같았다.

"월터 스콧 경의 소설을 좋아하고 브리앙 드 부아 길베르[58]한테 푹 빠졌어요."

카를로타가 마침내 대답했다.

"잠깐만요…… 그 책에 나온 사람이죠…… 아, 무슨 책이죠?"

"『아이반호』요."

"맞아요! 하지만 브리앙은 악당 아닙니까? 아니면 제가 잘못 기억하는 건가요?"

"아, 악당은 아니에요."

카를로타가 고개를 흔들었다. 이제 카를로타는 좀 더 크고 또렷하게 말했다.

"브리앙은 악당이라고 하기에는 좀 더 복잡한 인물이에요. 브리앙은 레베카를 사랑하지만 레베카는 브리앙을 사랑하지 않아요. 브리앙은 다시는 사랑을 하지 않겠다고 맹세하죠. 브리앙은 모순된 감정으로 가득 차 있어요."

"저는 브리앙이 악당인 줄 알았는데 잘못된 생각을 고쳐 줘서 고맙습니다. 『아이반호』를 좋아하고, 또 뭘 좋아하죠?"

"다른 책을 좋아해요. 『클레멘시아』도 좋아해요. 낭만적인 작품이죠. 읽어 보셨나요?"

"제가 공부를 좋아하지 않다 보니 과제로 읽어야 하는 책도 대충

---

58 월터 스콧의 소설 『아이반호』에 나오는 캐릭터.

읽었답니다."

에두아르도가 자랑스럽다는 듯이 말했다.

"그러면 도시에서 무엇을 배우셨어요?"

"비록 책벌레는 아니지만 조금 배웠지요. 아버지가 이제 저희 부지에 제가 관심을 기울이길 원하셔서 수학 공부를 다시 해야 할 것 같습니다. 물론 아시엔다의 자잘한 업무는 관리자와 마요르도모가 처리하겠지만 이따금 장부를 본다고 손해 볼 건 없으니까요. 아버지는 농장을 거의 방문하지 않으시고 사실 아무도 자기 농장을 방문하지 않지만 적어도 한번은 제가 농장을 봐야 한다고 생각하십니다. 비스타 에르모사에서는 한때 소를 키웠지만 이제는 설탕을 생산하는 아시엔다가 되었어요. 몇 주 전까지만 해도 제가 그 농장에 관해서 아는 거라곤 그게 전부였죠."

"어째서 소유한 부지를 자세히 알려고 하시지 않는지 이해할 수 없네요."

카를로타가 얼굴을 찌푸리며 말을 이었다.

"직접 손으로 흙을 만져 보지도 않고 다양한 종류의 흙을 어떻게 전부 구분하시겠어요?"

"그래 봤자 흙인데 흙에도 다양한 종류가 있을 수 있나요?"

"그럼요! 뭔가를 재배하기에는 좋지 않은 '섹엘'이 있고, 붉고 가는 '크안 크압 크앗'도 있죠. '부쉬 루움'은 까맣고 비옥한 흙이고 '크안 캅'은 노란 흙이에요. 토양을 모르면 새로운 작물을 재배하는 법이나 새로운 작물을 키우기 위해 토양을 태우는 법을 이해하실 수 없어요. 교양 있는 사람이라면 이런 사실을 알아야 해요."

"그러면 저는 교양 없는 사람이군요."

에두아르도가 뻔뻔하게 말하고는 카를로타를 향해 활짝 웃어 보였다.

"제 선생님이 되어 주시겠습니까?"

"저는 그렇게 현명한 사람은 아닌 것 같네요. 게다가 춤추는 법을 알려 준 건 **당신**이잖아요."

"쳇! 춤추는 건 어렵지 않습니다. 라틴어보다는 확실히 쉽죠. 저는 라틴어를 잘 못하거든요."

"저는 언어 배우는 건 잘해요."

"결국에는 모로 양이 저보다 모든 걸 잘하시는 것 같네요."

"겸손하신 거겠죠."

"아니에요. 하지만 다른 스텝을 알려 드릴 수는 있는데 괜찮으십니까?"

함께 춤을 추면서 카를로타는 이제 에두아르도와 있는 게 조금 편안하게 느껴졌다. 에두아르도가 보여 준 새로운 모습은 싫지 않고 흥미로웠다. 표면적으로 엄격하고 요구하는 게 많은 모로와 침울하게 생각에 잠겨 있는 몽고메리에게 익숙한 카를로타는 에두아르도가 보여 준 쾌활한 태도를 좋아할 수밖에 없었다. 그녀는 에두아르도에게 미소로 화답하면서 고개를 끄덕였고 에두아르도가 자신을 뚫어지게 쳐다보는 모습을 즐겼다. 에두아르도의 눈빛은 따라 웃게 만드는 기쁨으로 가득 차 있었다.

춤을 다 추고 작별인사를 나눈 후에도 그 기쁜 감정은 집 안 곳곳에서 카를로타를 쫓아다녔다. 그 감정은 거의 간지럽고 기이했으며 끊임없이 갈망했고, 카를로타는 에두아르도도 같은 감정을 느끼는지 궁금했다.

그날 저녁 차를 가져온 카를로타에게 모로가 뿌듯한 기색을 비쳤다.

"오늘 참 잘했다."

카를로타가 침대맡 탁자 위에 쟁반을 놓자 모로가 말했다.

"에두아르도는 너한테 관심이 많은 것처럼 보이더구나. 결혼하게 되면 너한테도 좋을 테고 우리한테도 선택지가 생길 거란다."

"무슨 말씀이세요?"

카를로타가 나긋나긋하게 물었다.

"내가 파리를 떠날 때 가족들은 나를 지지해 주지 않았단다. 가족들이 내가 하는 연구와 일을 부정했다고 할 수 있지. 나는 가족들 없이, 곁에 아무도 없는 채로 스스로 새 삶을 일궈야 했어. 동생은 물려받은 재산 일부를 내게 줘야 하지만 과연 내어줄까? 그럴 리 없지. 그렇다면 내가 무릎이라도 꿇고 유산을 구걸해야 할까? 그런 일도 결코 없을 거야. 먹고 떨어지라지. 동생 없이도 이렇게 살아 있는걸."

모로는 자기 인생에서 가족과 의절한 부분에 관해서는 거의 말하지 않았다. 카를로타는 모로가 수혈과 관련해 혁명적인 업적을 이뤘다는 사실은 알았지만 왜 프랑스를 떠났는지, 어떻게 멕시코까지 오게 되었는지 몰랐고, 모로는 그런 이야기를 하고 싶어 하지 않았다. 카를로타는 모로가 솔직하게 이야기하는 걸 들어서 놀랐고, 그래서 끼어들기보다는 그저 고개를 끄덕이며 들었다.

"얘야. 나는 우리한테 선택지가 생겼으면 좋겠구나. 리잘데라는 이름이 기회의 문을 열어 줄 거야. 리잘데 가의 재산은 어마어마하단다. 나는 다른 이한테 고용되어서 일신을 바치며 견뎠고 돈 많은 얼간이들이 정해 놓은 길을 따라야 했단다. 그렇게 막대한 재산을 소유한 가문과 결혼하게 되면 너는 스스로 선택할 기회를 얻게 되는 거야."

"그러면 아버지가 보시기에는…… 둘 중 한 사람을 제 남편으로 맞이하고 싶다는 말씀이세요? 그 사람들이 부유해서?"

"부유함은 곧 힘이란다. 땡전 한 푼 없이는 이 세상을 헤쳐 나갈 수 없는데 내가 죽으면 남아 있는 돈이 거의 없을 거야. 카를로타, 이 집은 내 것이 아니란다. 가구도 실험실에 있는 장비도 내 것이 아니야. 얘야, 이 모든 게 빌린 거란다."

"하지만 방금 선택지가 주는 기회에 관해 말씀하시고는 저한테는 선택지가 없는 것처럼 얘기하시네요."

카를로타는 아버지의 침대맡에 서서 속삭이듯 말했다.

모로가 카를로타의 손을 꽉 붙잡았다.

"카를로타, 여자는 현명해야 하고 나는 네가 현명하다는 걸 믿고 있단다. 리잘데 가 청년들은 아마 우리의 최선…… 아니, 우리의 유일한 기회란다. 얘야, 지금이 네 젊은 시절에서 가장 중요한 순간일 수도 있어."

카를로타는 아버지가 왜 그 점을 강조하는지 확신할 수 없었다. 아버지가 자기한테 맞는 신랑감을 찾을 시간이 없는 걸까? 수도나 다른 도시에서 카를로타가 제대로 된 구혼자를 만나는 건 불가능한가? 하지만 아버지를 기쁘게 하는 게 딸 된 도리였다. 카를로타는 힘없이 고개를 끄덕였다.

"그리고 너는 에두아르도를 좋아하잖아, 그렇지?"

"꽤 좋아해요, 아버지."

정말로 카를로타는 에두아르도가 좋았다. 적어도 에두아르도에게서 본 것들을 좋아했다. 춤을 추는 모습이나 정중하게 손에 입맞추는 모습, 목소리, 그리고 아름다운 두 눈동자. 카를로타는 에두아르도가 몽고메리에게 말하는 태도를 좋아하지 않았다. 두 사람 사이의 적대감을 이해할 순 없었지만 남자들 사이는 그럴 수도 있다고 생각했다. 두 사람은 서로를 열심히 쪼아 대는 수탉 같았다.

결국 신문이나 책, 전해 들은 이야기로 아는 것 이외에 카를로타가 남자에 관해 아는 게 무엇인가? 아무것도 없었다. 하지만 카를로타는 에두아르도를 볼 때 가슴속에 피어오르는 감정이 좋았고 그 기이하고 열렬한 감정은 피부를 쿡쿡 찔렀다.

다음 날 아침 간단히 아침식사를 한 후 모로는 카를로타에게 손님들이 부지를 둘러볼 수 있게 안내해 드리라고 했다. 카를로타는 새로 산 여름 드레스 중 하나를 입고 손님들에게 자신을 따라오라고 했다. 먼저 두 사람을 데리고 예배당에 가서 이전에 여러 번 자신이 관심을 빼앗긴 벽화를 자랑스럽게 보여 주었다.

두 남자는 벽화를 주의 깊게 쳐다봤지만 이시드로는 불쾌해 보였다.

"벽화가 마음에 들지 않으세요?"

"붓놀림 자체는 괜찮지만 이 벽화에는 뭔가 잘못된 게 있어요."

"잘못된 게 있다고요?"

카를로타는 꽃이 핀 나무 옆에 서 있는 검은 머리 이브와 나뭇가지 위에 생생하게 묘사된 새들을 바라보았다. 이브의 발 옆에는 사슴이 한 마리 있었고 배경에는 사자와 말, 여우, 공작새를 볼 수 있었다. 이브 옆에는 물고기가 가득한 개울이 흘렀다.

"이브가 타락하는 순간을 그린 것이라면 왜 뱀이 땅에 없죠? 사과나무도 마찬가지예요. 그러므로 이 벽화는 인류가 죄를 짓기 전 에덴동산인 게 틀림없는데 아담은 어디에도 보이지 않아요. 이브밖에 없죠. 왠지 **이교도적인** 걸 떠올리게 하네요."

이브는 진홍색 꽃을 손에 들고 머리에도 달고 있었으며 구릿빛 피부에 둥글디둥근 태양 아래 서 있었다. 이 벽화가 왜 이교도적이라는 건지 이해할 수 없었다. 카를로타는 혼란스러운 표정으로 이시드로를 쳐다보면서, 이것도 춤출 때 스텝처럼 자기가 배웠어야 했지만 아버지가 가르쳐 주지 않은 것인가 싶었다. 하지만 카를로타는 성서를 읽어 왔고 아버지가 성서에 있는 여러 구절에 관해 이야기하는 바도 들어 왔다.

"제 사촌을 용서해 주세요. 이시드로는 신학생이었고 가족들이 생각을 돌리기 전까지는 신부가 되려고 마음먹었더랬죠. 거의 모든 것을 이교도적이라고 생각하는 녀석이라서요."

"아니야. 이뿐 아니라 요즘에 사람들이 신부님이 말씀하시는 교리를 왜곡하는 걸 너도 부정할 순 없을 거야. 특히 이 부근에서……."

"말도 꺼내지 마."

에두아르도가 단칼에 일축했다.

이시드로는 인상을 찌푸렸으나 아무 말도 하지 않았다. 세 사람은 예배당을 나왔고 카를로타는 동물인간이 거주하는 곳과 통하는 벽과 정문을 가리켰다. 정문은 당연히 꽉 닫혀 있었다.

"저희 아버지가 돌보는 환자들이 저기 살고 있어요. 예전 인부들이 살던 헛간에서요. 아버지는 두 분이 저기 가시는 걸 원치 않으세요. 저기에는 환자들이 많아서 성가시게 하면 안 되거든요."

"환자들을 성가시게 하는 건 꿈도 안 꿔요. 대부분 자선 사업으로 돌봄을 받는 경우죠?"

"저희 아버지가 돌보시는 거예요."

"삼촌이 야샥툰에 돈을 상당히 쓰셨을 텐데 전부 자선을 베푸는 데 가다니."

이시드로가 혼잣말을 했다.

"적게 심는 자는 적게 거두고 많이 심는 자는 많이 거둔다.[59]"

카를로타는 자신이 성서 구절을 아는 걸 보고 이시드로가 기뻐할 거라고 생각했다. 하지만 이시드로는 카를로타를 쳐다보기만 할 뿐 즐거워 보이지 않았다. 카를로타는 시선을 떨구고 계속 걷다가 마구간을 가리킨 뒤 청년들을 데리고 집 안으로 갔다.

야샥툰은 카를로타한테 세상에서 가장 훌륭한 박물관보다 멋진 곳이었지만, 카를로타는 손님들이 지겨워하는 걸 금방 알아차렸다. 세 사람이 안뜰에 도착했을 무렵에는 손님들이 하품을 할 거라고 반쯤 예상했다.

---

59 고린도후서 9장 6절.

카를로타는 새들이 새장에서 지저귀는 소리를 들으며 이것 외에 두 사람한테 무엇을 보여 줘야 할지 모른 채 안뜰에 서 있었다. 그들은 손으로 칠한 번쩍거리는 타일과 스텐실 벽화, 부겐빌레아를 보았다. 카를로타는 비스타 에르모사가 야샥툰보다 웅장한 게 분명하고 메리다에 있는 청년들의 집도 장대할 거라는 사실을 깨달았다. 그리고 아버지가 말씀하신 것처럼 청년들은 그 모든 것을 소유하고 있었다. 모든 유리와 잔과 심지어 안뜰에 핀 부겐빌레아까지도.

에두아르도가 말했다.

"오늘은 타는 듯이 더운 날이 되겠네요. 저는 아직 이 더위가 익숙해지지 않아요. 멕시코시티는 이렇게까지 더워지지 않거든요."

"함께 세노테에 갈 수 있을 거예요. 거기서 잠깐 수영하실 수도 있고요. 세노테 물은 가장 근사한 청록색인 데다가 시원하고 아름다워요."

"정말 훌륭한 생각이네요."

"같이 도시락을 싸서 소풍을 갑시다. 영국식으로."

이시드로가 의견을 더했다.

에두아르도가 말했다.

"밤에 소풍을 간다는 이야길 들었어. 그게 더 나을 수도 있겠다."

"그럴지도. 근데 나 이제 배가 고픈걸."

"곧 돌아올게요. 소풍 준비를 할게요."

이렇게 말하고 카를로타는 서둘러 부엌으로 갔다.

카를로타가 급하게 부엌에 들어왔을 때 라모나는 고추씨를 빼내고 있었다.

"라모나, 영국식으로 소풍 준비를 해 줄 수 있어?"

"그게 뭔데요?"

"나도 몰라. 빵 몇 조각이랑 치즈면 될 것 같은데."

"설명을 해 주셔야죠."

"나도 잘 모르겠어. 손님들한테 좋은 인상을 주는 거면 뭐든 상관없어. 빨리 준비해야 해. 우리는 세노테 근처에서 먹을 거거든."

"로턴 씨한테 준비하는 걸 도와 달라고 물어보지 그러세요? 로턴 씨는 영국인이잖아요. 어떻게 해야 하는지 알 텐데."

"우리끼리 수영하러 갈 거야. 몽고메리는 안 가."

라모나가 고개를 내젓고는 부엌 행주에 손을 닦았다.

"그럼 아가씨는 못 가요."

"무슨 말이야?"

"남자 두 명이랑 보호자도 없이 수영하러 간다고요?"

"왜 안 되는지 이해가 안 돼."

"좋지 않은 일이니까 안 되는 거예요. 아가씨랑 그 남자들은 아무 관계도 아니고, 지참금도 없어요. 신부는 결혼하기 전에 일곱 번 청혼받아야 해요. 이 남자들이 한 번이라도 청혼한 적 있어요?"

"그런 게 아니야. 그 사람들은 마세왈레가 아니야."

"줄레도 제대로 구혼을 해야 해요. 이건 예법에 맞지 않아요. 저는 바보가 아녜요, 로티."

"난 갈 거야."

카를로타의 상냥한 성격은 황소고집으로 바뀌었다.

그러나 그때 뒤에서 발걸음 소리가 들렸다. 몽고메리였다. 물론 몽고메리는 라모나 편을 들었다. 카를로타는 몽고메리가 자신을 열 받게 하려고 그런다고 생각했다. 그들이 어디에 가든지 몽고메리가 신경 쓰는 이유는 그뿐이라고 생각했다. 몽고메리가 사람들과 어울리려고 노력한 적이 없었던 것 같기 때문이다. 카를로타는 세노테에 가면서 속았다고 느꼈지만 상황이 나아질 수 있다고 스스로 납득하려고 했다.

그들이 세노테에 도착했을 때 카를로타는 잠깐 동안 행복했다. 물은 아름다웠고 새들은 나무 위에서 노래했으며 카를로타에게 익숙한 마법 같은 힘과 눈부신 광경이 모두 펼쳐져 있었다. 다른 이들도 같은 감정을 느낄 테고 이 장소가 그들 모두를 진정시킬 거란 생각이 들었다.

그때 몽고메리가 광대 짓을 하기로 결심했다. 몽고메리가 한 마디 내뱉을 때마다 카를로타는 몽고메리의 입에 손을 갖다 대고 조용히 하라고 말하고 싶었다. 몽고메리는 땅과 물을 하나로 지탱하고 수심 깊은 곳의 물고기와 하늘에 떠 있는 태양을 결합해 주는 마법을 깨뜨리고 있었다.

몽고메리가 마치 주술을 부린 것 같았다.

카를로타가 이보다 상황이 더 나빠질 수는 없겠다고 생각했을 때 몽고메리는 모자를 집어 던지고 셔츠를 벗더니 태연하게 수영하러 갈 준비를 했다.

카를로타는 아버지의 의학 교과서에서 근육과 뼈의 명칭을 배웠으나 실제로 옷을 벗은 남자를 본 적은 없었다. 이 경우에는 몽고메리가 예의를 지킨답시고 적어도 바지는 입어서 반쯤 벗은 남자였지만 말이다. 그렇지만 하얀 색깔에 얇은 재질로 된 바지는 한번 젖자 거의 투명해졌고 점잔을 빼는 게 무색하게 됐다.

몽고메리는 호리호리했다. 흉터가 팔 여기저기에 나 있고 수척하기는 했지만 끊임없이 거친 일을 해서 몸이 튼튼해 보였다. 카를로타는 리잘데 가 청년들이 입고 있는 근사한 옷을 벗으면 다르게 보일지, 몽고메리처럼 효율적으로 체격을 다지지는 못했을지 궁금했다. 어쨌거나 청년들은 피아노와 책상 앞에 몸을 맞춰 왔고 그들의 몸은 마차가 움직이거나 도시가 내는 소음에 익숙했다.

몽고메리는 깨진 도자기 조각 같았다. 카를로타는 온전한 모습을 한 몽고메리를 상상할 수 없었다. 카를로타를 바라보는 눈동자는 촉촉한 회색이었다. 에두아르도처럼 녹색이거나 매력적이거나 전도유망한 눈동자가 아니라 폭풍우가 휘몰아치는 회색.

카를로타는 얼굴을 붉힌 채 고개를 돌리고 두 손을 맞잡았다.

아무도 말하지 않았다.

카를로타는 청년들에게 자신도 무슨 일이 벌어지고 있는지 이해할 수 없다고, 몽고메리는 보통 이렇게 굴지 않는다고, 두 사람이 불쾌해하지 않았으면 좋겠다고 하고 싶었지만 무슨 말을 해야 할지, 어떻게 말문을 떼야 할지 생각할 수 없었다.

몽고메리가 주술을 부렸어.

몽고메리가 모든 걸 망쳐 버렸어.

몽고메리가 물속에서 나와 카를로타를 데리고 자리를 떠났을 때에도 카를로타는 아무 말도 할 수 없었다. 그러나 발걸음을 뗄 때마다 화가 치밀어 올라서 마침내 몽고메리 앞에 섰다.

"어떻게 그럴 수가 있어요, 몽고메리!"

몽고메리는 후회하기는커녕 개의치 않는 것처럼 보였다. 한술 더 떠서 의기양양했다.

카를로타가 휘두른 손이 몽고메리의 매끈한 뺨과 부딪쳤다. 하지만 상황은 더 악화되었을 뿐이었다. 카를로타는 눈물을 흘리며 서둘러 뛰어갔다. 나무 위에 새들이 울부짖었고, 새들이 날카롭게 우는 소리는 몽고메리가 비웃는 소리가 메아리치는 것 같았다.

방에 도착한 카를로타는 침대 위에 몸을 웅크리고 울었다. 카를로타가 어렸을 때 남긴 흔적이 아직 주변에 많이 남아 있었다. 침대 발치에는 장난감이 든 상자가 있고 선반에는 인형들이 놓여 있었다. 카를로타는 웃고 있는 인형을 바라보면서 위안을 얻고 싶었지만 인형들은 낡고 추해 보였다.

카를로타는 눈앞에서 거의 웃다시피하며 자신만만해 보였던 몽고메리의 모습을 떠올렸다. 문득 참을 수 없어져서 몽고메리의 얼굴을 할퀴려는 듯이 침대 시트 여기저기를 손톱으로 할퀴었다.

어떻게 그럴 수가! 그렇지만 몽고메리는 주제넘게 그런 짓을 저질렀고 아무것도 신경 쓰지 않았으며 카를로타를 웃음거리로 만들었다. 여러 감정이 칵테일처럼 마구 뒤섞여 취한 것 같았다. 불안, 분노, 흥분, 수치심과 같은 감정이 한데 뒤섞여 카를로타를 혼돈에 빠뜨렸다.

손톱이 걸려서 질 좋은 리넨 천에 흠집이 생겼다. 카를로타는 몸을 뒤척이면서 맨 위에 깔려 있는 시트를 침대 밖으로 던져 버렸다.

그러고는 베개를 껴안았다.

나중에 저녁이 되어 그림자가 창문에 어른거리기 시작할 무렵, 루페가 방문을 노크하고 들어왔다. 루페는 야샤툰에 외부인이 있을 때면 그러듯이 모습을 감추려고 검은 드레스와 장갑, 베일을 쓰고 있었다. 눈에 띄지 않게 지냈지만 이러한 복장은 추가적인 예방 조치였다.

루페가 들고 있던 쟁반을 탁자 위에 내려놓았다.

"손님들은 방에서 저녁 식사를 할 거고 로턴 씨는 밥맛이 없다고 해서 라모나가 식탁을 차리는 대신 너한테 음식을 가져가라고 했어."

카를로타는 다시 한번 눈에 눈물이 가득 차오르는 걸 느꼈다. 두 눈은 아까 울어서 이미 빨갛고 쓰라렸다.

루페가 베일을 들어 올렸다. 눈살을 찌푸리고 있었다.

"무슨 일이야? 왜 울어?"

"세노테에 갔는데 몽고메리가 손님들한테 엄청 못되게 굴었어. 그 사람들은 분명 불쾌감을 느꼈을 테고 내가 따분하다고 생각할 거야. 아마 아침이 되면 떠나고 싶어 하겠지."

"정말 떠나고 싶어 하면 어떻게 할 건데?"

카를로타가 뜨거워진 볼을 마호가니 침대 머리판에 댔다.

"네가 몰라서 그래. 아버지가 엄청 화내실 거야. 아버지는 내가 결혼하면 정말 좋을 거라고 말씀하실 뿐이고, 당신이 돌아가시면 우리한테는 땡전 한 푼도 없을 거라고 하셨어. 나는 아버지를 기쁘게 해 드리고 싶고 에두아르도가 날 좋아했으면 좋겠어."

"에두아르도는 널 좋아할 거야. 모두가 널 좋아하잖아."

"넌 더 이상 날 좋아하지 않잖아. 늘 길이 나 있는 쪽만 쳐다보며 다른 곳에서는 뭘 발견할 수 있을지만 이야기하면서."

카를로타가 작게 말했다.

"나는 너를 정말 좋아해. 이 바보야."

루페가 중얼거리면서 침대에 앉아 카를로타를 껴안았다.

"너는 참 이상해. 그건 아무 일도 아니잖아. 누가 그 멍청이들을 신경 쓴다고 그래?"

두 사람은 어렸을 때 같이 몸을 웅크리고 입체경으로 눈앞에 펼쳐진 먼 풍경을 지켜보곤 했다. 그러고는 정령이 아이들을 물웅덩이에 빠뜨려 죽인다는 라모나의 이야기를 되풀이하면서 서로 겁을 주곤 했다. 하지만 한동안은 서로 그렇게 친하게 지내지 않았다.

"오늘 밤 모닥불가로 와."

"모닥불을 피우려고? 하지만 손님들이 계시잖아."

루페가 어깨를 으쓱했다.

"그 사람들이 신경이나 쓰겠어? 각자 방에 있을 텐데 네 말이 맞는다면 떠나는 시간만 손꼽아 기다리고 있을 거잖아. 굳이 벽 너머를 보고 싶어 하겠어? 게다가 몽고메리가 괜찮다고 했어."

"몽고메리야 물론 괜찮다고 하겠지. 술 마시고 싶을 테니까."

"몽고메리는 이미 오후 내내 술을 마신 것 같아. 모닥불가로 올 즈음이면 완전히 취해 있을 거야. 완전히 취하면 몽고메리는 아무도 신경 쓰지 않던데."

"그 근처에는 안 갈래."

카를로타는 몽고메리가 멍청하게 히죽거리던 표정을, 설상가상으로 햇볕에 그을린 벗은 가슴과 어깨를 떠올렸다. 게다가 보통 어수선하게 눈을 가리던 머리카락은 물 밖으로 걸어 나올 때 매끄럽게 뒤로 넘겨져 있었다.

몽고메리가 그렇게 스스로를 내보이고 다닌 건 점잖지 않은 행동이었다. 그 모습을 보고 카를로타는 만약 벽화에 아담을 그려 넣는다면, 아담은 에두아르도보다 몽고메리처럼 생기지 않았을까 싶었다. 카를로타는 이러한 생각을 억눌렀고 애초에 이런 생각을 한 자신에게 화가 났다.

"몽고메리가 거기 있든 말든 무슨 상관이야? 귀찮게 굴면 몽고메리가 마시는 아과르디엔테 잔을 얼굴에 던져 버려."

"너한테는 모든 게 쉽겠지."

카를로타가 투덜거렸다.

"그럼 여기서 계속 풀 죽어 있든가. 네가 못 하겠으면 내가 대신 몽고메리 얼굴에 술잔을 던져 줄게. 그럼 좀 낫겠어?"

카를로타가 살짝 미소를 짓자 루페가 낄낄거렸다.

"난 가야겠다. 네 마음이 변할 경우를 대비해 문은 열어 놓을게."

그날 밤 늦게 모닥불가에는 가지 않겠다고 스스로 다짐했지만 카를로타는 결국 자수 깃이 달린 하얀 실내복으로 빠르게 갈아입고 슬리퍼를 신었다. 카를로타는 조용히 바깥으로 나갔다. 촛불은 필요 없었다. 달이 높이 떠 있었고 카를로타는 주변이 잘 보였다. 어렸을 때에도 카를로타는 어두운 걸 무서워하지 않았다.

분리벽에 도착했을 때 문은 쉽게 열렸고 곧 모닥불과 그 주위에 모여 있는 동물인간들이 보였다. 그들은 금방 부서질 듯한 의자나

땅바닥에 앉아 있었으며 스물아홉에 달하는 전원이 있었다. 두엇은 잠들었고 다른 이들은 즐겁게 대화 중이었으며 몇몇은 먹고 마시고 있었다.

에스트레야와 칸이 주사위 놀이를 하는 동안 아흐 카브는 느긋이 눈을 감고는 막대기로 자기 이를 쑤시고 있었다. 카치토와 루페는 같이 앉아서 웃고 있었다. 몽고메리는 반쯤 그늘 속에 잠겨 페엑 옆에 앉아 있었다. 페엑은 테이퍼[60]처럼 주둥이가 길었고 기형적인 손에는 손가락이 세 개뿐인 데다 긴 손톱이 달려 있었다. 페엑의 손은 제약이 있지만 예전에는 민첩했다. 그러나 이제 나이가 들어 관절염으로 괴로워하고 있기에 몽고메리가 페엑이 술을 마실 수 있게 그릇을 받쳐 주고 있었다.

카를로타는 잠시 머뭇거리면서 자리를 뜰까 고민했다. 페엑은 술을 다 마시고 자리에서 일어나 파르다에게 손을 흔들어 대화를 시작했다. 그릇을 옆으로 치운 몽고메리가 앞으로 몸을 숙이고 긴 다리를 쭉 뻗은 채 담배를 입에 물었다. 카를로타를 본 몽고메리는 눈살을 찌푸렸고 카를로타는 몽고메리에게 시선을 고정한 채 모닥불에 가까이 갔다. 몽고메리도 열심히 카를로타의 시선을 맞받아치자 카를로타는 이를 도전으로 받아들였다.

"왔구나, 로티!"

카치토가 이렇게 외치며 허둥지둥 자리에서 일어나 손에 술병을 들었다.

"네가 올지 몰랐어. 술 마실래?"

---

60 맥(貘)이라고도 불리며 중남미와 서남아시아에 사는, 코가 뾰족한 돼지 비슷하게 생긴 동물.

"반 잔만."

카를로타는 동물인간들과 술을 마시는 게 익숙하지 않았다. 그리고 아버지가 이런 식으로 노는 걸 허락하는 게 탐탁지 않았으나 그날 밤 카를로타는 과감해졌다. 어쩌면 자기를 바라보는 몽고메리의 시선에서 영향을 받았는지도 모른다. 카를로타는 몽고메리든 몽고메리가 하는 짓이든 자신이 신경 쓰지 않는다는 걸 그가 깨닫길 바랐다.

"남는 잔이 있는지 모르겠네. 그치만 여기. 마셔."

카치토가 카를로타에게 술병을 건넸다.

그 술은 저녁 식사 후에 마시는 아니스 리큐어나 브랜디 한 모금, 아니면 식탁을 꾸며 주는 와인과 달리 화끈화끈했다. 거의 뱉고 싶었지만 카를로타는 단숨에 들이켰다. 그러고는 입가를 훔쳤다.

카치토는 카를로타가 찡그리는 걸 눈치채고 등을 가볍게 두들겨 주면서 웃었다.

두 사람이 서 있는 곳으로 몽고메리가 걸어와, 목소리를 낮추어 말했다.

"지금 뭐 하는 거야?"

"술 마시고 있죠. 당신은 이미 많이 마신 것 같은데요."

몽고메리가 담배꽁초를 땅에 던지고는 꺼져 가는 꽁초를 발로 밟았다.

"너는 여기 있으면 안 돼. 늦은 시간인 데다 박사님도 좋아하지 않으실 거야."

"있어도 되거든요."

버릇없이 말한 카를로타는 지금 몽고메리를 밀치면 어떻게 되는지 알고 싶었다. 유치한 행동이라고 생각했지만 몽고메리도 유치하긴 마찬가지였다. 그날 아침 몽고메리는 못나게 굴었다.

"집까지 데려다 줄게."

몽고메리가 카를로타가 들고 있던 술병을 빼앗아 카치토에게 건넸다.

카치토가 물었다.

"같이 갈까요? 아과르디엔테가 모자란데 제가 더 가져올게요."

"내가 가져올게."

"몽고메리, 제가 갈게요. 전 괜찮아요."

"신경 쓰지 마."

카치토를 쳐다보지도 않고 몽고메리가 말했다.

몽고메리는 카를로타의 팔을 붙잡고 문 밖으로 데리고 나와 저택으로 이어지는 흙길을 걷기 시작했다. 키 큰 풀이 카를로타의 발목을 간지럽혔다. 곤충들이 윙윙거리는 소리와 멀리서 부엉이가 부엉부엉 우는 소리가 밤을 수놓았다.

부엉이가 우는 건 나쁜 징조였으므로 겁을 내면서 조용히 집에 갔어야 했지만, 카를로타는 오히려 목소리를 높였다.

"루페가 날 초대했어요! 내버려 둬요!"

"교황이 직접 널 초대했다고 해도 상관없어. 박사님은 네가 동물인간들과 술 마시는 걸 원하지 않으셔."

몽고메리가 무미건조하게 말했다.

"그러면 **당신은** 왜 동물인간들이랑 술을 마실 수 있죠?"

"너랑 나는 처지가 다르니까."

"어떻게 다른데요?"

"모로 아가씨, 너는 내 고용주의 딸이야."

"몽고메리, 당신한테 유리할 때는 그 사실을 신경 쓰지 않는 것 같던데요."

카를로타가 몽고메리의 목소리를 거의 뒤덮을 정도로 크고 빠르게 말했다.

"도대체 왜 이러는 거야?"

몽고메리가 단단히 붙잡고 있었지만 카를로타는 손을 뿌리치고는 의기양양하게 몽고메리를 올려다봤다.

"루페가 말한 것처럼 당신 얼굴에 아과르디엔테를 끼얹었어야 했어요. 뭐, 상관없어요. 오늘 나한테 무례하게 굴었는데 내가 왜 당신 말을 듣거나 고분고분하게 굴어야 하는지 모르겠……."

"그래서 이제 내 골칫거리가 되겠다고?"

"아마도요! 그러면 다음번에는 내 인생을 망치려고 들지 않겠죠."

그 순간 카를로타는 몽고메리가 정말로 자기 인생을 전부 망쳤다고 생각했고 그만큼 중요한 일은 다시 없을 것 같았다. 음식은 제맛을 잃고 아침 해는 솟아오르지 않겠지. 아버지도 자기를 싫어할 것 같고 어떤 남자도 다시는 자기를 사랑하지 않을 것 같았다.

"맙소사! 너 때문에 머리가 아프려고 그래."

한숨을 쉬며 몽고메리가 다시 카를로타의 팔을 붙잡았다.

"술에 취해서 머리가 아픈 거예요. 이 게으름뱅이."

몽고메리는 카를로타가 정말로 얼굴에 아과르디엔테를 끼얹은 것처럼 쳐다보았다. 아니, 그보다 나빴다. 몽고메리는 침울해 보였고, 카를로타 옆에 가까이 서 있어서 몽고메리가 마신 술과 피운 담배 냄새가 났다.

카를로타는 몽고메리가 이제 어떻게 할지, 같이 가겠다고 고집을 부릴지 아니면 다시 돌아갈지 궁금했다. 그도 아니면 몽고메리가 화를 내서 두 사람은 더 다툴 수도 있었다. 그러나 몽고메리의 얼굴을 보자 카를로타는 예전에 한두 번 자기를 쳐다보는 몽고메리와 시선이 마주쳤을 때 그가 황급히 시선을 들어 올려 카를로타 너머 멀리로 시선을 고정하던 모습이 떠올랐다. 이번에는 그때와 다르게 카를로타를 계속 쳐다보고 있었다.

"이봐요! 숙녀분을 내버려 둬요!"

에두아르도가 명령조로 말했다.

고개를 돌린 두 사람은 좀 떨어진 곳에서 리잘데 가 청년들이 다가오는 걸 발견했다. 몽고메리가 한숨을 내쉬었다.

"신사분들, 오밤중에 야샥툰을 몰래 돌아다니면서 뭐 하시는 겁니까?"

"똑같은 질문을 돌려줄 수 있겠네요. 숙녀분이 괴로워하시는 것 같은데요."

"난 모로 양을 방까지 모셔다 드리고 있습니다. 자, 그럼 실례를 좀 하겠……."

에두아르도가 앞으로 나서며 몽고메리가 가는 길을 가로막았다.

"무슨 꿍꿍이를 꾸미고 있는 건지 알고 싶은데요."

카를로타가 설명하려고 입을 뗐다. 물론 사실은 아니었지만. 카를로타는 듣기 좋은 거짓말을 지어낼 작정이었다. 하지만 몽고메리가 더 빨랐다.

"당신이 상관할 문제가 아닙니다."

도전적인 말투였다.

에두아르도는 어쩔 수 없이 도전에 응하며, 코트를 매만졌다.

"저희 아버지가 이곳을 소유하고 있어요. 여기는 제 소유라고요."

몽고메리가 카를로타의 팔을 놓고는 손가락을 말아 올려 주먹을 쥐었다. 몽고메리의 표정이 굳었다. 카를로타는 속으로 생각했다. 아니야. 몽고메리가 그럴 리 없어. 하지만 몽고메리는 그날 저녁 내내 술을 마셨고 이제는 침울해 보이지 않았다. 몹시 화가 나 보였다. 카를로타가 무슨 말을 할 틈도 없이, 몽고메리는 앞으로 나가서 주먹을 휘둘렀다.

몽고메리가 얼굴을 후려치자 에두아르도는 고함을 지르며 두 걸음 정도 뒷걸음질 쳤고, 그때까지 감히 에두아르도에게 주먹을 휘두른 사람은 없었다고 생각될 만큼 몹시 충격을 받은 것처럼 보였다. 어쩌면 에두아르도를 때린 사람이 없었을 수도 있다. 신사들은 결투를 했으니까.

하지만 아버지가 말했듯이 몽고메리는 신사가 아니었다.

몽고메리는 재빨리 에두아르도에게 다시 달려들었고, 이번에는 에두아르도도 공격을 막고 되받아치는 등 반격에 나섰다. 옆에서 지켜보는 데 만족하지 못한 이시드로가 싸움에 뛰어들어 함께 공격했다. 맹렬한 상대 두 명과 마주했지만 몽고메리는 당황한 것처럼 보이지 않았다.

"신사분들, 안 돼요! 몽고메리, 그만해요! 그만!"

카를로타가 외쳤다.

몽고메리가 카를로타를 바라보면서 진정된 듯이 두 손을 내렸기 때문에 카를로타는 몽고메리가 자기 말을 들을 거라고 생각했다. 그때 에두아르도가 옆에서 나타나 악에 받쳐서 몽고메리의 머리를 내리쳤고, 카를로타는 에두아르도가 싸움 경험이 있다는 사실을 알게 되었다.

몽고메리는 깜짝 놀란 것처럼 보였다. 비틀거리면서 한 손으로 귀를 감싸 금방이라도 구역질을 할 것처럼 몸을 숙이며 움찔거렸다. 이시드로가 기회를 놓치지 않고 발로 찼고, 그 일격에 균형을 잃은 몽고메리는 한 손으로 여전히 귀를 감싼 채 쓰러졌다.

별안간 카치토가 으르렁거리며 어두운 곳에서 뛰어나왔다. 카를로타는 충격을 받아 손으로 입을 틀어막았다. 카치토가 어디에서 나타났는지, 얼마나 오랫동안 그들을 쫓아왔는지조차 알 수 없었다. 순식간에 나타나 엄청난 괴력으로 바닥에 내팽개쳐서 이시드로는 비명조차 지르지 못했다. 카치토는 다시 한번 으르렁거린 뒤 이시드로가 뻗은 손을 이로 꽉 물었다.

이시드로가 카치토를 떼어 내려고 몸부림치자 에두아르도가 카치토를 발로 찼다. 끝내 이시드로가 쉰 목소리로 고함을 지르자, 카를로타가 카치토의 어깨를 잡아 뒤로 끌어당겼다.

"그만해! 놔줘! 그만하라고!"

카치토가 이시드로를 놓아 주었다. 이시드로는 고통으로 신음하며 바닥에 누워 있었고 카치토는 몸을 웅크리고 앉아 있었는데 입에서는 피가 뚝뚝 흘렀고 두 귀는 머리 뒤로 젖혀 있었다. 몽고메리가 일어섰을 때 카를로타는 그의 왼쪽 관자놀이에서도 피가 흐르는 걸 알아챘다. 에두아르도 반지에 살갗이 스친 게 분명했다.

"대체 저게 뭐야?"

에두아르도가 속삭이듯이 말했다.

카를로타가 낮게 쉭쉭거리는 카치토 옆에 쭈그려 앉아 팔에 손을 갖다 대고는 손가락으로 찔렀다.

"저희 아버지 환자예요."

카를로타도 속삭이듯이 말했다.

에두아르도는 대꾸하지 않았다. 이시드로가 신음을 하며 제 발로 다시 일어서려고 애썼다. 몽고메리가 손을 뻗어서 이시드로가 일어날 수 있게 도와줬다. 이시드로가 몽고메리를 쳐다봤지만 몽고메리는 무표정했다.

"카치토, 씻고 가서 자. 리잘데 씨, 박사님을 모시고 와서 손을 봐 드리겠습니다. 자, 어서. 망할 집으로 돌아갑시다."

몽고메리가 이렇게 말하고는 땅에 침을 뱉었다.

그들이 함께 걸어가기 시작하자 부엉이가 여전히 멀리서 부엉부엉 우는 소리를 내며 불행을 예견하고 있었다. 몽고메리가 정말로 주술을 부린 게 틀림없었다.

12장

몽고메리

그들은 실험실로 갔다. 카를로타가 박사를 도와 거즈와 소독용 알코올, 기타 도구를 가져오는 동안 이시드로는 의자에 앉아 박사에게 진찰을 받았다. 몽고메리가 등불을 들어 올리고 에두아르도가 다른 등불 두 개에 불을 붙이자 어둠이 재빨리 사라지고 환자가 잘 보였다.

모로가 차분하게 말했다.

"처음 생각한 것만큼 나쁘지는 않군요. 카치토는 광견병에 걸린 동물이 아닙니다. 상처를 지지거나 상처에 질산은 막대기를 문지를 필요는 없어요. 손을 소독하고 붕대를 감는 것으로 충분할 겁니다."

두 청년은 안심한 것처럼 보였다. 몽고메리가 등불을 낮추고는 탁자 위에 두었다. 이시드로의 셔츠는 피범벅이 되어 있었지만 박사가 한 말이 맞았다. 상처가 아주 깊지는 않았다. 따지고 보면 카치토가 자제를 한 거였다.

에두아르도가 물었다.

“치료는 충분한 것 같은데 도대체 바깥에 있던 저건 뭔가요? 따님은 그게 환자라고 하셨지만 그건 사람이 아니었어요.”

“맞습니다. 동물을 혼합한 것으로, 제가 아버님을 위해 야샥툰에서 진행하고 있는 실험의 일부지요. 카치토는 보통 온순합니다.”

“온순하다고요! 제 손을 잡아 뜯을 뻔했는데요!”

이시드로가 외쳤다.

“저희가 싸우고 있어서 카치토가 분명 겁을 먹었을 겁니다.”

몽고메리가 이어서 말했다.

“아마 절 보호하려고 한 것 같습니다. 동물인간들은 절 신뢰하거든요. 제가 곤경에 처한 걸 보고…….”

“동물인간들, 복수네요? 여럿이 있다고요?”

에두아르도가 물었다.

“네. 저희는 여기 야샥툰에서 의학적 난제들과 관련해 여러 가지 중요한 답변을 찾고 있습니다. 동물인간들은 그 답변을 찾는 데 도움이 될 수 있지요. 아버님께서 제 일이 무엇인지 조금도 알려 주지 않으신 것 같군요.”

“네. 그래서 아버지가 저희끼리 여기 오는 걸 원치 않으셨던 거군요. 편지를 써서 박사님과 며칠 지낼 거라고 말씀드렸더니, 당신 없이는 가면 안 된다는 답장을 주시더군요. 메리다에서 오실 거고 저희랑 함께 야샥툰을 방문해서 박사님과 중요한 문제를 의논하고 싶다고도 하셨고요. 저희끼리 가지 말라고 고집하시는 게 이상하다고 생각했어요. 아버지는 메리다를 떠나는 걸 싫어하시거든요.”

그런데 아버지가 올 때까지 고작 며칠을 못 기다린 건가. 서둘러 돌아와서 카를로타를 한 번 더 보지 않을 수 없었겠지.

몽고메리가 속으로 생각했다.

몽고메리는 그 때문에 에두아르도가 열심히 말을 타고 야샤툰으로 출발했다고 확신했다. 다른 이유가 뭐가 있겠는가? 몽고메리는 능숙하게 이시드로의 손에 붕대를 감고 있는 카를로타를 쳐다보았다. 세심하고 부드러운 손길이었다. 소동이 있었지만 카를로타는 재빨리 평정심을 되찾았다.

"아버지는 박사님이 천재이시고 박사님이 하시는 의학적 연구가 중요하다고 하셨지만, 그 괴물인가 뭔가가 하시는 연구에 해당한다고는 상상도 못 했습니다."

"그놈은 악마의 족속이에요."

이시드로가 말했다.

"악마가 아니라 과학의 발명품입니다. 두 분에게 동물인간을 보여 드리려고 했지만 천천히 소개하는 편이 신중하다고 생각했습니다. 이 사실을 영원히 비밀로 간직하려고 한 건 아니었습니다. 동물인간을 보여 드리고 제 방법을 설명하는 식사 자리를 계획하고 있었지요."

"그 정도면 충분한 것 같네요! 저 섬뜩한 동물은 어떻게 벌주실 생각인가요?"

이시드로가 손가락을 구부려 붕대를 확인하며 물었다.

"그놈은 채찍질을 맞아도 쌉니다. 제가 채찍질을 몇 번 해서 다시는 아무도 깨물지 못하게 이를 몽땅 뽑아 버리겠어요."

카를로타는 깜짝 놀라서 숨이 턱 막혔다. 몽고메리는 무덤덤한 표정을 고수했다. 몽고메리는 아무런 할 말이 없었고 자기가 끼어들면 득보다 실이 많을 거라고 확신했다.

"저희 모두 정말 죄송해요. 제발 카치토를 채찍질하지 마세요."

카를로타가 숨이 멎을 듯이 간절히 호소했고 돌로 만들어진 게 아닌 이상 사람이라면 그 말을 듣고 마음이 움직이지 않을 수 없었다.

그런데도 이시드로는 카를로타가 한 말에 조금도 마음이 흔들리지 않은 듯 이내 입을 열었으나, 에두아르도가 이시드로의 어깨를 움켜잡으며 말했다.

"틀림없이 다른 방안이 있을 겁니다."

카를로타가 부린 마법은 에두아르도한테는 효과가 있는 것처럼 보였다. 카를로타는 예뻤고 두 눈은 크고 감미로웠다. 에두아르도는 정말로 카를로타가 한 말에 마음이 동했거나, 아니면 상황을 따져보고 정중한 신사인 척 연기하는 게 좋겠다고 자기 운을 시험해 보았을 것이다.

박사가 생각에 잠긴 듯이 지팡이를 바닥에 톡톡 두드렸다.

"내일 아침에 제가 카치토를 체벌하겠습니다. 지켜봐도 괜찮지만 채찍질은 지나친 것 같네요. 채찍질을 하고 싶진 않습니다. 게다가 카치토는 취해 있었고 로턴 씨와 다른 동물인간들과 술을 마시고 있었어요. 아과르디엔테가 판단을 흐린 게 분명합니다."

"그러면 로턴은요? 처벌하지 않으실 건가요?"

이시드로가 물었다.

"두 달간 봉급을 몰수당할 겁니다. 이러한 조치로 그 친구도 자기 태도에 신경 쓰게 되겠지요."

“그러면 되겠네요.”

“내일 벌을 준 다음에 두 분께 동물인간들을 보여 드리고 질문이 남아 있으면 설명해 드리겠습니다. 확실히 말씀드리는데 이번 일은 끔찍한 사고였습니다. 그렇지만 아주 드문 일이죠. 신사분들, 아침에 이야기하시죠.”

“아주 좋습니다. 내일 이야기하죠.”

에두아르도가 말했다.

이시드로가 욕을 지껄이며 자리에서 일어섰고 두 청년 모두 자러 갔다. 세 사람만 남게 되자 카를로타가 모로 곁으로 다가가 아버지의 팔을 잡을까 주저하듯 손을 꼼지락거렸다.

“정말 카치토를 때리지는 않으실 거죠?”

말이 뒷발로 일어나는 것처럼 모로가 급작스럽게 움직이면서 카를로타의 손을 뿌리쳤다.

“당연히 때려야지! 하마터면 네가 내 신세를 망칠 뻔한 걸 모르겠니? 채찍질하는 걸 승낙했어야 했어. 다른 걸 양보하라고 요구하는 건 꿈도 못 꾸게 말이야!”

카를로타가 눈을 휘둥그렇게 뜨고 불안한 눈초리로 아버지를 바라봤다. 몽고메리는 카를로타가 아무 말도 더 하지 못할 거라고 생각했으나, 카를로타가 다시 자기 의견을 밝히는 모습을 보고 깜짝 놀랐다.

“하지만 카치토가 잘못한 게 아니에요. 저희가 잘못했어요…… 제가 잘못했다고요.”

“잘 들어, 이 답답아. 우리가 지금 직면한 상황을 이해하지 못한 것 같으니. 에르난도 리잘데가 나랑 중요한 문제를 의논하러 여기 온다는 말은 에르난도가 내 연구에 제공한 금전적 지원을 물리기 직전이라는 걸 의미하는 거야. 에르난도 리잘데는 이미 여러 번 위협을 했고 이제 이시드로한테 벌어진 이 사고는 완벽한 핑곗거리가 될 게 틀림없어. 그러니까 난 더는 에르난도의 가족들이 기분 나쁠 만한 짓은 안 할 거고 저 멍청한 동물한테 벌을 줄 거다. 카치토는 내가 내일 아침에 자기 가죽을 벗기지 않는 걸 감사히 여겨야 할 거야! 우리가 리잘데 가 사람들 없이 대체 뭘 어떻게 하겠니? 어떻게?!"

모로는 점점 더 크게 소리 질렀고 카를로타는 그가 한마디 할 때마다 서서히 뒷걸음질 치다가 탁자에 쾅 부딪치고 말았다. 탁자에 있는 도구들이 쨍그랑거렸다.

"그리고 자네."

모로가 몸을 돌려 몽고메리를 가리키면서 중얼거렸다.

"나는 자네가 이보다는 똑똑한 줄 알았네. 자네가 내 말을 알아들었다고 생각했어. 싸구려 선술집에 있는 것처럼 싸우다니! 리잘데 가를 놓치면 내가 어떻게 동물인간들을 돌볼 수 있겠나? 내 딸아이 약은 또 어떻게 만들겠나?"

"필요하시다면 재규어 백 마리도 구해 드리겠습니다. 카를로타가 저 때문에 고통받는 일은 없을 겁니다."

"재규어라고! 그러면 다른 재료는? 실험실 도구는? 실험실 공간은 또 어떻고? 그것도 나한테 구해 줄 건가? 리잘데가 지원하는 돈이 없으면 내 딸은 끝장이라고! 자네는 머저리고 내 아이는 계속 날 실망시키는군! 내 평생의 업적이…… 자네는 내 평생의 업적을 위태롭게 하고 있네. 모든 걸…… 생명과 생명을 창조하는 일, 생명을 온전하게 하는…….”

몽고메리는 모로가 흥분하면 한 시간은 족히 고함을 지를 수 있다는 사실을 알았다. 하지만 이번에는 모로가 움찔하면서 지팡이를 꽉 붙잡았고 얼굴에는 낯선 표정이 번졌다. 모로는 안색이 창백해졌다.

“아버지?”

카를로타가 모로한테 가까이 다가가며 말했다.

모로 박사의 이마에 구슬땀이 맺혔다. 모로는 카를로타를 옆으로 밀치고 급하게 방을 나갔다.

“지긋지긋하다! 너희들 모두!”

카를로타는 두 손을 꼭 맞잡고 실험실 가운데 서서 입술을 파르르 떨었다.

“가시게 내버려 둬. 네가 지금 따라가 봤자 상황이 더 나빠질 거니까.”

몽고메리가 지쳤다는 듯이 말했다.

“당신이 뭘 알아요?”

“모로 박사님을 알아.”

카를로타는 반쯤 그늘에 서서 몽고메리를 올려다보았다. 카를로타의 눈은 고양이 눈처럼 빛나 보였다. 몽고메리는 예전에 부질없이 모로가 하는 치료는 어떤 것인지, 어떻게 카를로타의 신체 구조에 영향을 미치는지 생각한 적이 있었다. 그저 카를로타의 혈액만 튼튼해지는 건가? 박사는 말해 준 적이 없었다. 몽고메리가 몇 달에 한 번씩 재규어를 사냥해서 시체를 갖다주면 모로는 자기만의 기이한 연금술로 뭔가를 만들었다. 재규어에서 얻은 제뮬이 카를로타의 목숨을 유지하고 있었다.

제뮬이 없고, 피펫[61]과 계량용 플라스크가 있는 실험실이 없다면 카를로타는 꺾인 꽃처럼 빠르게 시들 터였다. 그러니까 리잘데 가 사람들이 카를로타의 안전과 앞날을 좌지우지하고 있었다. 카를로타는 유리병 안에 있는 난초였다.

"오늘 일은 미안해."

"나도요."

카를로타가 속삭이듯 말하고는 재빨리 실험실 밖으로 나갔다.

몽고메리는 그 이후로 잠을 거의 못 잤다. 아침에 박사가 방문을 두드리며 카치토를 당나귀 헛간으로 데려오라고 퉁명스럽게 말했을 때 몽고메리는 이미 옷을 입고 면도까지 해서 준비가 끝난 상태였다.

카치토는 전날 밤 즐겁게 모닥불을 피웠던 자리 바로 옆에 앉아 있었다. 루페는 긴 스카프로 몸을 감싼 채 카치토 옆에 앉아 있었다. 몽고메리를 보자 두 사람 모두 자리에서 일어섰다.

"박사님이 당나귀 헛간으로 오라고 하시더군."

"'고통의 집'으로요."

루페가 말했다.

몽고메리는 당나귀 헛간을 '고통의 집'이라고 부르는 줄 몰랐다.

61 실험실에서 소량의 액체를 재거나 할 때 쓰는 작은 관.

몽고메리가 원할 만한 건 당나귀 헛간에 없어서 그 안에 들어가지도 않았다. 더욱이 오래된 당나귀 두개골은 어떤 미신적인 공포 때문에 몸서리를 치게 했다. 몽고메리는 그 자리에 사악한 기운이 서성거리는 것처럼 느꼈다. 그 오래된 판잣집에 혼자 종종 목격되는 루페를 제외하면 동물인간들도 똑같이 느꼈다.

모로는 그 공포심을 자기한테 유리하게 이용했다. 동물인간을 꾸짖거나 벌주려고 할 때 모로는 동물인간을 당나귀 헛간으로 데려갔다. 동물인간은 술을 마셔서 고분고분해졌고, 약물을 투여받아 충성을 다했으며, 강론을 들어서 규칙을 머릿속에 새겨 넣었고, 헛간에서 나쁜 짓을 빠르게 교정받았다.

"가자."

몽고메리가 말했다.

두 사람은 더 이상 아무 말 없이 몽고메리를 따라갔다. 세 사람은 헛간 밖에서 기다렸다. 곧 모로가 나타났다. 모로와 함께 리잘데 가 청년들이 나타났고 놀랍게도 카를로타도 있었다. 몽고메리는 문지방을 넘어갈 때 밀짚모자를 벗었다.

그 건물은 제대로 관리가 되지 않은 상태였다. 몽고메리는 이곳을 최소한으로만 유지했다. 거미가 사방에 거미줄을 쳤고 드러난 곳마다 먼지가 내려앉았다. 나무판자에 뚫린 구멍으로 새어 들어온 빛이 비스듬히 비춰서 벽에 못 박힌 당나귀 두개골이 번뜩였다. 마치 이를 드러내고 웃고 있는 것처럼 보였다.

청년들은 오래된 헛간과 벽에 걸려 있는 해골을 두려워하기보다는 궁금해하는 눈치였다.

"카치토, 너는 리잘데 씨의 손을 물어서 벌을 받는 거다."

모로가 재킷을 벗어서 카를로타에게 건네며 말했다.

"아이를 벌하는 걸 꺼리지 마라. 매로 때린다고 죽지는 않는다. 아이를 매로 때리는 것이 그 영혼을 저승에서 구원하는 일이다.[62] 따라 해."

"아이를 매로 때리는 것이 그 영혼을 저승에서 구원하는 일이다."

"처벌은 날카롭고 확실할 테고 이제 그걸 곧 알게 될 거다. 무릎 꿇고 기도해라."

카치토는 하라는 대로, 모로가 미사를 집전할 때 예배당에서 그러듯이 무릎을 꿇었다. 모로가 강론할 때 몽고메리는 건성으로 들었다. 몽고메리는 한눈을 팔거나 하품을 하면서 듣지 않았다. 모로가 동물인간을 벌줄 때 몽고메리는 그 자리에 없었다. 그러나 이제는 지켜볼 수밖에 없었다.

처음에 박사는 아무것도 하지 않았다. 계속 기도하는 카치토를 내버려 두었다. 그다음에 박사는 팔을 들어 올렸다가 떨어뜨려서, 커다란 주먹으로 카치토의 머리를 쿵쿵 내리쳤다. 나이가 들었지만 박사는 키가 크고 힘이 셌으며 덩치가 헤라클레스만 했다. 카치토는 왜소하고 키도 작았다.

카치토가 비명을 지르자 박사가 다시 때렸다. 그리고 또 때렸다. 몽고메리는 문득 자기 아버지가 떠올랐다. 아버지가 손가락으로 자기 옷깃을 부여잡던 모습과 자기를 가까이 끌어당겼을 때 아버지한테서 풍기던 불쾌한 입냄새, 아버지가 주먹으로 때려서 살갗

62 잠언 23장 13~14절.

이 몹시 쓰라리던 게 떠올랐다.

몽고메리는 아버지가 때릴 때 울거나 저항하지 않았다. 눈물을 한 방울이라도 흘리거나 공포에 질려 비명을 지르기라도 하면 더 심하게 맞을 수 있다는 사실을 잘 알았다. 몽고메리는 겨우 숨만 쉬었다.

카치토도 똑같이 행동하는 것처럼 보였다. 몸을 떨긴 했지만 처음에 놀라서 비명을 지른 것 외에는 아무 말도 하지 않았다. 카치토는 가만히 구타당했고 점점 더 세게 구타가 이어졌다.

아버지는 모두 폭군이야.

몽고메리가 속으로 생각했다.

그때까지만 해도 모로는 카치토를 손으로 때리는 데 그쳤지만 이제는 카를로타가 쥐고 있던 지팡이를 낚아채 들어 올렸다. 지팡이의 은색 끝부분이 밝게 빛났다.

몽고메리가 두 손으로 잡고 있던 밀짚모자를 으스러뜨려서 지푸라기가 바닥으로 떨어졌다. 하지만 목소리를 낸 사람은 몽고메리가 아니었다.

"아버지, 제발요!"

카를로타의 목소리는 천둥소리 같았다. 모두가 그 소리에 깜짝 놀랐다. 주춤한 모로는 여전히 손에 지팡이를 들고 있었지만 얼굴은 의심으로 일그러졌다. 에두아르도가 목을 가다듬고 크게 말했다.

"요점은 충분히 전달된 것 같네요."

"네."

그렇게 중얼거린 모로의 얼굴이 붉게 달아올랐다.

"네, 전달이 됐겠지요."

모로가 지팡이를 내려놓고는 카를로타가 들고 있던 재킷을 가져갔다. 남자들은 함께 걸어 나갔다. 몽고메리는 손가락 힘이 풀리면서 낄낄거리고 싶은 심정이었다.

나는 빌어먹을 겁쟁이야.

루페는 카치토가 일어설 수 있게 도와줬다. 그녀는 카를로타가 카치토의 상처를 소독하는 것과 관련해 말하는 걸 들었다. 몽고메리는 그들 셋을 따라 집 안으로 들어갔다. 왜 그들을 따라갔는지 몽고메리는 아무 생각이 없었다. 그들한테는 몽고메리가 필요하지 않았다. 몽고메리가 그들을 위해 할 수 있는 일은 아무것도 없었다. 몽고메리는 모로에게 항의조차 하지 못했다. 중요할 때 아무짝에도 쓸모없었다.

카를로타가 소독용 알코올과 솜뭉치, 기타 작은 비품들을 자기 방으로 가져왔다.

카치토는 카를로타의 침대 위에 앉아 있었고 루페는 카치토 옆을 서성거렸다. 몽고메리는 문간에 서 있었다. 그는 빨리 아과르디엔테 병을 따고 싶었고 웃음이 나올 지경이어서 손으로 입을 틀어막아야 했다.

맙소사. 몽고메리는 쓸모없는 놈이었다.

"좀 어때, 카치토?"

몽고메리가 쉰 목소리로 물었다.

"어떻겠어요?"

루페가 거의 씩씩거리면서 말했다.

"괜찮아. 전 괜찮아요."

카치토가 말했다.

"미안해. 정말 미안해."

카를로타가 카치토 옆에 무릎 꿇고 앉아 손을 잡으며 말했다.

"나는 후안 쿠무쉬가 어디 있는지 알아. 우리는 여기를 벗어나서 거기로 가야 해. 거기 있으면 우릴 찾을 엄두도 못 낼 거야."

루페가 카치토에게 말했다.

카를로타가 카치토의 손을 놓아주고는 루페를 쳐다봤다.

"지금 무슨 소리를 하는 거야? 너희는 아무 데도 못 가. 거기 가면 너네는 죽을 거야. 너는 늘 말도 안 되는 이야기를 지어내는데……."

"머릿속이 이야기로 가득 찬 사람은 너야. 네가 책에서 읽은 건 다 시답잖은 이야기라고."

"제발 그만하렴."

몽고메리가 고개를 가로저으며 말을 이었다.

"너네 둘 다, 이제 말다툼은 멈춰. 아무도 박사님이나 리잘데 가 사람들이 여기 오는 걸 바라지 않는다고."

그들은 조용해졌다. 몽고메리는 방으로 들어와 세 사람에게 가까이 다가가 작게 말했다.

"모로 박사님은 돈에 쪼들리고 있어. 박사님은 리잘데 가 사람들이 야샤툰에 계속 자금을 대 주길 원하시지만 나는 이 사람들을 믿지 못하겠어. 우리는 서로 단결해야지, 분열해서는 안 돼."

"우리가 서로 분열하면요? 계속 이렇게 살 수는 없어요. 모로 박사는 우리 숨통을 조이고 있어요. 박사가 보유한 비밀 조제법이나 우리끼리 약을 투여하는 방법을 모르면 우리는 아무 데도 갈 수 없다고요."

"정말 떠나고 싶어?"

카를로타가 루페에게 물었다.

"응. 몇 번이나 말해야 하니?"

"내가 아버지한테 조제법을 물어볼게. 어쩌면 알려 주실 거야. 하지만 그러면……."

카를로타의 목소리가 떨렸다.

"박사님은 절대 알려 주지 않을 거야."

루페가 씁쓸하게 중얼거렸다.

"알려 주실 수도 있지. 어쩌면 카를로타가 박사님을 설득할 수 있을지도 몰라. 하지만 후안 쿠무쉬 무리 이야기는 하지도 마."

몽고메리가 말했다.

얼굴을 찌푸렸지만 루페는 결국 알았다는 듯이 고개를 끄덕였다.

"조용히 있을게요. 하지만 우리를 도와줘야 해요."

루페가 몽고메리를 쳐다본 뒤 카를로타를 쳐다봤다.

"두 사람 다. 자, 카치토. 좀 쉬어."

카치토가 자리에서 일어나 루페에게 기대며 천천히 걸었다. 카를로타는 다시 검은색 의료 가방에 물건들을 넣기 시작했다.

"내가 그렇게 말하면 안 됐어요. 루페랑 카치토가 헛된 생각을 품게 하면 안 됐는데."

카를로타가 속삭이듯이 작게 말했다.

"카를로타, 루페랑 카치토는 이미 그런 생각을 품고 있었어. 그것도 꽤 오래됐지. 지금 같은 상황이 영원히 지속될 순 없을 거야. 망할 너희 아버지가 직접 말한 것처럼……."

"아버지를 욕하지 마요. 아버지는 우리를 구하려고 애쓰고 계시다고요."

카를로타가 사납게 말하면서 의료 가방을 딸깍 잠갔다.

"너희 아버지는 통할 리 만무한 무리한 계획을 따르고 있어. 스스로를 구하려 애쓰고 있다고."

카를로타가 거친 숨을 내쉬며 가방 위에 손을 내려놓았다.

"당신도 우리를 떠나고 싶나 봐요."

"진작 떠났어야 했지. 내가 루페와 카치토 그리고 다른 동물인간들을 안전한 곳으로 데려갈 수 있을지도 몰라."

"자기가 모세라고 생각해요?"

너희 아버지는 자신이 신이라고 생각하지.

몽고메리는 이렇게 생각했지만 더 이상 카를로타와 척을 지고 싶지 않았다. 별생각 없이 카를로타한테 가까이 다가가다 보니 몽고메리는 어느새 카를로타 바로 앞에 서 있었다. 카를로타는 몽고메리를 올려다보았다. 카를로타의 커다란 눈에서 금방이라도 눈물이 흐를 것 같았다.

카를로타가 손을 뻗어 몽고메리의 손을 건드리더니, 예전에 재규어가 물어뜯어서 손목 아래부터 나 있는 흉터를 엄지손가락으로 쓰다듬었다. 몽고메리는 등을 타고 흐르는 전율을 느꼈다.

"난 아무것도 바꾸고 싶지 않아요."

"피할 수 없는 일이야."

카를로타는 손을 들어 올려 가방 위에 놓았고 손톱으로 가죽을 긁으며 입을 꾹 다물었다. 몽고메리는 카를로타의 손이 다시 자기 살갗에 닿길 간절히 원했다. 그렇게 딱 한 번 닿으면 되었고 카를로타와 손깍지를 끼면 더할 나위 없이 행복할 것 같았다.

몽고메리는 무용하게 있는 왼팔을 옆구리에 늘어뜨리고 손으로는 모자를 꽉 쥐었다. 두 손으로 모자를 움켜쥐고는 카를로타한테서 물러서며 생각했다.

망할 겁쟁이 같으니라고. 어느 모로 보나 난 겁쟁이야.

13장

카를로타

카를로타는 모로가 리잘데 가 청년들과 함께 낮을 보내면서 자기가 하는 실험에 관해 해명한 건지, 청년들이 느꼈을 공포를 달래려고 애쓴 건지, 아니면 둘 다 했는지 몰랐다. 하지만 모로는 그들이 성대한 저녁 식사를 할 예정이고 동물인간들이 시중을 들 거라는 전갈을 라모나를 통해 보내왔다. 박사는 이 저녁 식사가 자기가 만들어 낸 동물인간들이 믿을 만하다는 걸 증명해 주길 원했다.

카를로타는 보통 이런 이벤트를 준비하면서 잔뜩 신이 났지만 이번에는 기분이 가라앉았다. 잡일을 조금 도우려고 부엌으로 갔다. 일을 해야 했지만 정신이 딴 데 팔려 있어서 라모나가 나무랐다.

"카를로타, 설탕을 너무 빨리 넣었잖아요. 이러면 머랭이 부풀지 않는다고요."

모로는 머랭을 무척 좋아했다. 비록 라모나와 카를로타가 프랑스식과는 다르게 머랭을 만들었지만 말이다. 카를로타는 디저트를 뚝딱 만들려고 했지만 잘 되지 않았다.

"미안해."

카를로타가 중얼거렸다.

"무슨 일 있어요?"

라모나가 기운 내라는 듯이 카를로타의 턱을 들어 올렸다.

카를로타는 무슨 말을 해야 할지 몰랐다. 모든 일이 잘못된 것 같았다. 카를로타는 배가 아팠고 아버지와 이야기하고 싶었지만 모로는 바빴다. 라모나와 루페에게 말해서 칙칙한 걱정거리를 털어놓으면 도움이 될 수도 있겠지만, 무슨 말을 해야 할지 생각해 내지 못했다.

"카를로타는 그 젊은 손님한테 정신이 팔렸어요."

루페가 말했다.

"그런 게 아니야."

카를로타가 황급히 대답했다.

"네가 너랑 네 구혼자 말고 생각할 게 뭐가 있어? 우리 생각을 할 리는 없고. 너는 카치토가 오늘 어떤지 묻지도 않았어. 카치토가 밤새 괴로워한 거 알고 있어? 우리 모두 카치토 신음 소리를 들었어."

"카치토를 때린 건 내가 아니야."

"그래, 너희 아버지가 때렸지. 네가 좋은 인상을 남기고 싶어 하는 그 얼간이들을 위해서."

루페가 째려보자 카를로타는 고개를 돌렸다. 입에서 시큼한 맛이 느껴졌다. 카를로타는 놀라서 움찔했다.

라모나가 고개를 흔들었다.

"카를로타, 준비해야 해요. 박사님은 아가씨가 멋지게 보이길 원하세요."

고개를 끄덕인 카를로타는 자기 방으로 가서 얼굴에 물을 끼얹었다. 그러고 나서 거대한 옷장에 걸려 있는 드레스들을 손으로 재빨리 훑어봤다. 옷장에는 자주 입지는 않지만 작년에 모로가 사 준 드레스가 한 벌 있었다. 가지고 있는 드레스는 전부 메리다에 있는 어떤 재봉사가 카를로타의 치수를 전달받아 만들었다. 몽고메리가 그 옷들을 집에 필요한 물건과 함께 야샥툰에 가져왔다.

특히 이 드레스는 가지고 있는 것 중에 가장 과시하는 듯한 바보 같은 물건이었다. 파티에 적합한 야회복이었으나 정작 카를로타가 파티에 간 적은 없었다. 카를로타는 여성 잡지에서 이와 비슷한 드레스를 보고서는 아버지에게 사 달라고 간청했다. 하얀 치마에 얇은 천을 접은 주름 장식이 있고 사방에 레이스가 달려 있으며 그 위를 파란 새틴으로 된 오버스커트가 감싸고 있는 드레스였다. 목둘레가 파여 있는 상체는 어깨를 대담하게 드러냈다.

카를로타는 천천히 머리를 매만졌다. 거울을 들여다보니 어쩌면 자기 안에 있는, 보이지 않는 균열이 있는 것처럼 느껴졌다. 그 균열은 날마다 서서히 커졌고 카를로타를 흔적도 없이 지워 버릴 것만 같았다.

카를로타는 손에 쥐고 있던 핀을 두 번이나 놓쳐서 머리를 꼼꼼하게 매만지기 전에 숨을 깊이 들이마셔야 했다.

마침내 카를로타는 노란색으로 보기 좋게 방점을 찍은 진청색 드레스를 입고 식당으로 입장했다. 차려진 식탁보 위에는 나뭇가지처럼 생긴 은색 촛대가 반짝였으며 양초가 은은하게 타고 있었다. 라모나 혹은 다른 누군가가 꽃을 꺾어서 물을 채운 커다란 크리스털 그릇에 두는 수고를 아끼지 않았다. 정글에서 나오는 열기로 아침이 되면 꽃이 모두 시들겠지만 지금은 싱싱한 색을 간직하고 있었다.

"얘야, 정말 어여쁘구나."

카를로타가 들어오자 모로가 딸에게 몸을 바짝 기울여 작게 말했다.

"처신을 잘해야 한다. 이 사람들을 사로잡아야 해."

카를로타는 고개를 끄덕이고는 손님들을 향해 미소 지었다. 만찬에는 모로와 에두아르도, 이시드로가 있었고 놀랍게도 몽고메리 역시 있었다. 싸움이 있고 나서 모로가 일부러 손님들 곁에 앉힌 모양이었다. 손님들의 이목을 사로잡은 것은 요리가 아니라, 요리를 나르는 면면이었다. 루페와 아흐 카브, 파르다, 라 핀타가 번갈아가며 고기가 든 접시를 가져오거나 부르고뉴 와인을 와인잔에 채웠다. 루페는 고개를 높이 든 채 카를로타가 거기 없는 것처럼 굴었고 카를로타는 다시 자기 안에 뭔가가 부서지고 찢어진 것처럼 느꼈다.

"박사님이 만드신 동물인간이 이렇게 다양한 형태와 모습을 띠고 있는 게 놀랍습니다. 동물인간이 어떤 특정 동물에서 비롯된 건지 구별할 수 없을 때도 있네요. 어떤 동물인간은 고양이처럼 보이고 다른 동물인간은 이상하게 생긴 늑대처럼 보이네요."

에두아르도가 말할 때 라 핀타는 식탁 가장자리로 빵 부스러기를 털어냈고 파르다는 조심스럽게 카를로타 앞에 접시를 내려놓았다. 카를로타는 파르다에게 고맙다고 속삭였다.

"다윈이 지적한 바와 같이 저희 인간은 가장 아름답고 무한한 형태로 나타납니다. 그렇지만 제 연구에는 포유류가 가장 적합하다는 사실을 인정해야겠네요. 파충류로 진행했던 실험은 실망스러웠습니다.

하지만 제가 신사분들께 바라는 바가 있다면 일전에 두 분께 말씀드린 다른 가능성을 고려해 보시라는 겁니다. 저희가 이룩할 수 있는 의학적 기적은 무수히 많습니다. 예를 들어, 제가 딸아이를 위해 개발한 치료제가 없었다면 제 딸은 오늘 저희와 함께 앉아 있을 수 없었을 겁니다. 카를로타는 자기 방 안을 벗어나지 못하는 환자였을 거예요. 그렇지만 이 일은 카를로타와 관련된 문제가 아니고, 이것만 가능한 게 아닙니다. 아니고 말고요. 눈먼 사람을 낫게 하거나 말 못 하는 사람이 말할 수 있게 하는 것도 언젠가 이뤄 낼 수 있을 겁니다."

카를로타는 길 잃은 나방이 어쩌다 집에 들어와서 방을 떠다니다가 작고 흔들리는 갈색 얼룩처럼 벽에 안착한 모습을 지켜보았다. 잠자리가 집에 들어오면 손님이 집에 곧 도착한다는 의미였다. 나방이 집에 들어오면 좋은 징조일 수도, 나쁜 징조일 수도 있었다. 만약 나방이 까만색이면 누군가 죽는다는 걸 의미했다. 그러나 갈색 나방은 아무 의미도 없었다.

"다 좋은데 저희 삼촌이 실명 치료제를 찾고 계신 건 아니잖습니까? 삼촌은 일꾼을 구하려고 박사님한테 돈을 대고 있어요. 하지만 박사님이 데리고 있는 여기 동물인간들한테 돈이 엄청나게 들었을 것 같네요. 삼촌은 이 연구에 얼마나 쏟아부으셨죠?"

이시드로가 물었다.

"연구에는 늘 대가가 따르는 법이죠."

모로가 딱딱하게 말했다.

"그건 알겠어요. 하지만 딱히 여유롭지 않게 사시는 것도 아닌 것 같네요."

이시드로가 이렇게 대꾸하면서 카를로타를 휙 쳐다봤다. 카를로타가 느끼기에는 이시드로가 자기 드레스를 만드는 데 얼마나 많은 새틴이 들었을지 알아내려고 애쓰는 것 같았다.

"동부 지역 원주민은 제멋대로예요. 물론 그 지역 원주민은 빈틈없이 처벌해야 해요. 그렇지 않으면 무분별한 아이처럼 주위를 돌아다닐 테니까요. 하지만 박사님이 만드신 동물인간이 낫다고 장담하실 수 있나요? 어쨌든지 저는 동물인간이 성깔이 있다는 걸 증언할 수 있는걸요."

이렇게 말하면서 이시드로는 트로피를 뽐내듯이 붕대 감은 손을 자랑스럽게 들어 올렸다.

"카치토는 겁을 먹었을 뿐이에요."

카를로타가 시선을 내리면서 부드럽게 말했다. 지금까지는 아버지를 의식하면서 혹여나 실수할까 봐 대화에 끼지 않았다.

"사랑하는 사람이 위험에 빠지면 그 사람을 지켜 주실 거잖아요."

"그러면 모로 양은 그 동물인간이 로턴 씨를 사랑한다고 생각하는 겁니까?"

이시드로가 믿지 못하겠다는 듯이 물었다.

"카치토는 다정해요. 그 애에 관해 알게 되신다면, 이시드로 씨도……."

"모로 양이 상냥한 마음씨를 가졌다는 건 알겠어요. 사람들은 상냥한 마음씨를 가진 사람을 이용하죠. 아시엔다에서 저희가 내버려 두면 원주민들은 하루만 일하고 닷새는 쉽니다. 제 말을 들으실 필요도 없어요. 현지 신부님한테 여쭤보면 알려 주실 겁니다."

그때 몽고메리가 끼어들었다.

"그래요. 신부님도 자기 몫을 청구하죠. 그래서 이런 문제들을 왈가왈부할 때 전 신부님을 믿지 않습니다. 신부님이 곧 죽을 아이한테 세례를 주기 전에 돈을 요구해서, 아이가 천국에 갈 수 있게 부모가 닥치는 대로 물건을 처분하는 걸 봤던지라. 이런 일이 옳다고 생각합니까?"

"무신론자이신가요?"

그 질문에는 모로가 답했다.

"저희 집에 있는 사람들은 모두 독실합니다. 로턴 씨는 매주 미사에 참석하지요. 제 딸은 성서를 외우고 있고요."

"그거 좋네요. 여러분은 문명사회와 동떨어져 있고 유카탄반도를 물들이는 몹쓸 이교도들과 가까워요. 저는 여러분이 이교도들이 믿는 미신에 빠져서 하느님을 외면한다고 생각하고 싶지는 않습니다. 믿음이요, 모로 양. 사람은 믿음을 가져야 해요. 믿음이야말로 여기 원주민에게 부족한 것이지요. 그리고 그게 바로 원주민의 결함입니다."

이시드로가 만족한 듯이 미소를 지으면서 단정적으로 말했다.

카를로타는 머리 가닥을 매만지면서 귀 뒤로 쓸어넘겼다.

"저희는 서로 사랑해야 해요.[63]"

카를로타는 벽에 안착한 나방이 띤 색깔처럼 희미하게 말했지만 두 사람은 나란히 앉아 있었기 때문에 그 말은 이시드로의 귀에 들어갔다.

"뭐라고요?"

이시드로가 놀란 듯이 물었다.

"그러므로 믿음, 희망, 사랑, 이 세 가지는 항상 남아 있을 것이며 그중에 제일은 사랑입니다.[64]"

카를로타가 더 크고 힘차게 말했다.

"지금 이 논의에서 사랑이 어떻게 연관되는지 모르겠군요."

"그리스도께서는 저희에게 서로 사랑하라고 가르치셨어요. 마세왈레에게 믿음이 부족하다면 당신에게는 사랑이 부족한 것 같네요."

이시드로가 코웃음을 쳤다. 카를로타는 자기 입장을 더 잘 설명해야겠다고 생각했지만 모로가 의심할 여지 없이 입조심하라는 시선을 내비쳤다. 맞은편에 앉아 있던 몽고메리는 억지웃음을 짓고 있었고 에두아르도는 놀란 것처럼 보였다. 터무니없는 말을 했나? 카를로타는 그렇게 생각하지 않았다. 하지만 이시드로는 쌀쌀맞아졌다.

"모로 양은 저희 상황을 이해하지 못하시는군요. 저희로선 사람

---

63 요한복음 13장 34절("새 계명을 너희에게 주노라. 서로 사랑하라. 내가 너희를 사랑한 것처럼 너희도 서로 사랑하라.")을 참조하여 하는 말.

64 고린도전서 13장 13절.

들이 계속 이야기하는 중국인 일꾼을 구하는 게 최선일지도 모르겠네요. 저는 그게 돈을 낭비하는 거라고 생각했더랬죠. 하지만 삼촌이 허공에 돈을 날려 버리신다면, 하다못해 중국인 일꾼은 저를 물지는 않을 거 아니에요. 아니면 원주민들을 고수할 수도 있고요. 사랑하거나 말거나."

이시드로가 신랄하게 결론지었다.

"**원주민** 몇 명은 저희를 물어뜯고 싶어 하는 것 같아요. 저희 아버지가 1847년 봉기와 관련해 해 주신 이야기를 들으면 어떤 사람이라도 피가 얼어붙는 느낌을 받을 겁니다."

에두아르도가 말했다.

나방이 돌연 날아올라 촛불에 뛰어들었다. 카를로타가 그을린 나방을 식탁보 위에 올려놓았다. 손가락을 뻗어 나방의 날개를 만지려고 했으나 라 핀타가 살그머니 뒤에서 다가와 나방을 털어 버리고는 식탁을 돌며 모로의 잔을 채워 주었다.

"마누엘 안토니오 아이[65]가 사형되어서 봉기가 일어났지요."

몽고메리가 입을 닦은 냅킨을 아무렇게나 접시 옆에 두면서 말했다.

"네? 그래서요?"

에두아르도가 간단히 받아쳤다.

"그렇다고 해서 테피크에서 원주민이 여성과 아이를 전부 살해한 일이 정당화될 수 있다는 말씀은 아니겠지요?"

"어떤 무리가 연루되더라도 전쟁은 정당하기 어렵죠."

---

65 1817~1847, 유카텍 마야의 군사 지도자이자 혁명가.

"너는 로턴 씨가 영국인이라는 걸 까먹었구나. 영국 왕실에 좋은 게 정당한 일이지."

이시드로가 말했다.

"좋은 지적이야. 로턴 씨, 궁금한 게 있어요. 영국 왕실에 속한 시민으로서 독립적인 마야 정부가 수립되는 데 찬성하시나요? 물론 '독립적'이라는 말은 별로 적절한 단어가 아니겠네요. 영국이 어떻게든 마야 정부를 감독할 게 분명하니까."

"정치와 관련해서 쓸데없는 대화는 꺼내지 않는 게 좋겠군요."

모로가 말했다. 이에 화답하듯 몽고메리가 재킷 주머니에 손을 넣어 담배 한 개비와 작은 성냥갑을 꺼냈다.

누군가 흡연하면 주변에 있는 사람들에게 담배를 권하는 게 통상적인 관례였지만 몽고메리는 다른 사람들이 언짢아하더라도 담배를 권하는 시늉도 하지 않았다. 하지만 다들 이를 눈치채지 못했거나, 알았더라도 무시했다.

"정치가 쓸모없다고 생각하세요?"

이시드로가 물었다.

"저는 과학자입니다. 자연을 연구하는 게 저를 나아가게 하죠. 저는 제가 좇는 질문 이외에는 어떤 것에도 관심을 두지 않고 연구를 진행합니다. 연구는 중요한 부분입니다. 실제 의료 연구는요. 치료제는……."

모로가 자랑스럽게 말했다.

"아, 네. 실명 치료제요."

이시드로가 깔보듯이 말했다.

카를로타는 이시드로를 별로 좋아하지 않았지만 아버지의 말을 딱 잘라 버리는 모습을 보면서 약간 기뻤다. 야샥툰에서는 아무도 아버지가 하는 말에 반박하지 못했다. 아버지는 하느님 같았다. 하지만 이제 다른 남자들이 나타나자 아버지는 늘 그랬던 것처럼 대단하거나 커다래 보이지 않았다. 카를로타는 아버지가 카치토를 대하는 태도에 경악했다. 카치토는 아파서 몸부림치고 있을 게 분명한데 모로 박사가 동물인간들을 저녁 식사에 끌어들이고 즐거운 척하라는 건 잔인한 일이었다.

아버지는 나빠.

이렇게 속으로 되뇌자마자 그런 야박한 생각을 했다는 사실에 죄책감을 느꼈다. 카를로타는 다시 자기 피부 속에 균열이 생겨서 서서히 자라나고 있다고 느꼈고 몽고메리가 모든 건 변하기 마련이라고 했던 말이 떠올랐다. 몽고메리가 무슨 생각을 하는지 궁금해서 그쪽을 바라봤지만 그는 냉소적인 표정으로 생각을 감추고 있었다.

성냥에 불을 붙여 담배 끝에 갖다 댄 몽고메리가 성냥을 끌 때 카를로타를 바라보며 눈을 깜빡였다.

카를로타는 부드러운 새틴 드레스를 만지작거리며 복부를 쓰다듬다가 결국 무릎 위에 두 손을 내려놓았다.

"음. 저는 모로 박사님이 하시는 연구가 흥미롭다고 생각해요. 아직 실제로 적용되지는 않았을지라도요. 어쨌든 박사님이 설명하셨듯이 생물학 분야에서 박사님 연구가 없었다면 따님은 저희와 함께 여기서 온전하고 건강하게 만찬을 즐기지는 못하셨을 테니까요. 그랬다면 정말 애석하겠죠. 당신은 사랑스러움 그 자체예요, 모로 양."

에두아르도가 한 말을 듣고 카를로타는 미소 지었다. 누군가 자기가 그 자리에 있는 걸 반기는 것 같아서 기뻤다. 이시드로는 확실히 카를로타와 대화를 나눠서 신이 난 것처럼 보이지는 않았다. 맞은편에 앉은 몽고메리가 의자에 등을 기대며 아주 잠깐이지만 히죽거렸다.

"감사해요."

카를로타가 얼굴을 붉히며 말했다.

"정말로 일꾼이나 일꾼 문제에 관해 이야기하지 맙시다. 그런 이야기는 지루한 데다가 모로 양이 저희가 재미없다고 생각하지 않으셨으면 좋겠거든요."

에두아르도가 말했다.

"이렇게 남은 저녁 시간 내내 말[馬]에 관해 이야기하게 하네요."

이시드로가 눈을 굴리며 말했다.

대화가 이어졌지만 주고받은 말은 공허하고 평이했으며 실질적인 내용은 조금도 다뤄지지 않았다. 저녁 식사 후 이시드로는 피곤해서 방에 가겠다고 했다. 모로는 안뜰에 있는 벤치에 앉아 있었고 몽고메리는 팔짱을 낀 채 벽에 몸을 기대고 있었다. 에두아르도와 카를로타는 함께 안뜰을 걸었다.

두 쌍의 눈이 지켜보고 있다는 사실에 카를로타는 이상한 기분이 들었지만, 그보다 더 이상한 건 에두아르도와 함께 걷고 있다는 사실이었다. 화려한 새가 의례에 맞게 구애하는 모습을 사람들이 관찰하고 있는 것 같은 느낌이었다. 카를로타는 볼거리를 제공하려고 거기 있었다.

에두아르도가 말했다.

"오늘 말씀이 별로 없으시군요. 제가 기분 나쁘게 해 드린 것 같아 걱정됩니다."

"저도 지금 똑같이 생각하고 있었어요."

"제 마음을 완전히 사로잡으셨는데 왜 그렇게 생각하시죠?"

"사촌분이 저를 좋아하지 않으시는 것 같아서요."

"이시드로는 화가 났어요. 손이 아파서."

"정말 죄송해요. 하지만 카치토가 착하다고 말씀드린 건 믿어 주셔야 해요. 저희는 같이 자랐거든요."

"그 무시무시한 것과 같이 자랐다고요?"

카를로타는 자기가 친구로 생각하는 동물인간을 에두아르도가 '무시무시한 것'이라고 부르는 걸 듣자 기분이 무척 이상했다. 어렸을 때는 아흐 카브가 공중에 번쩍 들어 올려 줘서 기쁨에 겨워 꺄악 소리를 질렀다. 또한 카치토, 루페와 함께 숨바꼭질을 했으며 다른 동물인간들에게 책에서 읽은 운율을 가르쳐 주기도 했다. 동물인간들은 턱이 툭 튀어나왔고 눈은 이상한 곳에 달렸으며 손이 기형적으로 생겼지만 카를로타는 이를 보고도 전혀 놀라지 않았다.

그러나 에두아르도가 동물인간을 무시무시하게 여기는 게 뜻밖의 일은 아니었다. 몽고메리도 처음에는 동물인간의 겉모습에 소스라치게 놀랐지만 이제는 그들과 농담도 하며 즐겁게 일했다.

"지금은 동물인간을 모르시지만 아시게 되면 두려워할 게 없다는 사실을 깨달으실 거예요."

"그 늑대 같은 것은 이빨로 사람 목을 몇 초 만에 찢어발길 수 있는데 신경 쓰이지 않으세요?"

파르다는 주둥이에서 툭 튀어나온 정말 커다란 이가 있었으며 두 눈은 작고 매서웠다. 그러나 간지러울 때만 자기 털을 물어뜯었지 다른 사람을 물지는 않았다.

카를로타는 고개를 흔들었다.

"아니요. 오히려 개네랑 떨어져 지내는 건 상상도 못 하겠어요."

"언젠가 동물인간은 비스타 에르모사나 다른 아시엔다로 보내질 거예요."

"왜요?"

"농장에서 일하게 될 거잖아요, 그렇지 않습니까?"

카를로타는 아버지가 에르난도 리잘데를 만족시키려 동물인간을 만들었고 결국 에르난도가 아시엔다에서 동물인간에게 일을 시키려고 한다는 사실을 알았지만 그들이 야샤툰을 떠난다는 건 미처 생각해 보지 못했다. 모로가 진행 중인 연구는 그런 일이 가능한 단계에 미치지 못했고, 더욱이 카를로타는 스스로 안전하다는 생각에 빠져 있었다.

"그리고 모로 양도 야샤툰을 떠나야 해요."

에두아르도가 덧붙였다.

"제가 왜요?"

카를로타가 놀라서 물었다.

"세계 속 대도시는 어때요? 도시를 구경하고 먼 나라를 탐험하고 싫지 않으세요? 저는 하루라도 빨리 메리다를 떠나고 싶었거든요."
"아버지를 떠나고 싶으셨어요?"
"저희 아버지를 알게 되면 곁에 있고 싶지 않으실걸요."
에두아르도가 심술궂게 말했다.
"아버지가 막 대하시나요?"
"아버지는…… 모든 일을 본인 뜻대로 하세요. 아버지는 춤추는 스텝을 지시하고 저희는 모두 그걸 따라야 하죠. 모로 양도 언제나 박사님이 하라는 대로 하고 싶진 않잖아요?"
"딸은 순종해야 해요."
카를로타가 재빨리 대답했다. 하지만 카를로타는 이 단어들을 습관적으로 결합했고 평소에는 자연스럽게 여겨졌던 맹종이라는 생각이 이제 짜증스러워서 이맛살을 찌푸렸다.
"하지만 사실 저도 제 의견을 말하고 싶을 때가 있어요."
"어떤 의견요?"
"아버지와 동물인간들과 이곳을 돌보고 싶어요. 저는 저희 집을 좋아하지만…… 가끔씩 저희 아버지는 당신 아버지가 춤추는 스텝을 지시하는 것처럼 너무 이래라저래라하세요."
카를로타가 에두아르도를 올려다보며 설명했다.
에두아르도가 손가락으로 카를로타의 손가락을 쓰다듬었다.
"당신은 여기서 미모를 허비하고 있어요."
"어떻게요?"
"메리다에 계셨다면 파티에 아주 많이 초대받으셨을 겁니다."
카를로타도 물론 메리다에 관해 알았다. 메리다에 있는 훌륭한 저택과 그곳에 딸린 기둥이 열 지어 선 포르티코[66]와 곡선을 그리는 철문, 아름다운 말이 끄는 소형 이륜마차를 알았고, 줄지어 선 나무가 그늘을 드리우고 있어 한낮의 열기가 저녁의 선선함에 자리를 내줄 때 산책할 수 있는 가로수길도 알았다. 하지만 그게 어떻단 말인가? 야샤툰에서도 안뜰에는 화분에 심은 화초가 있고 저녁의 선선함이 카를로타를 달래 주었다.

"물론 멕시코시티가 더 으리으리하죠. 저는 멕시코시티에서 공부하는 걸 좋아했어요. 당연히 저희는 멕시코시티에도 집이 있고 제가 파리에 가지는 못했지만 일이 년 내에 갈 예정이에요. 모로 양도 분명히 파리를 구경하고 싶으시겠죠? 어쨌든 박사님은 프랑스인이시잖아요."

"저는 아버지가 파리에 관해 이야기해 주시는 게 좋아요. 거기에 관해 알고 싶거든요. 로턴 씨가 영국이나 자기가 본 섬에 관해 이야기해 주는 것도 좋아해요. 하지만 파리에는 제가 좋아할 만한 게 없는 것 같아요."

카를로타가 분수대 가장자리에 앉아 물에 손가락을 적시며 말했다.

"정말로 어리둥절하군요. 지금까지 만나 본 젊은 여성들은 죄다 가능한 한 많은 사람이 자기를 봐 주고 흠모하길 바랐어요."

카를로타가 수줍어하며 고개를 저었다.

"저는 야샤툰에 있는 게 아름다운 꿈을 꾸는 것 같고 영원히 이 꿈을 꾸고 싶어요."

---

66 건축의 앞면, 혹은 앞면의 출입구 부분에 설치된 열주랑(列柱廊) 부분. 주랑현관.

"하지만 『잠자는 숲속의 공주』 이야기에서는 왕자가 키스해서 공주를 깨우지요."

에두아르도가 카를로타 옆에 바짝 붙어 앉아 자기 손을 카를로타 손 위에 얹었다.

에두아르도가 어찌나 쉽게 카를로타의 뺨을 붉게 물들였는지. 카를로타는 곁눈질로 모로가 자리를 이미 뜬 걸 봤지만 몽고메리는 제자리에 뿌리 박힌 듯 어스름 속 반딧불이처럼 빛을 내며 담배를 피우고 있었다.

"로턴 씨가 저희를 지켜보고 있어요."

카를로타가 조그맣게 말했다.

에두아르도가 고개를 끄덕였다.

"매처럼 호시탐탐 보고 있네요. 아버지나 보호자라면 지긋지긋합니다. 자, 어서요."

에두아르도가 자리에서 일어나자 카를로타가 쫓아갔다. 안뜰에 자란 부겐빌레아 나무는 자기 색을 분출하면서, 벽을 타고 화려한 자홍색 꽃송이를 하늘로 내보이며 만개해 있었다. 에두아르도는 자연 그대로 만개한 이 꽃무리 쪽으로 교묘히 카를로타를 끌고 가 황급히 꽃그늘 속으로 밀어넣었다. 카를로타는 이 향기 나는 어둠 속에 둘러싸여 있으면 몽고메리가 서 있는 각도에서는 두 사람이 보이지 않을 거라는 사실을 깨달았다.

카를로타가 에두아르도한테 질문을 이끌어 내기에 앞서 에두아르도가 카를로타를 벽에 밀어붙이더니 자기 입술을 그녀 입술 위에 포갰다. 카를로타가 에두아르도를 향해 입을 벌리자 에두아르도가 팔로 그녀의 허리를 휘감았다. 에두아르도의 대담한 포옹에 카를로타는 자기가 미숙하게 대응한 것 같아서 화가 났다. 완전히 아무것도 모르는 바보로 보이고 싶지 않았다. 하지만 카를로타는 그야말로 아무것도 몰랐고 수줍은 마음과 에두아르도를 되밀치며 세게 키스하고 싶은 욕망이 다투고 있었다.

여자는 얌전해야 해.

카를로타는 이렇게 생각하면서도 한 손을 들어 에두아르도의 코트 깃을 움켜잡고 다른 손으로는 목을 둘러서 에두아르도를 최대한 가까이 끌어당겨 아무도 두 사람을 보지 못하게 했다.

에두아르도와 몸이 닿자 심장이 터질 것 같았다. 카를로타는 에두아르도가 자기 머리 위에 턱을 기대자 야샤툰에 있는 모든 사람이 심장이 드럼처럼 울리는 소리를 들었을 거라고 확신했다. 하지만 카를로타는 계속 고개를 내밀며 다시 키스를 시작했고 이런 모습을 본 에두아르도는 웃음을 터뜨렸다.

"대담하신데요?"

"저는 대담하지 않아요."

카를로타가 소곤거렸다. 카를로타는 정말 대담한 건 아니어서 라모나나 몽고메리가 두 사람을 보면 나무라리라는 걸 알았고 이렇게 생각하자 두려워져 에두아르도에게서 달아나고 싶었다. 하지만 에두아르도는 매력적이었고 카를로타는 그의 몸과 자기 몸이 맞닿아 있는 게 좋아서 가만히 있었다.

"제가 뭘 드리면 좋으시겠습니까?"

"저한테요?"

"선물이나 장신구 같은 거요. 뭐든지 말해 봐요."

에두아르도가 나지막한 목소리로 감미로우면서도 격렬하게 말하자 카를로타는 온몸에 전율을 느꼈다.

카를로타는 꽃이나 봉봉 사탕이 적절한 답변이라고 생각했지만 둘 다 필요 없었다. 손가락에 에두아르도가 입은 재킷의 황동 버튼이 스치자 카를로타는 자기가 원하는 단 한 가지, 진실밖에 말할 수 없었다.

"혹시…… 당신 것이라면…… 야샤툰을 줄 수 있나요?"

"정말로 대담하시네요."

에두아르도가 기분 나빠 보이지는 않았지만 카를로타는 얼굴을 붉혔다. 에두아르도는 거리가 벌어지기 전에 황급히 카를로타의 입술에 키스했다. 두 사람은 다시 트여 있는 곳으로 돌아가 천천히 안뜰을 걸었고 카를로타는 에두아르도의 팔에 손을 올려놓았다. 몽고메리는 여전히 같은 자리에 서서 담배를 피우고 있었다. 바닥에는 버려진 성냥 꼬투리와 다 탄 담배꽁초가 널려 있었다. 두 사람이 곁을 지나갈 때 몽고메리가 꽁초를 발로 짓밟고 조롱하듯 눈을 치켜떠서 카를로타는 어쨌든 키스하는 걸 몽고메리가 봐서 두 사람을 나무랄 거라고 확신했다. 하지만 몽고메리는 그저 고개를 끄덕일 뿐이었다.

카를로타는 서둘러 몽고메리를 지나쳐 자기 방으로 돌아갔다. 잠시 후에 라모나가 와서 드레스 벗는 걸 도와줬다. 새틴이 바스락거리는 소리가 예민한 귀에 너무 크게 들려서 카를로타는 움찔했다.

"어디 안 좋아요?"

"피곤해. 그리고 신경이…… 신경이 끔찍하게 곤두서 있어."

카를로타가 앉으며 대답했다.

라모나가 카를로타의 머리에서 핀을 풀었다.

"그 남자들 때문에 신경이 곤두서는 건가요? 그 사람들은 그냥 남자예요, 로티."

하지만 그냥 남자가 아닌걸.

카를로타는 속으로 이렇게 생각하면서 라모나가 핀을 넣는 유리잔을 유심히 들여다보았다.

"몽고메리는 그 사람들을 좋아하지 않아."

"로턴 씨는 아무도 좋아하지 않아요. 로턴 씨는 아프고 그 사람피의 소리를 들을 수 있는 치유사가 필요해요."

"몽고메리는 아픈 게 아니야."

"아프고말고요. 박사님은 여러 질병을 고칠 수 있지만 질병을 전부 알고 계신 건 아니에요. 로턴 씨는 영혼을 잃었어요. 그 영혼은 멀리 날아가서 어딘가에 갇혀 있어요. 예전에 로턴 씨한테 치유사를 만나러 가서 병을 없애버리라고 한 적도 있어요."

라모나가 어깨를 한 번 으쓱하며 말했다.

"로턴 씨가 다른 사람을 어떻게 생각하는지는 중요하지 않아요."

"아버지가 어떻게 생각하느냐가 중요하지."

카를로타가 중얼거리며 고개를 돌렸다.

"라모나가 결혼할 때는 중매쟁이가 주선했어?"

라모나가 고개를 끄덕였다.

"중매쟁이들이 별한테 물어서 지참금으로 멋진 목걸이를 구했어요. 하지만 좋은 결혼은 아니었죠."

"나는 지참금이 없어."

카를로타는 아버지가 했던 말을 떠올리며 작게 말했다. 집 안에 있는 어떤 물건도 정말로 그들이 소유한 게 아니었다. 에두아르도가 지참금을 요구한 건 아니었지만 카를로타는 자기가 처한 형편이 어느 정도인지 잊지 않았다.

"그러면 결혼이 좋을지 나쁠지 어떻게 알아?"

"알 수 없어요. 결혼은 그런 거예요. 우리는 모두 여행길에 오른 거고 하루하루의 운명이 책에 적혀 있지요."

하지만 카를로타는 자신이 떠날 길이 어디로 나 있는지 알고 싶었다.

14장

몽고메리

그들은 맹그로브 나무가 매끈한 뱀처럼 서로 엉켜 있는 물가를 헤쳐 나갔다. 그들은 아마도 나루터에 있는 나룻배를 확인하려고 거기에 있었다. 나룻배는 그들이 가진 가장 빠른 교통수단이자 필요한 물건이 있을 때 바깥세상과 연결되는 열쇠였다. 그들은 주기적으로 나룻배를 확인해야 했고 그에 앞서 나루터와 이어지는 길을 관리해야 했다.

하지만 앉아서 물에 발을 담그거나 꾸물거릴 필요는 없었다. 그렇지만 몽고메리가 손님들 눈에 카치토가 띄지 않게 하고 거리를 두려고 했기 때문에 두 사람은 꾸물거렸다. 카치토는 모로한테 맞아서 오른쪽 눈이 부어 있었다. 몽고메리는 손님들이 재차 카치토한테 성을 내지 않길 바랐다.

"거기는 좀 어때?"

몽고메리가 부푼 눈을 가리키며 물었다.

"좀 나아진 것 같아요. 이마에 난 상처는 어때요?"

"어차피 생긴 건 똑같아."

몽고메리가 주머니에서 낡은 담뱃갑을 꺼내 카치토에게 담배 한 개비를 권했고 카치토는 고개를 돌려서 거절했다. 두 사람과 멀리 떨어지지 않은 곳에 눈처럼 하얀 따오기 두 마리가 해안가에 서서 뒤편에 있는 초록색 나무와 대조를 이루었다. 천천히. 아주 천천히. 따오기 한 마리가 방향을 약간 틀어서 두 사람 쪽을 바라보았다.

"그전에 모로 박사님은 절 때린 적이 없어요. 멜키아데스는 그랬었지만. 한번은 제가 물어서 멜키아데스가 절 더 심하게 때린 적이 있는데 박사님은 한 번도 그런 적이 없어요. 저는 항상 박사님이 더 낫다고 생각했어요. 박사님은 말을 잘 들어야 한다고, 얌전하게 굴어야 한다고 하셨고 저희를 사랑한다고도 하셨는데, 그러고 나서…… 그러고 나서 박사님은……."

"그러면 박사님이 위선자라고? 예전에 어떤 마을에 있었는데 거기에 있는 신부는 불과 유황으로 처벌을 받는다는 강론을 했어. 그 신부는 젊은 여자들한테 미사가 끝나고 성당 청소하는 걸 도와 달라고 했지. 근데 그거 알아? 설교를 받은 여자들은 모두 뱃속에 그 신부를 똑 닮은 사생아를 가졌다는 거."

몽고메리는 그보다 심한 이야기도 들었다. 정말로 끔찍한 이야기를 보고 들었다. 그게 세상이었다. 어렸을 적에는 사탄이 세상을 만들었다고 생각하면서 이단자로서 새싹을 피웠다. 이제는 그냥 세상이 잔인하고 사악한 신이 만들어 낸 작품이라고 생각했다.

"가끔씩 신문에서 아센다도가 낸 광고를 읽었어요. 일꾼이 도망쳤고 그 일꾼을 데려오면 그게 누구든지 포상금을 주겠다고 적혀 있었어요. 하지만 아센다도는 일꾼을 전부 찾지는 못해요. 몇몇 일꾼은 숨어서 도적이 되거나 안전한 곳으로 사라지거든요. 그 일꾼들이 할 수 있다면 저희가 도망가지 못한다고 누가 말할 수 있겠어요?"

몽고메리는 고개를 끄덕였지만 제대로 답하고 싶지는 않았다. 무슨 말을 할 수 있겠는가? 만약 카치토가 도망치면 약물을 투여받지 못해서 며칠 내에 죽을 테고 그보다 오래 견딘다고 해도 에르난도 리잘데가 보낸 현상금 사냥꾼에게 쫓길 터였다. 그게 바로 감히 아시엔다를 버리고 달아난 일꾼에게 아센다도가 벌이는 짓거리였다. 그러면 현상금 사냥꾼으로 인해 발생한 비용이 일꾼이 아센다도에게 진 빚에 더해졌다. 그건 몽고메리가 떠나지 않은 이유이기도 했다. 몽고메리는 빚을 졌고 그가 감히 도망치면 리잘데는 피를 보는 걸 꺼리지 않을 터였다.

"쿠바에서도 똑같은 일이 벌어지나요?"

"사람들이 도망가는 거? 아센다도는 쿠바에도 연한(年限) 계약 노동자[67]를 데리고 있어. 아센다도는 배로 중국인을 실어 날라서 수십 년간 플랜테이션 농장에서 일하게 해. 이걸 황색 무역이라고 부르지. 중국인은 팔 년짜리 계약을 맺어. 이제 아센다도들은 반역 세력인 마야 원주민들을 보내고 있어. 감옥에 끌려가는 대신 배에 실려서 쿠바로 끌려가는 거지. 다 똑같아."

몽고메리가 허공에 담배를 털면서 말했다.

"모두들 저주받았어. 만약 원주민 매매를 금지하면 아센다도는 그걸 피할 방법을 찾아낼 거야. 노예 매매는 육십 년 전에 중단되어

67 (특히 17~19세기에 도미(渡美)한) 미리 햇수를 정하고 고용살이하는 사람.

야 했지만 아센다도는 법을 둘러갈 방법을 찾았지."

"반란군은 저항하고 있어요. 저는 늘 몽고메리가 재규어랑 싸웠기 때문에 용감하다고 생각했어요. 하지만 결국 그렇게까지 용감하진 않은 것 같네요. 몽고메리는 뭔가를 위해 싸우지는 않잖아요. 그저 죽고 싶을 뿐이죠."

카치토가 진지하게 말했다.

몽고메리는 고개를 흔들면서 담배를 한 모금 길게 들이마셨다. 애써 카치토가 한 말을 부인하지는 않았다. 맞다. 몽고메리는 죽었고 죽어 가고 있었다. 생선 한 마리가 파닥거리며 숨을 헐떡였지만 어떤 망할 이유에선지 우주는 완전히 산소를 차단하지 않기로 결정했다. 잔인하고 단호한 신은 몽고메리가 고통스러워하는 모습을 즐겼다. 어쩌면 이 상황을 만끽하고 있을지도 모른다. 그것이야말로 신이 하고 있는 궁극적인 얼굴, 즉 인정사정없이 공포스러운 얼굴일지도 모른다.

하얀 따오기는 모두 날아갔고 카치토가 다시 입을 열었다.

"루페가 후안 쿠무쉬를 한 번 본 적이 있대요. 세노테 근처에서."

"어떻게 그 사람이 후안 쿠무쉬인 걸 알았대?"

"루페는 알아요. 후안 쿠무쉬는 부하들을 데리고 있지 않고 혼자 있었대요. 루페는 쿠무쉬가 늙었지만 모로 박사님처럼 늙진 않았다고 했어요. 박사님은 돌로 만들어진 것처럼 늙었지만 쿠무쉬는 맹그로브처럼 늙었대요. 쿠무쉬는 폭풍도 견딜 수 있어요."

몽고메리가 카치토의 어깨에 손을 올려놓았다.

"괜찮을 거야. 두려워하지 마, 카치토."

"저는 두렵지 않아요."

카치토가 날카롭게 말했다.

몽고메리는 두려워하는 건 잘못된 게 아니라고, 자신은 살면서 두려웠던 적이 많았다고 말하고 싶었다. 아버지가 때릴 때면 두 눈을 감고 날아갈 수 있기를 기도했다고 말하고 싶었다. 하지만 이런 말을 할 필요는 없었다. 왜냐하면 그런 말이 카치토를 더욱 기분 나쁘게 할 거라는 사실을 카치토의 매서운 눈빛을 보고 알았기 때문이다. 그래서 몽고메리는 그냥 내버려 두었고 카치토가 손을 뻗자 담배를 건네주었다.

몽고메리는 함께 집으로 돌아가면서 몹시 늙어 버린 느낌이 들었고 서재 출입문 앞에 멈췄을 무렵에는 완전히 진이 빠졌다. 그때 서재에 있는 유일한 소파 위에 몸을 웅크리고 있는 카를로타를 보았다. 카를로타는 한 손에는 책을 들고, 다른 손에는 부채를 든 채 아랫입술을 깨물며 깊은 생각에 잠겨 있었다. 그 책은 카를로타가 좋아하는 부류로, 해적이 나오고 흥미진진한 모험과 설렘이 가득한 내용인 게 분명했다.

"에두아르도는 어디 있어?"

몽고메리가 물었다.

그 전날 카를로타는 에두아르도와 계속 안뜰을 돌아다녔다. 몽고메리는 에두아르도가 따개비처럼 카를로타 옆에 붙어 있을 거라고 예상했다. 카를로타가 이렇게 혼자 있는 모습을 발견하는 건 흔치 않은 일이어서 몽고메리는 순간 말을 하지 않고 그저 멀리서 감탄하며 바라보고 싶었다. 카를로타는 평온해 보였다.

카를로타는 리본으로 책에 페이지를 표시한 후 몽고메리를 올려다보았다. 카를로타의 뒤편에는 책이 빽빽이 꽂혀 있는 키 큰 책장이 있었지만 한쪽 구석에 장식품으로 오래된 책상 하나가 있을 뿐인 서재는 응접실에 비하면 변변치 않았다.

"낮잠을 자고 있어요. 어디 있었어요? 아버지가 찾으셨어요."

"카치토랑 나가서 걸었어. 중요한 일이라도 있었나?"

"급한 일이면 아버지가 찾아오실 거예요."

"음, 그래. 어쨌든 너랑 이야기하고 싶었어."

"무슨 이야기를요?"

카를로타는 똑바로 앉더니 혹시 몽고메리가 자기 옆에 앉고 싶으면 앉을 수 있도록 부채를 치워 몽고메리가 앉을 자리를 만들고는 소파를 가리켰다. 몽고메리는 카를로타 옆에 앉았다.

"아직 박사님한테 동물인간들 이야기를 안 한 것 같은데."

"아버지한테 조제법에 관해 여쭤봤냐는 뜻인가요?"

"맞아."

"그럴 기회가 없었어요."

"그래, 물론 그럴 기회가 없었겠지. 젊은 도련님이 얼씬거려서 정신이 딴 데 팔렸으니까."

"그게 무슨 뜻이죠? 나한테 원하는 게 뭐예요?"

카를로타가 날카롭게 물었다.

"아무것도 아니야. 너랑 에두아르도에 관해 생각해 봤는데 그건 내가 참견할 문제가 아니니까."

"'아무것도 아닌' 게 아니네요. 말해 봐요."

"난 아무것도 아니라고 했다."

"대답해 봐요."

카를로타가 부채로 몽고메리의 팔을 찰싹 때렸다.

에두아르도와 함께 있을 때 카를로타는 요부가 무기를 휘두르는 것처럼 색을 칠한 부채를 휘둘렀다. 카를로타가 인사하면 부채는 그녀의 손안에서 흔들렸고 카를로타가 웃으면 부채도 따라 움직였다. 하지만 몽고메리와 있을 때는 벌을 주는 용도로 사용되었다. 그리고 카를로타는 발끈한 표정을 지으면서도 대수롭지 않다는 듯 턱을 들어 올렸다. 몽고메리는 카를로타의 뺨이 달아오른 걸 보고 그녀가 부끄러워하고 있고 그래서 이렇게 반응했다는 걸 알았지만, 그래도 스스로를 자제할 수 없었다.

"너는 뭔가 쓸모 있는 일을 하는 게 아니라 에두아르도랑 시간 낭비를 하고 있어. 박사님한테 말하지 않을 만도 하네. 누군가한테 할 말을 전부 다 해 버려서 그런 거 같은데."

씁쓸하게 말한 몽고메리는 카를로타가 눈을 휘둥그레 뜨고 자기를 쳐다보자 카를로타가 더 화내길 바라면서 말을 이어 나갔다.

"아니면 박사님이 두려운 건가? 그래서 박사님한테 말하지 않은 거야?"

"몽고메리, 원한다면 **당신**이 아버지한테 말할 수도 있잖아요."

"하지만 물어보겠다고 한 사람은 내가 아니야. 네가 카치토와 루페한테 도와주겠다고 약속했지. 그럼 됐어. 겁쟁이처럼 굴겠다면 내가 위험을 감수할 테니까."

"당신은 날 겁쟁이라고 부를 자격이 없어요. 당신도 루페만큼 잔인해요!"

몹시 화가 난 카를로타가 접은 부채로 다시 몽고메리를 때리려고 했지만 부채와 함께 손이 붙잡혔다. 자기 손 아래 있는 손과 닿아 손끝에서 맥박이 고동치는 걸 느끼자 몽고메리도 입안에서 쓴맛이 새어 나오는 걸 느꼈다.

"카를로타, 루페가 너한테 뭐라고 했는지는 모르지만 나는 그 말이 잔인하다고는 못 하겠어. 단지 에두아르도는 너한테 맞지 않는다는 말이야."

몽고메리가 어조를 누그러뜨리며 설명했다.

"나한테 소개해 줄 다른 구혼자가 있어요?"

"아니. 하지만 너랑 더 잘 맞는 사람이 올 거야. 다른 남자가."

"아버지는 내가…… 아버지는 왜 그러시는 걸까요?"

카를로타도 어조를 누그러뜨렸고 손을 빼지도 않았다. 그 대신에 궁금하다는 듯이 몽고메리를 쳐다보았다.

"나는 에두아르도 같은 남자를 알아. 가져가기만 하는 타입이지. 내가 보기에 에두아르도는 너를 정말로 사랑하지 않아. 그리고 카를로타…… 음. 나는 너를 알아. 너도 나랑 같은 병에 걸렸어."

"병이요?"

카를로타는 이제 짜증을 내기보다는 궁금해하면서 물었다.

"그래, 마음의 병. 카를로타, 넌 사랑에 빠졌다는 착각에 빠진 거야."

몽고메리가 카를로타의 손을 꽉 움켜쥐며 말을 이었다.

"네가 겨우 사랑이라는 생각만 해도 네 표정에 드러나. 너는 모든 것을 갈구하면서 심연으로 떨어지기 직전이야. 어떤 사람들은 자기 일부만을 내주지만 다른 사람들은 자기를 완전히 내주지. 네가 바로 그런 사람이야. 너는 그야말로 네 전부를 내줄 거야. 나는 네가 겪고 있는 걸 겪어 봤어. 어렸을 때 잘못된 선택을 했고 그 선택이 나를 망가뜨렸지."

몽고메리는 어여쁜 패니 오언을 떠올렸고 고통과 슬픔으로 사라져 버린, 짧지만 행복했던 순간을 떠올렸다. 이건 말로 설명할 수 없었다. 사람들은 대개 어떤 사람이 단 한 사람 때문에 그렇게 망가질 수 있다는 사실을 터무니없게 여길 것이다. 하지만 몽고메리는 늘 낭만적이었고 어쩌면 그 당시에도 외롭고 상처받았으며 구원받길 원했을 것이다. 그리고 패니는 녹음이 우거진 숲에서 나는 향기이자 봄이었으며 희망이었다. 모든 것이 시들어서 아무것도 남지 않을 때까지는.

"너한테는 똑같은 일이 벌어지지 않길 바라."

몽고메리가 슬며시 손을 뺐다.

몽고메리가 한 말은 모두 사실이기도 했다. 몽고메리는 카를로타가 언젠가 마음에 드는 청년을 찾을 거라는 사실을 잘 알았고 그때는 카를로타를 기꺼이 내어줄 것이다. 그러나 카를로타가 결국 에두아르도 리잘데의 품에 안기는 것은 거의 역겹게 느껴졌다. 왜 다른 남자도 아니고? 아무라도. 신랑이 그 성가신 두꺼비만 아니면 몽고메리는 카를로타가 결혼할 때 춤도 기꺼이 출 수 있었다.

카를로타는 몽고메리가 한 말을 신중히 생각해 보는 것처럼 눈살을 찌푸렸다.

"하지만 에두아르도는 내게 야샤툰을 줄 수 있잖아요. 그렇지 않으면 우리가 어떻게 돈을 마련해요?"

"여자는 돈만 보고 결혼하면 안 돼."

불쌍한 누나와 누나의 끔찍하게 이른 죽음이 떠올랐다. 몽고메리는 불행한 결혼이 여자한테 어떤 짓을 저지르는지 잘 알았다.

되돌아갈 수 있다면! 하지만 몽고메리는 엘리자베스를 잃었다. 몽고메리는 모든 것을 잃었다. 이제 그는 카를로타가 엘리자베스와 비슷하거나 끔찍한 최후를 맞이한 것처럼 느껴졌고 아무리 모로가 리잘데의 재산에 군침을 흘린다 해도 그런 일이 벌어지도록 내버려 둘 수는 없었다. 목소리를 높여야 했다. 하지만 카를로타는 그가 하는 말을 듣는 것 같지 않았다.

"당신이 그렇게 말하기는 쉽죠."

카를로타가 고개를 내저으며 말했다.

"만약 리잘데 씨가 이곳을 빼앗아 가면 당신은 다른 곳에서 일하면 되니까요. 영국령 온두라스나 쿠바, 아니면 영국으로 돌아가면 되잖아요. 하지만 우리는 어떻게 하죠? 나는 어떻게 해요?"

그럼 나랑 같이 가자.

몽고메리는 불쑥 이런 생각을 했다. 카를로타는 몽고메리를 연애 상대로 보지 않겠지만 카를로타가 원한다면 몽고메리는 카를로타를 휙 채어 갈 것이고, 혹시 카를로타가 아주 조금이라도 몽고메리를 좋아한다면 그것으로 충분할 것이라고. 바보 같은 생각이었지만 입 밖으로 내뱉으려고 마음먹었다. 하지만 그때 카를로타가 초조해하면서 빠르게 말했다.

"이 집…… 이 생활…… 이 나무와 동물인간. 아, 심지어 이 책이나 부채 같은 것들도요. 이것들 없이 난 어떻게 하죠?"

카를로타가 애원 조로 말했다.

"그래. 리잘데 씨가 돈을 끊으면 상아 손잡이가 달린 부채를 구입하기는 어렵겠지."

몽고메리가 화를 내며 대답했다. 몽고메리는 바보처럼 카를로타 앞에서 자신을 드러낼 참이었는데 카를로타는 자기 부채를 생각하고 있었다.

"당신은 정말 못됐어요."

"맞아. 나는 이만 가야겠어."

몽고메리가 자리에서 일어서는 시늉을 했다.

하지만 카를로타가 몽고메리의 팔을 잡고 끌어당겼다.

"날 가혹하게 판단하고는 아무런 선택지도 안 주네요. 내가 무슨 짓을 했길래 이런 대접을 받아야 하는지 이해할 수 없어요."

"이거 놔, 로티."

몽고메리가 피곤하다는 듯이 말했다.

카를로타가 몽고메리의 팔을 놓았다. 몽고메리가 자리에서 일어나 여유롭게 몇 발자국 떼자 카를로타도 자리에서 일어나 두 손에 들려 있던 책을 움켜잡았다.

"당신이 싫어요! 정말 못됐어요!"

카를로타가 소리 지르면서 몽고메리를 향해 책을 던졌다. 책은 벽에 맞았다.

몽고메리가 돌아섰다. 카를로타는 서재 한가운데 서서 한 손으로 복부를 누른 채 아래를 쳐다보고 있었다.

"자제하는 게 좋을 거야. 네가 저 책을 망가뜨리면 내가 벌 받는 걸로 보고, 이미 모자란 내 봉급에서 저 책값만큼 깎을 게 분명해."

그러면서 몽고메리는 카를로타가 다음에는 부채를 던질 거라고 생각했다.

하지만 카를로타는 몽고메리를 쳐다보지 않고 그 자리에 서 있었다. 손을 떨고 있었다.

"카를로타?"

몽고메리가 가까이 다가가며 물었다.

카를로타는 안색이 나빠 보였다. 갑자기 카를로타가 비틀거리면서 몽고메리의 품에 안기며 균형을 되찾으려고 그를 붙잡았다.

"숨을 못 쉬겠어요."

카를로타의 두 눈은 번뜩이는 것 같았고 완전히 노랗게 보였다. 호박색이 아니라 황금색이었다.

모로 박사는 카를로타가 어렸을 때 가끔 심하게 발작을 일으켜서 어린 시절 대부분을 병든 채로 힘없이 침대에서 보냈다고 말했다. 몽고메리는 카를로타가 가끔씩 쉬어야 하고 흥분하면 약간 어지러워한다는 사실을 알았지만 기억에 따르면 발작을 일으킨 적은 한 번도 없었다. 그래서 카를로타한테는 약물이 필요한 것이었다. 약물을 투여해서 카를로타는 안전한 것이었다.

"몽고메리."

카를로타가 속삭였다. 목소리가 갈라지기 직전이었지만 카를로타가 손톱으로 몽고메리의 팔을 엄청 세게 찔러서 그는 몸을 움찔했다.

"잠깐만 기다려, 로티."

몽고메리가 문지방에서 신부를 낚아채듯이, 막 쓰러지려는 카를로타를 품에 안았다.

"박사님을 모셔 올게. 금방이면 될 거야. 제발, 잠깐이면 돼."

15장

카를로타

처음에 카를로타는 아무 소리도 못 들었다. 오직 자신을 들어 올리는 몽고메리의 팔이 몸을 감싸는 압력밖에 느끼지 못했다. 몽고메리의 심장이 뛰고 피가 혈관을 타고 흐르는 것을 느낄 수 있었다. 심장이 쿵쿵 뛰는 소리를 들은 게 아니라 진동을, 즉 소리 나지 않는 북소리를 느꼈다. 몽고메리의 어깻죽지에 턱을 대고 있었기에 카를로타는 그한테서 나는 냄새를 맡을 수 있었다. 매일 아침 세수할 때 쓰는 비누 향과 그 전날 말리려고 걸어 놓았던 세탁한 셔츠 냄새, 흘린 땀 냄새가 났고 그 모든 냄새 아래로 몽고메리의 체취가 났다.

몽고메리가 뭐라고 중얼거렸지만 카를로타는 그게 무슨 말인지 알아들을 수 없었다. 머릿속이 빨갛고 노랗게 번쩍거렸다.

그때 선명하고 우렁찬 모로의 목소리에 이어 금속과 유리가 쨍그랑거리는 소리가 들렸고 머리 밑 베개가 느껴졌다. 몽고메리가 물러섰다. 카를로타는 더 이상 몽고메리의 맥박을 느낄 수 없었다.

그러나 몽고메리는 아직 거기에, 방 어딘가에 있었다. 카를로타는 그의 심장 박동 소리를 들을 수 있었다. 하마터면 왜 그렇게 심장 박동 소리가 크냐고 물어볼 뻔했다.

"그 플라스크를 건네주게."

팔에 주사기가 파고들더니 아버지의 손이 손을 눌러서 압박이 느껴졌다. 멀리서 새가 우는 소리가 들렸다. 카를로타는 자기가 잽싸게 움직이면 새를 잡을 수 있을지 궁금했다.

고개를 돌렸다. 선반 위에는 낡은 인형들이 유리 눈으로 카를로타를 바라보고 있었다. 이제는 거의 잊어버려서 희미해진 아프고 고통스러웠던 어린 시절로 돌아간 것만 같았다.

그때 이마 위에 차가운 헝겊이 놓였고 카를로타는 숨을 들이마셨다. 몇 분 정도 시간이 흘렀다. 카를로타가 눈을 떴을 때 모로는 여전히 침대 곁에 앉아 있었다.

"아빠."

"이제 정신을 차렸구나."

모로가 카를로타의 손을 꽉 쥐었다.

"물 한 모금 마셔라."

모로가 물병을 잡고 유리잔을 채웠다. 카를로타가 자리에서 일어나 시키는 대로 물을 마셨다. 손이 떨렸지만 몇 방울밖에 흘리지 않았다. 카를로타는 유리잔을 다시 모로에게 건넸다.

"애야, 너 때문에 조금 놀랐단다."

"죄송해요, 아버지. 무슨 일이 일어났는지 모르겠어요."

"이런 일에 관해서 이야기 나눴잖니. 흥분하지 말고 침착하라고 했잖아. 그냥 약물 때문이란다. 약물을 조정해야겠어."

"제가 이성을 잃고 책을 던졌어요."

"왜? 뭐가 널 흥분하게 했니?"

"몽고메리와 말다툼을 하고 있었어요. 하지만 수년간 병이 재발하지 않았잖아요. 아팠을 때 어땠는지 기억도 안 나요."

카를로타는 정말로 기억이 나지 않았다. 그 희미한 고통은 아주 멀리 떨어져 있었고 카를로타가 가장 선명하게 기억하는 것은 모로가 곁에서 위로하면서 고통을 덜어 주는 모습이었다.

하지만 몸은 기억하는 듯했다. 카를로타의 몸은 아주 오래된 통증으로 가득했고 마치 비가 온 뒤 버섯이 자라는 것처럼 카를로타의 피부밑에 보이지 않는 흉터가 있어서 이제 올라오는 것 같았다.

"이제 겪어 봐서 알 테니 몽고메리와 덜 다투겠지. 너는 더 이상 떼쓰는 아이가 아니잖니."

"그러게요."

카를로타는 몽고메리와 다툰 일과 몽고메리가 했던 말을 전부 떠올렸다. 못된 인간! 하지만 몽고메리가 한 말 중에 한 가지는 옳았다. 카를로타는 아버지한테 동물인간과 관련해 물어보기로 약속해 놓고 물어보지 않았다.

"손님들이 이 일을 목격했다면 무슨 일이 벌어졌을 것 같니? 네가 로턴 씨한테 책을 던지고 미친 여자처럼 싸우는 걸 봤다면 말이야. 네 평판이 아주 나빠졌을 거다."

"서재에는 저희 둘밖에 없었어요."

"카를로타, 너도 알잖니. 그건 부적절한 일이야."

"알겠어요."

"운 좋게도 로턴이 너를 빨리 나한테 데리고 왔단다. 너는 곧 회복할 거야. 그렇지만 좀 자야 해. 약이 들어야 하는데, 네가 집 안을 돌아다니면 효과가 없을 거다."

지친 표정으로 자리에서 일어난 모로는 카를로타 곁을 떠나고 싶어 하는 것 같았다.

카를로타는 아무 말도 하지 않고 눈을 감고 잠들길 바랐다. 그러나 몽고메리의 말이 계속 떠올라 카를로타를 괴롭혔다. 그래, 그 망할 인간이 한 말이 옳았다. 카를로타는 겁쟁이였고 이미 약속을 한 것도 맞았다.

"아버지, 제 약물을 만드는 법을 알고 싶어요."

카를로타는 모로가 빠져나갈 기회를 얻거나, 자기가 용기를 잃기 전에 재빨리 말했다.

모로가 얼굴을 찌푸렸다.

"그건 왜 물어보는 거냐?"

"왜냐하면…… 그래야 조금 더 안전하다고 느낄 것 같아서요. 그리고 동물인간이 투여받는 약물을 만드는 법도 알고 싶어요."

"내가 너희를 불안하게 하니?"

"아뇨. 그렇지만 저희는 모두 아버지한테 의존하고 있는데 아버지가 말씀하신 것처럼 저는 더 이상 아이가 아니잖아요. 만약 제가 결혼해서 야샤툰을 떠났는데 자기 건강조차 지키지 못한다면 어떻게 제 문제를 다루겠어요? 제가 발작할 때마다 와 주실 수 있으세요?"

모로가 희미하게 입술을 씰룩거렸다.

"내가 정해 놓은 규칙을 따르면 발작할 일은 없어. 매일 밤 같은 시간에 잠자리에 들어 푹 자고, 기도하고 성서를 읽으면서 위안을 얻고, 차분하고 조용하게 지내면서 신체적으로 무리하지 않으면 돼."

"하지만 사람이 언제나 차분할 수는 없잖아요."

카를로타가 떨리는 목소리로 말했다.

"이건 복잡한 의학적 문제란다."

"아버지는 제가 똑똑하다고 하셨잖아요. 그리고 지난 몇 년간 제가 실험실에서 도와 드렸고요. 저는 배울 수 있다고 확신해요."

"그렇게 똑똑하지는 않아."

목청을 높이진 않았지만 모로는 화가 나 있었고 말투도 냉랭했다.

"너랑 로턴이 이런저런 작은 일을 할 때 날 도와줄 순 있지만 그건 훈련된 의사가 되는 것과는 다른 일이다."

"아빠……."

"이 얘기는 그만하자. 너는 좀 쉬어야 해. 내 말 들을 거지?"

카를로타가 시선을 떨어뜨리며 고개를 끄덕였다. 대답하는 목소리가 드레스 레이스처럼 가볍고 여렸다.

"네, 아빠."

"온유한 자는 복이 있나니, 그들은 땅을 물려받을 것이다.[68] 따라해라."

"온유한 자는 복이 있나니."

"한숨 자면 기분이 금방 나아질 거야."

자리를 뜨기 전에 모로는 카를로타의 이마에 입을 맞추었다.

---

68 마태복음 5장 5절.

하지만 아버지한테는 아이이면서 다 큰 여성이 되어야 하는 역설적인 상황이 머릿속을 맴돌아서 카를로타는 쉴 수가 없었다. 아버지는 카를로타가 성장하도록 내버려 두지 않으면서도 세련되고 성숙한 사람처럼 행동하길 기대했다.

카를로타는 자기를 유심히 쳐다보는 인형처럼 영원히 소녀로 남아 있어야 했다. 하지만 가만히 있을 수 없었다. 피부가 지나치게 자라서 탈피해야 할 것만 같았다.

침대에 누워 눈을 감았으나 잠이 오지 않았다.

나중에 루페가 찻주전자와 잔, 꿀을 곁들인 빵 한 조각이 든 쟁반을 들고 왔다. 해가 저물고 있었고 한낮의 견디기 힘든 더위가 저녁의 선선한 위안으로 바뀌었다. 저녁이 되자 카를로타는 느긋하게 기지개를 켜며 별을 바라보고 싶었다.

"몽고메리는 네가 차를 마시는 게 좋을 거라고 생각하더라. 나는 코코아 한 잔이 나을 것 같은데. 하지만 몽고메리가 초콜릿이라면 질색하는 거 알잖아."

루페가 인상을 쓰며 말을 이었다.

"영국 사람들이란. 그저 차, 차, 차."

"몽고메리가 생각해 주는 것 같은데."

"후회하고 있더라. 둘이 다퉜어?"

카를로타가 고개를 끄덕였다. 차는 카모마일이었다. 카를로타는 자기 잔에 차를 따르고 은색 집게로 각설탕을 집었다. 루페는 양초 두 개에 불을 붙여 방 반대편에 있는 커다란 탁자 위에 두었다. 탁자 위에는 카를로타의 거울과 머리빗이 있었고 목걸이와 팔찌, 묵주가 든 나무 상자도 있었다.

"이번에는 무슨 일로 싸웠는데?"

카를로타는 몽고메리가 자신을 겁쟁이라고 불렀다는 사실을 말하지 못했다. 몽고메리가 갈구하는 마음과 관련해 했던 말도 되풀이하고 싶지 않았다. 몽고메리가 말하던 모습을 떠올리자 머리가 핑 돌 것 같았다.

사랑에 빠졌다는 착각에 빠진 거야.

몽고메리는 카를로타가 그 정도로 멍청하다고 생각한 건가? 몽고메리 말이 맞나? 카를로타가 알기로 몽고메리는 사랑에 빠진 적이 딱 한 번 있었다. 게다가 그 사람은 오래전에 몽고메리를 떠났다. 그렇다면 몽고메리가 어떤 지혜를 보여 줄 수 있을까? 몽고메리가 보여 줄 수 있는 지혜는 하찮거나 아무것도 아닐 것이다.

에두아르도는 잘생기지 않았던가? 잘생긴 게 전부는 아니지만 에두아르도가 키스했을 때 기분이 좋았고, 그는 훌륭한 신사였다. 아버지가 그렇게 말씀하셨다.

사랑에 빠졌다는 착각에 빠진 거야.

"우리는 이런저런 이야기를 했어."

카를로타가 차를 저으며 말했다.

"누가 말을 얼버무리고 있네."

"아니야. 여러 이야기를 했고, 우리가 나눈 대화를 전부 옮기는 걸 몽고메리가 좋아할지 모르겠어."

납득한 것 같지 않은 표정으로 루페는 몇 가지 물건을 정리한다는 핑계를 대며 방 안을 돌아다녔다. 그녀는 카를로타가 의자에 둔 하얀 숄을 들어 올렸고 책을 책장에 도로 꽂았다. 카를로타는 차를 홀짝였다. 차가 너무 뜨거워서 혀를 데었다. 카를로타는 잔을 내려놓았다.

"아버지한테 조제법을 여쭤봤어. 나한테 알려 주지 않으시더라."

카를로타가 잔을 다시 저으면서 말했다.

"박사님이 알려 줬다면 놀랄 일이지."

"하지만 조제법을 구할 수 있어."

"어떻게?"

카를로타가 숨을 깊이 들이마셨다. 말하기 두려웠지만 입을 열었다.

"실험실에 있는 아버지 공책에 있을 거야."

"공책이 있으면 내용을 알 수 있어?"

"모르겠어. 나는 아버지가 하시는 일에 관해서 아주 기본적인 것만 이해하고 있어. 그렇지만 시도해 봐야지, 안 그래?"

카를로타는 자기 목소리가 얼마나 새되고 호소하는 것처럼 들리는지 마음에 들지 않았다.

루페는 여전히 방 안을 서성거렸다. 그러더니 끝내 카를로타의 침대맡으로 돌아와 조금 전에 모로가 앉았던 의자에 앉았다.

"너한테 말할 게 있어. 하지만 꼭 비밀로 해야 해. 비밀 지켜 줄 거지?"

루페는 두 사람이 어렸을 때 사탕을 실컷 먹은 것처럼, 둘이 저지를 만한 사소한 장난에 관해 이야기하던 때와 똑같은 투로 말했다.

"그럼, 물론이지."

"이 근처에 후안 쿠무쉬의 야영지와 곧장 통하는 길이 있어. 잘 숨겨져 있어서 아무도 그 길이 거기 있는지 몰라. 하지만 표식을 알면 찾을 수 있어."

"거기 살아? 후안 쿠무쉬가?"

"쿠무쉬가 아니라면 심복 중 한 명이 살아. 카를로타, 카치토랑 나랑 다른 동물인간들이 거기로 가면 우리를 잡을 수는 없을 거야. 그다음에 우린 더 멀리 갈 수 있어. 남동쪽으로 가서 반란군이 장악한 지역으로 갈 수 있을 거야. 우린 거기서 안전할 거야."

"하지만 그 사람들이 너희한테 잘해 줄까?"

"그럴 거야. 너도 올 수 있어. 아, 몽고메리도 원하면 올 수 있어. 몽고메리는 우리가 돌아다니는 걸 도와줄 수 있을 거야. 우리는 영국령 온두라스로 갈 수 있어. 거기에는 절벽이랑 개울이랑 숨을 만한 장소가 좀 있어. 신문에서 봤고 몽고메리도 그렇게 말했어."

무척 행복해 보이는 루페의 모습을 보자 카를로타는 마음이 아팠다. 카를로타는 자기가 약속한 일을 할 수 있을지 알 수 없었다. 조제법을 알아내는 것뿐 아니라 다시 만들어 내야 했다. 게다가 어떻게든 동물인간들이 달아나는 걸 도와야 했다. 그건 아버지를 배신하는 일이었다. 카를로타는 몽고메리와 말다툼을 하거나 루페가 짜증 나게 할 때 뛰쳐나갈 순 있었지만 박사에게 말대꾸를 하지는 못했다. 카를로타는 박사가 원하는 대로 했다. 그들은 모두 박사가 원하는 대로 했다.

"안전하게 야샤툰에 남을 수 있으면 어쩔 거야?"

"어떻게? 리잘데 가 사람들은 우리 동물인간을 신경 쓰지 않아.

저번 저녁 식사 때 하는 말 들었잖아. 돈 이야기를 하면서 야샤툰에 돈이 얼마나 많이 드는지, 야샤툰에서 나오는 이윤이 얼마나 적은지 이야기했잖아. 만약에 그 사람들이 여길 닫아 버리면 우리한테 어떤 짓을 할 것 같아?"

카를로타는 에두아르도의 녹색 눈동자와 에두아르도가 무엇이든 청해 보라고 해서 야샤툰을 원한다고 답했던 일을 떠올렸다. 에두아르도는 카를로타가 대담하다고 한 다음에도 그녀에게 키스를 했다. 에두아르도는 카를로타를 좋아했다. 그렇다면 에두아르도한테 야샤툰은 무엇일까? 그가 가진 막대한 재산을 고려했을 때 야샤툰은 고작 농장 하나에 불과했다. 에두아르도가 카를로타에게 야샤툰을 주는 건 머리빗을 주는 일이나 마찬가지일 수 있었다.

"그 정도는 아닐 거야. 쟁반을 가지고 여기 앉아. 내 옆에 앉아서 손 좀 잡아 줘."

카를로타는 털이 덮인 루페의 손을 움켜잡으며 살가죽 아래 숨겨진 날카로운 손톱을 느꼈다.

"다시 몸이 안 좋아?"

"어렸을 때처럼 열이 조금 있어. 아버지가 쉬라고 하셨어."

"그럼 네가 쉴 수 있게 가야겠다. 박사님을 불러 드릴까?"

"아니야. 아버지를 귀찮게 하지 마. 난 잘 거고 아침이면 몸이 괜찮아질 거야."

"좋아."

두 사람은 잠시 같이 앉아 있었다. 루페가 자리를 뜨자 카를로타는 이불을 던져 버리고는 거울 앞에 섰다. 촛불 빛 때문에 거울에 비친 모습이 이상하게 보였다. 다시 한번 자기 내부에 균열이, 즉 금이 간 것 같은 묘한 감각을 느꼈다. 손으로 목을 더듬어 내려가면서 자기가 볼 수 없는 흠을 찾았다. 거울 속에 비친 손가락은 아주 길어 보였고 손톱은 지나치게 날카롭고 두 눈은……

카를로타는 앞으로 몸을 숙여서 자기 눈이 밝게 빛나는, 거의 타오르는 모습을 보았다. 그러나 그건 촛불 빛이었고 카를로타가 다른 각도로 얼굴을 돌리자 그런 인상은 사라졌다.

카를로타는 바깥에서 나방이 파닥거리는 소리를 들었고 집 안에서 누군가 복도를 걸어가는 소리를 들었다. 눈을 감자 심지어 냄새가 났다…… 몽고메리가 걸어 다니고 있는 건가? 하지만 그건 카를로타가 상상해 낸 게 분명했다. 방 안에 있으면서 바깥 냄새를 맡을 수는 없었다.

카를로타는 문으로 다가가 문에 손을 대고 주의 깊게 귀를 기울였다. 발걸음이 멈췄다. 노크 소리가 나길 기다렸지만 아무 일도 없었고, 아무 소리도 나지 않았다. 그때 다시 한번 발걸음 소리가 났다. 몽고메리가 멀어지고 있었다.

카를로타는 문을 열고 몽고메리가 뭘 원하는지 물어봐야겠다고 생각했다.

하지만 물어보는 대신 탁자로 가서 촛불을 끄고 살그머니 다시 침대 속으로 들어갔다.

16장

몽고메리

“카를로타는 항상 이랬네. 최근 몇 년간은 괜찮았지만.”

몽고메리의 걱정을 물리치며 모로가 말했다. 두 사람은 응접실에서 이야기를 나누고 있었고 하얀 커튼이 산들바람에 펄럭였다.

“카를로타가 맞는 약물 투여량을 바꾸기만 하면 되네.”

“하지만 박사님, 카를로타가 어떻게 보였느냐면요. 전에도 피곤해하는 모습을 봤지만 이번에는 완전히 달랐습니다. 저러는 건 처음 봤습니다.”

모로는 앵무새 새장 앞에 서 있었고 앵무새는 고개를 옆으로 기울이며 모로를 쳐다봤다. 박사는 귀찮아하며 몽고메리를 흘낏 쳐다봤다.

“피로, 관절 부종, 미열, 두통, 손 저림. 이게 나타났다가 사라질 수 있는 증상의 목록이라네. 내가 전에도 말했잖나.”

모로는 카를로타가 몽고메리의 품에 쓰러진 게 아니라 겨우 발가락 하나를 부딪힌 것처럼 굴었다. 이런 태도에 몽고메리는 당황했고 모로가 이 일에 관해 말하고 싶어 하지 않는 걸 알았지만 계속 밀어붙였다.

"저는 카를로타가 죽을지도 모른다고 생각했습니다. 겁이 났다고요. 카를로타한테 병이 있다는 걸 깨달았……."

"혈액 관련 질병이라네. 아내한테 그 병이 있었고…… 아내는 죽었지. 피를 흘리는 걸 멈추지 못했다네. 그리고 그 아이도……."

모로가 먼 곳에 시선을 고정한 채 말을 끊었다.

"내 지식을 다 동원해도 출혈을 멈추는 건 불가능했네."

"박사님이 카를로타의 어머니와 결혼하신 줄은 몰랐습니다."

몽고메리는 줄곧 카를로타를 박사의 사생아로 알고 있었다. 그도 그럴 것이 카를로타는 적출이 갖는 권리를 전부 누리지 못했다. 박사가 막대한 재산을 보유한 건 아닐지라도 메리다에 있는 은행 계좌에는 돈이 약간 있을 터였다. 만약 카를로타가 사생아가 아니라 적법한 상속인이라면 박사가 죽고 나서 그 계좌를 수령할 게 확실했다. 그렇게 되면 카를로타는 몽고메리가 생각하는 것보다 더 많은 영향력과 사회적 지위를 얻을 것이다.

박사가 꿈에서 깨어난 것처럼 눈을 깜박이더니 앵무새 새장에서 물러섰다.

"카를로타라고? 아니, 난 카를로타의 어머니와 결혼하지 않았네. 결혼과 유사한 상황이었다고 느낀 것 같네. 미안하지만 그 사람에 관해서는 말하고 싶지 않네."

"알겠습니다."

몽고메리는 모로가 나이를 먹어 머릿속에서 첫 번째 부인과 뒤

이어 만난 연인이 하나로 합쳐졌을 거라고 여겼다.

"카를로타에게 발작이 일어났을 때 둘이 싸우고 있었다던데."

"의견 차이가 있었습니다."

"카를로타는 불안해하면 안 되네."

"하지만 그게 전부입니까? 불안해져서 그렇게 격렬하게 반응했다고요?"

몽고메리는 박사가 한 말을 믿을 수 없었다. 카를로타는 아주 매력적이었지만 몇 가지 주제를 두고 몽고메리와 언쟁을 벌이곤 했다. 루페와도 언쟁을 벌였다. 하지만 그런 일로 카를로타가 발작을 일으키지는 않았다.

"카를로타는 다 컸어. 내 딸아이는 변했고, 변하는 중이네."

박사는 짜증을 낸다기보다는 의심스럽다는 듯이 목소리에 날이 무디게 서 있었다.

"카를로타가 어렸을 때는 완벽하게 이해하고 다룰 수 있었네. 약의 투여량을 정확하게 알았고 병을 억누르는 법도 알았지. 하지만 살아 있는 생물은 안정적이지 않더군. 돌에 새겨져 있는 게 아니니까. 성장 법칙과 관련해 내가 아는 모든 과학적 지식을 총동원하고 있다네. 그렇지만 그걸로 충분하지가 않구먼."

"그렇다면 심각한 일이군요. 카를로타는 몹시 아픈 게 틀림없고 박사님이 말씀하신 것처럼 임의적인 건 아니겠군요."

"내가 다룰 수 있네."

모로는 마술사가 거뜬하게 마술을 부리듯 방금 전까지 풀지 않던 의심을 떨쳐내고 고집스럽게 말했다.

"카를로타는 늘 진행 중인 일이자 프로젝트라네. 그게 바로 자식이라네, 로턴. 하나의 거대한 프로젝트지."

모로가 여느 때처럼 거창하게 말하기에 몽고메리는 끝나지 않는 설교가 시작될 거라고 예상했지만, 그 대신에 모로는 의심쩍은 눈초리로 몽고메리를 쳐다봤다.

"카를로타 주변에 있을 때는 조심해 줬으면 좋겠네. 카를로타를 귀찮게 하지 말게나."

"네, 알겠습니다. 정말로요."

완전히 수긍한 것 같지는 않은 모로가 지팡이에 손을 짚으면서 미간을 찌푸렸다. 에두아르도와 이시드로가 응접실에 들어왔고 두 사람 모두 아주 건강한 데다 기분이 좋아 보였다. 몽고메리는 두 사람이 웃으면서 시끄럽게 떠들자 곧바로 짜증이 났다.

"여러분, 모로 양은 어디 가셨나요? 모로 양을 찾고 있었습니다."

에두아르도가 말했다.

"제 사촌이 모로 양을 승마하는 데 초대하려고 합니다. 물론 박사님이 허락하시면요."

이시드로가 덧붙였다.

"미안하지만 내일까지 기다리셔야겠습니다. 카를로타가 좀 지쳐서요."

모로가 이렇게 말하고는 청년들을 생각해 다정하게 웃어 보였다.

"별일 있는 건 아니죠?"

에두아르도가 걱정하는 듯이 말했지만 몽고메리는 에두아르도의 목소리만 들어도 신경이 곤두섰다. 거머리와 흡혈박쥐가 있다면 그쪽을 더 좋아했을 것이다.

"더할 나위 없이 좋지요. 가끔씩 딸아이는 대수롭지 않은 병에 걸리곤 합니다. 그렇지만 약물을 복용했고 그 밖에 필요한 것은 없습니다."

"박사님, 카를로타 방에 차를 보내 줘야 할 것 같습니다. 라모나한테 차를 준비하라고 시키겠습니다."

몽고메리가 청년들을 떠나 부엌으로 물러나고 싶어서 제안했다.

"좋은 생각이군요. 기꺼이 제가 모로 양 옆에 앉아 있겠습니다. 아무튼 혼자 차를 마시는 건 조금 기운 빠지는 일이잖아요."

에두아르도가 말했다.

"숙녀 방에 가서 앉아 있겠다고요? 제가 듣기에는 부적절한 일 같군요."

"무엇이 적절한지 그렇게 관심을 보이는 게 놀랍네요, 로턴 씨. 당신은 조금…… 관습에 얽매이지 않는 것처럼 보이거든요."

에두아르도가 웃으면서 말했다.

너는 멍청이로 보이거든.

몽고메리가 속으로 생각했다.

"두 분을 즐겁게 해 줄 다른 일을 찾아보는 건 어떠십니까? 저랑 체스 한판 하시겠습니까?"

모로가 이렇게 말하면서 자리에서 일어났다.

"좋지요."

두 사람이 응접실 밖으로 나가자 몽고메리는 가슴을 쓸어내렸다. 하지만 유감스럽게도 이시드로는 자리에 남아 있었다. 이시드로는 벽난로 선반을 손으로 훑으며 혼자 콧노래를 흥얼거리다가 피아노 앞으로 가서 건반을 두드렸다.

"체스 안 하십니까?"

이시드로가 사라지길 바라며 몽고메리가 물었다.

"체스는 제가 좋아하는 오락거리가 아니어서요. 그러는 당신은 무슨 게임을 좋아하죠?"

"카드요."

몽고메리가 간결하게 말했다.

"그렇다면 내기를 좋아하시겠군요."

"가끔은요."

"그리고 승산을 계산하는 사람이고요."

"무슨 말을 하고 싶은 겁니까?"

이시드로가 피아노에서 일어나 몽고메리 바로 앞에 앉더니 몸에 익은 나태한 자세로 의자에 등을 기댔다.

"저는 제 사촌을 압니다. 제가 도박꾼이라면 카를로타는 승산이 매우 높다고 하겠어요."

"무슨 승산이요?"

"에두아르도를 꼬시는 거 말입니다. 순진한 척하지 맙시다. 카를로타는 에두아르도한테 발톱을 들이밀고 있잖아요."

"카를로타가 마음에 들지 않는가 보군요."

"아주 예쁘긴 하죠. 하지만 그 여자한테는 뭔가가 있습니다…… 뭔가 음탕한 측면이요."

이시드로가 불편한 표정을 지으며 말을 이었다.

"그 여자는 제대로 된 교육을 받지 못했습니다. 누구도 이렇게 외딴 영지에서 자라면 제대로 된 교육을 못 받겠지요. 예쁘장한 얼굴을 빼면 그 여자가 에두아르도한테 뭘 줄 수 있습니까?"

"젊은 도련님한테는 그걸로 충분할 겁니다."

"에두아르도는 마음이 도화선처럼 금방 불타올라요. 참을성이 없어서 뭔가를 원하면 단념할 줄 모릅니다. 어쨌든 그 여자는 혈통이 어떻게 되죠? 모로 박사는 의사지만 유카탄에 있는 좋은 가문에 속한 건 아니잖아요. 어머니가 누군지는 하느님만 아시겠죠. 사생아라는 건 저도 알겠습니다. 게다가 피부가 까맣습니다. 예쁘긴 한데 까맣죠."

뭐 이런 재수 없는 새끼가.

몽고메리는 이렇게 생각했지만 이시드로가 한 말이 놀랍지는 않았다. 세계 여러 지역에서와 마찬가지로 멕시코에서도 사람의 지위는 나무처럼 확고하게 구조화되어 있었다. 피부색과 혈통이 나뭇가지에서 차지하는 위치를 결정했다. 스페인 사람들은 멕시코를 떠났지만 그들의 관습은 남아 있었다. 카스타 계급 체계[69]는 실제로 존재했고 아주 오래된 편견도 남아 있었다. 돈 없는 외국인인 몽고메리는 이 복잡하게 얽혀 있는 인간관계에서 모호한 자리를 차지했기 때문에 신분을 나누는 걸 무시할 수 있었다. 하지만 카를로타의 역할은 확고하게 정해져 있었다.

"카를로타는 상냥하고 젊은 여성입니다. 카를로타가 관심을 보이다니 에두아르도는 운이 좋은 거죠."

---

69 인종이나 혈통 등에 근거하여 구별되는 옛 스페인의 계급.

몽고메리가 말했다.

이시드로가 자세를 바꿔 이제는 의자 뒤쪽에 팔을 걸쳤다.

"에두아르도가 그 여자와 결혼할 거라고 생각하나 보군요. 하지만 정부로 삼으면? 그때는 어떻게 하죠?"

몽고메리가 입술을 씰룩거렸다.

"그러면 안타까운 일이겠군요."

"이제야 말이 통하기 시작하는군요. 로턴 씨, 당신이 절 좋아하지 않는 걸 알고, 저도 당신을 조금도 좋아하지 않습니다. 하지만 우리 둘 다 에두아르도와 카를로타가 서로의 품에 안겨 아수라장이 되는 걸 원치 않죠. 에두아르도는 그 여자의 신세를 망칠 테고 그러면 우리는 어떻게든 그 엉망진창을 수습해야 할 겁니다."

"저한테 원하는 게 뭡니까?"

몽고메리가 무뚝뚝하게 물었다.

"제가 삼촌한테 야샤툰으로 와서 아들을 바로잡아 달라고 요청하는 편지를 썼습니다."

이시드로가 재킷 주머니에 손을 넣어 접혀 있는 종이 쪼가리를 꺼냈다.

"비스타 에르모사에 이 편지를 가져가 줘요. 거기 있는 마요르도모가 이걸 빨리 도시로 보내 줄 겁니다."

"왜 제가 이걸 가져가야 합니까?"

"저는 떠날 수 없으니까요. 제가 가면 에두아르도는 제가 편지를 보냈다는 걸 바로 알아챌 겁니다. 그럴 순 없습니다."

"그래서 절 비밀 운반책으로 이용하겠다는 겁니까?"

"당신은 말을 타고 거기까지 무사히 갔다 올 수 있잖아요."

"그러다가 카를로타의 앞날을 망치고요."

"저희가 멕시코시티에 살 때 에두아르도는 어떤 재봉사한테 홀딱 반했습니다. 봄에는 그 여자의 환심을 사려고 애쓰고 여름에는 여자와 사랑을 나누더니 가을이 되자 황급히 달아났지요. 에두아르도가 카를로타한테 질리는 데 몇 달이나 걸릴 거라고 보시죠? 저는 부도덕한 일을 용납하지 못합니다. 숙녀의 평판이 더럽혀지는 꼴은 보고 싶지 않군요. 제 사촌은 어리석고 충동적입니다."

몽고메리는 누나와 괴물 같은 매형을 떠올렸다. 몽고메리는 엘리자베스를 구하지 않았고 엘리자베스의 결혼을 막으려고 손가락 하나 까딱하지 않았다. 카를로타를 비열한 인간한테 잃어버리게 내버려 둬야 할까? 만약 에두아르도가 카를로타와 결혼하고서 대놓고 정부를 여럿 들인다고 가정해 보자. 또는 이시드로가 말한 것처럼 카를로타를 한두 계절 동안만 애인으로 삼는다고 가정하면? 멕시코 법에 따르면 남성이 여성을 유혹해 순결을 빼앗으면 남성은 여성과 결혼하거나 보상금을 지불해야 했다. 그렇지만 명백히 강간으로 규정되어 처벌이 따른다고 해도 만약 카를로타가 무신경하게 이용되고 기피 대상이 된다면 보상금이나 처벌이 카를로타가 받은 상처를 달랠 수는 없을 것 같았다.

"카를로타의 아버지한테 문제를 제기하시죠."

"모로 박사요? 우리 둘 다 박사가 저를 도와주기는커녕 방해하려고 무슨 일이든 하리란 걸 알지 않습니까."

"저도 당신을 방해할 수 있습니다. 그 편지를 줘요. 제가 박사님께 드릴 테니."

"그러지 않으리라는 걸 압니다. 당신이 그 여자를 아끼는 게 보이거든요."

이시드로가 이렇게 말하면서 손가락 두 개로 편지를 들어 보였다.

"맞습니다."

"그럼 뭐라도 해 봐요."

"카를로타의 마음을 아프게 하라는 말씀입니까?"

"이 방법이 다른 방법보다 나은 것 같지 않습니까?"

몽고메리가 자리에서 일어나더니 이시드로가 쥐고 있는 편지를 낚아챘다.

"편지를 전달할 거라고 약속은 못 합니다."

이시드로가 고개를 끄덕였다.

"좋아요. 잘 생각해 봐요. 저는 체스 게임이 어떻게 돌아가고 있는지 보러 갈 테니까."

몽고메리는 자기 딴에는 차가 카를로타한테 좋을 거라고 생각해서 라모나에게 이따 저녁에 카를로타 방으로 차를 보내 마시게 하도록 부탁했고, 그동안에 술병을 기울이며 곰곰이 생각했다. 술을 몇 잔 마시고 머릿속으로 편지를 쓰기 시작했다.

친애하는 패니에게,

뭔가 좋은 일이 일어나게 하려고 나쁜 짓을 한 적 있어? 카를로타는 상냥한 여자애야. 가슴앓이하거나 불행을 겪기에는 지나치게 상냥하지. 나는 방금 말한 불행을 막을 수 있는 위치에 있다

는 걸 알았지만 어떤 선택을 할지 자꾸만 흔들리고 있어. 당신이 어떻게 생각할지 알겠어. 내가 경쟁자를 없애려는 것일 뿐이라고 생각하겠지. 하지만 그건 말도 안 되는 생각이야. 에두아르도를 내 경쟁자라고 생각하는 건 내가 카를로타의 환심을 살 가능성이 있거나 환심을 사고 싶어 한다는 뜻이잖아. 하지만 나는 아직 카를로타의 환심을 사려고 하지 않았고 앞으로도 그럴 거야.

패니, 우리가 어렸을 때 나한테서 뭘 본 거야? 내가 가진 가장 좋은 점들이 사라진 지금 어떤 여자가 나한테서 뭔가를 볼 수 있을까?

여러 잔을 마시자 어둠이 몽고메리의 방을 뒤덮었다. 몽고메리는 촛불을 켜고 두 손 사이에 있는 이시드로의 편지를 돌려서 봉투를 살펴봤다. 조금만 손을 움직이면 태워서 창밖으로 재를 던져 버릴 수 있었다.

그 대신 몽고메리는 주머니에 편지를 쑤셔 넣고 비틀거리며 방을 나섰다. 집 안은 조용했고 몽고메리는 몽유병자처럼 움직이다가 카를로타의 방문 앞에서 멈췄다. 손으로 머리를 쓸어넘기고 자세를 똑바로 하려고 했다. 옷이 구겨져 있고 자기한테서 아과르디엔테 냄새가 난다는 걸 알았다. 또다시.

손을 들어 노크를 하려고 했다. 카를로타에게 이시드로의 편지를 보여 주고 이시드로가 한 말을 설명하고 싶었다. 하지만 방문에 손바닥을 대자 그렇게 할 수 없다는 사실을 깨달았다. 카를로타는 몽고메리를 믿지 않을 것이고, 혹여나 그녀가 믿는다 하더라도 몽고메리 자신이 헛소리를 지껄일까 봐 겁이 났다.

몽고메리는 술에 취했고 어리석었기에 혹시 카를로타가 방문을 열면 두 손으로 얼굴을 잡고 키스를 할지도 모른다. 처음에는 입술에, 그다음에는 머리를 땋을 때면 감질나게 드러나는 기다란 목에. 에두아르도와 결혼하지 말라고 카를로타에게 애원하고 또 애원한 다음 어쩔 줄 몰라 할 것이다.

그러면 카를로타는 싫다고 하겠지, 몽고메리는 확신했다.

카를로타가 싫다면서 면전에서 문을 쾅 닫으면 모든 일이 끝장날 것이다. 모로가 직접 몽고메리를 쫓아내고 카를로타는 역겨워할 터였다.

모로는 자기 딸을 귀찮게 굴지 말라고 했다.

몽고메리는 카를로타를 귀찮게 굴지 않을 것이다.

그 대신 돌아서서 비틀거리며 자기 방으로 돌아갔다.

17장

카를로타

서재에서 일이 일어나고 다음 날 아침 카를로타는 실험실에 갔다.

아버지가 한 말이 옳았다. 카를로타는 괜찮았다. 아픈 건 잠깐이었고 동이 트자 몸이 좋아졌다. 그렇지만 이상한 기분이 들었다. 카를로타가 두려워했던 그 찢어지고 부서진 날카로운 부분이 피부밑에서 자라난 것 같았다. 카를로타는 뭔가 잘못된 것 같고 평소와 다른 이 당혹스러운 감각이 무엇을 의미하는지 알 수 없었지만 마음에 들지는 않았다.

빠르게 커피를 한 잔 마신 후 세수를 하고 파란색 다회복으로 갈아입고는 방을 나섰다. 문간방을 둘러보며 선반에 쌓여 있는 많은 책과 일지를 훑어보았다. 아버지가 야생 동물을 스케치한 그림이 잔뜩 있었다. 그중에는 죽은 토끼의 두뇌를 위에서 보고 그린 그림도 있었다. 토끼의 두개골이 제거되어서 신경이 어디 위치하는지가 깔끔하게 나타났다. 개를 그린 그림은 개의 척수가 드러나 있었다.

아버지가 그린 스케치에는 재규어가 자주 등장했다. 재규어 스케치는 간혹 과학적으로 연구하는 게 아니라 예술적인 아름다움을 추구하는 것처럼 보였다. 재규어의 송곳니를 보고 감탄하던 카를로타는 재규어가 몽고메리의 팔을 갈가리 찢을 뻔했고 보기 흉한 상처를 남겼다는 사실이 떠올랐다.

그러나 그림을 전부 봤지만 아버지가 가진 서류에는 약 조제법에 관한 정보가 하나도 없었다.

문간방에서 실험하는 공간으로 가서 아버지가 잠가 놓는 진열장 하나를 눈여겨봤다. 그리고 유리문 너머로 가죽 장정으로 된 더 많은 일지를 발견했다. 아버지가 거기에 화학 약품과 관련해서 쓴 메모를 보관하는지 알고 싶었다. 그렇지만 카를로타한테는 진열장 열쇠가 없었다.

오전 내내 실험실에 있었지만 유용한 정보는 아무것도 알아내지 못했다. 그러나 살펴봐야 할 게 아직 많았다. 확실히 대충 살펴보는 것만으로는 충분치 않았고, 이제 필요한 메모를 찾더라도 그 내용을 이해하지 못할까 봐 겁이 났다. 맞다. 카를로타는 아버지의 실험실에서 요하는 기초적인 내용을 어느 정도 이해했고 황산과 알코올을 증류해 에테르를 만드는 법을 알았으며 인체를 구성하는 뼈의 명칭을 대거나 아주 쉽게 피하 주사를 놓을 수 있었지만, 이렇게 아는 것이 전부 별 가치가 없다는 사실을 깨달았다.

실험실을 떠날 때 카를로타는 의기소침해졌지만, 자기가 찾는 메모가 정말 유리 진열장에 있는지 아니면 실험실의 다른 부분을 더 열심히 찾아야 할지 몽고메리가 알려 줄 수 있을 거라는 생각이 들었다. 하지만 몽고메리는 자기 방에 있지 않았다.

카를로타는 몽고메리를 찾으려고 집 안 곳곳을 뒤졌다. 조심스럽게 응접실에 들어갔다가 한가하게 책장을 넘기고 있는 에두아르도를 발견했다. 카를로타를 본 에두아르도는 곧바로 자리에서 일어나 그녀를 향해 방긋 웃었다.

"모로 양. 다시 일어나서 돌아다니시는 걸 보니 무척 기쁘군요. 몸은 좀 나아졌나요?"

에두아르도가 카를로타의 손에 입맞춤했다.

"아버님께서 모로 양이 병이 났다고 알려 주셨습니다."

"전 괜찮아요. 아무것도 아니었어요. 어떻게 지내셨어요?"

"솔직히 말해서 가만히 있지 못하겠더라고요. 자, 보세요. 제가 모로 양의 오래된 친구인 월터 스콧 경을 찾았습니다."

"『아이반호』를 읽고 계셨군요! 하지만 안 좋아하시는 줄 알았는데요?"

"'이 어리석은 마음을 내 심장에서 떼어내 버리겠어, 비록 내 심장이 온통 피범벅이 된다 해도![70]'"

에두아르도가 소설 구절을 읊어서 카를로타를 기쁘게 했다. 몽고메리와 모로 박사는 카를로타가 읽는 모험 소설을 대수롭지 않게 생각했으므로 카를로타는 에두아르도가 책을 이해하는 걸 좋은 징조로 받아들였다. 자기가 좋아하는 문학 작품을 에두아르도가 즐긴다면 관심사가 비슷한 사람이자 좋은 배필임을 나타내는 게 분명하다고 생각했다.

"맞아요, 월터 스콧 경이 쓴 책을 읽었어요. 책은 나쁘지 않은데

---

70 『아이반호』 29장 인용.

날이 덥네요. 땀을 흘리면서 책장을 넘기는 건 어렵군요."

에두아르도가 자기가 앉아 있던 의자에 책을 던졌다.

"당신이 보여 줬던 세노테에 다시 가 볼까 생각 중이었어요. 저랑 같이 가실래요?"

"저희랑 동행해야 하는 로턴 씨가 근처에 없는걸요."

"저는 로턴 씨가 동행하지 않는 편이 나아요. 아주 솔직히 말해서 로턴 씨는 진저리 나는 보호자예요."

벽난로 위에서 시계가 째깍거렸다. 시계가 열두 번 째깍거렸고 카를로타의 심장도 열두 번 쿵쾅거렸다.

"도중에 조금은 같이 갈 수 있을 것 같아요."

카를로타가 제안했다. 카를로타도 몽고메리가 같이 있기를 정말로 바란 건 아니었고 몽고메리가 어디에 숨었는지는 아무도 몰랐다. 카를로타는 몽고메리가 또 다른 소동을 피울까 봐 두려웠다. 몽고메리와 에두아르도는 잘 안 맞았다.

세노테로 가는 산책길은 느긋하고 즐거웠다. 친숙한 길을 따라가자 오전에 조제법을 찾지 못한 일이나 뭔가가 잘못된 것 같다는 느낌은 희미해졌다. 카를로타는 세노테에 가는 도중에 조금만 같이 걷겠다고 했으므로 한 걸음만 내디디고 에두아르도에게 작별인사를 건네며 돌아서려고 마음먹었지만 날씨가 너무 좋아서 또 한 걸음 내딛었다.

두 사람은 함께 세노테에 도착해서 그 옆 나무 그늘 아래 앉았다. 수영을 하려면 서로의 앞에서 옷을 벗어야 하니 수영은 선택지에 없었다. 카를로타는 피부에 물이 닿는 감촉을 느끼고 싶었지만 나뭇가지 사이로 스며드는 햇살과 오아시스가 주는 평화롭고 아름다운 풍경이면 충분했다.

공중에는 빨갛고 하얀 푸루메리아 나무 향이 가득했다. 카를로타는 두 눈을 감았다.

"무슨 생각 해요?"

"생각하는 게 아니라 듣고 있어요. 눈을 감고 집중하면 물속에 있는 물고기 소리가 들리는 것 같아요."

지난밤에 카를로타는 청각이 아주 예민했다. 라모나는 모든 것이 살아 있고, 모든 것이 말을 한다고 이야기해 준 적이 있었다. 돌멩이조차 언어를 가지고 있다고 했다. 라모나는 또 결핵에 걸린 사람은 청각이 예민하다고 했다. 카를로타가 결핵에 걸린 건 아니었지만 그렇게 설명할 수도 있었다.

"상상력이 뛰어나네요."

카를로타가 눈을 떠서 에두아르도를 쳐다봤다.

"안 좋은 건가요?"

"전혀요. 그건 모로 양이 매력적인 이유 중 하나죠."

"몽고메리는 제가 너무 자주 공상에 잠긴대요. 그리고 제 머릿속은 책의 줄거리로 가득하대요."

그리고 제가 사랑에 빠졌다는 착각에 빠졌대요.

카를로타가 속으로 생각했다.

두 사람은 나란히 앉아 있었지만 적당한 거리를 유지하고 있었다. 그러나 에두아르도가 말하면서 한쪽 손을 내밀어 카를로타의 팔을 만졌다. 마치 관심을 끌려는 것처럼 가볍게 건드렸다.

"로턴 씨는 쓸데없는 소리를 많이 하네요. 잘라야겠어요."

"그러면 안 돼요."

카를로타가 다급히 말했다.

"왜 안 되죠? 하는 일도 없으면서 자꾸 무례하게 굴잖아요."

"몽고메리는 야샤툰의 구성원이에요."

"아버지가 그 인간을 발견했던 시궁창에나 다시 돌아가는 게 어울릴 텐데."

"그렇게 말하지 마요. 그건 가혹해요. 몽고메리한테 가혹하게 대하지 않겠다고 약속해 줘요. 몽고메리는 정말 외로운 사람이에요."

에두아르도가 카를로타의 머리 다발을 잡아서 천천히 손가락으로 말았다. 그러고는 인상을 찌푸렸다.

"다시 로턴 씨 이야기하면 질투할 거예요."

"유치하게 굴지 말아요."

"로턴 씨가 당신을 쳐다보더라고요."

"쳐다보면 안 되나요?"

"글쎄. 예의 따위 차리지도 않고 쳐다보던데요. 걱정되더라고요."

실은 카를로타도 몽고메리가 자신을 꾸준하면서도 쌀쌀맞게 쳐다보는 걸 몇 번 발견했지만 그 시선이 무례하다고 느낀 적은 없었다. 몽고메리는 늘 조금 방황하는 것처럼 보였다. 말다툼을 하긴 했지만 카를로타는 몽고메리가 자기한테 해를 끼칠 수 있다고는 상상도 할 수 없었다.

"몽고메리를 오랫동안 알고 지냈거든요."

에두아르도가 손을 빼면서 인상을 찌푸렸다.

"당신은 로턴 씨를 더 마음에 들어 하나 봅니다."

"몽고메리를 더 마음에 들어 한다고요? 어떻게?"

"이거 보라니까."

목소리를 낮추며 말한 에두아르도가 시사하는 바는 뻔했다.

"오랜 친구한테 보이는 호의를 다른 감정과 착각하지 마요…… 음, 그러니까 뭔가……."

뭔가 음란한 감정으로.

카를로타는 이렇게 생각했지만 입 밖으로 꺼낼 수는 없었다. 몽고메리가 애정 어린 말을 건넨 적도 없고, 카를로타를 건드린 적도 없는데 그런 이야기를 꾸며 내는 건 옳지 않았다. 하지만 이제 그런 쪽으로 생각해 보니 어쨌든 몽고메리가 카를로타한테 아예 관심이 없지는 않은 것 같았다. 서재에 있던 몇 분 동안 몽고메리는 열정에 가까운 듯한 열의에 차 있는 것처럼 보였다. 이런 생각을 하자 카를로타는 부끄러워서 얼굴을 가리고 싶었다.

"몽고메리는 우리 마요르도모예요. 아버지는 그 사람을 신뢰하고요."

카를로타가 두 손을 모슬린으로 된 치마 위에 모으며 말했다.

"당신도?"

에두아르도가 질투하네.

카를로타가 이렇게 생각하고 놀라서 에두아르도를 쳐다봤다.

"몽고메리는 친구라고 했잖아요. 내가 뭐라고 말해 주면 좋겠어요?"

"그냥 날 더 좋아한다고 말해 줘요. 할 수 있었으면, 침대로 데려갔을 거라고."

에두아르도가 심통 난 말투로 도전적으로 말했다.

카를로타는 치마를 놓고 어떻게 대답해야 할지 생각했다. 몽고메리는 카를로타가 이해하는 것은 전부 책에 인쇄된 모험담이며 책에서 모든 걸 배울 수는 없다고 했다. 어쩌면 몽고메리 말이 맞을 테지만 어쨌든 카를로타는 모든 걸 알고 싶었고 자기가 생각하지 못하는 여러 사실을 이해하고 싶었다. 그렇지만 에두아르도가 한 말에 동의하는 건 부적절해 보였다. 하지만 대답하지 않으면 에두아르도는 카를로타를 어리석다거나, 재치가 떨어지는 얼간이로 생각할 것이다.

두 사람 사이에 고통스럽게 침묵이 흘렀다.

"뭐예요? 대답 안 할 건가요?"

에두아르도는 짜증 난 것처럼 보였다. 카를로타는 에두아르도에게 장난을 쳐야 할지, 말재간을 부려 화답해야 할지 머뭇거렸다. 머릿속이 하얘졌다.

"당신한테 하고 싶은 말이 너무 많아요. 그냥 어떻게 말해야 할지 모르겠어요. 당신과 함께 있으면 이 세상이 이해가 안 돼요. 너무 긴장돼요."

카를로타가 다정하게 말했다.

에두아르도가 표정을 풀었다.

"그래요?"

에두아르도는 카를로타에게 가까이 다가가 손가락으로 카를로타의 손목 위를 춤추듯 움직이더니 손을 들어 올려 입 맞췄다. 카를로타는 깊이 숨을 들이마셨다. 카를로타는 에두아르도의 손길을 받아들이고 그의 가슴에 얼굴을 대고 싶었다. 하지만 고개를 돌리고 손을 뺐다.

"이러면 안 돼요."

카를로타가 작게 말했다.

에두아르도는 뭔가 곰곰이 생각하는 듯하더니 진지해졌다.

"내가 당신한테 청혼하면 어떨까요?"

카를로타가 눈을 깜빡이더니 간신히 중얼거리듯 말했다.

"나랑 결혼한다고요?"

"맹세하죠."

"당신 가족들…… 당신 아버님. 날 좋아하실까요? 아버님이 우리를 허락해 주실까요?"

"모든 일에 허락을 구하는 데 지쳤어요."

에두아르도가 씩씩거리며 말했다.

"아버지는 날 아이로 보시지만 난 성인입니다. 내가 당신과 결혼한다고 하면 결혼하는 거예요. 못 믿겠어요?"

"아니요."

"그러면? 결국에 당신은 날 좋아하지 않나 보군요."

카를로타는 떨리는 심장을 안고 에두아르도를 뚫어지게 쳐다봤고 에두아르도는 손으로 카를로타의 뺨을 감쌌다.

"다시는 그런 말 하지 마요."

"심술궂게 말하고 의심한 날 용서해요. 하지만 다른 사람들도 아름다운 당신을 탐낼 게 분명해요. 멍청한 소리로 들린다는 것도 알고, 이렇게 청혼하다니 충동적인 바보라고 생각하겠지만 이렇게밖에 할 수 없네요. 당신이 없으면 난 죽을 겁니다."

"책에 나오는 등장인물처럼 말씀하시네요."

놀라워하면서 이렇게 말한 카를로타는 에두아르도가 격렬하게 쏟아낸 말과 그 두 눈에 도사린 거절당할까 봐 두려워하는 기색에 흥분을 감추지 못했다.

"책을 좋아하는 줄 알았는데요. 설렘과 모험이 있는 책 말입니다."

"좋아해요. 당신은 동화 이야기하는 걸 좋아하고."

카를로타가 손끝으로 에두아르도의 입술을 쓰다듬었다.

"셰에라자드의 『천일야화』. 마지막에 왕자와 결혼하는 『백설공주와 빨간 장미』. 『잠자는 숲속의 공주』의 키스. 이 모든 이야기를 좋아합니다."

이제 카를로타는 손으로 에두아르도의 턱을 어루만졌고 나아가 셔츠 깃에서 손을 멈췄다.

"예."

'예'라는 음절은 날숨처럼 들렸고 겨우 단어가 되었다. 카를로타는 욕망에 젖어 몸이 나른해졌다.

에두아르도는 카를로타를 자기한테 더 가까이 끌어당겨 모슬린 다회복 밑에 있는 척추를 손가락으로 따라가다가 카를로타의 입에 맞춰 고개를 기울여 부드럽게 키스했다. 두 사람은 계속 키스를 나눴다. 점점 더 격렬해지던 키스는 카를로타가 자기 입안에 에두아르도의 혀가 있다는 걸 느끼고 에두아르도가 카를로타의 허벅지를 손으로 쓰다듬자 비로소 멈췄다.

"결혼 선물로 야샤툰을 줄 건가요? 저번에 말한 것처럼?"

카를로타는 목이 화끈거려서 말하기가 어려웠다.

"그 이상을 줄 겁니다. 당신 목에 걸 진주 목걸이랑 우리를 국립 극장으로 데려갈 마차, 엄청나게 많은 드레스도. 당신이 응석을 부렸으면 좋겠어요. 제일 좋아하는 보석이 뭐죠?"

"모르겠어요."

"루비? 아니면 에메랄드?"

에두아르도의 눈동자는 사랑스러운 초록 빛깔이었다. 그 어떤 보석보다 빛이 났다.

"에메랄드요."

"당신을 보자마자 사랑에 빠진 걸 알았어요. 어쩌면 그 전부터. 당신도 날 사랑해 줘요."

카를로타가 적절한 대답을 생각할 겨를도 없이, 에두아르도가 다시 키스하는 바람에 급히 하려던 말은 모두 뒤덮였다. 게다가 에두아르도가 솔기를 잡아당겨서 옷이 곧 풀어질 것 같았다. 카를로타는 심장이 미친 듯이 뛰었고 두 손으로 에두아르도의 머리를 붙잡아 숨이 가빠질 때까지 키스를 퍼부은 다음 물러나서 빤히 눈을 쳐다봤다.

"드레스를 벗어요. 당신을 보고 싶으니까."

에두아르도가 말했다.

카를로타는 얼굴이 빨개져서 꿈쩍도 못 했고, 너무 당황해서 그 말을 따를 수 없었다. 에두아르도는 자기 옷에 손을 뻗어 재킷과 조끼, 셔츠까지 벗어 버렸다. 카를로타는 당혹스러워하면서도 손으로 에두아르도의 가슴을 살며시 어루만졌다. 에두아르도의 피부와 피부밑에 있는 근육을 만져 보고 싶었다. 에두아르도한테 가까이 다가가자 계피와 오렌지 향이 났다. 그 향은 향수 냄새였고 에두아르도처럼 산뜻하고 밝은 향기였다. 몽고메리는 팔에 지도처럼 고통이 새겨져 있고 지도책에 나오는 강처럼 여기저기 커다란 흉터가 있으며 눈에는 잔주름이 자글자글했다. 에두아르도는 몸에 흉터 자국조차 없었고, 세상을 살아가면서 상처 날 일조차 없었다.

"당신은 아름다워요."

카를로타의 말에 에두아르도가 소리 내어 웃었다. 속이 빤히 보이게 기뻐하고 열렬히 갈망하는 모습이 더해져서 더욱 매력적으로 보였다.

에두아르도가 카를로타가 드레스 벗는 걸 도와주면서도 계속 키스 세례를 퍼부어서 옷을 벗는 일이 더뎌졌다. 카를로타는 개의치 않았다. 괴로우면서도 기분 좋았다. 에두아르도의 몸은 경이롭고 불가사의했다. 카를로타는 이전에 에두아르도의 몸과 비슷한 것을 본 적이 없었고 자기 몸 역시 완전히 새롭게 느껴졌다. 카를로타는 단단한 근육과 살, 거친 음모를 만졌다.

카를로타는 에두아르도가 자기 귀에 입술을 갖다붙이는 걸 느꼈다. 그 입술은 부드러웠고 에두아르도는 땀에 젖어 따뜻했다. 피부에서는 소금 맛이 났다. 에두아르도는 자기 얼굴을 카를로타의 목을 따라 가슴 사이로 파묻고는 그녀를 더 가까이, 자기 무릎 위로 끌어당겼다. 카를로타는 손톱으로 에두아르도의 등을 쓸어내렸고 에두아르도는 카를로타가 이해조차 할 수 없는 약속을 했다.

사랑에 관한 약속이었다.

카를로타는 자기 몸 안으로 에두아르도가 미끄러지듯 들어와서 얇고 까만 흙 위로 밀어붙였을 때, 정말로 그를 향한 사랑을 느꼈다. 두 사람은 서로를 향해 몸을 흔들었다. 에두아르도가 손가락으로 카를로타의 손목을 세게 움켜쥐었다. 새 한 마리가 새된 소리를 내는 바람에 욕을 퍼붓느라 에두아르도의 목소리가 거의 갈라지자 카를로타가 살며시 웃었다. 카를로타는 자기 몸이 부서질 거라고 생각했지만 그러지는 않았다. 두 사람은 함께 누워 있을 뿐이었다. 두 사람에게 세레나데를 불러 주던 새가 지쳐서 날아갈 때까지 카를로타는 에두아르도의 가슴에 얼굴을 묻었다. 그러고 나서 그들은 세노테로 내려가 몸을 씻었다. 카를로타는 에두아르도의 정액이 남아 허벅지가 끈적거렸고 자기한테서 나는 구리 같은 강렬한 피 냄새를 맡을 수 있었다.

카를로타는 세노테에 뛰어 들어 물에 둘러싸인 기분을 즐겼다. 에두아르도가 쫓아와 카를로타를 품에 안고 키스했는데, 이번에는 그가 덜 흥분한 상태인 데다 입술이 차가워서 느낌이 달랐다.

카를로타가 물었다.

"만족해요?"

"처녀랑 해 본 적은 처음이에요. 반쯤은 생각했거든요, 당신이…… 아, 신경 쓰지 말아요."

에두아르도가 고개를 흔들며 말했다.

"여자랑 많이 자 봤어요?"

"그런 질문은 하면 안 돼요."

에두아르도는 쑥스러운 것처럼 보였다.

"신경 안 써요. 이제부터 당신이 내 것이기만 하면. 당신은요?"

카를로타가 에두아르도의 눈에 붙은 머리카락을 쓸어 주었다.

"당신이랑 결혼할 거라고 했잖습니까."

에두아르도의 말은 카를로타가 한 질문에 대한 답이 아니었지만 카를로타 역시 자기가 의도한 바를 어떻게 설명하면 좋을지 몰랐다. 물과 검은 토양, 나무와 날아가는 새가 카를로타의 것이었지만 그건 카를로타가 그것들을 소유하기 때문이 아니라 그것들과 함께 존재하기 때문이었다. 그러나 그 순간 카를로타를 향해 미소 짓는 에두아르도는 깊이 사랑에 빠진 것처럼 보였고 그 모습은 마치 또 다른 태양이 카를로타를 따뜻하게 감싸 주는 것 같았다.

두 사람은 물기가 말라서 다시 옷을 입을 수 있을 때까지 바위 꼭대기에 걸터앉아 있었다. 카를로타는 에두아르도의 셔츠 단추를 잠그고 크라바트를 매어 주면서 이제부터 매일 아침 자기가 이렇게 해 주는 모습과 그가 자기 코르셋 끈을 묶어 주는 모습을 상상했다. 두 사람은 서로를 위해 수없이 훌륭한 일들을 해낼 것이고 이런 두 사람을 받아들이지 못할 사람은 없을 것이다. 두 사람은 야샤툰을 아름답고 고요한 낙원으로 만들 것이다.

그날 아침 부서지고 찢어진 것처럼 느꼈던 부분은 다 나은 것 같았다. 찢어져서 날카로운 부분은 존재하지 않았다.

카를로타는 자신이 오래오래 행복할 거라고 확신했다.

돌아가는 길에 두 사람은 손을 꼭 잡았다.

18장

몽고메리

몽고메리는 급하게 말을 몰면서 사고라도 일어나길 바랐다. 어쩌면 말 편자가 떨어져서 말에서 굴러떨어질지도 몰랐다. 하지만 애먹이는 일은 전혀 일어나지 않아서 몽고메리는 긁힌 자국 하나 없이 비스타 에르모사의 관문에 이르렀다.

몽고메리는 운명의 여신이 개입해서 주머니 속 편지를 전달하지 못하길 바라면서도 맡은 임무를 수행해야 할 것만 같다고 느꼈다.

마요르도모가 기다려 달라고 해서 몽고메리는 조바심을 치며 발을 동동거렸다. 몇 시간이 흐른 것처럼 느낀 후에야 마침내 마요르도모가 머리를 긁으며 안뜰로 들어왔다.

“에르난도 리잘데 씨한테 전달해야 할 편지가 있습니다. 당장 사람을 보내 주십시오.”

“알겠습니다, 내일 사람을 보내도록…….”

“당장이라고 했습니다. 리잘데 가의 소주인이 쓴 겁니다.”

몽고메리가 편지를 건네자 마요르도모는 어깨를 으쓱해 보였다.

"잘 알겠습니다."

몽고메리는 자기 말을 돌로 된 구유로 데려가 물을 마시게 하고, 마요르도모에게 아과르디엔테 한 잔을 달라고 하는 대신 자기 휴대용 술병에도 물을 채웠다. 집으로 돌아가는 길은 상당히 더뎠다. 몽고메리는 몇 번이나 나무 그늘 아래에 멈춰 서서 주변에 있는 땅을 바라보았다.

편지를 전달해 버렸다. 몽고메리는 카를로타의 일에 끼어들었고, 참사를 일으킬 수도 있었으므로 결과를 감당하고 싶지 않았다. 자기가 배신한 걸 알게 되면 모로는 야샤툰이 떠나가라 소리를 지를 것이다.

카를로타를 위해 한 일이라고 되뇌었지만 여전히 비열한 인간이 된 느낌이었다.

몽고메리가 응접실에 들어갔을 때는 늦은 오후였다. 모두들 응접실에 모여 즐거운 표정으로 잔을 손에 들고 있었다.

"로턴! 오늘 코빼기도 내밀지 않더군."

모로가 말했다.

"맞아요. 순간 당신이 축하 자리에 함께하지 못할 거라고 생각했어요."

에두아르도가 말했다.

"무엇을 축하하는 겁니까?"

"제가 모로 양한테 청혼했고 승낙을 받았어요."

에두아르도가 입이 찢어질 듯이 크게 웃었다. 그 곁에서 카를로타도 웃고 있었다.

"건배하는 데 함께하게나."

모로가 이렇게 말하면서 잽싸게 와인을 따라 줘서 몽고메리는 제대로 반응도 못 했다.

"내 딸아이를 위하여. 이보다 축복받은 아이는 없었네. 그리고 카를로타의 약혼자를 위하여. 부디 딸아이를 행복하게 해 주길 바라네."

모두들 자기 잔을 들어 올렸고 소파에 앉아 있던 이시드로만 성의 없이 잔을 들었다. 이시드로는 몽고메리가 편지 배달을 완수했는지 알아내려는 것처럼 캐묻는 듯한 표정을 지어 보였다. 몽고메리는 이시드로를 외면하고 두 손가락으로 유리잔을 들어 입에서 멀리 치워 버렸다.

"저는 세상에서 가장 행복한 사람입니다. 정말 최고로 행복한 사람이죠. 여름이 끝나기 전에 결혼식을 치렀으면 합니다."

에두아르도가 말했다.

"그러면 약혼 기간이 짧겠는데."

이시드로가 말했다.

"기다릴 필요가 없잖아. 신혼여행은 어디로 갈까? 멕시코시티로 가는 게 마땅하겠지만 더 멀리로 가고 싶어."

"여기에서 떨어진 곳이면 어디든 괜찮을 것 같아. 여기 있는 것들을 보면 몸서리가 쳐져."

이시드로는 이렇게 말하다가 새하얀 자기 셔츠에 와인을 몇 방울 흘리고 말았다.

"동물인간들은 좀 무시무시하긴 해, 그치? 하지만 메리다에 살면 문제가 되지 않을 거야."

에두아르도가 대답했다.

"메리다에 살고 싶어요?"

카를로타가 곧 자기 남편이 될 사람을 향해 물었다.

"그러면 안 돼? 우리는 여기서 살 수 없어."

"하지만 야샤툰은 아름다운 곳인걸요."

"내 사랑, 야샤툰은 리잘데 가문의 부인이 살기에 적합한 영지가 아니야."

에두아르도가 활기차게 말하면서 카를로타의 턱을 들어 올렸다.

"그리고 나는 자기가 내 친구들도 만나고 행사 자리에도 많이 동행하면 좋겠어."

"나는 집이랑, 우리 가족이랑 가까이 살고 싶어요."

"나는 자기가 최고로 좋은 것들만 가지면 좋겠어."

아니. 넌 카를로타를 자랑하고 싶은 거잖아.

몽고메리가 속으로 이렇게 생각했다. 마치 스스로를 위해 값나가는 그림이나 반지를 사는 인간처럼 말이다. 또는 가게에서 사고 싶은 장신구를 가리키며 스스로를 위해 포장해 달라고 하는 인간처럼 말이다. 에두아르도는 자기가 소유하고 있다는 확신에 차서 카를로타 옆에 서 있었다.

"난 야샤툰이 멋진 영지라고 생각해요."

"카를로타, 자기는 아직 아무것도 못 봤어."

"그럴지도 모르죠. 하지만 이 문제에 관해서는 나도 발언권이 좀 있어요. 결국 우리는 함께 가정을 꾸려야 하고 우리 둘 다 좋아하는 가정을 꾸려야 하니까요."

카를로타가 평소처럼 다정하게 말하면서 손으로는 약혼자의 팔을 가볍게 어루만졌다. 하지만 카를로타의 목소리는 확고했다.

에두아르도가 눈살을 찌푸렸다.

"다시 건배해야겠군요. 늘 취해 있어야 한다고 보들레르가 주장한 말에 동의하지는 않지만 내 하나뿐인 딸아이의 약혼식 파티에서는 취해야만 할 것 같습니다. '시간의 학대받는 노예가 되지 않으려면, 취하라, 끊임없이 취하라![71]'"

모로가 이렇게 말하면서 술병을 들어서 와인을 더 따랐다.

오, 이 영리한 악마 같으니.

몽고메리가 생각했다. 커플 사이에 불화를 막으려고 재빨리 와인과 재치 있는 말로 주의를 돌리다니.

몽고메리는 와인을 한 모금도 마시지 않아서 잔을 채울 필요가 없었다. 몽고메리는 그 자리에 붙박인 듯이 불편하게 있었고 눈에 띄지 않게 사라지고 싶었다. 이런 생각을 눈치챈 것처럼 에두아르도가 카를로타를 데리고 몽고메리 곁으로 다가왔다.

"로턴 씨, 약혼녀한테 줄 보석을 고르려고 하는데요. 카를로타는 에메랄드라고 했지만 그보다 특이한 보석을 고르고 싶어서요. 버마에서 가장 값비싼 보석이라고 하는 노란색 사파이어가 어떨까요? 노란색 사파이어가 세상에서 가장 아름다운 카를로타의 눈에 더 잘 어울리겠죠."

---

71 원문은 'Pour n'être pas les esclaves martyrisés du Temps, enivrez-vous sans cesse', 보들레르의 시 「취하라(Enivrez-Vous)」에서 인용.

"전 결혼이나 보석에 관해서 아는 게 거의 없습니다."

몽고메리는 패니가 떠올랐고 한때 패니에게 사 줬던 근사한 귀걸이도 떠올랐다. 하지만 이 인간한테 패니 이야기를 하지는 않을 것이다.

"로턴 씨 같은 독신 남성은 숙녀분한테 어울릴 만한 선물에 대해 생각해 볼 기회가 없었다는 사실을 간과했네요."

"몽고메리를 놀리지 말아요."

카를로타가 이렇게 말하면서 손가락으로 에두아르도의 재킷 소매를 쓰다듬었다.

"안 그럴게. 로턴 씨, 저는 가끔 아주 짓궂고 제 농담이 모두한테 통하는 건 아니더군요."

"약혼 축하드립니다."

몽고메리가 무미건조하게 말하면서 카를로타의 얼굴에 시선을 고정했다. 에두아르도는 카를로타를 향해 미소 지었고 카를로타는 사슴처럼 수줍어하며 고개를 살짝 숙였다.

두 사람은 돌아서서 몽고메리에게서 멀어졌다. 에두아르도는 카를로타의 등허리 위에 손을 올려놓았다. 두 사람이 서로를 바라보는 시선에는 연인들이 주고받는 편안한 친밀함이 느껴졌다. 몽고메리는 두 사람이 키스하고 서로 어루만지는 모습을 상상할 수 있었다. 또한 에두아르도가 짓고 있는 얄미운 미소에서 정복자가 의기양양하게 승리를 외치는 모습이 보였다. 바보가 아니고서야 카를로타가 에두아르도를 둘러싸고 만들어 낸 비단 같은 욕망을 볼 수 있었다. 하지만 에두아르도가 카를로타의 장단에 맞춰 춤을 추었든 그 반대였든 결국 에두아르도가 카를로타를 꽉 움켜쥐고 있었다. 웅장한 집과 화려한 가구를 가진 아센다도와 비너스상처럼 몸매 좋고 아름다운 아내.

카를로타, 너는 스스로를 판 거라고. 하지만 가치를 제대로 매겼을까?

몽고메리는 의심스러웠다. 에두아르도는 독침을 가지고 있었다. 어쩌면 카를로타는 개의치 않았을 것이다. 어떤 사람들은 전갈을 애완동물로 키우기도 하니까.

몽고메리는 의자에 비스듬히 기대고 있다가 시계가 정각을 알리자 양해를 구하고 그곳을 빠져나왔다. 자기 방에 혼자 있게 되자 다리를 쭉 뻗고 담배를 피우면서 고개를 뒤로 젖혀 천장을 바라보았다.

어둠이 집 안을 뒤덮자 석유등을 들고 안뜰로 걸어가 밤의 내음을 들이마셨다. 창문과 방이 많았지만 집이 작게 느껴졌다.

"또 잠이 안 와요?"

몽고메리가 뒤돌아봤다. 카를로타가 등도 들지 않고 어둠 속에서서 고개를 한쪽으로 기울이며 몽고메리를 바라보았다. 카를로타가 입은 진홍색 실내복은 어두운 밤과 잘 어울렸고 땋은 머리는 등을 따라 늘어져 있었다. 카를로타는 잠자리에 누워 있어야 했다. 모두가 그러듯이.

"여기서 뭐 해?"

몽고메리는 한밤중에 연인이 만나는 모습을 상상하며 물었다. 카를로타는 에두아르도를 찾고 있는 거겠지.

"어젯밤에 당신이 돌아다니는 소리를 들었어요. 내 방문 앞에서 멈췄죠."

카를로타는 몽고메리가 한 질문에는 일부러 대답하지 않고 앞으로 다가왔다. 두 눈은 빛을 반사하는 것처럼 잠깐이지만 번뜩거렸다. 카를로타는 놀라울 정도로 어둠 속을 쉽게 들락날락했고 방금과 같은 우아한 움직임에 몽고메리는 한숨을 쉬고 싶을 지경이었다.

몽고메리는 석유등을 내려서 발치에 두었다. 땅에는 분수대를 지키고 있는 피들우드 나무 꽃잎이 흩날렸다.

"술 마시고 있었어. 어디로 갔는지 기억이 안 나네."

"오늘은 술도 안 마시고 웃지도 않던데요."

"관찰력이 있네. 게다가 똑똑하고 민첩해. 넌 아주 노련하게 움직였어. 체스판에서 여왕이 왕을 잡는 것처럼."

"인생은 게임이 아니에요."

카를로타가 움직일 때 실내복이 휙 나부끼는 소리가 난해한 음악처럼 들렸다. 두 사람은 빛 주변을 맴도는 두 마리 나방처럼 원을 그리며 나란히 걸었다.

"내 생각은 좀 달라. 우리는 모두 상아와 마호가니 나무로 만들어진 모로 박사님 체스판 위의 말이야. 하지만 넌 체스판 위에서 모든 방향으로 자유롭게 움직일 수 있는 여왕이고 박사님이 시키는 대로 했지. 잘했네!"

"내 하루를 꼭 망쳐야겠어요?"

카를로타가 고개를 홱 들면서 말했다.

"오늘은 좋은 날이었어요. 난 에두아르도를 차지했고 야샤툰도 차지했다고요."

"응, 그랬지. 내가 에두아르도를 멀리하라고 경고했는데 너는 벌

새보다 빨리 에두아르도한테 달려가 버렸어. 그런데도 널 나무라면 안 되겠지."

"네. 안 돼요."

카를로타가 발길을 돌려서 몽고메리는 카를로타가 떠나는 줄 알았지만 카를로타는 그저 가만히 서서 집 쪽을 바라보고 있었다.

"당신을 신뢰할 수 있는지 알아야겠어요. 야샤툰은 당신이 필요하거든요."

"어떻게?"

"내가 여기 없을 때 누군가 야샤툰과 동물인간을 보살펴야 해요. 에두아르도가 하는 말 들었죠? 에두아르도는 우리가 메리다에 살기를 원하고 만약 비스타 에르모사에 가정을 꾸린다고 해도 그건 야샤툰을 떠나야 한다는 뜻이잖아요."

"모로 박사님이 계시잖아."

"우리 둘 다 아버지가 연세가 많고 편찮으시다는 걸 알잖아요. 그리고 이제 모든 게 내 것이 되면 일을 다르게 관리할 수도 있어요. 에두아르도가 결혼 선물로 나한테 야샤툰을 주기로 했거든요. 여기 있는 모든 것을."

카를로타가 팔을 크게 벌리면서 말했다.

"어떻게 하고 싶은데?"

"아버지는 동물인간한테 약 조제법을 공개해야 해요. 이곳은 아버지의 놀이터가 아니라 피난처가 되어야 하니까요."

"네가 그렇게 말하니까 정말 낯설다. 넌 박사님을 무척 사랑하고 말을 아주 잘 듣는 자식이잖아."

"난 루페와 카치토도 사랑해요. 그런데 두 사람은 불행해요. 루페와 카치토가 다시는 부당한 대우를 받지 않게끔 확실히 하고 싶어요. 아버지는 내가 다 큰 여성이 되길 바라시니까 다 큰 여성이 되어야겠죠. 하지만 다 큰 여성이 되면 피할 수 없는 책임감도 따라요."

"박사님과는 이야기해 본 거야?"

"아버지한테 조제법에 관해 여쭤봤어요. 난 당신이 생각하는 것만큼 엄청난 겁쟁이가 아니에요."

"겁쟁이라고 해서 미안해."

카를로타는 그 말에 놀란 듯하더니 고개를 끄덕였다. 그러고는 등을 꼿꼿이 세우고 두 손을 맞잡았다.

"아버지께 약 조제법을 알려 달라고 말씀드리니 알려 줄 수 없다고 하시면서 내가 아버지가 연구하는 학문을 이해하기에는 어리석다고 하셨어요. 해답을 알아내려고 아버지가 적어 놓은 필기를 살펴봤지만 필요로 하는 정보는 찾지 못했어요. 그렇지만 내가 한 약속은 지킬 거예요."

"그러면 박사님께 화가 나 있겠네."

"아니요. 화가 나서 이렇게 하는 건 아니에요. 아까 얘기한 것처럼 루페와 카치토, 다른 동물인간들을 사랑해서 이렇게 하는 거예요."

"그리고 에두아르도를 향한 사랑도 있을 거야. 엄청난 사랑이겠지."

몽고메리가 참지 못하고 말을 내뱉었다.

"나는 행복하고 다른 사람들도 행복하길 바라요. 그게 그렇게 끔찍한 일인가요? 당신은 다른 사람들이 기쁘길 바라지 않나요?"

"내가 뭘 알겠어?"

몽고메리는 몇 시간 전에 빌어먹을 편지를 비스타 에르모사에 가져간 것을 떠올리며 중얼거렸다. 에르난도 리잘데가 지금 벌어진 상황을 알아챈다면 카를로타가 느끼는 행복은 얼마 못 갈 것이다. 그래서 에두아르도가 자기 가족들이 간섭하기 전에 거래를 성사시키고 싶어서 결혼식을 서두르려고 한 걸지도 모른다. 그게 아니라면 피가 솟구쳐서 한시라도 빨리 자기 침대를 덥혀 줄 여자를 원한 것일지도 모른다.

"우리 모두가 안전하면 나도 행복할 것 같아요."

"그게 다야? 남들을 안전하고 행복하게 하려고 스스로 희생하는 거야?"

"나는 에두아르도를 사랑해요."

그 나이대에 사랑은 순식간에 불타올라서 카를로타가 진지하게 말한다고 놀랄 일도 아니었지만 그래도 너무 쉽게 애정 표현을 하는 걸 들으니 몽고메리는 마음이 쓰라렸다. 에두아르도를 안 지도 얼마 안 됐는데 카를로타는 에두아르도라는 이름을 입에 올릴 때면 입에 꿀을 바른 것처럼 입술을 말아 올렸다. 한 달이 지나고 그 버릇없는 새끼가 떠나 버리면 카를로타는 기꺼이 독사에게 자기 가슴을 내밀 것이다.

"네가 사랑에 대해 뭘 알아? 유의어 사전이나 백과사전을 훑어보고? 네가 좋아하는 알타미라노[72]나 다른 작가들의 책을 읽고? 사랑

---

72 이그나시오 마누엘 알타미라노(1834~1893). 급진적 자유주의 작가이자 저널리스트, 교사, 정치가로 최초의 멕시코 현대 소설로 여겨지는 『클레멘시아』를 썼다.

한다고! 에두아르도는 부자고 그게 좋은 거지."

몽고메리는 심술궂게 굴고 싶지 않았지만 이렇게 말해 버렸다.

"왜 나 대신 당신이 사랑을 정의 내리죠?"

카를로타가 화가 나서 눈살을 찌푸리며 물었다.

"숙녀 앞에 이국적인 보석을 내놓으면 사랑에 빠지기는 쉬워. 에두아르도가 구두 수선공이었다면 아무리 잘생겨도 받아 주지 않았을걸."

몽고메리는 카를로타가 길게 열변을 토하며 받아칠 거라고 생각했지만 그 대신 카를로타는 슬픔에 잠긴 눈빛을 하고 있었다.

"몬티, 잔인하게 굴 때면 난 당신이 싫어요."

"나는 항상 그래."

자기가 진짜로 어떻게 생각하는지 밝히지 않고 카를로타의 말에 반박하려고 한 대답이었다. 몽고메리는 카를로타가 바라는 것이면 뭐든지 들어줄 참이었고 이제는 그냥 항복하기를 미루고 있었다.

"아니요. 그렇지 않아요."

카를로타가 고개를 흔들며 말했다.

"당신은 스스로한테 자기가 잔인하다고 말하면서 세상으로부터 숨고 싶어 해요. 하지만 당신은 괜찮은 사람이고, 난 당신을 믿고 야샤툰을 돌봐 달라고 맡길 수 있어요. 당신이 야샤툰을 아끼는 걸 알아요. 아버지는 여기 살고 계시지만 야샤툰을 아끼지는 않아요."

"카를로타, 네가 야샤툰을 부탁하면 도와주겠다고 약속할게."

몽고메리는 야샤툰을 돌보겠다고 말하고 싶지 않았다. 에르난도 리잘데가 자기 아들이 카를로타와 약혼하는 걸 허락하지 않을 거라는 사실을 알면서도 그런 약속을 하기는 어려웠기 때문이다.

그 편지! 그 망할 편지를 왜 보냈지? 두 사람 머리 위에 칼이 대롱대롱 매달려 있는 것 같아서 몽고메리는 카를로타의 눈을 똑바로 바라볼 수 없었다. 게다가 카를로타가 멍청한 에두아르도를 사랑한다고 말한 뒤였다.

카를로타가 거짓말을 찾아내려는 것처럼 얼굴을 자세히 살피기에 몽고메리는 고개를 숙였다.

"고마워요."

"나한테 고마워하지 마, 카를로타. 오늘 너한테 잘한 게 없거든."

하지만 카를로타는 몽고메리가 중얼거린 말이 무슨 뜻인지 아마 이해하지 못했을 것이다. 카를로타는 그저 어깨를 한번 으쓱하더니 몽고메리한테서 떨어진 곳으로 가볍게 걸어갔다. 산들바람이 안뜰에서 불어와 카를로타가 입은 실내복이 펄럭였고 꽃잎이 등불에 흩날렸다.

19장

카를로타

카를로타에게 청혼한 후 에두아르도는 결혼식 때까지 야샤툰에 남아 있겠다고 선언했다. 이시드로는 이 소식을 달가워하지 않는 것 같았지만 에두아르도는 카를로타한테 푹 빠져서 곁을 떠나지 않겠다고 했다. 카를로타는 에두아르도도 몰래 다시 세노테에 갈 기회를 엿보는 게 아닌가 생각했지만 그럴 수는 없었다. 이시드로가 두 사람의 보호자를 자처했고, 이시드로가 주변에 없을 때는 몽고메리가 나타나 커플이 안뜰을 걸으면 몇 걸음 뒤에서 따라왔다.

카를로타는 약혼자가 뺨에 가볍게 키스해 주는 것보다 더 많은 걸 몹시 원했지만 참는 자에게 복이 있다는 사실을 상기하며 그 대신 아버지의 서류를 열심히 살펴보는 데 집중했다. 그건 성과 없는 일이었다. 몽고메리한테도 물어봤지만 몽고메리는 카를로타가 주목했던 유리 진열장에 맞는 열쇠가 없다고 했다. 다시금 참을성을 가져야 했다.

모로는 갑자기 실험실에 들이닥치곤 했는데, 한번은 카를로타가 실험실 선반에 쌓인 먼지를 털고 있는 모습을 발견했다. 카를로타가 읽고 있던 공책을 이미 치워 놓아서 모로가 알아차릴 만한 단서는 없었다.

"정리를 좀 하고 있었어요. 여기 먼지가 엄청 많네요."

모로의 수상쩍은 눈빛을 보고 카를로타가 설명했다.

"그래. 당연하지. 내가 여기서 할 수 있는 일이 없는데 먼지까지 신경 써야겠니? 에르난도 리잘데는 최근 삼 년간 내 연구 지원금을 대폭 줄였단다. 이렇게 절약해야 하는 상황에서는 이룰 수 있는 일이 별로 없단다. 더 좋은 장비를 갖추고 지원금을 돌려받으면 기쁘겠구나. 얘야, 너는 이 결혼을 추진한 것처럼 가능한 한 빨리 결혼식도 치를 수 있도록 해야 한단다. 나는 실험을 해야만 해. 새로운 실험을 말이야."

"새로 지원금을 받으시면 새로운 실험을 하실 수 있겠지만, 아버지가 동물인간이 늘 기대에 못 미친다고 한탄하시는 걸 들었어요."

"정말 그렇단다. 인간 형태는 거의 쉽게 만들 수 있지만 손과 발톱을 만드는 데는 문제가 있고, 골치 아플 정도로 차이가 있단다…… 하지만 네가 걱정할 문제는 아니란다. 세상에는 비밀이 있는 법이고 자연이라는 보물은 파헤쳐야 하기 마련이니까. 동물인간은 내가 찾는 보물이 아니라 그저 퍼즐 속 조각이자 자물쇠를 하나 더 열어 주는 또 다른 열쇠일 뿐이란다."

모로의 뒤에서 유리와 금속이 번쩍거려서 카를로타는 그가 일할 때 쓰는 정교한 기구를 쳐다봤다. 난생처음으로 이 모든 게 정말 무슨 의미가 있나 싶었다. 모로는 이게 다 인류를 위한 일이라고 하면서 인류를 낫게 해 주고 향상해 줄 거라고 했지만 이제 카를로타는 아버지가 하는 말을 믿을 수 없었다.

"루페랑 카치토를 치료해 주실 수 있으세요? 아버지한테 치료를 받지 않아도 되게요."

"개네들은 고칠 수 없어."

모로가 단호하게 말했다.

"그럼 치료제를 개선할 순 없나요? 치료가 덜 번거롭고 걔네들이 직접 투여할 수 있게요."

"저번이랑 또 똑같은 말을 하는구나! 내가 그 이야기는 하고 싶지 않다고 말했지? 너는 동물인간한테 시간을 허비하고 있어. 너랑 몽고메리는 동물인간을 교육하고 귀여워하면서 걔네들을 물렁하게 만들고 있어. 네가 동물인간을 고치고 싶어 하는 건 알겠지만 걔네들은 이미 망가져 있단다."

카를로타는 어렸을 때부터 루페와 카치토에게 글 읽는 법을 알려 주었고, 몽고메리가 신문에 있는 단어를 가리키며 루페와 카치토에게 큰 소리로 읽어 주는 모습도 봐 왔다. 아버지는 진심으로 하는 말일까? 카를로타가 루페와 카치토하고 이야기를 나눠서 두 사람이 물렁해졌다고? 그렇다면 아버지는 모두에게 온유하게 굴라고 했으면서 물렁한 게 왜 잘못된 일이지?

"동물인간은 더 이상 중요하지 않단다, 카를로타. 동물인간은 에르난도 리잘데를 위해 만든 거였어. 돈이 필요해서 리잘데한테 내 능력을 판 거란다. 더 매력적인 연구 방법을 찾지 못했지만 이제 기회가 생기겠지. 네 남편이 후원자가 되어서 내가 자유롭게 연구하게 해 줄 테니까."

"아버지가 동물인간을 돕지 않으시면 남편한테 말해서 마음대로 연구하지 못하시게 할 거예요. 만약에……."

"만약에 뭐? 이제 네가 날 협박하는 거냐?"

모로가 수술용 메스처럼 날카롭게 물었다.

모로는 키가 크고 황소처럼 힘이 셌다. 세월이 몸을 갉아먹고 있었지만 아직 망쳐 놓지는 못했다. 허리를 펴고 당당하게 서 있는 모습이나, 커다란 손과 꿰뚫어 보는 눈, 꾹 다문 입술이 두려움을 자아냈다.

카를로타가 침을 삼켰다.

"저도 할 말이 있어요."

에두아르도가 모든 일에 허락을 구하는 데 지쳤다면 그건 카를로타도 마찬가지였다.

모로가 카를로타를 째려봤다.

"배은망덕한 자식 같으니라고. 이렇게 버릇없이 말대꾸하게 키우지 않았다."

"저는 무례하거나 어리석은 말을 한 게 아니에요. 그저 기본을 지켜 달라는 것뿐이에요."

"내 실험을 통해 엄청난 과학적 도약이 이루어질 거다. 그리고 내 과학적 지식이 없었다면 카를로타 너는 여기 존재하지 못했을 거라는 사실을 기억하려무나."

모로는 이제 얼음장처럼 차갑게 말했지만 한 마디 내뱉을 때마다 치열함이 느껴져서 카를로타는 손으로 입을 틀어막고 가만히 있고 싶었다. 하지만 카를로타는 다시 목소리를 냈다.

"제가 받은 치료에 대해서는 감사하게 생각하지만 그 대가가 너무 크네요."

"자연을 연구하다 보면 인간도 자연처럼 매정해지지.[73] 지식은 거저 주어지지 않는단다."

"그러면 그 지식으로 동물인간의 삶을 개선하고 동물인간이 더 나은 보살핌을 받게 하는 게……."

"자녀 여러분, 모든 일에 부모에게 순종하십시오. 이것이 주님을 기쁘게 하는 일입니다.[74] 성서 내용을 잊은 게냐?"

"저도 성서를 인용할 수 있어요. 부모 여러분, 자녀를 화나게 하지 말고…….[75]"

"감히 네가!"

모로가 묵직한 시선을 보냈다.

신랄한 질책에 카를로타는 뭔가 들쭉날쭉한 것이 목에 걸린 것 같았고 떨리는 손을 이마 위에 댔다. 현기증이 나고 숨이 가빠졌다.

"여기 앉아 보렴, 카를로타. 내 다시는 너를 자극하지 않겠다. 자, 어서 앉으렴. 정신 드는 약을 가져올 테니."

모로가 중얼거렸다.

카를로타는 자리에 앉아 모로가 진열장을 뒤지는 소리를 들었으나 모로가 손에 플라스크를 들고 다가오자 손을 내저으며 물리쳤다.

---

73 H. G. 웰스의 『모로 박사의 섬』에 나오는 문장으로 원문은 'The study of Nature makes a man at last as remorseless as Nature.'이다.

74 골로새서 3장 20절.

75 에페소서 6장 4절 일부.

"괜찮아요. 아무 일도 아니에요."

카를로타가 의자를 붙잡고 자리에서 일어났다.

"카를로타, 네 약을 조정해야 한다. 그런데 조심해야 돼. 그동안 네가 무리하지 않았으면 좋겠구나. 우리 전에도 이런 이야기를 나눴지."

모로가 플라스크를 탁자 위에 내려놓고 카를로타의 손을 부드럽게 잡았다. 카를로타가 아팠을 때 이마에 난 땀을 닦아 주고, 글자를 가르쳐 주면서 동화책 페이지를 넘기던 바로 그 손이었다. 카를로타는 그 손을 사랑하고 존경했다.

"내가 하는 일은 전부 널 위해서 하는 거란다, 카를로타."

"알아요."

하지만 그날 내내 다시 의심이 자라나 속을 갉아먹는 것 같았다. 카를로타는 앞으로 나아갈 길이 분명하고 좋을 거라고 간신히 스스로를 설득했으나, 이제 다시 자기가 무슨 일을 정말로 이룰 수 있을지 걱정스러웠다. 아버지는 고집불통이었고 그보다 나쁜 점은 카를로타가 아버지를 믿을 수 없다는 사실이었다.

나무랄 데 없던 아버지는 최근 들어 완전히 위신이 떨어진 것처럼 느껴졌다. 설상가상으로 루페는 자기한테 화가 나 있고 몽고메리와는 소원해져서 다른 이들한테 위안을 얻을 수 없었다. 카를로타는 라모나한테 말해 볼까 생각했지만 자기가 느끼는 감정을 설명하기가 불가능하다는 사실을 깨달았다.

카를로타가 가진 것이라고는 무시무시하고 불안하게 속이 죄어드는 느낌뿐이었다.

저녁 식사 자리에서 카를로타는 에두아르도 덕분에 기분이 들떴다. 에두아르도는 그날따라 유난히 멋있어 보였고 카를로타를 웃겼다.

에두아르도가 식탁에서 일어나면서 귀에 대고 속삭였을 때 카를로타는 놀라지 않았다.

"나중에 방으로 갈게."

카를로타는 얼굴을 붉히지도 않고 그저 접시를 흘깃 내려다보면서 조심스럽게 미소 지었다. 두려움이 갈망으로 바뀌었다.

그날 밤 카를로타는 수수한 잠옷으로 갈아입고 조심스럽게 머리를 빗으며 탁자 위 촛불 사이에 비친 자기 모습을 바라보았다.

에두아르도가 자정에 도착해서 문을 가볍게 두드리자 카를로타가 문을 열어 그를 방에 들어오게 한 다음 재빨리 입술에 키스했다. 에두아르도가 더 격렬하게 키스하려고 하자 카를로타가 한 발짝 물러섰다.

"가서 자요."

이렇게 속삭였지만 카를로타는 웃고 있었다. 카를로타는 에두아르도가 충동적으로 행동하고 애정 표현을 과하게 하는 걸 좋아했다.

에두아르도가 보통 아무도 건드리지 않고 자물쇠에 내버려 둔 열쇠를 돌려서 문을 잠갔다.

"조용히 할게. 아무 소리도 안 낼 거야."

에두아르도가 맹세하면서 카를로타의 손을 잡아서 침대로 끌고 갔고 카를로타의 잠옷을 끌어올려 허벅지를 드러냈다.

"어떻게요? 소리를 안……."

"약속할게. 아무 소리도 안 낸다고."

에두아르도가 민첩하게 손을 움직여 자기 옷을 벗었다.

카를로타는 소리 내지 않겠다고 에두아르도가 맹세한 것을 도전으로 받아들였고, 에두아르도가 이번에는 다른 방식으로 사랑을 나누겠다고 하자, 이를 두 번째 도전이자 아주 흥미진진한 도전으로 받아들였다.

촛불 아래서 모든 신체 부위가 매끄럽고 다르게 보였지만 여전히 잘생기고 오만한 에두아르도는 카를로타를 자기 몸 위에 올라오게 하면서 손으로는 그녀의 가슴과 배를 어루만졌다. 처음에 카를로타는 에두아르도가 뭘 하려는지 이해하지 못했고 그가 계속 자기를 빤히 쳐다보기에 기분이 이상해서 얼굴을 감추고 싶었다. 그러다가 상황이 바뀌어 두 사람은 리듬을 찾아냈다. 에두아르도가 엉덩이를 위로 흔들어서 카를로타는 피식 웃음이 나오면서도 그를 조용히 시켰다.

카를로타 밑에 늘어진 에두아르도는 소리를 지르지 않으려고 입을 손으로 막아야 했다. 그때 카를로타가 에두아르도의 가슴에 자기 가슴을 붙이면서 그의 목 옆에 입을 가져가 여린 피부를 살짝 깨물었다. 에두아르도는 자기가 한 약속을 배반하지 않을 수 없었다.

에두아르도가 이미 사정했지만 카를로타는 비키지 않고 위에 엎드려 있었다. 에두아르도는 카를로타의 등허리를 따라 느긋하게 원을 그렸다.

"여기 있는 건 바보 같은 짓인 거 알죠?"

"바보 같은 짓이 아니라 대담한 일인지도 모르지. 우리 둘만 있는 시간이 조금도 없잖아. 내가 뭘 어쩌겠어?"

"결혼식 날을 기다려야죠."

"그건 무리한 요구인 것 같아. 결혼식 날을 기다리다 보면 몇 가지 확인해야 할 일들이 떠오르거든. 예전에 메리다에 들렀을 때 안뜰에 야자수가 있는 멋진 집 한 채가 있었어. 우리가 그런 집을 얻을 수 있는지 알아봐야겠어. 그러려면 어머니께 편지를 써서 내가 결혼하게 됐다고 아버지께 말씀드려 달라고 해야 해."

"직접 아버님께 편지를 쓰면 안 되나요?"

"아버지는 어머니한테 훨씬 잘 넘어가 주시거든."

카를로타는 에두아르도가 말할 때 머뭇거리면서 경계하는 걸 느꼈다. 자기 아버지처럼 에르난도 리잘데가 엄청난 힘이 있어서 가끔씩 자식들이 두려워하는 게 틀림없다고 짐작했다.

"야샤툰과 관련한 서류도 봐야겠어. 예식 전에 그 서류가 자기 것이 되면 좋겠어. 그렇지 않으면 결혼 선물이 아니잖아. 여기를 고치려면 돈이 좀 들 것 같아? 나는 야샤툰이 무너지지 않았으면 좋겠어."

카를로타는 아버지가 돈에 관해 이야기하면서 에두아르도가 후원자가 되어 주면 좋겠다고 한 말을 떠올렸다. 에두아르도가 구체적인 일에 집중하면 빠르고 열정적으로 움직이는 사람이라는 것을 깨달았다. 카를로타가 연구 지원금이 필요하다고 속삭이면 에두아르도는 지원금을 대줄 게 분명했다. 카를로타는 에두아르도한테 부탁을 할 때 침실에서 하는 게 알맞은 일인지 의문이 들었다. 에두아르도가 나긋나긋할 때 그를 덫에 빠뜨리는 게 아닐까?

그래도 아버지가 명령한 일을 따르는 건 간단했을 텐데, 그 대신 카를로타는 에두아르도의 배에 선을 그리면서 어깨를 한 번 으쓱하고 마는 자신을 발견했다.

"유지하는 데 돈이 많이 필요하지는 않을 것 같아요. 하지만 기회가 될 때마다 야샤툰을 방문하면 좋겠어요."

"카를로타, 메리다는 여기보다 훨씬 좋아."

"아마도요. 하지만 거기에는 당신 친구들이 많이 있고 그 많은 파티에 전부 가야 한다고 했잖아요. 듣기만 해도 지쳐요. 게다가 메리다에서는 당신 가족이 원하는 일을 해야 하잖아요. 당신 아버지가 말씀하시는 일을요."

에두아르도가 인상을 찌푸렸다. 카를로타가 에두아르도에 관해 알게 된 또 다른 사실은 그가 결혼식을 이렇게 기대하는 이유가 아버지한테서 독립할 수 있다는 생각과 결부되어 있다는 것이었다. 결혼식은 기념비적인 사건이 될 것이다. 에두아르도는 더 이상 아이가 아니고 자기 가정과 부인이 있는 남자가 될 것이다. 카를로타도 비슷한 생각을 했기 때문에 에두아르도가 느끼는 감정을 이해했다. 이 경우에 가장 피하고 싶은 일은 아버지가 자식에게 언제 무엇을 해야 할지 지시하는 상황이었다.

"하지만 모로 박사님이 야샤툰에 계시잖아. 그럼 상황은 똑같을 거야."

"그러면 우리는 바야돌리드에 정착해야 할지도 모르겠어요. 야샤툰은 우리 휴양지가 될 거예요. 아버지는 우리를 귀찮게 하지 않으실 테고요. 아버지는 당신을 너무 배려해서 명령을 내리지는 못하실 거예요. 그러면 우리는 매일 세노테까지 산책하고 느긋하게 침대에서 아침을 보내면서 내킬 때 말을 타러 가는 거죠. 내가 응석을 부렸으면 좋겠다고 하지 않았어요?"

카를로타는 여전히 에두아르도의 위에서 두 다리를 벌리고 있었다. 카를로타가 에두아르도의 갈비뼈를 손톱으로 긁으면서 따지는 듯이 눈썹을 치켜올리자 그의 음경이 다시 딱딱해졌다. 에두아르도가 껄껄 웃었다.

"알았어, 알았다고. 마음대로 해. 세상에, 자기는 참 고집이 세."

원래 고집이 세지는 않았는데.

카를로타가 생각했다. 카를로타는 시키는 일은 모조리 했다. 하지만 이제 선택할 수 있다는 사실을 이해하기 시작했고 말을 모는 것처럼, 원하는 방향으로 약혼자를 이끄는 방법이 있다는 사실도 이해했다. 모로는 카를로타가 에두아르도한테 자기가 한 말을 앵무새처럼 되풀이할 거라 생각하고 몽고메리는 카를로타가 순진하다고 여길지 모르지만, 그녀는 하나를 들으면 열을 알았다.

에두아르도가 인상을 찌푸렸지만 잠깐이었다. 그러고는 카를로타가 손톱을 움직이는 걸 유심히 보다가 한숨을 쉬었다.

"그거 알아? 당신, 내가 어렸을 때 읽은 책에 나오는 여자처럼 생겼어."

"정말요?"

카를로타가 의심쩍어하며 말했다.

"『천일야화』였어. 셰에라자드가 왕이랑 같이 앉아 있었는데 머리카락이 포도색처럼 검은 보랏빛인 데다 어깨를 드러내고 있었거든."

"난 어렸을 때 읽은 책 때문에 연어한테 잡아먹힐까 봐 겁을 냈어요."

"세상에! 그럼 내 책이 더 낫네."

"왜요? 셰에라자드가 밤새도록 이야기를 들려주길 바라서?"

이렇게 물으면서 카를로타가 에두아르도 쪽으로 몸을 숙여서 긴 머리카락이 벨벳 커튼처럼 에두아르도의 얼굴에 흘러내렸다.

"아니, 자기가 이야기를 들려줄 거라고 기대하지는 않아."

"그럼 우리 조용히 해요."

"진짜 조용히."

에두아르도가 소곤거리면서 손끝으로 카를로타의 입술을 쓰다듬었다.

20장

몽고메리

날이 몹시 더워서 몽고메리는 밀짚모자의 챙 아래 있어도 태양이 머리를 달구는 것처럼 느껴졌다. 몽고메리는 카치토와 함께 돼지와 닭에게 먹이를 준 다음 집으로 돌아와 물그릇에 헝겊을 적셔 이마에 난 땀을 닦았다.

용무를 끝마친 몽고메리는 담배를 피우러 안뜰에 이르러 창가 옆에 앉았다. 청년들은 피아노를 치고 있었다. 이시드로의 손 아래로 건반이 뚱땅거리는 소리와 웃음소리가 들렸다. 몽고메리는 카를로타가 부채질을 하는 모습을 상상했다. 그들이 유쾌하게 떠드는 소리가 가시처럼 피부밑에 박혀서 얼굴이 찌푸려졌다.

몽고메리는 성냥갑을 꺼내어 손가락 사이에서 돌리면서 다른 손으로는 목 뒤를 문질렀다.

몽고메리가 담배에 불을 붙일 겨를도 없이 아시엔다의 출입문을 쾅쾅 두드리는 소리가 났다. 그는 자리에서 일어나 대문 쪽으로 걸어가면서 허리춤에 있는 권총을 살며시 잡았다.

"모로! 문 열어, 모로!"

누군가가 고함을 질렀다.

시끄러운 고함이 이어지자 몽고메리는 장식용 철문과 쪽문의 빗장을 열었다. 쪽문으로 사람들이 걸어서 들어올 수 있었다. 이중문을 활짝 열 생각은 없었다.

"드디어 도착했군!"

에르난도 리잘데가 외쳤다. 오는 길에 지치고 먼지투성이가 된 것처럼 보였다.

몽고메리는 에르난도 리잘데를 보고 놀라지 않았다. 그 주 내내 아침마다 그가 올 거라고 생각했기 때문이다. 그렇지만 편지가 의도한 효과를 불러일으켰다는 사실을 깨닫자 불쾌했다. 에르난도가 버릇없는 자기 아들을 데리러 왔지만 이번만큼은 에두아르도를 없앨 수 있다는 사실이 기쁘지 않았다. 왜냐하면 몽고메리 역시 카를로타가 행복하게 웃으면서 에두아르도의 품에 안긴 모습을 봤기 때문이다.

"리잘데 씨."

에르난도가 안으로 들어갈 수 있게 몽고메리가 옆으로 비켜서며 말했다. 에르난도 뒤에는 장정 두 명이 있었고 몽고메리는 말 위에 앉아 있는 장정을 두 명 더 발견했다.

"무슨 일이십니까?"

"내 아들을 찾고 있네. 그 자식은 어디 있나?"

에르난도는 팔 아래 채찍을 끼고 성큼성큼 안뜰로 들어가면서 물었다. 그가 신은 가죽 부츠가 돌바닥에 부딪쳐 철썩철썩 소리를 냈다.

“응접실에 계신 것 같습니다.”

“아들한테 데려가 주게. 너희 둘은 여기서 기다려.”

에르난도가 같이 온 장정을 가리키며 말했다.

몽고메리는 재빨리 두 장정이 든 총 두 자루를 눈여겨보면서 그들이 어떤 부류인지 파악했다. 에르난도 역시 무장을 하고 있었는데 권총의 상아 손잡이가 에르난도가 입은 어두운 옷과 대비를 이루며 하얗게 빛났다. 그 정도 위치의 사람에게 이런 권총은 순전히 장식용이었지만 몽고메리는 사소한 것도 놓치지 않았다.

“이쪽으로 가시죠.”

몽고메리가 높낮이 없이 무미건조하게 말했다.

그들이 응접실에 들어섰을 때 에르난도를 처음으로 알아본 사람은 다름 아닌 에두아르도였다. 에두아르도는 서둘러 자리에서 일어나 침을 꿀꺽 삼켰다. 그러자 모로가 고개를 돌려 그들이 있는 쪽을 바라보았다.

“리잘데 씨.”

모로가 지팡이에 몸을 기대면서 마찬가지로 자리에서 일어났다.

“깜짝 놀랐습니다. 들르신다는 편지는 받지 못했는데.”

“편지는 안 보냈네.”

에르난도는 소파에 앉아서 부채질을 하다가 이제는 부채를 무릎 위에 두고 가만히 앉아 있는 카를로타를 주시했다. 이시드로가 연주를 멈추고 피아노에 몸을 기댔다. 이시드로의 입가에 미소가 번졌다.

"즐거운 시간을 보내고 있는 것 같구나."

"모로 박사님은 좋은 집주인이세요, 아버지."

에두아르도가 쾌활한 척 애쓰며 말했다.

"아버지를 뵈어서 기쁘네요. 자리에 앉으시지 그러세요?"

에르난도는 앉지 않았다. 벽난로 위에서 프랑스제 시계가 째깍거리고 있었다.

"여기 오지 말라고 했는데. 분명히 야샤툰에는 나랑 같이 가자고 했는데, 여기 와 있구나."

"문제 될 게 없다고 생각했어요."

"문제가 되지."

"무슨 문제가 있습니까?"

박사가 물었다. 다른 사람들은 공포에 질린 듯했지만 모로는 놀랄 만큼 침착해 보였다.

"좀 더 신중하게 이 문제를 대하려고 했는데, 모로 자네가 나를 전혀 존중하지 않는 것 같으니 나도 단도직입적으로 신속히 대하겠네. 자네 연구는 끝났어. 동물인간을 모두 나한테 넘기고 떠나게."

에르난도가 이렇게 말하면서 꽉 쥐고 있던 채찍으로 카를로타가 앉아 있던 소파 팔걸이를 찰싹 내리쳤다. 카를로타는 에두아르도가 서 있는 소파 반대쪽으로 급히 자리를 옮겼다.

모로가 차가운 눈초리로 에르난도를 쳐다봤다.

"무슨 일인지 여쭤봐도 됩니까? 아니면 아무 설명도 없이 해고당해야 하는 겁니까?"

"자네가 해명하려고 시도할 순 있겠지만 해낼 순 없을 걸세. 수

년간 자네는 청구서와 변명 말고는 나한테 어떤 것도 주지 못했으니까 말이야. 나는 일꾼들을 요청했고 자네는 아무것도 준 게 없어. 이렇게 너그럽게 계속 후원해 줄 수는 없다고 했잖나."

"압니다. 지난 몇 년간 제 연구에 관해서라면 조금 인색하셨죠."

"왜냐하면 아무 소득이 없었기 때문이네, 모로! 과장된 이야기나 병든 동물 빼고는 아무것도 없었지. 하지만 야샤툰에 있는 누군가가 후안 쿠무쉬를 돕고 있다는 이야기가 돌지 않았다면 신경 쓰지 않았을 걸세."

"그건 말도 안 되는 이야기입니다."

모로가 단호히 말했다.

"나도 좀 더 조사를 하기 전까지는 그렇게 생각했네. 한때 비스타 에르모사에서 일한 적이 있는, 달아난 원주민을 최근에 붙잡아 심문해 보니 이놈이 야샤툰 근처에 살았고 거기 사람들이 쿠무쉬한테 우호적이라고 자백했다네."

"달아난 일꾼을 믿으십니까? 그놈이 다 꾸며 낸 이야기입니다."

"십여 차례가 넘게 채찍을 때린 후에야 그놈 말을 믿었지."

에르난도가 다시 채찍을 휘둘러 소파 팔걸이에 금이 가게 했다. 카를로타가 자리에서 펄쩍 일어났다. 몽고메리는 카를로타가 내민 손을 에두아르도가 꽉 움켜쥐는 모습을 보았다.

"아드님도 야샤툰에 처음 왔을 때 비슷한 말씀을 하셨지요. 하지만 그날 아드님께 말씀드린 것처럼 저희는 그와 관련해 아는 바가 전혀 없습니다. 떠도는 소문을 믿으시면 안 됩니다."

몽고메리가 말했다.

이제 에르난도는 몽고메리를 바라보면서 깔보는 듯한 미소를 지었다.

"사실 떠도는 소문에는 출처가 있기 마련이네, 로턴. 그리고 모든 일을 따져 봤을 때 쓸데없는 일에 돈을 많이 쓴 것 같고 어쩌면 내가 한 일이라고는 쿠무쉬 일당을 먹이고 무기를 제공해서 그놈들이 내 토지를 들쑤시게 한 것뿐인 듯하단 말일세. 모로, 자네가 만든 쓸모없는 동물을 몇몇 데리고 쿠무쉬를 찾아가 죽일까도 생각했네. 그런 일이 아니고서야 그놈들이 무슨 쓸모가 있겠나?"

"에르난도, 동물인간을 데리고 가서 그…… 칼을 손에 쥐여 주고 환영을 찾으라고 할 수는 없습니다."

"동물인간한테 왜 칼이 필요하지? 발톱이 있잖나? 내 조카를 물었다던데, 아니야?"

에르난도가 이렇게 말하면서 손으로 이시드로를 가리켰다.

"이시드로를 물 수 있다면 남의 살코기를 맘껏 먹을 수도 있겠지. 아까 말한 것처럼 자네가 한 연구는 쓸데없었네. 다른 누군가는 자네보다 훨씬 적은 비용으로도 연구를 계속할 수 있을 걸세."

"아무도 제가 한 일을 할 수는 없습니다."

모로가 거칠게 말했다.

"멍청한 어중이떠중이를 여기 데려와 보시죠. 그 인간은 내 재능에 근접할 방법조차 찾지 못할 테니까."

다투기에는 날씨가 너무 더운데.

몽고메리가 생각했다. 이렇게 더운 날이면 몽고메리는 의미 없는 싸움에 휘말려 바보 같은 난투극을 벌이곤 했다. 그게 지금 벌어지고 있는 일이었다. 에르난도가 싸구려 선술집에서 카드 게임에 속아 울부짖는 멍청이보다 나을 게 없어 보여서 몽고메리는 최악의 상황이 벌어질까 두려웠다. 이런 날은 결코 원만하게 끝나지 않았다. 사람들은 피를 뒤집어썼다.

"여러분, 아버지, 제발. 앉아서 한잔 마시면서 이야기해요."

에두아르도가 불안에 떨면서 말했다. 아무리 멍청하다고 해도 에두아르도 역시 허공에 떠도는 피 냄새를 맡은 것 같았다.

"싸우시면 안 돼요. 박사님은 제 신부가 될 사람의 아버지세요."

에두아르도가 이보다 나쁜 말을 할 수도 없었을 것이다. 에르난도는 즉시 화를 내며 얼굴을 붉혔다.

"신부가 될 사람?"

에르난도가 이시드로를 쳐다봤다.

"이건 언제 일어난 일이냐? 편지에 결혼한다는 말은 없었는데."

"며칠 전에 에두아르도가 카를로타한테 청혼했어요."

이시드로가 대답했다.

"그런데 넌 말릴 생각도 안 한 거냐?"

"삼촌, 저는 에두아르도가 청혼하기 전에 편지를 썼고, 그것 말고는 할 수 있는 일이 없었어요."

"너는 저 여자랑 결혼 안 한다. 내가 죽는 꼴을 보고 싶으냐?"

에두아르도가 고개를 저었다.

"아버지, 전 약속을 했고 제 마음은……."

"마음은 얼어 죽을! 눈이 멀었구나! 앞이 안 보이냐?!"

에르난도가 카를로타 쪽으로 채찍을 겨누며 고함쳤다. 그가 말할 때마다 입에서 침이 튀어나왔다. 광견병에 걸린 개와 흡사했다.

에르난도는 몇 걸음 만에 카를로타 앞에 서더니 채찍을 쥔 손으로 카를로타의 턱을 들어 올려 숨을 못 쉬게 했다. 그러고는 증오심에 불타오르는 눈빛으로 카를로타를 내려다봤다. 술주정뱅이가 똑같은 표정을 하고서 다른 사람을 칼로 찌르는 광경을 본 적이 있던 몽고메리는 왼손으로 주먹을 꼭 쥔 채 안절부절못하면서 그들 주위를 배회했다.

"지금 뭐 하시는 겁니까, 리잘데 씨?"

몽고메리가 목소리를 낮추어 물었다.

"박사의 솜씨에 감탄하고 있네."

에르난도가 중얼거리더니 한 걸음 물러서서 카를로타를 놓아주었다.

"이 여자는 동물인간과 같아. 박사가 만들어 낸 작품 중 하나지."

카를로타가 에두아르도의 팔을 움켜잡자 그가 소리 내어 웃었다.

"아버지, 농담하시는 거죠? 카를로타는 여자고 동물인간이랑은 달라요."

"분명히 말하는데 동물인간이야. 내가 이전에 모로를 만났을 때는 딸이 없었어. 숨겨 놓은 사생아가 있어서 같이 살려고 데려오든 말든 내 알 바는 아니었지. 하지만 이시드로가 보낸 편지에서 네가 관심을 두는 여자가 있다고 했을 때 내가 좀 더 신경을 썼어야 했다는 생각이 드는구나.

모로, 예전에 자네 밑에서 일하던 녀석 기억하나? 몇 달 전에 그자를 만나서 야샤툰에 돌아올 생각이 있는지 의논해 봤네. 그자한테 다시 연락해서 자네 딸에 관해 아는 게 있는지 물어봤지. 박사가 하인을 취했다는 말이 나올 줄 알았고, 나는 네가 가정부의 사생아이자 아무 가망이 없는 여자한테 홀딱 빠진 거라고 알려 줘야 할 줄 알았다, 에두아르도. 그자가 박사의 딸이 말 그대로 **살쾡이**가 낳은 자식이라고 할 줄은 생각도 못 하고."

"멜키아데스는 제 연구 결과를 훔치려고 했습니다. 적이 되어서 제 악담을 퍼부을 만한 이유가 있죠."

박사가 말했다.

"저게 괴물이 아니라고, 재규어랑 인간을 교배한 불경스러운 잡종이 아니란 걸 증명해 보게."

에르난도가 다시 카를로타를 손가락질하며 따지듯이 물었고 카를로타는 이제 에두아르도를 붙잡고 그의 가슴에 얼굴을 파묻었다. 몸을 떠는 걸로 보아 울고 있는 듯했다. 몸을 작게 만들어서 에두아르도의 재킷 주름 사이로 숨고 싶은 것 같았다.

"증명할 수 있다면 증명해 보게."

"리잘데 씨, 당신 아들을 강간죄로 치안 판사 앞에 끌고 갈 수도 있으니 저한테 뭐든 증명해 내라고 다그치지 마십시오. 아니면 원하시는 것보다 더 많은 걸 증명해 버릴 거고 그러면 어찌 됐든 에두아르도는 카를로타와 결혼해야만 할 겁니다."

모로가 경고했다.

에르난도가 놀라서 입을 딱 벌리며 자기 아들을 쳐다봤다.

"제발, 사실이 아니라고 해라. 저 매춘부가 유혹하는 데 넘어간 거냐?"

"카를로타는 매춘부가 아니에요. 아버지, 저랑 잤을 때 카를로타는 순결했어요."

에두아르도가 진지하게 말했다.

에르난도의 얼굴이 창백해졌고 그도 그럴 만했다. 에두아르도가 정말로 카를로타의 순결을 앗았다면 모로는 소송할 만한 사건이 생긴 거고 그러면 에두아르도한테는 수치스러운 일이 될 터였기 때문이다. 카를로타는 의사한테 진찰을 받을 테고, 에두아르도 역시 처녀의 순결을 앗아 갈 수 있는지 알아내려 검사를 받아야 할 것이다. 리잘데 가 사람이 추잡하고 저속한 불한당처럼 바지를 내려서 의사가 그의 음경을 들여다본다고 상상해 보라. 그다음에는 괴로워하며 판사 앞에 서고, 체포될 위험을 무릅쓸 것이고, 신문지상에 이름이 도배될 것이다.

몸을 들썩이며 흐느껴 울다 고개를 돌려 에르난도를 바라보는 카를로타의 두 눈이 눈물로 반짝거렸다. 몽고메리는 리잘데를 향해 소리 지르며 그쯤 하면 됐다고 말하고 싶었다.

"오, 주여. 이 끔찍한 것과 결혼을 약속하다니."

에르난도가 채찍을 손에 쥐고 모로를 쳐다봤다.

"네가 꾸민 짓이지, 이 미친놈!"

에르난도가 달려들어 아주 빠르게 박사의 얼굴을 가격했다. 사납게 내리쳐진 가죽 채찍에 맞아 모로는 지팡이를 떨어뜨리며 크게 신음 소리를 냈다. 뒤로 물러서다가 발을 헛디딜 뻔하기까지 했다.

카를로타가 곁으로 달려가 모로가 넘어지지 않고 균형을 잡을 수 있게 도와주었다.

"우리 아버지한테서 떨어져!"

"비키지 않으면 채찍에 맞아 피투성이가 될 거다!"

에르난도가 다시 채찍을 들어 올리며 카를로타에게 경고했다.

참을 만큼 참은 몽고메리는 거리를 두는 게 가장 현명한 방책이라고 여기고 에르난도 리잘데를 방 반대편으로 끌고 가려고 움직였다. 하지만 채찍을 단단히 쥔 에르난도 앞으로 카를로타가 달려들어서 기회가 없었다.

카를로타가 너무 빨라서 몽고메리는 처음에 무슨 일이 일어났는지 이해하지 못했다. 에르난도가 겁에 질려 외치는 소리를 들었을 뿐이었다. 그다음에는 에르난도의 뺨에 빨간 줄이 그어진 걸 보았다. 카를로타가 할퀸 것이었다.

카를로타가 고개를 들자 몽고메리는 그녀의 크고 화난 눈을 제대로 볼 수 있었다. 그 눈은 이제 여러 색으로 가득 차서 반짝거렸다. 눈동자는 아름다운 벌꿀색이었으나 이제는 다른 색을 띠고 있었다. 눈동자는 타오르는 듯했고 동공은 완전히 다르게 보였다. 레몬 빛을 배경으로 검고 작은 점이 박혀 있었다.

그 눈은 일반적인 여자의 눈이 아니었다. 카를로타가 가슴을 들어 올리며 돌아서자 이시드로는 뒷걸음질 치다가 꽃병을 깨뜨릴 뻔했다. 몽고메리는 꿈쩍도 안 했다.

몽고메리는 딱 한 번 코앞에서 그런 눈을 본 적이 있었다. 재규어의 눈이었다. 카를로타가 취한 자세, 즉 고개를 들어 올려 목을 쭉 뻗고 몸을 경직시키는 모습은 고양이가 화가 났을 때 취하는 자세와 똑같았다.

몽고메리는 멍하게 자기가 카를로타 곁에 있었던 때를 모두 돌이켜보면서, 카를로타가 곡예사처럼 몹시 우아하게 움직이는 모습을 보고 얼마나 감탄했는지 떠올렸다. 카를로타의 눈은 가끔씩 어둠 속에서 아주 잠깐이지만 번쩍이는 것처럼 보였다. 카를로타는 어둠 속에서도 잘 보았고 한밤중에도 촛불 없이 다녔으며 걸음걸이는 속삭이는 것처럼 조용했다. 만약 카를로타가 자기를 드러내지 않기로 작정하면 그녀가 다가오는 걸 알 수 없었다. 그늘에 감싸인 채 카를로타는 어둠이 깔린 안뜰과 정글 속 푸른 나무 사이를 슬며시 드나들었다. 물처럼, 유령처럼, 재규어가 사냥할 때처럼 유동적이었다.

그리고 몽고메리는 에르난도의 말이 사실이라는 걸 깨달았다. 그가 한 말 중 상당수가 사실이었다. 카를로타는 동물인간이었다. 다른 이들도 그 사실을 깨달았다.

"어떻게 네가 감히!"

그러면서 에르난도가 한 손으로는 권총을 꺼내고 다른 손으로는 다친 뺨을 눌렀다.

몽고메리가 자기 총을 꺼내 에르난도의 머리를 겨누며 낮게 말했다.

"총 내려놔."

처음에 에르난도는 몽고메리가 한 말을 이해하지 못한 것 같았다. 화가 났다기보다는 충격에 빠진 표정으로 몽고메리를 쳐다볼 뿐이었다. 그러고는 코웃음을 쳤다.

"로턴. 감히 날 협박할 생각은 하지도 말게. 내 부하들이 이 저택

밖에 대기하고 있다가 자네를 쏴 버릴 테니까."

몽고메리가 에두아르도를 처음 만났을 때 공격적으로 말하긴 했지만 지금은 상황이 또 달랐다. 에르난도 리잘데는 결국 몽고메리가 진 빚을 떠안고 그에게 봉급을 주는 사람이었다. 몽고메리는 에르난도한테 반대하는 말을 해서 스스로 파국을 맞이하게 됐지만 불안한 마음을 억누르고 총을 굳게 잡았다. 이제 몽고메리가 용기를 내야 할 때였다.

"내가 당신 머리에 총알을 박아 넣은 다음에야 가능할걸? 내 사격 실력이 뛰어나다는 걸 다시 말해 줘야 하나?"

"지금 무슨 소리를 하는지, 누구 편을 들고 있는지 잘 생각하게."

"권총 바닥에 내려놔. 여기서 나가 주면 좋겠어. 난 참을 만큼 참았거든."

에르난도는 코웃음을 치면서도 권총을 바닥에 놓고 자세를 똑바로 했다. 몽고메리는 계속 에르난도를 향해 총을 겨누면서 상아 손잡이가 달린 권총을 집어 들었다.

"셋 다 여기서 나가."

몽고메리가 명령했다.

에르난도가 이제 박사를 쳐다보며 말했다.

"우리를 쫓아내도 다시 돌아올 거네, 모로. 그리고 다시 돌아올 때는 장정 십여 명과 함께 와서 자네가 만든 동물인간들을 데려가, 우리를 괴롭히는 원주민들을 죽이고 자네들한테도 확실히 벌을 줄 거야. 지금 항복하는 게 최선일 걸세. 내 말을 따르면 자비를 베풀어 주지. 내가 나서서 자네를 해치게 하지 말게."

모로는 카를로타의 부축을 받아 똑바로 일어서서 에르난도를 마주 노려봤다.

"떠나 주셔야겠습니다."

"박사님 말씀 들었지. 당장 이 집에서 꺼져."

몽고메리가 권총 하나는 에두아르도에게 겨누면서 말했다.

에두아르도와 이시드로는 에르난도를 따라 천천히 문 쪽으로 걸어갔다.

"에두아르도."

카를로타는 애원하듯이 이름을 부르며 에두아르도를 향해 손을 뻗었다. 어떤 남자라도 그 손짓을 보면 가슴이 미어졌을 것이다.

그러나 에두아르도는 움찔하더니 겁에 질린 눈빛으로 카를로타의 얼굴을 훑어보고는 문지방을 넘어갔다. 몽고메리는 등 뒤에 총을 겨누고 세 남자 뒤를 따라갔다.

그들이 안뜰에 다다르자 에르난도가 데려온 부하 두 명이 깜짝 놀라서 몽고메리를 쳐다보고는 권총으로 손을 뻗었다.

"우리는 지금 떠난다. 총 집어넣어."

에르난도는 몽고메리가 자기 등을 권총으로 겨누고 있을 거라고 생각해서 이렇게 말했다.

부하들은 충격을 받았지만 윗사람이 시키는 대로 총을 집어넣고 아시엔다의 출입문 쪽으로 걸어갔다. 그들이 모두 밖으로 나가자 몽고메리는 대문에 빗장을 지르고 재빨리 집으로 돌아갔다.

3부

1877년

21장
카를로타

"자, 여기 앉아라."

모로가 말했다.

"몽고메리, 주사기를 가져다주게. 거기, 그래, 거기."

카를로타는 온몸을 떨고 있었다. 카를로타는 토할 것 같았고 손이 몹시 쓰라렸다. 뭔가 이상해 보였다. 손가락은 자연스럽지 않게 길고 약간 구부러져 있었으며 손톱은 너무 뾰족한 데다 살짝 휘어져 있었다. 카를로타는 유리 진열장 표면에 비친 자기 모습을 언뜻 보았다. 눈도 변해 있었다. 눈이 잘 닦은 돌처럼 반짝거렸다.

카를로타는 자기 모습을 보고 싶지 않아서 팔로 배를 감싸고 몸을 숙인 뒤 흐느껴 울었다.

"팔을 이리 주려무나."

"싫어요!"

카를로타가 소리를 지르며 모로의 손을 찰싹 때렸다.

"건드리지 마세요! 가까이 오지 말아요! 둘 다!"

몽고메리가 카를로타를 쳐다보자 모로는 됐다는 듯이 두 손을 공중에 들어 올렸다. 모로는 침착해 보였다.

"카를로타, 주사를 맞아야 해. 내 어린 양, 명심하렴. 온유한 자는……."

"이해가 안 돼요. 지금 이 상황을 해명해 주세요! 저한테 무슨 일이 벌어지고 있는 거죠!"

카를로타가 따지듯이 말하면서 자리를 박차면서 앉아 있던 의자가 나동그라졌고, 그 근처 탁자 위에 놓여 있던 정리함 속 의료 기구가 옆으로 떠밀렸다. 의료 기구가 쨍그랑 소리를 내며 땅으로 떨어졌다.

그토록 익숙하던 실험실과 이어지는 문간방이 낯설게 느껴졌다. 유리병과 선반 위에 있는 동물, 책, 신체의 뼈와 근육을 보여 주는 도표, 이 모든 게 이상하게 보였다. 카를로타는 이것들을 그전에 한 번도 본 적이 없는 것만 같았고 온몸에 끔찍하고 지독한 고통이 밀려들었다.

"저더러 동물인간이라고 했어요! 제 손을 보세요!"

카를로타가 공중에 손을 들어 올리고 손가락을 펼치며 외쳤다.

"손이 왜 이렇게 생겼죠? 발톱이 있어요!"

정말이었다. 손톱이 고양이처럼 길고 휘어졌으며 뾰족했다. 카를로타는 어떻게 자기 몸과 손이 이렇게 되었는지 이해할 수 없었다.

"진정하렴. 진정해야 해. 그러고 싶지 않지만 널 묶어야겠구나."

"왜 이렇게 됐냐고요!"

"카를로타, 애야. 그만해라."

카를로타가 모로를 향해 쉭쉭거렸다. 그 쉭쉭거리는 소리는 카를로타가 목을 앞으로 뻗을 때 저도 모르게 입에서 튀어나왔다. 카를로타는 자기와 두 사람 사이에 있는 탁자를 두고 빙빙 돌았다. 그러고는 방 한쪽에서 다른 쪽으로 빠르게 걷기 시작했다. 심장이 빠르게 뛰어서 양손으로 주먹을 만들어 관자놀이에 대고 눌렀다.

"카를로타, 네가 그렇게 된 이유는 네 안에 인간이 아닌 부분이 있기 때문이고 나는 그 부분을 수년간 통제하고 저지해 왔단다. 하지만 최근 몇 개월간 네 몸이 변화해서 나도 당황했다. 그 속성을 억누르던 치료가 통하지 않고 있단다."

"어떻게 제 안에 인간이 아닌 부분이 있을 수 있죠? 저는 아버지 자식이 아닌가요? 라모나가 어떤 여자가 아버지를 보러 왔다고 했어요. 도시에서 온 예쁜 여자가."

카를로타가 실낱같은 소문 한 가닥에 매달렸다.

"그 사람이 아버지의 정부이자 제 어머니죠."

"그 여자는 네 엄마를 아는 사람이었단다."

모로가 고개를 가로저으며 말했다.

카를로타는 오랫동안 달린 것처럼 근육이 아프고 숨이 찼으며 콧구멍이 벌렁거렸다. 카를로타는 실험실에서 나는 화학 물질과 화학 용액, 아버지 눈썹에 맺힌 땀과 몽고메리의 체취까지, 오만 가지 냄새를 맡을 수 있었다. 그 여러 가지 냄새는 강하고 뚜렷했으며 서로 켜켜이 쌓여 있었다.

"나는 아주 사랑스러운 어떤 여자와 결혼한 적이 있단다. 오, 매들린."

모로가 이렇게 말하면서 옅은 미소를 지었다.

"내 방에서 초상화를 본 적이 있을 거야. 하지만 아내는 선천적인 질병을 앓았단다. 임신 말기에 죽었어. 그런 일이 벌어져선 안 됐는데. 그렇지만 할 수 있는 일이 아무것도 없었단다. 매들린의 육신에는 결함이 있었어. 사제들은 하느님이 자기 모습을 본떠 우리를 완벽하게 만들었다고 하지만 그 말은 거짓말이야. 우리가 가진 이 모든 결함을 봐! 자연이 우리 육체에 가한 모든 실수를 말이야. 기형아와 병약자, 일찍 골로 간 사람들을 보라고. 나는 결함을 바로잡으려고 애썼어. 하느님의 창조물을 온전하게 만들고 인간의 해악을 없애려고."

그때까지만 해도 모로는 침착한 표정을 하고 있었다. 이제는 어두운 표정으로 이맛살을 찌푸렸다.

"내 실험은 파리에서 이해받기에는 너무 난해하고 극단적이었다. 나는 내가 태어난 나라를 떠나 멕시코에서 피난처를 찾아야 했지. 하지만 돈이 필요했어. 리잘데는 돈이 엄청 많았지. 내 연구 중 일부가 리잘데의 욕망을 자극했어. 당시에 나는 기본적인 동물인간을 만들어 냈고 리잘데 같은 사람이 이러한 연구를 알아봐 줄 거라고 생각했어. 리잘데는 나한테 야샤툰과 후원을 제공했고 덕분에 더 안정된 속도로 연구를 진행할 수 있었지. 동물인간은 내가 연구하고 싶었던 게 아니라, 어쩔 수 없이 연구해야만 했던 대상이라는 사실을 알아주렴. 일꾼! 내가 뭣 때문에 농장 인력을 원하겠니? 그건 에르난도의 관심사였단다.

나는 돼지 뱃속에 동물인간을 키운 뒤 생존력이 있는 태아를 내

수조로 옮겼어. 그렇지만 실수가 있었고 세부적으로는…… 흠, 이용한 재료에 문제가 있을 거라고 생각했어. 범죄자와 부랑자의 제뮬을 이용하고 있었으니까. 나는 나 자신의 제뮬이 더 적합할 거라고 판단했지. 또 돼지가 아니라 인간 여자가 아이를 낳아야 한다고 판단했어. 나는 사창가에서 테오도라를 발견했지. 그 여자가…… 그 여자가 바로 너를 낳은 사람이란다."

카를로타는 서성거리는 걸 멈추고 모로를 쳐다봤다.

"그럼 저한테도 어머니가 있고 에르난도 리잘데가 한 말은 틀린 거네요. 저는 재규어가 낳은 자식이 아니니까요."

모로가 입술을 굳게 일자로 다물고는 한숨을 쉬었다.

"나는 테오도라를 사창가에서 꺼내 줬고, 아이는 돈을 받고 낳아 주기로 한 테오도라의 자궁에서 자라났지. 그래, 맞아. 아이는 테오도라의 특징과 내 특징을 조금씩 지녔어. 하지만 재규어의 제뮬도 가졌단다. 카를로타, 너는 두 명의 부모 사이에서 태어난 아이가 아니야. 다른 동물인간처럼 내가 너를 만들었단다. 너는 불가능에 가까운, 거의 신화 속에 등장하는 존재란다. 스핑크스처럼, 얘야."

카를로타는 무슨 말을 해야 할지 몰라서 탁자 뒤에 가만히 서 있었고 모로는 지팡이를 짚고서 탁자를 천천히 돌았다. 카를로타는 손으로 턱을 문지르고 있는 몽고메리를 흘깃 바라보았다.

"다른 동물인간처럼 말이죠."

카를로타가 느리고 나지막이 말했다.

"태어났을 때 넌 동물인간처럼 보이지 않았어. 내가 만든 다른 생명체는 어딘가 열등하고 결함이 있었지만 너는 더없이 인간 같았단다! 물론 손볼 곳이 있었지만 너와 같은 생명체는 본 적이 없었어. 어떤 특성은 고쳐야 했고 어떤 특성은 더 완전히 드러내야 했단다. 처음에는 고통이 상당했지만……."

"어린 시절은 고통스러웠던 것밖에 떠오르지 않아요."

카를로타가 매섭게 말하면서 어린 시절 먹구름이 낀 것처럼 고통스러웠던 일과 아버지가 자기 이마 위에 시원한 손을 얹어 주던 모습을 떠올렸다.

"그게 아버지가 한 짓이라고요?"

"동물인간한테 무슨 일이 벌어지는지 봤잖니. 특정 부분을 조정해야 했단다. 하지만 작품이 천재적이라는 걸 부정할 순 없을 거야. 네 얼굴은 완벽히 균형을 이루고 있고 이목구비도 아주 매력적이지."

"그래서 절 만드신 뒤 다시 만드셨다고요?"

"그래. 너는 완벽에 가까웠거든. 다른 동물인간과는 다르게 말이야. 그 고약한 것들은 대부분 내면이 짐승이나 다름없고 실수투성이란다. 하지만 너는 달라. 형체나 사고에 있어서 너와 조금이라도 근접한 동물인간은 없었단다. 너는 온순하고 순종적이고…… 오, 카를로타, 모르겠니? 넌 진행 중인 작품이야. 진행 중인……."

"프로젝트요."

몽고메리가 입가에 비웃음을 띄우며 말했다. 그는 벽에 기대고 있다가 이제 몸을 앞으로 내밀었다.

"저한테 말씀하신 게 그거였군요, 박사님? 하나의 훌륭한 프로젝트라고요. 흠, 거짓말이 아니었군요."

"그래! 그게 무슨 문제지?"

모로가 몹시 화를 내며 고개를 돌려 몽고메리를 쳐다봤다.

"모든 아이는 프로젝트야! 내 프로젝트는 그저 메마른 토지를 경작하는 데 보탬이 되려고 아이를 낳길 원하는 추잡하고 저열한 평민들의 프로젝트보다는 낫다고!"

"그건 같지 않습니다."

"아니, 같네. 그리고 나는 좋은 아버지였네. 나는 내 아이를 입혀 주고 먹여 주고 교육도 시켰네. 카를로타는 몽고메리 자네처럼 난폭한 인간한테 맞는 걸 견딜 필요가 없었네. 또한 타락한 알코올 중독자가 가진 특성을 물려받아서 똑같이 술에 취한 삶을 살 정도로 불행하지도 않지. 카를로타는 온전하고 건강하게 자랐고, 만약 내가 지금 당장 학자들 앞에 카를로타를 선보이면 어느 누구도 내가 평범한 여성을 능가하는 키메라[76]를 만들어 냈다는 사실을 부정하지 못할 거네."

"우리 아버지는 비열한 인간이었지만 당신도 마찬가지입니다."

몽고메리가 박사한테 비난 조로 손가락질하며 말했다.

"당신이 약간 미쳤다는 건 늘 알고 있었지만 자기 자식을 박람회에 전시하고 싶은 물건 취급을 하다니?"

모로가 자신의 가슴팍을 치며 언성을 높였다.

"카를로타를 전시하겠다고 한 적은 없네. 전시할 수 있다고 했지. 그건 다르다고."

"박람회에서 말을 파는 것처럼 카를로타를 팔아넘기려고 한 게 이상하지 않네요."

---

76 사자의 머리에 염소 몸통에 뱀 꼬리를 단 그리스 신화 속 괴물.

“바보 같은 소리는 그쯤 지껄이게, 로턴. 아비들은 모두 자기 딸을 시집보내지. 난 그저 카를로타가 제일 나은 남자와 결혼하길 바랐을 뿐이네. 야망을 품는 게 잘못된 일은 아니잖나.”

“제 어머니는 어디에 있죠?”

카를로타가 땅을 바라보며 물었다. 카를로타는 몹시 지쳤고 어느 순간 마법이 풀린 것처럼, 내면에 있는 무언가가 서서히 물러나더니 다시 조립된 것처럼, 더 이상 손이 아프지 않았다. 손톱이 작아졌고 둥글게 보였다.

“어머니는 어디에 있냐고요?”

두 남자가 고개를 돌려 카를로타를 쳐다보았다.

모로는 입맛을 다시더니 달래는 듯이 손을 들었다.

“난산이었다. 출산한 지 얼마 안 돼서 죽었어. 그래서 인간 자궁에서 또 다른 동물인간을 키우려고 하지 않은 거란다. 너무 위험해 보였거든. 하지만 그게 비결이었을지도 모르겠다. 어떤 녀석도 너한테 미치지 못했으니까. 아니면 그건 내가 되찾을 수 없는 우연한 일이거나 기적 같은 연금술이었을 거야.”

“어머니한테는 가족이 없었나요? 형제자매도요?”

“내가 알기로는 아무도 없었다. 테오도라는 열다섯 살 때부터 몸을 팔아 온 고아였지. 나를 찾아온 여자는 테오도라가 일하던 사창가를 소유한 사람이었어. 몇 번이나 편지를 써서 돈을 요구했고 심지어 한 번은 직접 찾아왔지. 내가 테오도라를 죽였다고 믿고 있는 것 같더구나. 흠, 나는 테오도라를 죽이지 않았어. 테오도라는 훌쩍 가 버렸지. 내 아내처럼. 불쌍한 내 아내…….”

모로가 말끝을 흐렸다.

"제 어머니는 어디에 묻으셨어요? 여기에 묻으셨나요?"

"아니. 시신은 석호 밑에 있단다. 내가 떨어뜨렸지. 절대 찾을 수 없을 거다. 아, 그렇게 쳐다보지 말렴, 카를로타. 테오도라를 해칠 생각은 전혀 없었다. 오히려 나는 가끔씩 테오도라가 내 연인이었고 너는 실험 대상이 아닌 것처럼 행동하는 걸 좋아했단다. 보기 좋게 꾸며 낸 이야기였지만."

카를로타가 살아온 인생은 전부 박사가 보기 좋게 꾸며 낸 이야기였다. 카를로타는 심호흡을 하고 눈을 감았다. 그러자 눈꺼풀에 눈물이 매달린 게 느껴졌고 목소리가 떨렸다.

"매주 저한테 주신 약물이 더 이상 효과가 없다고 하셨잖아요. 이제 저는 어떻게 될까요?"

"약물을 투여받지 않으면 너한테 특정 동물의 속성이 나타나는 것 같구나. 그런 일은 네가 불안해할 때 일어나기 때문에 네가 진정할 수 있는 환경을 제공하려고 애쓴 거란다."

"그러면 저는 늘 변하겠네요. 지금처럼요."

"아니, 아니다. 얘야."

모로는 지팡이를 탁자에 걸쳐 놓고 카를로타의 손을 잡아 자기 입술로 가져다 댔다.

"내가 복용량을 완벽하게 조정할 거야. 아주 조금만 조정하면 된단다."

카를로타는 아버지가 자기를 안아 주고 모든 게 괜찮아질 거라고 말해 주길 바라면서도 한편으로는 방을 뛰쳐나가 아버지로부터 멀어지고 싶었다.

"다른 애들은요? 동물인간이 투여받는 조제법을 알아야겠어요."

"동물인간은 중요하지 않아."

"어떻게 중요하지 않을 수 있죠?"

카를로타가 뒤로 물러서서 손을 빼내며 물었다.

"아버지는 동물인간을 속박하고 있어요. 그들은 치료법 없이는 아무 데도 갈 수 없고요."

"걔네가 어디로 가겠니? 서커스단으로? 괴물 쇼에 출연하려고?"

"괴물 쇼? 우리를 그렇게 생각하시는 거예요?"

"너는 다르단다. 너는 한 번도 동물인간 같지 않았어. 그게 중요한 점이지. 동물인간은 **짐승**이야."

그 순간 카를로타는 잠시 앞이 보이지 않을 정도로 엄청난 분노를 느꼈다. 세상이 새빨갛게 변했다. 응접실에 있을 때는 두렵고 화가 났다. 하지만 이번에는 온전히 분노했다. 아까는 아버지가 지시한 대로 자신을 통제하고 진정하려고 애썼으나 지금은 분노가 폭발하도록 입을 크게 벌려 울부짖었다. 카를로타는 손을 뻗어서 모로의 목에 손가락을 찔러 넣었다. 그러고는 재빨리 움직여 모로를 유리 진열장으로 세게 밀쳤다.

모로는 키가 크고 덩치도 크고 힘도 셌지만 카를로타가 유리 진열장에 밀어붙여 꼼짝 못 하게 하자 모로의 등에 유리가 부딪쳐 산산조각 났다. 카를로타는 자기 입안에 있는 이가 커지고 칼처럼 날카로워지는 것을 느꼈다.

"조제법을 내놔!"

카를로타가 소리 질렀다.

"나는…… 거기에 없어……."

모로가 중얼거렸다.

"조제법을 내놓으라고!"

"카를로타, 박사님을 놓아줘."

몽고메리가 카를로타를 떼어놓으려고 팔을 붙잡은 뒤 목덜미를 움켜잡았다. 그는 겨우 카를로타를 모로한테서 떼어냈다.

카를로타는 몽고메리를 깨물려고 했지만 이가 살에 박히는 대신 허공에서 딱딱 부딪쳤다. 몽고메리가 카를로타의 어깨를 붙잡아 몸을 돌려서 눈을 빤히 쳐다보자 마침내 카를로타는 그를 향해 쉭쉭거렸다. 믿기 어렵게도 몽고메리는 겁먹은 것 같지 않았다. 몽고메리가 야생 동물을 다루는 데 능숙한 사냥꾼이었다는 사실을 떠올린 카를로타는 고개를 뒤로 젖히며 소리 내어 웃고 싶었다.

"심호흡을 해야 해. 심호흡해 줄 수 있어?"

카를로타는 할 수 있을지 알 수 없었다. 카를로타는 어떻게 숨을 쉬는지 잊어버린 것 같았지만 겨우 고개를 끄덕이고는 입을 벌렸다. 허파가 타는 것 같았다. 힘겹게 숨을 들이마시자 피곤함과 공포가 파도처럼 밀려들었다. 무슨 일을 한 거지?

"잘했어."

몽고메리가 속삭이듯 말했다.

"카를로타."

모로가 중얼거렸다.

몽고메리와 카를로타 모두 고개를 돌렸다. 모로가 팔을 움켜쥐며 혼자 몸을 일으켜 세우고 있었다. 카를로타가 어찌나 세게 잡았는지 모로의 창백한 목에 멍이 들어 있었다.

"조제법은 없단다, 카를로타."

모로가 웅얼거리더니 몸을 움찔하며 이마에 흐르는 땀을 닦았다.

"내가 지어낸 거야. 치료제는 내 통풍 치료에 쓰는 리튬이나 모르핀과 같단다. 급성 조증 환자한테 사용되는 건데 동물인간을 진정시키는 것처럼 보였지. 그게 너한테도…… 효과가 있었다. 네가 어렸을 때는 말이야."

그때 카를로타가 손가락으로 자기 입술을 누르며 크게 웃음을 터뜨렸다. 조제법이 없다니! 게다가 카를로타는 아버지가 만들어낸 생명체이자 인간이 아닌 데다, 성인 남성을 방 건너편으로 집어던질 수 있는 존재였다.

"나는 늘…… 늘 딸을 원했단다. 너는 내 딸이야."

모로가 자세를 바로잡다가 뒤로 넘어졌고 발치에서 유리가 부서지는 소리가 났다.

"심장이 아프구나……."

모로가 가슴을 움켜쥐면서 쓰러졌다. 모로 박사였던 그 거인은 실험실 바닥에 널브러졌다.

22장
몽고메리

그들은 이제 몇 시간째 박사의 침대맡에 앉아 있었다. 모로 박사는 자고 있었고 그들은 기다렸다. 라모나가 차를 가져와 몽고메리에게 한 잔 건넸다. 몽고메리가 고맙다고 하자 라모나는 고개를 끄덕였고 방 안을 돌아다니며 다른 사람들한테도 각자가 고른 커피와 차를 건넸다. 일을 끝마치자 라모나는 탁자에 쟁반을 두었다.

모로의 침실에 들어온 적이 거의 없던 몽고메리는 모로의 물건들 사이에 앉아 있는 게 불편했다. 거기에는 죽은 모로의 아내가 그려진 타원형 초상화가 벽을 지키고 있었고, 모로의 옷이 옷장에 걸려 있었다. 박사는 마호가니 나무로 만든 커다란 침대에 누운 채였고 주변에 있는 커튼은 걷혀 있었다. 이 상황은 어머니가 돌아가시기 직전의 나날을 떠올리게 했다. 그때 몽고메리와 엘리자베스는 모닥불이 타오르는 동안 움직이지 않고 조용히 있어야 했다.

카를로타가 두 손으로 손수건을 꽉 쥐었다. 침대 머리맡에 있던 카를로타는 수시로 눈물을 흘렸다. 카치토와 루페는 울지 않았다.

그들은 무서울 정도로 침착한 표정을 짓고 있었고 말할 때는 속삭였으며 나란히 앉아 있었다. 몽고메리는 이리저리 자리를 옮겨 다녔다. 앉아 있고 싶지 않았고 의자에 앉아 잠들었다가 다음 날 아침에 일어났을 때 허리가 아플까 봐 저어했다.

몽고메리는 박사가 밤중에 죽으면 어떻게 될지 생각하다가, 박사가 살면 어떻게 될지 생각했다. 몽고메리는 뇌졸중을 앓다가 몸을 거의 움직이지 못하거나 말을 하지 못하는 사람들을 봐 왔다. 혼자 헤쳐 나가야 하거나 모로까지 부양해야 한다면 카를로타는 어떻게 할까?

늦은 시각이었고 촛불도 힘없이 타고 있었다.

"리잘데가 부하들을 데리고 돌아올 테니 그 전에 우리는 선택해야 해."

몽고메리가 말했다. 누군가는 해야 할 말이었고 몽고메리는 지쳐 있었다. 눈을 붙이고 싶었지만 침묵의 맹세라도 지키는 것처럼 모두들 조용히 박사의 침실에 비좁게 앉아 있어서 그럴 수가 없었다.

"무슨 선택이요?"

카를로타가 중얼거렸다.

"에르난도 리잘데가 곧 와서 동물인간을 데리고 쿠무쉬 일당과 전쟁을 벌일 거라고 했잖아."

카를로타가 고개를 내저었다.

"쿠무쉬 일당은 진짜 있지 않아요. 그건 거짓말이에요. 야샤툰에 있는 어느 누구도 반란군을 도운 적이 없잖아요."

"그 이야기에 관해서는 리잘데 말이 맞아. 이 근처에 길이 있다고 했잖아. 그 길을 따라가면 쿠무쉬의 야영지 중 하나가 나와. 리잘데가 그 길을 찾아가겠지."

루페가 말했다.

"그건 네가 지어낸 이야기잖아."

카를로타가 손수건을 비틀면서 말했다.

"지어낸 이야기가 아니에요."

라모나의 말에 모두 고개를 돌려 쳐다봤다. 라모나는 꼿꼿이 서 있었다.

"마세왈레가 보급품을 구하러 올 때 여기로 오는 길이 있는데 이제 줄레들이 그 길이 있다는 걸 알면 그 길을 찾아서 마세왈레를 찾아낼 거예요."

카를로타가 손수건을 떨어뜨렸다.

"그럼 라모나였어? 라모나가 쿠무쉬 일당을 돕고 있었던 거야? 그리고 루페, 너는 이 사실을 내내 알고 있었고?"

"내가 지어낸 게 아니라고 했잖아."

"하지만 어떻게 그럴 수 있어! 한 번도 그렇게 말한 적 없잖아!"

카를로타가 루페를 향해 외쳤다.

"네가 눈이 먼 것 같다고 했잖아! 그리고 몽고메리도 알고 있었어."

루페가 손가락으로 몽고메리를 가리키며 말했다.

카를로타가 눈살을 찌푸리더니 몽고메리를 빤히 쳐다보았다.

"당신도?"

"어떻게 모르겠어? 몽고메리는 마요르도모잖아. 식량이 사라지고 보급품이 사라지는데⋯⋯ 몽고메리가 몰랐을 것 같아? 몽고메리한테 소리 질러."

루페의 말에 몽고메리가 이어서 말했다.

"확신은 못 했지."

"하지만 의심은 했겠죠."

"밀가루 한 포대, 콩이랑 쌀 조금. 이런 게 리잘데한테 가치가 있다고 생각해? 리잘데한테 이런 건 아무것도 아니야. 누가 우리 물건에 손을 대는지, 얼마나 가져가는지도 정확히 몰랐는데 인색하게 굴어야 했을까?"

"그 말은 당신이 왜 신경 써야 했냐는 말인가요? 당신이 우리를 이 지경으로 만들었어요."

"몽고메리가 자초한 게 아니야. 우리를 이 지경으로 만든 건 너한테 소중한 에두아르도지. 왜 에두아르도랑 결혼해서 바로 떠나버리지 그랬니?"

루페가 말했다.

"그러려고 했어."

카를로타가 웅얼거리더니 자리에서 일어나 등을 보였다.

몽고메리는 어리석은 편지와 에르난도와 대치했던 상황을 떠올렸다. 어쩌면 에르난도가 간섭하는 걸 피하거나 좀 더 우아하게 처리할 수 있었겠지만 시간을 되돌릴 수는 없었다. 몽고메리는 나중에 자기 방에서 혼자 그 일을 자책할 자리를 마련할 것이다. 지금 당장은 처리해야 할 다른 문제가 있었다.

"이미 벌어진 일이야. 그런다고 이 난장판에서 벗어날 순 없어.

쿠무쉬 일당은 위험에 처해 있어. 우리처럼."
몽고메리가 말했다.
"그놈들이 소총을 들고 와서 우리를 쏠 거예요."
카치토가 침울하게 말했다.
"그러면 우리는 문을 걸어 잠그고 안에 있을 거야. 그놈들이 벽을 통과할 순 없어."
루페가 카치토에게 말했다.
"문을 부술 수도 있잖아."
"그럼 도망가야지."
루페가 단호하게 말했다.
"카를로타가 우리한테 더 이상 박사가 주는 약이 필요하지 않다고 그랬어. 우리가 도망가면 그놈들은 못 찾을 거야. 우리는 영국 땅인 영국령 온두라스를 향해 남쪽으로 갈 수 있어. 빠르게 가면 돼."
"동물인간이 전부 빠르진 않아."
몽고메리가 나이 든 아흐 카브와 페엑 그리고 신체에 기이한 특성을 지닌 다른 동물인간들을 생각하며 말했다.
카치토가 물었다.
"그럼 마세왈레는 어떻게 하죠? 쿠무쉬와 그 일당은요? 그 사람들도 위험에 처해 있어요."
"그 사람들은 스스로를 지킬 수 있어."
루페가 말했다.
"자기들한테 무슨 일이 닥칠지 모르면 잘 지킬 수 없잖아."
"그건 우리 문제가 아니야. 우린 도망가야 해."

"도망쳐도 소용없어. 우리는 싸울 거야."

몽고메리가 끼어들어 단호히 말했다.

카를로타가 돌아섰다. 카를로타는 계속 울어서 눈이 충혈되어 있었고 땋은 머리에서 곱슬머리가 빠져나가려고 했다. 입술도 바르르 떨렸다.

"당신은 그 사람들을 죽이고 싶군요."

"필요하다면 말이야."

"해쳐도 다시 올 거예요. 열 명을 죽이면 삼십 명을 데리고 돌아올 거라고요."

"우리는 고립되어 있어. 우리가 열 명을 죽여도 사람들은 며칠간 그 사실을 모를 테고, 알게 될 즈음에는 우리 모두 떠난 후일 거야. 아무것도 하지 않는 것보다는 일주일 정도 먼저 시작하는 게 나아. 그리고 이런 추격전에 사람을 모으는 건 쉽지 않거든. 원주민이 대규모로 습격하면 아센다도는 유카탄반도 당국에 가서 병력을 데려오거나 이웃 농장에 장정들을 보내 달라고 간청해야 하는데 그 자체가 또 큰일이지. 습격이 일어났다고 생각하면 다른 영지에서는 시간을 끌거나 심지어 겁에 질려 안전한 도시로 달아나겠지. 그 사람들은 여기로 바로 돌아오지 않아. 적어도 일주일은 걸릴 거야. 처음에 공격하는 놈들을 죽이면 시간을 일주일 이상도 벌 수 있을 거야."

카를로타가 고개를 흔들었다.

"이건 원주민이 습격하는 게 아니잖아요."

"내가 아는 건 에르난도 리잘데가 돌아오려고 한다는 것뿐이야. 우리는 권총과 소총으로 무장을 하고 에르난도를 맞아야 해."

"맞아요. 그놈들을 찢어 버려요."

카치토가 신이 나서 말했다.

"네가 지금 무슨 말을 하고 있는지 알아? 지금 사람들을 살해할 계획을 짜고 있어!"

카를로타가 말했다.

"그놈들이 무슨 계획을 짜고 있다고 생각해, 카를로타? 우리한테 차를 권할 거라고 생각해?"

루페가 이렇게 말하면서 찻주전자와 잔이 놓인 은쟁반을 옆으로 치웠다. 설탕 집게가 쨍그랑 소리를 내며 바닥에 떨어졌다.

"아니. 내가 그 사람들과 이야기할 수 있어. 뭔가 협상할 수 있다고."

"뭔가가 뭔데?"

"합의 말이야. 나도 몰라. 너라면 안 하겠지."

"그건 네가 결정할 문제가 아니야."

"그럼 네가 결정할 문제야? 넌 아무도 대변하지 않잖아."

"그러면 다른 사람들한테 물어보자. 하지만 여기 서서 네가 우리 주인이라고 생각하지는 마."

그때 몽고메리가 콧등을 만지며 주춤거리면서 말했다.

"우리 이 문제는 내일 아침에 투표에 부치자. 나는 쉬어야겠어."

몽고메리는 방에서 나왔다. 더 이상은 참을 수 없었다. 누군가 아플 때 몽고메리는 도움이 된 적이 없었다. 어머니가 아파서 누워 있을 때 침대맡에 쭈그리고 앉아서 나지막이 말해야 했던 때가 떠올랐다. 어머니가 살아 있을 때는 아버지와 사이가 아주 좋은 건 아니지만 괜찮았다. 하지만 그때는 적어도 누나 엘리자베스가 있었다. 몽고메리는 모로가 없으면 카를로타가 완전히 혼자가 될 수도 있다는 사실을 깨달았다.

자기 방에서 재킷을 벗고 세수를 한 뒤 몽고메리는 담배에 불을 붙이고 고개를 흔들었다.

몽고메리는 이곳을 좋아했다. 이곳은 몽고메리에게 좋은 장소였다. 여기서는 안전했는데 이제 놀라운 속도로 그렇지 않게 되었다. 몽고메리는 담뱃재가 잔 속에 떨어지게 내버려 두고는 권총을 꺼내 책상 위에 올려놓았다. 그 옆에 에르난도 리잘데의 상아 손잡이 권총을 놓았다. 몽고메리가 가장 아끼는 소총은 책상 옆 벽에 걸려 있었다.

재규어를 죽이고 동물을 사냥하고 무기를 다루는 법을 알았지만 몽고메리는 냉혹한 살인마는 아니었다. 난투가 벌어지는 장소를 누비긴 했지만 위협을 가하며 돌아다니는 사람도 아니었다. 술에 취하면 가끔 문제가 생기기도 했다. 하지만 취한 상태에서도 어느 정도는 자제할 줄 알았다.

노크 소리가 들리자 몽고메리는 놀라지는 않았지만 당황했다. 말다툼을 하기보다는 정말 자고 싶었는데. 문을 열어 보니 카를로타가 전쟁에 나가는 장군 같은 표정을 하고 있었다.

"당신 방에는 늘 아과르디엔테 병이 있으니까 한 잔 달라고 해야지 했어요."

"넌 아과르디엔테를 마시지 않잖아. 내가 가지고 있는 싸구려는 분명히 안 마시지."

"나는 아버지를 진열장에 던지지도 않지만 몇 시간 전에 그런 짓을 저질렀는걸요."

카를로타가 팔꿈치로 몽고메리를 밀치며 정복자같이 씩씩한 태도를 보이며 들어왔다. 머리카락은 이제 등을 따라 느슨하게 풀어져 있었다. 단정하게 땋여 있던 그 머리가.

몽고메리는 책상으로 가서 서랍을 열고 술병과 유리잔 두 개를 꺼냈다. 그러고는 카를로타에게 손가락 두 마디 정도 따라 주었다.

"이건 네가 모닥불 옆에서 마신 술보다 더 독하고 싼 데다 끔찍한 술이야. 몇 모금만 마셔도 취할걸."

몽고메리가 카를로타에게 경고했다.

"맛보게 해 줘요."

카를로타가 재빨리 손목을 꺾어 술을 쭉 들이켜더니 손등으로 입을 훔쳤다. 카를로타는 입이 예쁘게 생겼고 입술이 도톰했다. 머리카락은 책상 위에 있는 등에 비쳐서 종이에 목탄을 세게 눌러 스케치한 것처럼 보였다.

"어때?"

"생각만큼 나쁘지는 않아요. 카치토는 당신이 좋아하는 술이 지독하다고 했어요."

카를로타는 술병을 들어 유리잔 끝까지 술을 채웠다.

"그렇게 내버려 두면 점점 더 마시게 돼. 다른 증류주를 알려 줘? 왠지 그런 걸 알고 싶은 것 같지는 않은데. 뭐가 그렇게 중요해서 한밤중에 날 찾아온 거야?"

"곧 동이 틀 거예요."

"내 말이 그 말이야."

카를로타는 몽고메리가 앉아 있던 의자에 앉았고 몽고메리는 침대에 앉았다. 진홍색 가운이 단정하게 잠옷을 가리고 있었고, 카를로타는 점잔을 빼며 발목을 꼬았으나 유리잔 너머로 몽고메리를 바라보는 시선은 대담했다.

"당신이 그 사람들을 죽이게 내버려 둘 순 없어요."

"네 말은 에두아르도가 죽지 않았으면 하는 거지?"

"아무도 죽지 않았으면 해요. 다른 사람들이 다치는 걸 볼 각오가 됐나요? 카치토랑 루페가 피 흘리는 걸 볼 수 있어요? 난 평화롭게 협상을 시도하고 싶어요."

"백기를 흔들고 그런 거? 네가 협상을 진행하겠다고?"

"무슨 문제가 있나요?"

"이제 그자들은 널 좋아하지 않을지도 몰라. 더 이상은 안 좋아할걸."

카를로타가 억지로 웃으면서 술을 마셨다. 몽고메리는 카를로타에게 술을 줄 수밖에 없었다. 카를로타는 아과르디엔테가 목구멍을 타고 내려갈 때에도 얼굴을 찡그리지 않았다. 그러고는 손을 뻗어 권총 위로 유리잔을 흔들면서 손가락으로는 상아 손잡이의 소용돌이 모양을 따라 권총 손잡이를 더듬었다.

"그래도 시도해 보고 싶어요. 평화롭게 해결할 수 있게 노력해야 해요."

"내일 아침에 투표하기로 했잖아."

"카치토는 당신 말을 들을 거예요. 다른 동물인간 대부분도요.

동물인간은 아버지만큼이나 당신을 존경해요. 우리 둘이서 마음을 움직일 수 있어요."

"그럼 음모를 꾸미고 조종하려고 온 거구나."

"이 문제를 다시 생각해 달라고 부탁하러 왔어요. 누군가 다치는 모습을 보고 싶지 않아요. 총알을 쏠까 생각하기 전에 어떤 말을 할지 생각해 봐요. 몽고메리, 우리는 협상을 해 봐야 해요. 당신은 내가 에두아르도를 지키고 싶어 한다고 생각하겠지만, 난 **우리**를 지키려는 거예요. 우리 집을 구하려는 거라고요."

몽고메리는 답답한 듯 한숨을 쉬었다.

"카를로타, 난 왕이 아니야. 나는 내 할 말을 했고 다른 사람들도 자기 할 말을 하겠지. 너도 네가 할 말을 하는 거고."

카를로타는 다시 유리잔을 잡더니 술을 더 따라 마셨다. 아침에 속이 메스껍겠지만 그건 몽고메리가 상관할 바가 아니었다.

카를로타가 평화를 원한다고? 하지만 몽고메리는 카를로타를 바라보며 그 부드러운 외형을 살펴보다가, 모로의 목에 손가락을 찔러 넣던 광경을 떠올렸고 평화 대신 폭력을 자행하는 여자의 모습을 상상했다. 마세왈레는 다른 살갗에 파고들어 개나 고양이로 변신해 온 땅에 악을 퍼뜨리는 마법사에 관한 이야기를 했다. 몽고메리는 그 이야기를 믿지 않았지만 손이 떨렸다. 담배는 순식간에 타들어 갔다. 몽고메리는 찻잔에 담배꽁초를 던지고는 찻잔을 침대 옆 탁자 위에 두었다.

카를로타가 재빨리 고개를 왼쪽으로 돌리면서 아래를 내려다보았다.

"당신이 두려워하는 냄새를 맡을 수 있는 거 알아요?"

"뭐라고?"

"감각이 예민해졌어요. 난 당신 냄새를 맡을 수 있어요. 집 안에 있는 촛불을 모두 꺼서 칠흑같이 어두워도 당신을 찾을 수 있다고요."

카를로타가 고개를 숙이고 있어서 몽고메리는 카를로타의 눈을 볼 수 없었다. 그 두 눈이 이상하고 끔찍하게 번뜩이는지 아니면 사람의 눈처럼 보이는지 알 수 없었다.

"걱정하지 말아요. 에두아르도도 두려워했어요. 에두아르도가 날 쳐다볼 때 표정을 봤어요? 두려워했고 역겨워하기까지 했어요. 아버지는 역겨워하지는 않았고 그냥 겁에 질려 있었어요. 몽고메리, 지금 역겨워하고 있나요? 두려운 건 제쳐 두고요."

"나는 무섭지 않아."

카를로타는 아과르디엔테 잔을 가슴에 안고 몽고메리를 향해 성큼성큼 걸어왔다.

"알고 있었어요? 아버지가 내 정체를 알려 줬나요?"

"아니."

"하지만 당신은 비밀로 덮어 뒀잖아요. 당신은 라모나가 우리 물건을 가져가는 걸 알았잖아요."

"말했다시피 나는 그냥 그 문제를 살펴보지 않기로 한 것뿐이야."

"알면서도 알려 주지 않은 거면 당신을 영원히 미워할 거예요."

"난 몰랐어."

몽고메리는 짐작조차 하지 못했다. 그런 몽고메리가 멍청하게 보일 수도 있지만 너무 터무니없는 생각이었다. 몽고메리한테 카를로타는 인간으로밖에 보이지 않았다.

몽고메리 앞에 선 카를로타는 수심에 잠겨 보였다. 가운 주름이 몽고메리의 무릎을 스치자 카를로타는 고개를 끄덕이며 손을 입으로 가져가 손톱을 물어뜯었다. 인간의 손이고 인간의 손톱이었다. 지금은.

"아버지는 내가 스핑크스라고 했지만 스핑크스는 존재하지 않아요."

카를로타는 여전히 아래를 내려다보면서 몽고메리의 시선을 피했다.

"이제는 내가 존재하는지도 모르겠어요."

"자기 연민에 빠지는 것도 지겹지 않니? 그 유리잔 돌려줄래?"

몽고메리는 카를로타가 짐짓 과장하는 거라고 판단했고 정말 피곤했기 때문에 화를 내며 말했다. 더 이상 카를로타를 참아 줄 수 없었다.

"당신, 두려움에 몸을 떨고 있잖아요! 내가 무섭다고 말해 봐요!"

카를로타가 유리잔을 던지며 외쳤다. 유리잔이 벽에 부딪쳐 산산조각 나서 유리 파편이 바닥 여기저기로 날아갔다.

몽고메리를 쳐다보는 카를로타의 눈이 금잔화처럼 노랗게 물들었지만 여전히 인간의 눈이었다. 인간의 눈이 아니었더라도 달라지는 것은 없었을 것이다. 몽고메리는 카를로타를 끌어당겨 입술에 키스했고 자신을 꽉 움켜잡은 카를로타의 손톱이 피부에 닿는 감촉을 느꼈다. 그 감촉에 전율했다.

몽고메리는 카를로타를 자기 밑으로 끌어당겼다. 그러고는 자기가 주제넘게 굴어서 카를로타가 죽일지도 모르겠다고 생각했다. 하지만 카를로타는 한숨을 내쉬더니 자발적이고 열렬히 머리카락을 베개에 펼치고 누워 있었다. 모로 박사가 꿈꿔 온 동물인간이자 인간 같지 않은 카를로타 모로가. 만약 카를로타가 바다 밑으로 몽고메리를 유혹하는 사이렌이었다면 몽고메리는 카를로타를 따라갔을 것이다. 만약 카를로타가 고르곤이었다면 몽고메리는 자신이 돌로 변하게 내버려 뒀을 것이다.

짓이겨지고 집어 삼켜지도록 내버려 두자. 그건 중요하지 않았다. 이게 바로 카를로타가 찾아온 이유였고, 몽고메리는 카를로타를 몹시 원했기 때문에 잠깐이라도 변죽을 울리지 않을 것이었다. 카를로타가 자신을 거칠게 대하도록 내버려 두자. 카를로타가 자신을 멍들게 하도록 내버려 두자. 그렇게 해서 카를로타가 제정신을 차릴 수 있다면.

그러나 카를로타는 조심스럽게 손을 움직였고 몽고메리가 오랫동안 해 본 적이 없는 방식으로 천천히 부드럽게 키스했다. 몽고메리는 카를로타에게 빠져 버리기 쉽다는 사실을 알았기에 천천히 시간을 들여 손가락으로 몸을 더듬으며 그녀를 기쁘게 했다. 에두아르도는 잘생겼지만 아직 어렸다. 적어도 나이를 먹으면서 몽고메리는 손으로 기쁘게 해 주는 재주를 어느 정도 부릴 줄 알게 됐고 수년에 걸쳐 한두 가지를 익혀 왔다.

카를로타가 입은 가운은 녹색 안감과 금색 장식이 있는 벨벳 소재였다. 이 집에 있는 다른 모든 물건처럼 낡아 가고 있었다. 아마도 훌륭한 부인이었을 박사의 아내가 한때 입었던 옷이었을 것이다. 카를로타도 훌륭했다. 몽고메리가 보아 온 그 무엇보다. 패니 오언은 예뻤고 그들이 결혼하던 날 몽고메리에게 키스를 퍼붓긴 했지만 카를로타처럼 몽고메리의 이마에 자기 이마를 댄 적은 없었다. 마찬가지로 몽고메리도 카를로타에게 한 것처럼 패니의 가운을 천천히 벗긴 적은 없었다. 당시에 몽고메리는 수줍음이 많고 지나치게 열정적이었다.

몽고메리는 카를로타를 기쁘고 행복하게 해 주고 싶었다. 카를로타는 상냥하고 부드러웠지만 세상은 모질었다. 몽고메리는 카를로타가 슬픔을 모르길 바랐다.

하지만 카를로타는 눈을 감고 있었다. 몽고메리는 그게 열정을 나타내는 거라고 생각할 만큼 어리석지는 않았다. 몽고메리도 지난날 선술집과 사창가에서 이름도 모르는 여성의 품을 찾아다니며 눈을 감은 적이 있었다. 그는 눈을 질끈 감았다. 카를로타가 누구를 찾는지 알았고 그 사람은 자기가 아니었다. 지금 카를로타를 취한다면 그녀가 자기 귀에 엉뚱한 이름을 속삭일 게 틀림없었다. 그렇게 간절히 바라고, 깃털처럼 가볍게 만지던 손길은 모두 다른 남자를 위한 것이었다.

몽고메리는 한숨을 쉬었다.

"날 봐."

몽고메리를 바라보는 카를로타의 두 눈에는 아직 흘리지 않았지만 밝게 빛나는 눈물이 고여 있었다. 카를로타가 몽고메리의 가슴에 두 손을 얹었다.

"너는 날 사랑하지 않아."

몽고메리가 사실을 진술했다. 질문을 던져서 괴롭히고 싶지는 않았다.

"그래서요?"

카를로타가 도전적으로 말했다. 그녀가 말할 때 아과르디엔테 향이 풍겼다.

"당신도 날 사랑하지 않잖아요."

"너는 에두아르도 리잘데와 사랑에 빠졌지."

몽고메리의 말에 카를로타는 입을 다물고 고개를 돌렸다.

술과 피로, 욕망으로 어지러웠지만 몽고메리는 자리에서 일어나 서둘러 침대 발치로 움직였다. 카를로타는 일어나 침대 머리판을 손으로 누르며 머리카락을 비틀었는데 몽고메리에게는 여느 때보다 예뻐 보였다. 에두아르도와 사랑을 나눈 후에 흡족해하며 미소 짓는 카를로타의 모습은 무척 아름다웠을 게 분명했다. 몽고메리는 그 모습을 본 에두아르도를 언제까지고 질투할 것이다.

몽고메리가 손으로 머리카락을 쓸어넘겼다.

"어떤 상황인지 알겠어. 너는 상처받았고 외로운 거야. 아내가 날 떠났을 때 나도 위안을 찾아다녔지. 하지만 이불 속이나 술병 바닥에서는 절대로 위안을 찾을 수 없을 거야."

"현명하시네요. 그런데도 여전히 죽어라 술을 마시잖아요."

"네가 나처럼 되는 걸 원하지 않나 보지."

"난 절대로 당신처럼 되지 않을 거예요. 당신처럼 **만들어지지** 않았거든요."

“나랑 잔다고 해서 네가 더 인간에 가까워지는 건 아니야. 눈을 떴을 때 에두아르도의 얼굴이 아니라 내 얼굴을 보면 더 슬퍼질걸. 나랑 잔다고 해서 실험실에서 벌어진 일이 만회되는 것도 아니고 박사님이 털어놓은 일이 없어지지도 않을 거고 박사님이 낫지도 않을 거라고.”

카를로타는 몽고메리가 선택한 단어나 신랄한 어조 때문에 기분이 상한 것처럼 보였다. 입고 있는 잠옷 끈이 풀려서 카를로타가 침을 삼키거나 턱을 들어 올리면 그녀의 목이 고스란히 드러났다.

“그거랑 전혀 상관없을 수도 있잖아요.”

“이건 그 모든 일과 관련되어 있고, 설사 그렇지 않더라도 다른 할 말이 있어. 나는 두려워.”

“알아요.”

“네가 두려운 게 아니야. 너를 사랑하는 게 두려워.”

“이해가 안 돼요.”

잠시 몽고메리는 침묵을 지키고 싶었고 자기가 내뱉은 말을 취소하고 카를로타한테 키스하면서 세상을 저주하고 싶은 이기적인 욕망까지 느꼈다. 그러나 몽고메리가 아무리 도박을 좋아한다고 해도 카를로타와 카드놀이를 하기보다는 솔직해지고 싶었다.

“언젠가 나를 사랑하지 않는 여자를 사랑했고 그게 날 망가뜨렸어. 다시는 그런 일을 겪고 싶지 않아.”

몽고메리가 부드럽고 나지막이 말했다.

어쩌면 몽고메리를 망가뜨린 건 그뿐만이 아니었다. 세상의 잔인한 칼날도 타격을 입히고 흔적을 남겼다. 하지만 패니는 몽고메리에게 위안이자 희망이었고 추악함과 악행을 치유해 주는 연고였다. 그러다가 패니는 몽고메리를 떠났고 자기는 한 번도 몽고메리를 사랑한 적이 없다고 시인했다. 패니를 결혼식 제단으로 이끈 건 오로지 몽고메리에게 돈이 좀 있을 거라는 잘못된 생각 때문이었다. 몽고메리의 삼촌이 하는 사업이 패니를 몽고메리에게로 이끌었다. 몽고메리가 빈털터리가 되자 패니는 그를 버리고 떠났다. 몽고메리가 재규어한테 심하게 다친 후에 패니는 놀라울 정도로 잔인하게 이 모든 내용을 편지에 써서 보냈는데 몽고메리는 상상 속에서만 답장을 했다.

그 후 세상에는 아름다움도, 선함이나 연민도 없어서 몽고메리는 목적 없이 방황했고 자기 목에 칼을 대기에는 너무 겁이 많았기 때문에 신이 자신에게 벌을 내려 주기를 바랐다.

"한 시간 정도 네 몸을 허락한 후에는 어떻게 할 건데? 널 사랑하는 데까지 두 걸음, 내 마음이 망가지는 데까지도 두 걸음 떨어져 있어."

몽고메리가 이렇게 말하면서 실실 웃었다.

"너는 나를 사랑하지 않을 테고 배가 좌초된 것처럼 날 떠나도 신경 쓰지 않을 테니까. 네가 잔인해서가 아니라 세상은 원래 이렇게 굴러가니까. 그러니 날 원한다면 날 사랑한다고 말하고 거짓말쟁이가 돼야 해."

카를로타는 한마디도 하지 않고 침대 한가운데에서 몸을 웅크리고는 눈물을 흘리지 않으려고 눈을 깜빡이며 참았으나 여전히 몹시 슬펐다. 그나마 카를로타는 이제 침착해졌다. 아과르디엔테 때문에 카를로타의 눈꺼풀이 무거워졌다.

"날 떠나지 않을 사람이 필요해요."

카를로타가 마침내 이렇게 속삭였다.

"내 도움이 필요하면 언제든 네 곁에 있을게."

그건 장담할 수 있었다. 카를로타는 몽고메리의 몸보다는 곁에서 도와줄 사람이 필요했다.

"맹세할 수 있어요?"

"응."

몽고메리는 몹시 피곤했지만 다시는 그런 모습을 볼 수 없다는 사실을 알기에 카를로타가 잠들 때까지 지켜보았다.

23장

카를로타

카를로타는 아침 일찍 일어나 손끝이 침대 머리판에 닿을 때까지 몸을 쭉 뻗었다. 베개에서 고개를 돌리니 책상 옆 의자에 팔짱을 끼고 잠이 든 몽고메리가 보였다. 편안한 자세는 아닌 것처럼 보여서 그렇게 자는 게 안쓰러웠다.

그러다 전날 밤 몽고메리에게 키스했던 일과 몽고메리가 자기를 밀어내기 전에 어루만지던 모습이 떠올랐다. 부끄러워서 그 자리에서 죽을 것 같았지만 그 대신 기분이 나아졌다. 스스로를 웃음거리로 만들었지만 말이다.

카를로타는 상처받았고 쓰라렸다. 에두아르도가 카를로타를 쳐다보는 눈빛은 단검으로 심장을 찌르는 것 같았다. 에두아르도가 움찔하던 모습, 응접실에서 나가기 전에 바라보던 눈빛…… 그 표정을 잊지 못할 것 같았다.

카를로타는 아버지는 거짓말쟁이고 자신은 괴물이며, 애정이라는 샘물은 말라 버렸다고 생각했기 때문에 모든 일이 괜찮고, 여전히 누군가 자기를 사랑하고 신경 써 주는 것처럼 굴고 싶었다. 하지만 몽고메리는 카를로타의 절망을 꿰뚫어 보았다.

카를로타는 자리에서 일어나 바닥에 떨어진 가운을 집어 들고는 몽고메리의 팔을 쓰다듬었다. 몽고메리는 끙 하고 앓는 소리를 내며 카를로타를 올려다보았다.

"좋은 아침이에요. 몽고메리."

"아침?"

몽고메리가 중얼거리며 눈을 비볐다.

"아침 같지 않은데."

"해가 떴어요."

"음…… 조금만 더 자게 해 줘. 베개도 좀 주고."

"미안하지만 좋은 생각이 아닌 것 같아요. 다른 사람들이랑 의논할 것도 많고 리잘데 가 사람들이 곧 돌아올 거니까요."

"그놈들한테 조금이라도 예의가 있다면 내가 아침을 먹고 나서 올 거야."

몽고메리가 웅얼거렸다.

카를로타는 몽고메리가 농담하는 걸 반기며 미소 지었다. 몽고메리는 요 며칠간 면도를 하지 않아서 점점 지저분해졌지만 깔끔하게 면도하려고 할 때보다 훨씬 더 몽고메리 자신처럼 보였다.

"두통이 아주 심해서 일어났어요. 당신도 일어날 수 있어요."

"내 아과르디엔테를 그렇게 들이켰으니 머리가 아프지. 커피 한 잔 마시면 좀 나아질 거야."

몽고메리가 잠에서 깨려는 듯이 손가락 마디를 꺾고 고개를 흔들었다.

"사과해야 할 것 같아요. 그러지 말았어야…… 기분 나빴을 것 같아요."

카를로타가 어떻게 말하면 좋을지 몰라 하며 말했다.

몽고메리가 미소 지었다.

"카를로타, 간만에 제일 웃긴 말이었어."

"장난치지 말아요."

카를로타가 몽고메리의 팔을 툭 쳤지만 그는 더 크게 웃었다.

"진짜로요! 그러니까…… 날 나쁘게 생각하거나 그런…… 식으로 생각하지 않았으면 해요. 아무것도 망치고 싶지 않아요."

카를로타가 검지로 책상 가장자리를 문지르며 말했다.

몽고메리가 조용해지더니 카를로타를 진지하게 쳐다봤다.

"아무것도 망가진 건 없고 그 일로 널 나쁘게 생각하지도 않아. 네가 원하고 옳다고 생각하면 남자랑 키스하는 건 아무 문제가 없어. 하지만 어젯밤에는 그렇지 않았고 거짓말을 듣고 싶지는 않아. 너한테서는. 우린 친구야, 카를로타. 그 사실은 변함이 없어."

카를로타는 크게 안도했다. 카를로타는 몽고메리가 거절을 당해서 자신을 나쁘게 생각할까 봐 걱정했지만 그는 정말로 화난 것처럼 보이지 않았다. 어쩌면 실망한 모습을 감추는 데 능숙했는지도 모른다. 아무것도 감추지 못하고 울고불고 열을 내는 카를로타와는 다르게 말이다. 더 이상은 아니지만.

"그럼 거짓말은 하지 않기로 해요. 우리 우정을 지켜 나가요."

카를로타가 손을 내밀며 말했다.

"건배하고 싶은데 네가 내 아과르디엔테를 다 마셔 버렸네."

몽고메리가 카를로타와 악수하면서 말했다.

"이 책상 안에 또 다른 술병 숨겨 놓은 거 다 알아요."

카를로타가 손마디로 서랍을 두드리며 말했다.

"그래. 하지만 네가 그걸 마시고 다시 나한테 달려들게 냅두진 않을 거야."

카를로타가 얼굴을 붉히자 몽고메리는 더 크게 웃었고 이제 상황은 나아졌다. 이제 그들은 평소와 같이 덜 복잡한 본래 상태였다. 카를로타는 이미 마음이 혼란스러웠고 더 혼란스럽게 비틀고 싶지 않았으며 이기적으로 굴어서 몽고메리한테 상처를 주고 싶지도 않았다.

"옷 좀 갈아입을게요. 물 좀 끼얹고 싶지 않아요? 오늘 아침에는 당신한테서 별로 좋은 냄새가 나지 않네요."

카를로타가 코를 찡그리자 몽고메리가 다시 한번 씩 웃더니 고개를 가로저었다.

자기 방으로 돌아가기 전에 카를로타는 아버지를 보러 갔다. 방 안을 들여다보니 라모나가 모로 옆에 앉아 커피를 마시고 있었다. 카를로타는 문간에 서서 입술을 깨물면서 더 가까이 다가가야 할지 망설였다. 아버지한테 말대꾸한 적은 한 번도 없었다. 그리고 자기가 아버지를 다치게 할 거라고는 꿈도 꾸지 못했다. 아버지를 위해 기도해야겠다고 생각했지만 그러면 하느님이 벌을 내려 죽지 않을까 두려웠다.

한편으로 모로 박사는 야샤툰의 신으로 지혜와 처벌과 사랑을 베풀어 왔다. 모로가 죽으면 하늘에 떠 있는 태양이 빛을 잃는 것과 같겠지만 그래도 카를로타는 계속 모로가 아프길 바랐다.

나는 나쁜 딸이야.

카를로타가 생각했다.

"박사님은 아직 주무세요."

라모나가 카를로타를 발견하고 말했다.

"커피 드실래요?"

"아무 변화도 없어? 일어나신 적도 없고?"

카를로타가 머뭇거리며 묻고는 마침내 방 안으로 들어갔다.

"네. 회복하시려면 시간이 걸려요."

그럴지도 모르지만 카를로타는 모로가 회복할 수 있을지 몰랐고, 의사를 부를 수 있는 상황도 아니었다. 카를로타는 몸을 숙여 모로의 팔을 잡고 손바닥을 댔다. 모로는 아주 강인한 사람이었지만 그 힘은 어디론가 달아났다. 카를로타는 이제 모로의 몸에서 세월의 흔적을, 위엄 있는 목소리 뒤에 감추려고 애쓴 흰머리와 주름을 분명히 확인할 수 있었다. 통풍이 발작했을 때조차 모로는 쇠약하지 않았다.

"왜 원주민들한테 보급품을 줬어?"

카를로타가 손을 빼며 라모나한테 물었다.

"의도한 건 아니었어요. 세노테 바알람에 갔다가 우연히 거기 숨어 있는 한 청년을 발견했어요. 아시엔다에서 도망친 사람이었지요. 그리고 쿠무쉬 일당을 찾고 있었어요. 쿠무쉬 일당에 대해서 아는 건 없었지만 청년한테 먹을 걸 주고 돌려보냈어요. 나중에 청년이 돌아와서는 도와줘서 고맙다고 하면서 찾던 걸 발견했다고 했지요. 하지만 야위어 보여서 제가 음식을 가져가라고 했어요. 그러고 나자 청년은 계속 돌아왔어요. 청년이 아니면 다른 사람이 왔죠."

"루페도 알고 있었고."

"루페는 부엌에서 늘 저를 돕잖아요. 루페가 눈치를 채고는 제가 그 사람들한테 보급품을 주러 갈 때 몇 번 쫓아오기도 했어요. 루페나 로턴 씨한테 화를 내면 안 돼요. 바깥 세상은 거칠어요, 로티. 일꾼들은 밭에서 채찍질을 당해요. 저는 그 청년을 도울 수밖에 없었어요."

"화난 거 아니야. 하지만 이 모든 일을 신경 쓰지 않을 방법이 있으면 좋겠어."

지친 듯이 말한 카를로타가 모로의 이불 끄트머리를 잡아당기며 손으로 매만졌다.

"라모나, 내가 동물인간이라는 거 알고 있었어?"

"아니요. 제가 여기 왔을 때 로티는 여자아이였어요. 자주 아프기는 했지만 박사님은 유전적인 문제라고 설명하셨고 로티는 동물인간과는 닮은 구석이 하나도 없었는걸요."

"몽고메리도 몰랐다고 하더라고. 어떻게 그렇게 멍청하게 진실을 짐작조차 못 했는지, 어떻게 다른 사람들도 몰랐는지 이해가 안 돼."

"카치토랑 루페도 몰랐는데 어떻게 박사님이 한 짓을 이해할 수 있겠어요?"

카를로타는 모로의 얼굴을 쳐다보며 자기와 모로가 가진 공통된 특징을 떠올리려고 애썼다. 하지만 모로는 밤사이에 변한 것처럼 보였고 카를로타는 자신한테서 모로의 특징을 거의 발견할 수 없었다. 카를로타가 자리에서 일어났다.

"아버지를 돌봐 줘서 고마워. 조금 이따가 돌아와서 교대할게."

카를로타는 재빨리 평상복으로 갈아입고 힘주어 머리카락을 빗었다. 모로는 늘 온순하고 상냥한 사람이 되라고 당부했다. 모로는 카를로타가 어려운 결정을 내리거나 갈등에 대처할 준비를 시킨 적이 없었다. 하지만 이제 고려해야 할 문제가 많았고 물러설 수도 없었다. 카를로타는 준비를 마치고 몽고메리를 불러서 인부들이 살던 헛간으로 함께 갔다. 거기에는 카치토와 루페, 그리고 다른 동물인간들이 두 사람을 기다리고 있었다.

동물인간은 모두 모로가 약을 투여해 줄 때처럼 바깥에 모여 있었다. 나이 든 자와 어린애, 왜소하고 여윈 자와 덩치 크고 느릿느릿한 자까지. 대부분이 모닥불 주위에 앉아 있던 것처럼 앉아 있었고 모두가 진지한 표정을 지었으며 몇몇은 빛나는 파란 하늘 아래에 나와 있어서 잔뜩 겁에 질린 것 같았다. 스물아홉 쌍의 시선이 카를로타한테 고정되었다.

동물인간이 모여 있을 때 말하는 사람은 박사였다. 카를로타는 모여 있는 이들에게 연설하지 않았다. 그들 앞에 서자 부끄러웠고 자기가 모로처럼 천둥 같은 목소리를 지니지 않았다는 사실을 깨달았다.

"루페와 카치토가 지난밤에 벌어진 일과 그 일이 미친 영향에 관해 말했을 거예요."

동물인간이 모두 카를로타를 쳐다봐서 카를로타가 말하기 시작했다.

"간단히 말해서 아버지가 병에 걸리셨고 엎친 데 덮친 격으로 야샥툰의 주인이 우리를 이 땅에서 데려가려고 해요."

동물인간들이 소곤거리며 카를로타를 쳐다봤다.

카를로타가 숨을 깊이 들이마셨다.

"몇 가지 선택지가 우리에게 있어요. 다른 사람들이 그 선택지에 관해 얘기할 거예요. 나로서는 아버지가 하신 치료가 엉터리라고 여기더라도, 폭력을 행사하거나 도주하길 바라지 않아요. 난 리잘데 가 사람들을 설득할 수 있길 바라요. 우리가 생각하는 것보다 말이 잘 통할 수도 있어요."

카를로타는 에두아르도의 얼굴과 그가 지은 혐오스러운 표정을 다시 떠올렸다. 에두아르도가 자기를 불쌍하게 여겨 도운 뒤 다시는 자기를 사랑하지 않더라도 상관없었다. 그렇게 떠나 버리는 게 마음 아플 테지만 야샥툰을 구원할 수 있다면 기꺼이 가슴이 찢어지는 고통을 감내할 것이다.

카를로타는 에두아르도가 아직 자신을 좋아한다고 생각할 엄두는 못 냈지만 마음속으로는 기대하고 갈망하면서 작은 불꽃을 불태우고 있었다. 그 불꽃을 꺼뜨리고 싶었지만 아직은 차마 그럴 수 없었다.

"카를로타는 우리가 협상할 수 있다고 생각하지만 그자들이 소총을 들고 있으면 말하기가 굉장히 어려울 거예요."

루페가 손바닥을 자기 치마에 문지르며 자리에서 일어났다.

"난 이 양반들이 하는 말을 들었어요. 이 사람들은 우리 가슴에 총알을 박아 넣는 데 아무 거리낌이 없어요. 라모나가 정글을 지나 후안 쿠무쉬 일당이 사는 곳으로 갈 수 있는 길을 알고 있어요. 우리는 거기 숨으면 돼요."

"그 사람들이 쫓아오면? 추격해서 따라잡으면?"

카를로타가 물었다.

"여기 앉아서 그자들을 기다리는 것보단 낫지 않겠어?"

"그곳은 먼가요? 여러 날 걸어가야 하나요?"

동물인간 하나가 물었다. 털북숭이 얼굴과 엄니가 멧돼지와 닮아 있었다. 가장 어린 축에 속하는 파키타가 갈대처럼 가느다란 목소리를 낸 거였다.

"그래. 하지만 모든 여정에는 끝이 있지."

루페가 대답했다.

"이 여정은 정확히 어디에서 끝나죠? 그리고 가는 길에 인간들이 저희를 발견하면 어떻게 될까요?"

에스트레야가 물었다.

"구덩이를 파서 우리를 구워 버리겠지."

라 핀타가 새된 목소리로 외쳤다.

동물인간들의 표정은 어두웠다. 나이 많은 아흐 카브가 나뭇가지로 커다란 자기 송곳니를 쑤시며 입맛을 다셨다.

"로턴 씨는 어떻게 생각하시오? 오늘 아침에는 말이 없군."

몽고메리는 팔짱을 낀 채 땅을 바라보며 서 있었다. 카를로타는 몽고메리가 다시 무기를 들고 사람들을 학살해야 한다고 말할까 봐 두려워하며 쳐다보았다.

"매복해 있다가 그자들을 죽이자고 제안하려 했습니다."

몽고메리의 말에 카를로타는 손을 입에 갖다 대고 손끝에 뜨거운 입김이 닿는 걸 느꼈다.

"하지만 위험을 무릅쓰고 그렇게 폭력을 행사하라고 요구하는 건 옳지 않습니다. 루페 말이 맞습니다. 가능할 때 탈출하는 게 최선일 것 같군요. 물자를 모아서 가져갈 수 있는 건 뭐든지 가져갑시다. 운이 좋으면 라모나가 쿠무쉬 일당을 알고 있으니 모두 안전하게 마세왈레 지역을 지나갈 수 있을 겁니다. 관련해서 투표합시다."

"투표할 게 별로 없는 것 같은데요. 바보가 아닌 이상 여기 누가 남겠어."

페엑이 뾰족한 손톱으로 테이퍼와 같은 긴 주둥이를 긁으며 말했다.

"깡마른 겁쟁이 같으니라고. 다른 사람들이 맞서지 않으면 내가 그놈들과 맞서겠소."

아흐 카브가 투덜거리듯이 말했다.

"그러면 구덩이 안에서 구워질 거야."

라 핀타가 암울한 상상을 되풀이하며 또다시 크게 소리 질렀다.

"칸은 어떻게 생각해?"

루페가 물었다.

칸은 길고 노란 머리털을 흔들며 긴 팔로 자기 허벅지를 찰싹 때렸다.

"아흐 카브는 너무 게을러서 달리지 못하겠지만 나는 전력 질주할 준비가 됐어."

몇몇 동물인간이 낄낄거렸다. 루페가 손을 들어 달라고 요청했다. 떠나겠다는 의견이 대다수였다. 카치토는 다른 이들에게 짐을 챙기라고 하기 시작했다. 루페와 몽고메리는 카를로타 옆에 서서 동물인간들이 부대 자루와 옷가지 등 찾을 수 있는 것이면 무엇이든지 찾으면서 이리저리 헛간을 움직이는 모습을 지켜보았다.

"루페, 네가 가져가야 할 보석이 있어. 아버지가 나한테 주신 건 대부분 모조 보석이나 색유리지만 상아 손잡이가 달린 부채가 있어. 그리고 어쩌면 아흐 카브가 은을 좀 나를 수 있을 거야. 아흐 카브는 느리지만 강하니까. 돈이 필요할 거야."

"야샤툰에 남을 작정이야?"

"아버지를 여기 두고 떠날 순 없어."

카를로타가 집 쪽으로 다시 걸어가기 시작했다. 루페도 카를로타를 따라 걸었다. 몽고메리는 눈살을 찌푸리며 몇 발자국 뒤를 따라갔다.

"로티, 너 혼자 이 집에 남아 있으면 안 돼. 박사는 나쁜 사람이야. 너한테 거짓말을 했잖아. 우리 모두한테도!"

"아버지가 침대에서 혼자 죽게 내버려 둘 순 없어. 너는 신경 쓰지 않겠지만 나는 신경이 쓰이거든."

"그래. 나는 신경 쓰지 않아."

루페가 매섭게 말했다.

"모로는 리잘데가 언젠가 빚을 돌려받으러 올 걸 잘 알면서도 우리를 만들었어. 모로는 우리한테 거짓말을 했어. 무엇보다도 모로는 우리 육신에 죽음을 새겨 놓았어. 우리 몸을 본 적 있어? 노인들이 아파하거나 근육이랑 뼈가 쑤셔서 괴로워하는 걸 본 적 있어? 카치토와 나는 우리한테 주어진 시간보다 빨리 늙을 거야. 모로는 이런 운명을 맞아도 싸. 어리석게 굴지 마, 로티. 도망갈 수 있을 때 도망가."

"어서 준비해."

카를로타가 이렇게 중얼거리면서 그런 생각은 하고 싶지도 않다는 듯이 더 빨리 걸었다. 루페도 속도를 높였다.

"아직도 그 남자를 원하니? 에두아르도 리잘데가 널 구해 줄 거라고 생각해?"

카를로타는 대답하지 않고 두 손을 치마에 댔다. 루페는 못 믿겠다는 듯이 카를로타를 쳐다보며 웃었다.

"너 정말 그 남자를 생각하고 있는 거야?"

"아니. 나는 우리 아버지를 생각하고 있어. 하지만 에두아르도와 이야기할 수 있다면 에르난도 리잘데가 너희를 쫓지 않게 설득할 수 있을 거야."

"너는 진짜 바보야. 좋아! 여기 남아 있어. 나는 떠날 테니까."

루페는 돌아서서 동물인간들이 있는 헛간을 향해 걸어갔다.

카를로타는 숨을 깊이 들이마시고 눈을 감았다. 전날 밤에 과음해서 머리가 욱신거리고 아팠다. 카를로타는 어떻게 몽고메리가 술 마시는 버릇을 들였는지, 어떻게 자기가 술을 마셔서 문제를 해결하려고 했는지 이해할 수 없었다. 이제는 육체든 술이든 자신이 찾는 위안을 주지 못한다는 사실을 알았다. 몽고메리가 말한 것처럼 카를로타가 원하는 것은 술병 바닥에서 찾을 수 있는 게 아니었지만, 그것을 어디서 찾을 수 있을지 알 수 없었다.

카를로타는 두려움을 떨치고 싶었고 세상이 선해지길 바랐다. 두 가지 모두 가능해 보이지 않았다.

"루페 말에 틀린 건 없어."

몽고메리는 바지 주머니에 양손을 넣고 있었다. 조금 전만 해도 지친 기색이었지만 이제는 빈틈없어 보였고, 회색 눈은 평소에 종종 그러듯이 카를로타와 토론하고 싶어 하는 눈치였다.

"당신도 내가 멍청하다고 생각해요?"

카를로타는 스스로를 억누르지 못하고 씁쓸하고 불쾌한 감정이 드러나게 물었다.

"나는 네가 떠나야 한다고 생각해."

"못 움직이시는 아버지를 두고 떠날 수 없어요."

"에르난도 리잘데는 친절하게 굴지 않을 거야. 에르난도는 피에 굶주려 있고 에두아르도가 널 지켜 줄지도 미심쩍어."

"나도 내가 떠안은 위험은 알아요."

카를로타가 단호하게 말했다.

"아는 게 맞는 건지 잘 모르겠는데."

몽고메리가 중얼거렸다.

분리벽에서 집 뒤편으로 이어지는 하얀 석회암 길 옆으로 풀이 웃자라 있었다. 어렸을 때는 그 풀이 카를로타보다 커서 거기에 쪼그려 앉아 키득거리며 아버지와 숨바꼭질 놀이를 하곤 했다. 이제 카를로타는 풀잎을 두어 장 뽑아 손으로 구부려 보았다.

"당신이 내 결심을 바꿀 순 없어요. 아버지를 혼자 두고 떠나는 건 아버지를 죽게 내버려 두는 거예요. 그렇게 할 순 없어요. 절대로."

"모로 박사님을 모시고 갈 수 있어. 들것이나 장치 같은 걸 만들어서."

몽고메리가 제안했지만 카를로타는 고개를 내저었다.

"그러면 다른 사람들이 가는 속도를 늦출 거고 아버지가 돌아가실 수도 있어요. 난 남을게요."

"그럼 내가 같이 있을게."

몽고메리가 재빨리 말했다.

"그건 안……."

"어젯밤에 곁에 있겠다고 약속했잖아. 안 그래?"

"그때는 뭘 약속하는 건지 몰랐잖아요."

"뭐가 되었든 나는 내가 한 약속은 지켜, 카를로타."

"이 경우에는 다시 생각해 보고 맹세한 걸 깨고 싶을 거예요."

"아니, 그러지 않을 거야."

"당신이 남아도 도움이 되는 것도 아니잖아요."

"있잖아, 카를로타. 언젠가 정말로 내 말에 동의할 날이 올 거야. 하지만 그날은 세상이 끝나는 날이겠지. 어쨌든 나는 그날을 고대하고 있어."

카를로타는 몽고메리의 눈빛을 보고 그가 아무 데도 가지 않을 것임을 알 수 있었고, 한숨을 내쉬긴 했지만 무척 고마웠다.

"고마워요, 몬티."

카를로타가 이렇게 말하며 두 손으로 몽고메리의 손을 잡았다.

몽고메리는 머리를 긁적이며 조금도 불안한 기색 없이 카를로타를 보았다. 카를로타는 몽고메리가 무슨 생각을 하는지, 무엇이 몽고메리를 불안하게 하는지 궁금했다.

"카를로타, 여기 좀 봐. 할 말이 있어."

"몽고메리!"

카치토가 인부들의 거주 공간과 통하는 문에서 두 사람을 향해 손을 흔들었다.

"말이랑 당나귀는 어떻게 하죠? 그리고 아흐 카브가 돼지를 데려가야 한다고 고집을 부려요. 아흐 카브는 먹보예요. 돼지는 못 데려갈 것 같은데요!"

몽고메리가 한숨을 쉬더니 인상을 찌푸렸고 짜증을 숨기지 못한 채 카치토를 바라보았다.

카를로타가 미소 지으며 몽고메리의 손을 놓아주었다.

"어서 가 봐요. 나중에 이야기해요."

"카를로타, 지금은 가 봐야겠어."

몽고메리가 예의를 잔뜩 차리면서 카를로타에게 밀짚모자를 벗어서 인사를 한 후 카치토 쪽으로 걸어가면서 소리쳤다.

"그럼 아흐 카브가 칠면조도 데려가고 싶어 하는 거 아니야? 내가 말해 볼게!"

24장

몽고메리

작별인사를 능숙하게 해 본 적이 없던 몽고메리는 그저 조용히 손을 흔들며 떠나보내길 바랐을 것이다. 하지만 카치토에게 이렇게 말을 건넸다.

"조심해. 서로 보살피고 영리하게 처신해."

"노력해 볼게요. 하지만 몽고메리, 우리가 멀리 갈 수 있을지 모르겠어요."

몽고메리와 카치토가 이야기하는 동안에도 동물인간들은 아직 헛간 안팎을 오가며 옷을 싸고 노끈으로 물건 싸는 걸 마무리하고 있었다. 모두들 흥분하고 초조해하는 게 분명했고 카치토는 반쯤 겁에 질린 표정이었다.

"그 사람들을 기습하자는 몽고메리 의견이 좋다고 생각했어요."

"그러면 너네들이 다치거나 죽을 텐데?"

"저희 중 일부는 싸우고 싶어 해요."

"네가 싸우고 싶겠지. 대부분은 싸우고 싶어 하지 않아."

"글쎄요. 몽고메리도 싸우고 싶잖아요. 로티를 위해 영웅적으로 죽고 싶어 하는 것 같기도 해요."

카치토가 방어적으로 대응했다.

"카치토, 날 믿어. 난 빨리 죽고 싶지 않아."

"예전에는 그러고 싶어 했잖아요. 그리고 저희를 그냥 이렇게 보내 버리는 건 정말 멍청한 짓이에요."

"투표한 거 기억나지?"

카치토가 투덜거리자 몽고메리는 카치토의 어깨에 손을 얹고 미소 지었다. 몽고메리는 카치토에게 오래된 나침반과 지도를 건넸다.

"우리 삼촌이 나한테 선물로 주신 거야. 은으로 만들어졌고 내 이름 첫 글자가 새겨져 있어. 보이지? 이제 이건 네 거야. 길을 찾는 데 도움이 될 거야. 최악의 상황이더라도 팔면 돈이 될 거야."

"하지만 이건 당신 나침반이잖아요, 몽고메리."

"그랬지. 카드 게임으로 잃어버리면 안 돼. 그러면 다시 훔쳐 와. 내가 가끔 그랬거든."

카치토가 그 말에 웃음을 터뜨렸다. 그 후에도 준비할 것들과 처리해야 할 문제가 몇 가지 있었지만 얼마 있지 않아 대문으로 걸어가 이중문을 활짝 열어야 할 때가 왔다.

라모나가 눈물을 흘리며 카를로타에게 착하게 굴어야 한다고 했고 카를로타 역시 눈물을 흘렸다. 하지만 루페와 카를로타 사이에 눈물겹고 질질 끄는 작별인사는 없었다. 떠나고 싶은 마음이 간절해 보였던 루페는 카를로타를 잠깐 안아 주고는 옆으로 물러났다.

동물인간들은 음식과 옷, 그 밖에 여기저기서 가져온 물건 등 소지품을 들어 올리고 함께 걷기 시작했다. 사지를 절뚝거리는 동물인간들은 뒤쪽에서 천천히 가고 기형이 심하지 않은 어린 동물인간들이 앞장섰다. 번지르르한 털과 꾀죄죄한 털, 흙까지 닿는 기형적인 팔, 구부러진 척추가 한데 어우러져 여러 색실을 짜 넣은 태피스트리 같았다. 그렇지만 동물인간들은 야샤툰의 출입문을 지나 무어식 아치와 케이폭 나무 두 그루를 지나갈 때 비록 신체 균형이 깨어져 있었지만 기이한 품위를 지니고 움직였다. 동물인간을 외부와 분리하는 수많은 울타리를 지나 마침내 마지막 동물인간까지 시야에서 사라졌다. 태양이 여정을 마치고 있었고 대지는 곧 어둠에 휩싸일 참이었다. 잘하면 어둠이 동물인간들을 감춰 줄 것이다. 이렇게 외딴곳에는 찾아오는 사람이나 떠돌아다니는 사람이 얼마 안 됐지만 밤의 장막은 추가적인 예방책이 되어 줄 것이다.

"루페는 나한테 거의 한 마디도 안 했어요."

카를로타가 작게 말했다.

"작별인사를 하는 건 늘 어려운 일이잖아. 나도 잘 못 해."

"네, 하지만 그래도…… 루페가 더 말해 주길 바랐어요. 어쩌면 다시는 못 볼 수도 있는데 루페는……."

목이 메는 것 같아서 카를로타는 서둘러 집 안으로 들어갔다. 몽고메리는 문을 닫고 빗장을 지른 후 집 안으로 들어갔다. 카를로타가 하루 종일 있었던 모로의 침대맡으로 돌아간 것을 발견하고 몽고메리는 조용히 물러났다. 그는 눈물을 대하는 데에도 서툴렀다.

몽고메리는 비어 버린 인부들의 헛간 주위를 서성이다가 라모나와 카를로타가 정성껏 가꾼 허브 정원을 바라보며 감탄했다. 그러고는 아무도 정원을 돌보지 못하면 무슨 일이 벌어질지 생각하면서 돼지와 닭을 흘낏 쳐다봤다. 돼지와 닭에게 대문을 열어 주고 말과 당나귀가 자유롭게 뛰놀게 하고 안뜰에 있는 새장도 열어 줘야 했다. 이 일들은 리잘데 가 사람들이 오기 전에 해야 했다.

지금은 무성하고 아름답게 자란 안뜰이 방치되어 잡초와 죽은 초목으로 가득한 모습을 상상했다. 몽고메리는 야샤툰을 좋아했다. 거창한 꿈을 가진 박사 때문에 좋아하는 건 아니었다. 이 땅에 무심코 심어 놓은 소박한 꿈이 있었다. 세상으로부터 떨어져 조용하게 지내는 꿈이었다.

이제 그들 주위로 어둠이 짙게 내려앉았다. 몽고메리가 등잔 몇 개에 불을 붙였다. 그러고는 응접실로 물러나 로코코풍의 시계가 똑딱거리는 소리를 듣다가 반구형 모양을 한, 별이 빛나는 하늘을 살펴봤다. 안뜰에는 분수가 졸졸 흐르고 있었고 몽고메리는 물에 손을 담갔다가 목 뒤를 문질러서 시원한 물을 만끽했다.

친애하는 패니에게.

몽고메리는 생각했다. 하지만 어떤 감정이나 생각도 문장에 담을 수 없었다. 살면서 이번 한 번만큼은 그 익숙한 방법이 작동하지 않았다. 아무것에도 의지하지 못한 채 몽고메리는 홀로 남겨졌다.

"뭐 하고 있어요?"

카를로타가 늘 그러듯이 조용히 다가왔지만 몽고메리는 놀라지 않았다.

"시간 낭비 중이야. 박사님 상태는 좀 어때?"

"그대로예요. 어떻게 해야 할지 모르겠어요."

카를로타가 손을 흔들어서 손가락이 잠깐 자기 입술을 스쳤다.

“기다리면서 희망을 거는 수밖에 없네.”

“예배당에 가서 아버지를 위해 기도할까 생각했어요. 하지만 그러면 하느님이 벌을 내려 죽을지도 모르겠다고 생각했어요.”

“신은 진짜로 존재하지 않아.”

“그렇게 불경한 소리를 하다니 화를 내고 싶지만 너무 피곤하네요.”

“내가 잠깐 박사님을 보살펴 드릴까?”

몽고메리는 카를로타가 늙은이가 누워 있는 침대 옆에 몇 시간이고 앉아 있는 게 쉽지 않을 거라고 생각했다.

“좀 쉬면서 신선한 공기를 잠깐 쐬고 싶어요.”

카를로타가 잠시 멈칫하며 조용히 말했다.

“왜 그런지는 모르겠지만 속삭여야 할 것만 같아요.”

“누군가 아프면 그렇게 되더라고.”

몽고메리는 어머니가 돌아가시기 직전에 나날을 떠올렸다. 몽고메리는 엘리자베스가 죽기 직전에 나날이 어땠는지는 몰랐다. 자살하고 싶다는 생각은 어쩌면 어머니의 삶을 앗아 간 종양만큼이나 큰 병이었을 것이다.

“부모님이 돌아가셨을 때 몇 살이었어요?”

“어머니가 돌아가셨을 때는 어렸고 아버지가 마침내 돌아가셨을 때는 너보다 나이가 많았어.”

“그러면 아버지가 돌아가셨을 때 슬펐했나요? 아버지가 당신한테 잘못을 저질렀는데도?”

"아니. 나는 상복도 안 입었고 아버지를 위해 기도하지도 않았어. 아버지가 지옥에 가길 바랐지."

"하지만 당신은 지옥을 믿지 않잖아요."

"그렇지만 지옥은 믿고 싶어."

카를로타의 눈은 부드럽고 어둡고 슬퍼 보였다. 카를로타가 얼굴을 젖혀 하늘을 바라보았다. 몽고메리는 카를로타를 팔로 감싸 주고 싶었지만 양손을 주머니에 넣고 안뜰에 깔린 돌을 바라보았다.

"이제 집이 엄청 크고 외로워 보이지 않나요? 귀신이 나올 것만 같아요. 여기서 자라면서 한 번도 귀신을 본 적은 없지만요. 라모나가 비야에르모사에 있는 귀신이 나오는 집에 관해 말해 줬어요. 그 집에는 썩은 고기 냄새를 풍기는 귀신이 이 방 저 방을 돌아다닌대요. 언젠가 사람들이 이 집에도 귀신이 들렸다고 하지 않을까요."

"자, 카를로타. 다시 안으로 들어가자. 내가 박사님을 지켜볼게."

몽고메리는 카를로타가 이렇게 말하는 걸 좋아하지 않았다.

"아니요, 난 괜찮아요. 신경 쓰지 마요. 그냥 피곤해서 그래요."

"가서 자야 할 이유가 있네. 내가 박사님을 보살펴 드릴게."

"당신은 밤을 새우면 안 돼요. 아침에 그 사람들이 왔는데 당신이 지쳐 있으면 상황이 더 나쁠 거예요. 그러면 어떻게 하죠?"

"두어 시간만 자도 총은 쏠 수 있어."

"다시는 그렇게 말하지 말아요."

카를로타가 고개를 흔들며 말했다.

"제발, 무기를 겨누고서 그 사람들을 맞이하지 말아요."

"따뜻한 포옹으로 맞이해야겠네."

"아니요. 하지만 먼저 말을 해 보고 그다음에 무기를 꺼내요. 제발. 당신은 어떨 때는 너무 빨리 화를 내요."

"너도 마찬가지야."

"맞아요. 난 내 그런 점이 마음에 들지 않아요. 에두아르도의 아버지가 응접실에 있을 때 이성을 잃지 않았다면, 그렇게 뛰어올라 할퀴지 않았다면…… 그렇게 하지 않았다면 어쩌면 이 문제를 간단히 해결할 수 있었을지도 몰라요."

"에르난도 리잘데가 결혼을 허락했을 거라는 말이야?"

"만약에 그 사람이 날 그렇게 악의적으로 대하지 않았다면……."

카를로타가 두 손을 맞잡아 비틀며 말했다.

"내가 망쳤어요. 내가."

"너한테 할 말이 있어. 그자들은 결혼을 허락하지 않았을 거야. 이시드로는 자기 삼촌한테 편지를 썼어. 내가 그 편지를 읽은 건 아니지만 비스타 에르모사에 있는 마요르도모에게 편지를 전달해서 메리다로 부치게 했어. 편지를 읽지는 않았지만 뭐라고 쓰여 있을지 상상할 수 있어. 이시드로가 편지를 부치기 전에 널 좋아하지 않는다고 했거든. 네가 적절한 신붓감이 아니라고 말이야. 난 편지를 보낸 걸 후회하고 있지만 상황은 언제든 똑같았을 거라고 생각해. 그자들은 널 싫어했을 거야."

카를로타는 몽고메리의 얼굴에 커다란 두 눈을 고정한 채 진지하고 심각한 표정을 지어 보였다.

"그럼 에르난도 리잘데를 부른 게 당신이에요?"

"이시드로가 불렀지만 내가 도왔지."

몽고메리가 목이 메는 듯이 말했다. 말하고 싶지 않았지만 해야만 했다. 그날 아침 두 사람이 밖에 같이 서 있을 때 말하고 싶었지만 카치토가 두 사람 사이에 끼어들었다. 몽고메리는 이런 비밀을 덮어 두는 게 부당하다고 생각했다.

"왜 그런 짓을 했죠? 날 얕본 거예요?"

"카를로타, 네가 상처받을 것 같아서 그랬어. 에두아르도는 너한테 좋지 않을 거라고 확신했고 널 이용한 뒤 버릴 거라고 생각했거든. 네가 약혼 발표를 하기 전이었어. 그전에는……."

"그리고 질투가 났겠죠."

카를로타가 신랄하게 말했다.

잠시 몽고메리는 자기 의도가 선하고 순수했으며, 카를로타를 지키려고 한 거라고 맹세하고 싶었지만 카를로타를 보자 진실을 부인할 수 없었다. 맞다. 몽고메리는 에두아르도를 없애고 싶었고, 질투심이 나서 쩨쩨하게 굴었다.

"맞아. 그렇게 군 것도 미안해."

"'미안하다'는 말로는 충분하지 않아요. 당신 뺨을 때려야겠어요."

이렇게 중얼거렸지만 카를로타는 손을 들어 올리지는 않았다. 슬퍼서 기운이 없는 것 같았다. 뺨을 때리는 대신 카를로타는 몽고메리의 팔에 자기 손가락을 올려 두었다.

집 안의 고요한 정적이 두 사람을 마비시켰다. 몽고메리는 카를로타한테 말을 걸기보다는 그저 몇 분 동안이라도 같이 있는 시간을 즐기고 싶었고, 카를로타 역시 그 순간 말할 필요를 느끼지 못한다는 걸 알았다. 두 사람이 나중에 싸우면 카를로타가 몽고메리를 나무라면서 뺨을 때릴지도 몰랐다.

대문을 두드리는 소리가 나자 몽고메리는 바로 긴장하면서 권총에 손을 올렸다.

"몽고메리, 제발. 말해 보기도 전에 쏘지 말아요."

카를로타가 몽고메리의 팔을 꽉 쥐었다.

"먼저 쏘지는 않을게. 하지만 여전히 소총이 필요해. 가서 빨리 갖다 줘."

카를로타는 확신이 없어 보였지만 고개를 끄덕이고는 서둘러 달려갔다. 누군가 계속 문을 두드릴 때 몽고메리는 서서히 문 쪽으로 다가가 철문을 열고 쪽문 옆에 서 있었다. 카를로타가 겁먹은 표정으로 재빨리 달려와 소총을 건넸다. 몽고메리는 권총이나 소총이 안전을 보장할 수 없을 거라고 생각했지만 손에 좀 더 단단한 것을 쥐자 약간 안심이 되었다.

결심을 굳힌 듯 몽고메리가 천천히 숨을 쉬었다.

"거기 누구야?"

"루페예요."

몽고메리가 문을 여니 정말 루페가 오는 길에 먼지를 뒤집어쓴 채 서 있었다.

25장

카를로타

카를로타는 커피를 내려서 루페에게 권했다. 또한 라모나가 전날 구워 놓은 빵 한 덩이도 꺼내어 둘은 부엌 식탁에 앉아 겉이 바삭한 빵 조각을 커피에 찍어 먹었다. 루페는 머리에 두른 긴 스카프를 풀어서 접은 후 카를로타 옆에 두었다. 루페는 몰려 있는 눈으로 카를로타를 주의 깊게 관찰했다.

"동물인간들과 함께 쿠무쉬 쪽으로 가는 길을 따라갔어. 여기서 멀지 않아. 하지만 조금 후에 되돌아왔어."

루페는 집에 들어오고 나서 별로 말을 하지 않았다. 몽고메리는 박사가 잘 있는지 보러 가겠다고 하면서 두 사람한테 대화할 기회를 주었다.

"네가 떠나고 싶어 하는 줄 알았어."

"카치토와 걸어가면서 그 이야기를 했어. 우리 둘 다 네가 어리석다고 생각했고 여기서 네가 날 필요로 할 거란 결론을 내렸지."

"돌아와서 기뻐."

카를로타가 털이 덮인 루페의 손을 꽉 쥐었다.

"나한테 화를 내면서 떠날 때 아무 말도 안 했잖아."

루페가 손을 빼내더니 토기 잔에 손톱을 부딪쳐 딱딱 소리를 냈다. 루페는 입술을 씰룩거렸지만 아무 말도 하지 않았다.

"넌 내 동생이야."

카를로타가 부드럽게 말하자 루페가 카를로타를 쳐다봤다.

"거짓말."

"정말이야. 우리가 어쩌다 이렇게 됐는지는 상관없어. 넌 여전히 내 여동생이야. 카치토는 내 남동생이고. 너는 내 가족이야."

"정말 흥미로운 가족이야. 모로 박사가 잘못 만든 일그러진 것들이지."

"아버지는 인류의 질병을 해결하려는 큰 뜻에서 동물인간을 만들었다고 하셨어. 에르난도 리잘데가 새로운 일꾼을 확보하려고 연구비를 지원했다고 말할 때조차 늘 그 점을 강조하셨지. 나는 아버지가 정말 중요한 지식을 찾고 있고 어떤 동물인간도 해치지 않을 거라고 믿고 싶었어. 하지만 이제는 얼마나 쉽게 거짓말을 했는지 알아 버렸고 아버지가 한 말을 전부 생각해 보니까 더 이상은…… 루페, 미안해."

둘 사이에 침묵이 흘렀다. 카를로타는 두 손을 꽉 움켜쥐었다.

"왜 예배당에 가는 것보다 당나귀 두개골이 있는 헛간에 가는 걸 좋아하냐고 몇 번 물어봤었지. 너희 아버지가 이야기한 신보다 거기 사는 신이 더 진실하다고 생각했기 때문인 것 같아. 너희 아버지는 신이 자기한테 자연의 실수를 바로잡으라고 해서 우리 육체를 만들고 우리한테 고통을 줬다고 했지만 그런 일을 할 수 있는 신이 라면 몹시 잔인한 게 틀림없어. 모로 박사는 성서를 들고 읽고 있었지만 그게 무슨 뜻인지 몰랐던 것 같아."

"아버지는 무책임하고 아주 경솔했어."

아버지가 한 연구는 생명체가 고통 속에서 태어나 고통스럽게 죽게 했고, 방향을 잃은 자기 연구를 신에 관한 이야기와 원대한 목적으로 감춘 뒤 카를로타가 아직 완전히 이해하지 못한 거짓말로 꼼꼼히 채워 넣었다.

"그래. 이 모든 일을 봤을 때 넌 박사가 자업자득으로 죽게 내버려 두고 나랑 같이 떠나야 하지만 네가 그러지 않을 거라는 걸 알고, 그렇게 하라고 부탁하지도 않을게. 그래서 우리는 이렇게 죽어가는 사람 곁을 지키게 됐네. 네가 나 없이 이 상황을 마주하지 않았으면 해서 돌아왔어."

"루페."

"울지 마, 카를로타. 너는 너무 쉽게 울어."

그 말에 카를로타가 미소 짓자 루페도 미소 지었다. 두 사람이 어렸을 때 루페는 카를로타의 머리를 땋아 주었고 카를로타는 키득거리며 루페의 등에 난 부드러운 털을 빗겨 주었다. 둘은 개미집으로 돌아가는 개미 무리를 따라가며 함께 손뼉을 쳤고 집 안 곳곳에서 숨바꼭질 놀이를 하기도 했다. 카를로타는 카치토도 좋아했지만 루페와 가장 친했다. 그러다가 지난 몇 달 사이 언젠가부터 둘 사이에 생긴 분열이 수면 위로 올라와 골이 깊어졌다. 하지만 카를로타는 처음으로 이 골을 넘을 수 있겠다고 생각했다.

"박사님이 깨어나셨어. 너랑 이야기하고 싶어 하셔."

몽고메리가 문간에 서서 말했다.

카를로타가 서둘러 자리에서 일어났다. 그들은 모로의 침실로 돌아갔다. 몽고메리가 등잔 두 개에 불을 붙여서 침대는 노란 불빛에 잠겨 있었다. 모로 박사는 침대 이불 아래 창백하고 쇠약한 모습으로 누워 있었다. 모로는 정말로 깨어 있었고 카를로타가 침대 옆에 앉자 그쪽을 향해 얼굴을 돌리고는 손을 들어 손가락을 뻗었다. 카를로타가 조심스럽게 모로의 손을 잡았다. 예전 같았으면 손에 입맞춤을 하고 뺨을 갖다 댔을 것이다.

"카를로타, 왔구나."

모로가 중얼거렸다.

카를로타는 아무 말도 하지 않았다. 자기가 몹시 화를 내서 아버지를 다치게 한 게 부끄러웠다. 그리고 아버지가 살 수 있을지 두려웠다. 아버지의 눈을 똑바로 쳐다볼 수도 없었다. 카를로타는 물을 한 잔 따라서 모로가 마실 수 있게 잔을 들어 올렸다. 모로는 아주 천천히 물을 마셨다. 모로가 물을 다 마시자 카를로타는 침대 옆 탁자에 유리잔을 도로 올려놓았다.

이제 역할이 뒤바뀌었다. 카를로타가 어렸을 때는 아버지가 침대 옆에 앉아 있었고 카를로타는 무력하고 나약하게 아버지의 손을 잡으며 위안을 얻곤 했다. 이제 모로 박사가 침대에 누워 있었고 그 건장한 몸은 힘줄과 뼈가 느슨해져 카를로타의 손끝에서 녹아내릴 것만 같았다.

"얘야, 이미 벌어진 일로 널 탓하지는 않는단다."

모로가 나지막이 말했다.

"저는 아버지 탓을 해요. 비밀을 숨기셨잖아요. 제가 누군지도 알려 주지 않으셨고요."

카를로타가 침착하게 연달아 말하자 모로는 카를로타한테 다시 맞은 것처럼 움찔했다.

"솔직히 말할 수 없었단다, 카를로타."

"아버지는 제가 아버지 딸이고 아파서 특별한 치료가 필요하다고 하셨어요. 동물인간한테도 약물을 투여해야 한다고 하셨지만 그것도 사실이 아니었죠. 우리를 고분고분하고 얌전하게 만들려고 한 거예요."

"계속 약물을 투여해야 한다고 말해야만 했어. 너희가 야샤툰을 떠나게 할 수는 없었으니까. 그리고 에르난도 리잘데 때문에 꾸며낸 이야기를 유지해야 할 필요도 있었단다. 그래야 에르난도가 나한테서 동물인간을 앗아 갈 수 없을 테니까."

"우리한테 고통스럽고 단축된 삶을 주는 것도 필요한 일이었나요?"

루페가 물었다. 루페는 침대 반대쪽에 서서 박사에게 시선을 고정하고 있었다.

모로가 한숨을 쉬었다.

"내가 실수를 저질렀다는 건 인정해. 하지만 가끔은 금광을 발견했고 완벽에 가까운 승리를 쟁취할 수 있었단다. 예를 들어, 카를로타…… 카를로타. 네가 아주 귀중한 정보를 제공해 주었단다!"

모로가 잔뜩 흥분해서 말했다.

"어린 동물인간은 훨씬 발전했어. 이빨이 계속 자라는 아호 카브 같은 괴물이나 예전에 동물인간한테 발병했던 종양 같은 것은 더 이상 없단다. 결함이 적고 수명이 연장된 튼튼한 동물인간을 만들 수 있었던 건 네 덕분이야."

"수명이 얼마나 연장됐죠? 30년. 그게 동물인간의 수명이잖아요. 리잘데 씨한테도 그렇게 말씀하셨잖아요."

"그 한계는 뛰어넘었지만 에르난도 리잘데가 프로젝트가 끝났다고 생각할까 봐, 너를 내 품에서 낚아챌까 봐 두려워서 그 사실을 밝히지 않았단다. 너, 루페, 카치토, 어린 동물인간들은 모두 일반적인 성인만큼 살 거야. 난 내 연구를 개선했어."

모로가 카를로타의 얼굴을 만지려는 듯이 떨리는 손을 내밀었다.

"네가 얼마나 이루기 어려운 업적인지 모르겠니? 너는 인간보다 나아. 완벽에 가깝다고."

카를로타는 모로의 손이 닿지 않게 고개를 돌렸다.

"다른 이들은요? 루페가 한 말 못 들으셨어요? 동물인간들은 자기 몸 때문에 고통스러워해요. 관절이 아프고요. 시력이 빠르게 나빠지거나 피부에 종양이 생겨요. 아버지는 늘 그들이 불평하는 걸 무시했죠. 예전보다는 튼튼하다고 해도 건강한 것과는 거리가 멀어요."

루페는 박사에게 등을 지고 창문 가까이로 가서 커튼을 잡고 바깥을 내다보았다.

"얘야, 나는 리잘데를 위해 동물인간을 만들어야 했단다. 정말이야. 동물인간 없이는 지원금이고 뭐고 아무것도 받을 수 없었어. 인간과 동물의 특성이 섞이면서 예상치 못한 부작용이 생겼어. 선천적 결함과 질병. 마치 책의 첫 장을 뜯어내면 책 뒤에 있는 세 장도 뜯어지는 것과 마찬가지였단다. 이 과정을 고치려고 노력했지만 쉽지 않았고 매년 지원금은 줄어들었어. 에르난도 리잘데는 점점 내 간청에 귀를 막았지. 나는 널 위해 할 수 있는 일을 한 거란다, 얘야."

하지만 다른 이들을 위한 건 아니었지.

카를로타가 속으로 생각했다. 아버지가 공들여 이야기를 꾸며내는 대신 동물인간을 위해 개발한 치료제가 있던가? 동물인간이 겪는 고통을 완화해 줄 만한 것이 있던가?

"몽고메리가 주기적으로 재규어를 가져오게 하셨잖아요. 제 치료에 쓴다고 하셨지만 그건 거짓말이었어요. 재규어는 뭐에 쓰셨어요?"

카를로타가 이맛살을 찌푸리며 말했다.

"처음에는 너와 같은 성공을 재현해 보려고 했어. 재규어가 핵심 요소라고 생각했지만 시간이 지날수록 불가사의한 방식으로 차이를 만들어 낸 건 네 엄마라는 생각이 들었다. 하지만 다른 여성에게 아이를 낳게 할 엄두는 내지 못했고 인간 자궁 대신 돼지와 배양실을 사용하는 걸로 스스로 제약을 두었지. 그렇지만 재규어가 중요한 단서일 거라는 희망을 계속 품었단다. 나중에 그건 불가피한 핑계가 되었지. 혹시 너한테 동물 같은 특성이 나타나면 주사 때문이라고 널 설득할 수 있을 거라고 생각했다. 내 밑에서 일하던 녀석한테도 똑같이 이야기했고."

"하지만 멜키아데스는 진실을 알았잖아요. 그게 별 핑계가 못 됐나 봐요."

"멜키아데스는 마지막 즈음에야 의심했단다. 그래서 멜키아데스를 쫓아내고 몽고메리를 고용한 거야. 게다가 멜키아데스는 내 연구 결과를 훔치려 했고, 그건 문제를 해결하는 데 아무 도움도 안 됐지. 멜키아데스는 엉뚱한 일에 끼어들었고 내 일지를 살펴봤어."

모로는 점점 흥분하는 것처럼 보였고 화가 나서 조금이나마 활력을 되찾았다.

"그리고 성공했단다. 정말로 효과가 있었어. 몽고메리는 몰랐지. 에르난도도 몰랐고. 멜키아데스는 짐작했어. 그 녀석은 짐작한 거야. 하지만 내가 바로잡을 수 있었다. 네가 에르난도를 공격하지 않았다면…… 하지만…… 아! 지금이라도 바로잡을 수 있을 게다.

그래. 네가 어렸을 때를 생각해 보렴! 지금까지 여러 해 동안 온전하고 건강하잖니. 두통이나 고통도 사라졌고. 지금 너한테 닥친 이 변화도 잠깐 스쳐 가는 사건에 불과해. 네 팔다리는 튼튼하고 곧은 데다가 시력도 좋지. 나는 널 보살펴 왔고 앞으로도 쭉 보살필 거야. 수정하는 건…… 모든 건 수정할 수 있단다."

카를로타는 모로가 다시 자신을 향해 손을 내밀지도 모르겠다는 생각에 울고 싶어졌다. 하지만 우는 대신 고개를 높이 들어 올렸다.

"아버지한테는 모든 게 그저 진행 중인 작품이죠. 수정되어야 하는 무언가고요. 하지만 아버지도 가끔씩 뭔가를 깨뜨리실 텐데 그러면 다시 붙일 수 없어요."

모로는 뭐라고 몇 마디 중얼거리더니 숨이 찬 듯 신음 소리를 냈고, 한바탕 퍼부은 기력을 빠르게 소진한 것 같았다. 입술을 꾹 다물더니 몽고메리가 말없이 서 있는 방 한구석으로 시선을 돌렸다.

“로턴, 펜과 종이를 가져와서 내 말을 받아써 줄 수 있나?”

“네.”

“그럼 지금 좀 부탁하네.”

카를로타는 몽고메리가 서랍을 이리저리 여닫더니 의자를 당겨서 아버지가 메모를 적는 탁자에 앉는 소리를 들었다. 그러자 모로가 다시 말했다.

“준비됐나?”

“네.”

“문서에 날짜를 적어 주게. 나, 구스타브 모로는 온전한 몸과 마음으로, 본 문서에 따라 내 모든 소유물과 은행 계좌에 있는 돈을 내 사생아인 카를로타 모로에게 유언으로 남긴다. 또한 메리다에 있는 프란시스코 리터를 내 유언 집행인으로 지정하고 그에게 내 동생 에밀에게 연락하여 조카의 존재를 알리는 임무를 맡긴다. 나 자신을 위해서는 아무것도 요구하지 않았지만 내가 받지 못한 재산을 내 딸이 양도받아 모로 가의 이름에 걸맞게 살 수 있도록 동생 에밀에게 요청한다. 이것이 동생에게 간청하는 바이며 마지막 소원이다. 몽고메리, 이제 내 증인으로 서명해 주면 나도 서명하겠네.”

“뭐 하시는 거예요?”

카를로타가 물었다.

“내가 가진 걸 남기고 떠나는 거야. 그리고 누군가 널 보살필 수 있게 하는 거지. 우리 가족은 날 내쫓았지만 그 후로 세월이 많이 흘렀고 동생은 일면식도 없는 여자아이라고 해도 자기 친척이라면 책임감을 느낄 거다."

"사람이 아니긴 하지만요."

"내 딸인 건 변함 없단다. 넌 항상 자랑스러운 내 딸일 거다."

모로가 떨리는 목소리로 몹시 다정하고 슬프게 말했다.

카를로타는 아버지가 서명하는 모습을 조용히 지켜봤고 그 종이는 카를로타에게 건네졌다. 카를로타는 그런 건 처음 본다는 듯이 종이를 바라보면서 몽고메리의 작은 글씨체와 아버지의 서명을 살펴본 후 조심스럽게 종이를 접었다.

"내가 줄 수 있는 또 다른 건 바로 이거야."

모로가 지친 듯이 말하면서 목을 둘러싼 은색 목걸이를 잡아당겨 작은 열쇠를 들어 보였다.

"내 실험실에 유리 진열장이 있어. 언제나 닫혀 있지. 그곳에 내 일지와 연구에 관해 적은 메모가 모두 보관되어 있단다. 그동안 너한테 비밀을 간직해 왔지만 더는 그럴 수 없겠구나. 이제 좀 쉬어야겠다. 그러면 좀 나아질 것 같구나."

카를로타는 열쇠와 종이를 두 손으로 꽉 쥐고 아버지가 눈을 감는 모습을 지켜봤다. 아버지는 얕은 숨을 쉬었다.

카를로타는 여러 감정이 끔찍하게 뒤섞여 어지러워하면서 자리에서 일어났다. 루페가 다시 고개를 돌려 카를로타 쪽을 바라보며 의아한 눈빛을 보냈다. 카를로타는 자기가 너무 쉽게 운다던 루페의 말을 떠올리며 손등으로 눈가를 훔쳤다.

"카를로타, 내가 계속 박사님을 지켜볼게. 너랑 루페는 가서 자.

몇 시간 후에 깨워 줄게."

몽고메리가 제안했다.

처음에 카를로타는 본능적으로 됐다고 말하고 싶었다. 아버지가 밤중에 돌아가셨는데 그때 자기가 곁에 있지 못할까 봐 두려웠기 때문이다. 하지만 아버지가 임종을 맞이할 때 곁을 지키는 것도 두려웠다. 아버지를 위해 집에 남았지만 이제는 끔찍한 사건을 목도하지 않기 위해 달아나고 싶었다.

"네. 난 이만 물러나야겠어요."

카를로타가 말했다.

루페가 카를로타와 함께 방을 나섰다. 두 사람은 나란히 걸었고 복도에 들어서자 카를로타가 루페에게 기댔다. 카를로타는 자기가 어디로 가고 있는지도 제대로 보이지 않았다.

"루페, 아버지가 돌아가시면 어떻게 하지?"

"로티, 정말 안됐어. 네가 박사님을 사랑한다는 거 알아."

루페가 손가락으로 카를로타의 머리카락을 쓸어넘겼다.

"맞아. 어쩔 수가 없어. 아버지는 편찮으시고…… 맙소사. 무서워. 울고 또 울고 싶지만 아무것도 도움이 되지 않아. 술도 마셔 보고 다른 짓도 해 봤지만…… 루페, 나 무서워."

그날은 매시간이 불안으로 점철되었다. 두려움이 폐부를 짓눌러서 숨쉬기가 어려웠고 카를로타는 많은 것들이, 심지어 자기 자신조차 두려웠다.

"겁내지 말고 그만 울어. 내가 다시 돌아왔잖아, 안 그래? 너는 겁쟁이야, 로티. 내가 없으면 너는 겁에 질려 죽었을 거야. 괜찮아.

이 멍청한 겁쟁이야."

카를로타는 입술이 떨렸지만 루페를 바라보며 간신히 미소 지었다.

"나한테 모욕을 준다고 내 기분이 나아지는 건 아니야."

"너는 울면서 보채는 아기야."

"뭐라고. 나빴어."

카를로타가 루페를 가볍게 밀쳤고 루페도 카를로타를 밀쳤다. 두 사람은 이렇게 놀곤 했다. 루페는 카를로타를 가까이 끌어당겨서 팔로 카를로타의 허리를 감쌌다. 두 사람은 가만히 서 있었다.

카를로타가 깊이 숨을 들이마셨다.

"내일 실험실에 가 봐야겠어."

카를로타가 작게 말하고는 손을 펴서 열쇠를 바라보았다.

26장

몽고메리

몽고메리는 술 마실 생각을 하루 종일 했다. 카를로타가 몽고메리와 교대해서 박사 곁을 차지한 아침부터, 세수하고 아침을 먹을 때에도, 태양이 중천에 떠 있을 때에도, 닭과 돼지가 자유롭게 돌아다니도록 우리를 열어 줬을 때에도 말이다. 이마에 맺힌 땀방울을 훔치면서도 술 생각을 했고 낮잠을 자려고 누워서 팔을 눈 위에 두를 때에도 술 생각을 했다.

물론 술을 마신 지 그렇게 오래되지는 않았지만 한 잔 더, 또 한 잔 더 마시고 싶었다. 불안하고 속상했는데 술은 언제나 믿을 만한 친구였기 때문에 술 냄새가 날 정도로 취하고 싶었다.

몽고메리는 카치토를 떠올렸고 그 애가 어디 있을지 궁금해하다 보니 속이 뒤틀리는 것 같았다. 그러다가 리잘데의 부하들이 대문을 두들기는 모습을 상상하면서 모로 박사가 오 분 내에 죽어서 세 사람이 달아날 수 있기를 이기적으로 바랐다. 몽고메리가 카치토한테 딱히 죽고 싶지 않다고 한 건 거짓말이 아니었다. 총알을 맞거나 칼에 찔려서 죽고 싶지는 않았다. 죽고 싶었다면 몇 년 전에 싸움판에 뛰어들었을 것이고 피투성이가 되어 행복하게 생을 마감했을 것이다.

아니, 몽고메리는 어리석은 마조히스트여서 서서히 그리고 조용히 죽고 싶었다.

술이 마시고 싶었다. 세상이 쓰라릴 때면 술로 고통을 덮었기에, 잠시나마 고통에서 벗어나길 원했다. 하지만 지금 상황에서는 그럴 수 없었다. 그날 몽고메리는 기분이 너무 가라앉아서 방에서 혼자 술 한 병을 해치우고 싶었다. 술을 마시는 대신 술병을 창밖으로 던져 바닥에 박살 나게 했다.

친애하는 패니에게, 맨정신으로 있기에는 그다지 좋은 때가 아니야.

전 부인에게 쓰던 긴 편지는 이제 전보로 간략하게 바뀌었다.

몽고메리가 실험실에서 카를로타를 발견한 건 해 질 무렵이었다. 카를로타는 책과 종이를 사방에 펼쳐 놓고 긴 탁자 위에 몸을 숙이고 있었다. 몽고메리는 조심스럽게 책을 옆으로 치운 다음 탁자 위에 콩 요리가 든 그릇과 커피가 담긴 머그잔을 그 옆에 놓았다. 계속 아과르디엔테를 찾는 대신 뭔가 도움 되는 일을 하려고 부엌에 들어갔다. 몽고메리는 요리를 잘한 적이 없었고 모두를 위해 맛있는 요리를 만드는 라모나의 능력을 높이 평가했다.

몽고메리가 만든 요리는 간단한 것이었지만 불충분했을 것이다. 하지만 그게 겨우 만들 수 있는 요리였고 루페는 적어도 몽고메리가 내린 커피를 반겼다.

"너랑 루페가 저녁을 먹고 싶어 할 것 같아서."

몽고메리가 말했다.

카를로타는 고개를 들어 몽고메리를 쳐다봤지만 대답은 하지 않았다.

"여기 어두운 데 있으면 안 돼. 눈에 부담이 갈 거야. 등불을 켜 줄게."

"어두운 데서도 보여요."

카를로타가 생기 없는 목소리로 말했다.

"카를로타? 괜찮아?"

몽고메리가 조심스럽게 물었다.

카를로타는 고개를 끄덕였지만 입술을 움직여 말을 하지는 않았다. 몽고메리는 등잔에 불을 켜서 탁자에 놓았다. 몽고메리는 맞은편에 서서 카를로타가 유리 진열장에서 꺼낸 서류를 흘끗 쳐다보았다. 카를로타는 음식도 커피도 건드리지 않았다.

"자, 카를로타. 말 좀 해 봐."

카를로타는 한숨만 깊게 쉬고 아무 대답도 하지 않았다. 두 사람은 막다른 골목에 다다른 것 같았다. 그러다 카를로타가 펼쳐진 공책의 페이지를 쓸어내리며 손끝으로 보이지 않는 형체를 그리기 시작했다. 몽고메리는 그 형체를, 즉 재규어 그림을 훔쳐보았다.

"아버지 일지를 읽고 있었어요. 몇 권 있더라고요. 우리 어머니에 관한 정보를 찾고 있었어요. 날 낳을 때 어머니는 스무 살이었어요. 패혈증으로 돌아가셨대요. 아버지는 어머니의 몸무게를 재고 치수를 재고 피부색을 기록하고 임신과 출산에 관한 기록을 남겼어요. 하지만 어머니가 어떤 사람인지에 관해서는 거의 적지 않았죠. 나에 관해서도 마찬가지였어요. 내 반사 신경이 비정상적으로 빠르다는 사실은 알았지만 아버지가 내 첫 돌을 축하해 줬는지는 모르겠어요. 나와 야샤툰에 있는 모두의 삶이 이 종이에 기록되어 있지만 아버지는 우리에 관해 진짜로는 아무것도 적지 않았어요. 그리고 터무니없이 이기적으로 우리가 어떻게 자기한테 쓸모가 있을지만 끊임없이 궁금해했어요."

카를로타는 무릎에 손을 끼워 넣고 아래를 내려다봤다.

"난 아버지를 맹목적으로 사랑했고, 그러면서 아버지가 우리한테 저지른 끔찍한 짓을 무시했어요. 아버지를 의심 없이 따랐기 때문에 하느님이 날 벌할 거예요."

"말했잖아. 하느님은 없다고."

"당신한테는 없겠죠."

카를로타가 화를 내며 말했다.

"하지만 난 하느님을 믿어요. 아버지가 나한테 보여 준 얼굴을 한 하느님이 아닐지라도 신이 있다는 걸 믿는다고요. 여기서 우리가 저지른 짓, 즉 아버지가 쓸데없이 잔인하게 실험을 하고 동물인간을 만들어서 우리는 죄를 지었어요. 난 야샤툰이 천국이라고 생각했지만 그렇지 않았어요. 아버지는 고통을 빚어 형체로 만들어냈어요.

아버지는 나를 만들고 글을 썼어요…… 뭐라고 썼는지 아세요? 내가 '저주받은 것들 중에 가장 인간다운 것'이라고요. Hi non sunt homines; sunt animalia.[77] 우리는 동물이며, 동물인 우리의 유일한

77 『모로 박사의 섬』에 나오는 구절로 '이들은 인간이 아니라 동물이오.'라는 뜻.

목적은 아버지를 섬기는 것이라고요."

카를로타는 일지를 들어서 읽었다.

"'말과 개를 사육하는 사람들도 유사한 연구에 착수했고 훈련받지 않은 온갖 어중이떠중이들이 자기들이 당면한 목적을 이루기 위해 연구했다. 차이점은 내가 더 정교하게 일을 다룬다는 것이다.' 이게 바로 아버지가 한 말이에요. 아버지가 이 항목을 어떻게 끝맺는지 아세요? 자신이 이룩한 과학적 업적을 입증하면 유럽에서 받게 될 엄청난 반응을 궁금해하면서 자기 어깨 위에 얼마나 많은 영광이 드리울지 상상하고 있어요. 그리고 '카를로타가 내 업적과 실험의 전모를 알게 되면 나를 원망할지도 모른다. 하지만 자식들은 모두 자기 조상에게 원한을 품게 마련이고 내 지적 열망에 견주었을 때 카를로타가 불편한 건 크게 고려할 사항이 아니다. 나는 괴물을 만들었지만 기적을 행하기도 했다.'라고 했어요."

카를로타는 일지를 탁자 위에 내려놓고 물끄러미 바라보았다.

"지구상에 완벽한 장소는 없어. 어디를 가든 나는 인간의 잔인함과 과도함을 봤어. 그게 바로 내가 야샥툰에 와서 여기 머물게 된 이유야. 야샥툰은 적어도 행복과 비슷한 뭔가를 줬거든. 나는 야샥툰에서 괴물을 본 적은 없어."

몽고메리가 말했다.

심각하고 매서운 표정을 짓던 카를로타가 가쁜 호흡을 내뱉었다.

"당신이 본 건 중요하지 않아요. 그건 틀렸으니까요. 이제 동물인간들은 어떻게 될까요? 내가 함께 갔어야 했는데 이건 내 책임이에요. 결국 난 박사의 딸이잖아요. 같이 갔어야 했는데 못 갔어요."

"더 이상 아무 말도 하지 마."

몽고메리가 탁자를 돌아가 카를로타를 붙들었다. 카를로타는 열이 나는 것 같았고 몽고메리는 지난번처럼 카를로타가 쓰러질까 봐 두려웠다.

"당신은 신경 쓰지 않잖아요."

카를로타가 이렇게 중얼거리면서 손으로 몽고메리의 가슴을 밀쳤다.

"신경 써. 하루에도 거의 매시간 카치토가 겁내는 건 아닌지, 추격자들이 동물인간을 뒤쫓는 건 아닌지 생각한다고."

"추격자! 에르난도 리잘데가 그렇게 빨리 추격자들을 구할 수는 없잖아요, 안 그래요?"

"그렇지는 않을 거야. 하지만 에르난도 리잘데가 한 달이나 두 달 후에 추격자들을 구한다고 해도 여전히 위험할 거야."

몽고메리는 심장을 콕콕 찌르는 듯한 통증을 느꼈고 거친 신음 소리를 냈다. 카를로타는 깜짝 놀라서 비명을 지르며 똬리를 틀고 있던 힘으로 몽고메리를 밀쳤고 몽고메리는 카를로타의 힘에 깜짝 놀랐다. 뒷걸음질치던 몽고메리가 진열장에 살짝 발을 헛디디는 바람에 유리 너머에 있는 표본들이 흔들렸다.

"미안해요. 일부러 한 건……."

고양이가 발톱을 세우듯이 카를로타의 손가락이 길고 날카로운 손톱으로 변했다. 카를로타는 고양이처럼 손톱을 감췄다. 카를로타가 몽고메리를 할퀸 자리에 붉은색 작은 꽃이 피어올라 셔츠를 물들였다.

"당신을 다치게 하고 말았네요."

카를로타가 한 손을 들어 얼굴을 가렸다.

"제어할 수가 없어요. 아버지는 친절하고 침착해야 한다고 하셨어요. 하지만 어떻게 해야 할지 모르겠어요. 어떻게 멈출 수 있는지 모르겠다고요."

카를로타는 다른 손을 펼쳐진 책 위에 올려놓고 손가락을 둥글게 말면서 페이지를 가로지르며 사선을 그렸다. 책에 그려진 재규어는 엉망이 되었고 재규어의 몸을 이루는 완벽한 선도 흐트러졌다.

"괜찮아. 여기 앉아, 카를로타. 잠깐만 좀 추스를게."

몽고메리가 떨리는 목소리로 말했다. 몽고메리 역시 어떻게 해야 할지 몰랐다.

몽고메리는 선반을 뒤지다가 거즈 한 조각을 발견했다. 그러고는 셔츠 단추를 풀고 상처 부위를 가볍게 두드렸다. 종이에 베인 것처럼 얕은 상처였다. 카를로타가 살짝 힘을 주자 몽고메리는 다시 한번 고양이를 떠올렸는데, 이번에는 사람 무릎 위에서 꾹꾹이를 하는 모습이었다. 얼마나 이상한 생각인가! 그리고 카를로타는 호리호리하지만 힘이 셌다. 몽고메리는 카를로타가 모로를 들어 올릴 때 이미 그 사실을 목격했다.

몽고메리가 단추를 채울 때 카를로타는 등을 돌리고 다시 자리에 앉아 있었다.

몽고메리는 카를로타가 실컷 울 거라고 생각했지만 우는 대신 그릇과 숟가락을 들고 밥을 먹기 시작했다. 카를로타는 커피를 조금 마시더니 코를 찡그렸다. 카를로타가 식사를 마치자 몽고메리가 커피 말고 다른 걸 마시고 싶은지, 그러면 차를 한 잔 내려 주길 원하는지 물었다. 카를로타는 고개를 끄덕이며 머그잔을 옆으로 치웠다.

"카를로타, 날 봐."

몽고메리가 말하자 카를로타가 눈을 들어 쳐다봤다.

"나는 괴물들을 본 적이 있어. 그 괴물들은 동물인간도 아니었고 너도 아니었어."

"나는 사람을 죽일 수 있는걸요."

카를로타가 양손을 들어 올리고는 찬찬히 살펴보았다. 하지만 그녀의 손가락은 다시 길고 우아한 숙녀의 손가락이었다.

"누군가 날 해치려고 하면 나도 그럴 거야."

몽고메리가 카를로타의 손에 자기 손을 얹고 손끝으로 카를로타의 손마디를 쓰다듬었다.

"어떻게 도와줘야 할지 모르겠지만 자신을 싫어하는 걸로 시작하면 안 돼."

"당신은 스스로를 좋아하지 않잖아요."

카를로타가 비난조로 말했다.

몽고메리가 한쪽 입가만 올라가게 미소 지었다. 오래전에 죽어버린 엘리자베스가 떠올랐다. 엘리자베스의 유령이 심장을 옥죄는 것 같았다. 몽고메리는 자기가 저지른 실수와 하지 않아서 저지른 범죄, 수많은 결점과 자기가 키워 온 나쁜 버릇을 떠올렸다.

"그래, 나는 내가 싫어."

몽고메리가 고개를 저으며 말했다.

“나는 오랫동안 스스로를 혐오하면서 빨리 죽으려고 애썼어. 하지만 너는 나처럼 되면 안 돼. 내가 겪어 봐서 하는 말이야.”

“어떤 사람이 되어야 할지 모르겠어요. 나는 모로 박사의 고분고분한 딸이지만 더 이상 그걸로는 충분하지 않아요.”

“다행히 지금 당장 모든 걸 결정하지는 않아도 돼.”

“시간이 얼마 안 남은 것 같은데요. 리잘데 가 사람들이 돌아오겠다고 했잖아요.”

맞는 말이었지만 몽고메리는 지금 그런 생각을 하고 싶지 않아서 머그잔을 입에 대고 커피를 홀짝였다.

“자.”

커피를 다 마신 몽고메리는 손수건이 없어서 손등으로 입술을 훔쳤다.

“우리가 살아남아서 다른 이들을 돕고 그다음에는 어떻게 될지 두고 보자고. 리잘데 가 사람들이 이틀 정도 오지 않으면 박사님을 옮겨서 배를 탈 수 있을지도 몰라.”

“아버지는 상당히 약해지셨어요.”

“그래도 물도 마시고 조금은 드시고 있잖아, 그치?”

“수프만요.”

“그건 좋은 징조인 데다 이제 깨어나셨잖아. 박사님은 강인하셔. 나는 이 병으로 박사님이 돌아가시진 않을 것 같아.”

“정말 우리가 아버지를 모시고 갈 수 있을까요?”

사실 몽고메리는 아무것도 확실할 수 없었고 모로는 고집불통이었다. 그리고 몽고메리는 카를로타가 진정하길 바랐다. 카를로타는 신경이 바짝 곤두선 데다 걱정이 가득한 눈빛이었으며 몽고메리 자신도 그날 상태가 별로 좋지 않았다. 몽고메리는 그들이 얄라하우까지 갈 수 있을지 생각했다. 얄라하우는 한때 범죄자와 해적의 소굴이었지만 그건 지나간 일이었고 모험담 소설을 지어내기 위한 요소가 되었다. 이제 얄라하우는 항구에 지나지 않았다. 그곳에서 코로살로 통하는 길을 확보할 수 있었다. 영국 영토에 들어가면 그들은 안전할 것이다.

물론 이 계획은 확실하지 않은 여러 사건이 연달아 일어나야 했다.

"우리가 잘 헤쳐 나갈 수 있게 너네 하느님한테 기도하는 게 좋을 것 같아. 동물인간을 위한 기도는 따로 남겨 두고."

"함께 기도해요. 하지만 기도하고 나서 들것을 만들어야겠어요. 아버지를 운반하려면 들것이 필요하니까요."

"너는 좀 쉬어야겠어."

몽고메리는 그들이 모로를 곧장 운반하면 정글을 지나다가 시체를 끌고 다니게 될지도 모른다고 조심스럽게 생각했다.

"당신이 들것을 만들자고 제안했잖아요."

정말이다. 하지만 그 제안은 상상 속 임시방편이어야 했다. 몽고메리는 그렇게 제안하면 카를로타가 주의를 돌릴지도 모른다고 생각하긴 했지만 카를로타가 바로 실행에 옮길 거라고는 상상하지 못했다.

"들것 만드는 방법 알아요?"

"너는?"

"알아요. 책에서 읽은 적 있어요."

카를로타가 자랑스럽게 턱을 치켜들었다.

몽고메리가 미소 지었다.

"그럼 해당 페이지를 펼쳐 봐."

몽고메리는 이렇게 말하고는 어쨌든 이 방법이 통할 수도 있겠다고 생각했다. 몽고메리가 석호를 가로질러 동물인간을 전부 나를 수는 없지만 사람 한 명은 운반할 수 있을 것이다.

27장

카를로타

모로 박사가 뇌졸중으로 쓰러진 지 사흘째 되는 날, 그들은 모로를 운반하려다 실패했다.

그들이 임시로 만든 들것은 밀가루 포대와 콩 포대를 나무토막 두 개에 밧줄로 감고 가로대를 기둥에 못 박아 만든 것이었다. 임시 들것은 튼튼했고 몽고메리와 루페는 들것과 박사를 운반할 만큼 힘이 셌다.

하지만 운반할 때가 오자 모로는 병세가 악화된 것처럼 보였다. 안색이 상기됐고 이마는 뜨거웠다. 카를로타는 모로의 혈압을 낮추려고 아코나이트[78]를 투여하고 침대 옆에 앉았다.

몽고메리는 카를로타가 기도해야 한다고 농담 삼아 말했고 이제 카를로타는 정말로 고개를 숙이고 두 손을 깍지 낀 채 기도했다. 루페와 몽고메리는 걱정스러운 눈빛으로 카를로타를 지켜보았다. 몇 시간 후 모로는 상태가 호전되었고 깊이 잠들었다.

---

78 바꽃의 뿌리에서 추출한 진통제, 강심제.

밤이 되었다. 카를로타는 자기 방으로 돌아갔고 루페가 카를로타와 교대해 주었다. 카를로타는 복도를 따라 걸어가다가 몽고메리가 자기 방에서 말하는 소리를 들었다.

친애하는 패니에게.

문은 닫혀 있었고 몽고메리는 나지막이 말하고 있었다. 몽고메리가 하는 말이 들리지 않아야 했지만 카를로타에게는 들렸다.

기이하게도 감각이 점점 예민해지는 것 같았다. 어쩌면 모로가 더 이상 리튬이나 진정 효과가 있다고 보는 다른 물질을 투여하지 않았기 때문일지도 모른다. 어쩌면 오래전에 시작된 변화가 이제야 완전히 꽃을 피운 것뿐일지도 모른다. 하지만 몸속에 있는 기이한 경계선과 카를로타라는 존재 중심부에 자리 잡은 것 같은 균열은 이제 깊고 단단하게 느껴졌다. 단층선(斷層線)은 두려움과 분노로 가득 차 있었다. 카를로타는 뼈를 녹일 듯한 분노에 짓눌렸고 입을 벌려 으르렁거릴 준비를 마쳤다.

카를로타는 주먹을 꽉 쥐고 눈을 감아야 했다.

이렇게 강한 힘과 폭력을 가할 수 있는 능력이 카를로타를 두렵게 했고 압도했다.

방에 들어간 카를로타는 옷을 벗고 거울 앞에 서서 예배당에 있는 벽화 속 이브처럼 벌거벗은 채 이제껏 그래 본 적 없는 주의를 기울여 자기 몸을 살펴보았다. 손끝 아래 근육과 손목에서 뛰는 맥박을 느꼈고 어둑어둑한 곳에서 번뜩이는 눈을 관찰했다.

아버지는 카를로타에게 온순하게 굴라고 가르쳐 왔다. 하지만 카를로타는 손으로 꽃을 꺾을 수도 있고 사람을 다치게 할 수도 있었다.

누군가를 해치고 싶은가? 아니다. 몽고메리도, 모로도, 에르난도 리잘데조차 해치고 싶지 않았다. 하지만 해칠 수 있었다. 그리고 이런 가능성을 생각해 보는 게 얼마나 이상한 일인지.

라모나가 들려준 이야기 중에 겉모습을 바꿔서 밤하늘을 날아다니는 마법사 이야기가 있었다. 하지만 카를로타는 그런 마법사가 아니었다. 카를로타는 마음대로 겉모습을 바꿀 수 없었고 그것은 몸 전체가 뒤흔들리는 통제할 수 없는 변화였다.

이런 사실은 카를로타를 두렵게 했다. 스스로가 두려웠다. 카를로타는 잠옷으로 갈아입고 이불 밑으로 들어가 어린아이가 유령이나 차네케[79]를 피해 숨는 것처럼 몸을 숨겼다.

박사가 뇌졸중으로 쓰러진 지 나흘째 되는 날, 리잘데와 부하들이 왔다. 그들이 하도 소란을 피워서 카를로타만큼 귀가 밝지 않아도 그들이 왔음을 알 수 있었다.

그들이 도착했을 때 카를로타는 몽고메리와 함께 부엌에 있었고 몽고메리는 재빨리 소총을 찾으러 나갔다. 카를로타는 오른손으로 왼손목을 잡아 가슴에 대고 누르면서 몽고메리를 따라갔고 잠시 동안 무슨 말을 해야 할지 몰랐다. 그러다가 두 손을 양옆에 떨어뜨리고 숨을 들이마셨다.

"우리가 해치려 한다고 저들이 생각하지 않았으면 좋겠어요."

카를로타는 이렇게 말하면서 침착하려고 애썼고 몽고메리도 침착하길 바랐다.

79 멕시코 아즈텍인들이 자연의 수호자이자 힘이라고 믿었던 작은 생명체.

"제발, 저 사람들을 응접실로 데려와 줘요. 말해 보기 전에는 총 쏘지 말라고 부탁한 걸 기억해 줘요."

"알겠어."

몽고메리가 말했다.

루페도 쾅쾅거리고 고함치는 소리를 듣고 응접실로 와 카를로타 옆에 섰다.

"루페, 아버지 방에 가 줘. 아버지가 널 찾으실 수도 있고, 저 사람들과 말이 통하지 않는 게 드러나면 달아날 수 있을 거야."

"난 너랑 같이 있으려고 돌아온 거야, 로티."

"고집부리지 마."

하지만 루페는 움직이지 않았고 곧 몽고메리가 리잘데 가 사람들과 장정 네 명과 함께 돌아왔다. 몽고메리는 수적으로 열세인 데다 소총을 빼앗긴 게 분명했는데도 불안해 보이지 않았다.

카를로타는 에두아르도를 보자 손이 떨려서 두 손을 꽉 맞잡았다. 에르난도 리잘데는 뺨에 반창고를 붙이고 카를로타를 노려보았다. 이시드로도 카를로타를 만난 게 그리 반가워 보이지 않았다.

"모로를 데려와. 모로가 여기 있어야겠어."

에르난도 리잘데가 카를로타에게 명령했다.

"아버지는 편찮으세요. 지금 침대에서 일어나지 못하세요."

"핑계가 좋구먼."

"아버지한테 데려다 드리길 원하시면 데려다 드릴게요. 거짓말이 아니에요."

카를로타가 여전히 침착한 목소리로 말했다.

"그렇다면 병상에 누워 있게 내버려 둬. 그게 모로가 원하는 바라면 말이지. 모로가 이불 밑에 숨고 싶어 한들 상관없으니까. 우리는 동물인간들을 데리러 왔거든. 동물인간들을 불러 모아!"

"떠났어요."

"떠났다는 게 무슨 말이지? 어떻게 떠날 수가 있지?"

"내가 문을 열어 줬어요."

"그럼 어느 방향으로 갔는지 알려 주는 게 좋을 거야."

에르난도가 성을 내며 말했다. 이번에는 채찍을 가져오지 않았지만 에르난도의 목소리가 채찍 그 자체였다.

"네가 야생에 풀어 준 건 내 귀중한 자산이야."

"아버지한테 돈이 약간 있는데 우리 모두를 평화롭게 내버려 두면 드릴게요."

에르난도 리잘데가 짜증을 내며 투덜거렸다.

"모로가 은행 계좌에 얼마나 하찮은 금액을 가지고 있든 내가 투자한 금액과는 비교할 수 없어. 여긴 내 집이고, 이건 내 가구고, 그 동물인간들은 여전히 내 자산이라고."

카를로타는 입술을 꽉 깨물고 시선을 떨구었다.

"어쩔 수 없네요."

"얻어맞으면 대답을 하겠지."

카를로타는 그 말에 아무 대답도 안 하고 기도하는 것처럼 두 손을 모은 채 움직이지 않았다. 그러자 더 화가 난 에르난도가 카를로타를 향해 욕을 퍼붓기 시작했다.

"이 창녀! 더러운 짐승 같으니라고!"

"망할 혓바닥 함부로 놀리지 마, 이 돼지 새끼야!"

몽고메리가 소리 지르며 앞으로 뛰쳐나오더니 허공에 주먹을 휘둘렀다.

하지만 리잘데의 부하들이 달려들었고 그중 한 명이 소총이 부러지지 않을까 싶게 몽고메리의 등을 인정사정없이 내리쳤다. 몽고메리는 숨이 막히는 듯한 비명을 지르며 고꾸라졌다.

"그만!"

그들은 카를로타가 한 말을 무시했다. 두 장정이 몽고메리를 붙잡아 일으켜 세웠고 또 다른 장정이 주먹으로 그의 복부를 때렸다. 이시드로는 즐거워 보였다. 카를로타는 무표정하게 이 광경을 지켜보고 있는 에두아르도를 쳐다봤다.

"에두아르도, 제발!"

에두아르도가 녹색 눈을 날카롭게 뜨며 카를로타를 쳐다봤다.

"이럴 필요 없어요. 제가 카를로타와 단둘이 이야기해서 상황을 자세히 알아보는 건 어떨까요?"

떠들썩하게 싸우는 소리에 에두아르도가 목소리를 높여 말했다.

장정들은 구타를 멈추고 신호를 기다리듯 에르난도 리잘데를 향해 고개를 돌렸다. 몽고메리는 에두아르도를 노려보며 숨죽여 악담을 퍼붓고는 침을 뱉었다.

"그래. 자, 모두들 나가. 나가라고."

에르난도 리잘데가 이렇게 말하면서 손을 내흔들었다.

"내가 남아 있을까?"

루페가 카를로타의 귀에 대고 속삭였다.

"아니, 괜찮아. 조심해."

카를로타가 루페의 손을 꽉 잡으면서 속삭였다.

루페가 고개를 끄덕이고는 몽고메리와 나머지 사람들과 함께 나갔다. 문이 닫혔다. 두 사람은 밀폐된 방 안에 남았고 벽난로 선반 위에서 시계가 째깍거렸다. 카를로타는 온몸이 경직된 채 꼿꼿이 서 있었고 두 손은 열이 나는 것처럼 뜨거웠다. 카를로타는 심장이 고동쳤다.

"방금 전 일은 미안해. 아버지가 싸워도 된다고 했고 저 남자들은 피맛을 보고 싶어 안달이 났거든."

"당신도 피맛이 보고 싶어요? 그래서 온 거예요?"

"난 널 다시 보고 싶었어."

카를로타는 에두아르도를 알고 지낸 짧은 시간 동안 에두아르도의 표정을 빠짐없이 알았다고 생각했다. 하지만 에두아르도가 카를로타를 향해 걸어오는 태도나 그녀를 훑어보는 눈빛은 전과 달랐다. 궁금해하면서도 낯설어하는 게 느껴졌다.

"네 몸은 완벽히 흉내 냈어. 색이 변하는 카멜레온처럼 말이야. 네 몸에서 동물 같은 부분을 정확히 집어내지 못하겠어."

"나는 여러 조각으로 이루어진 퍼즐이 아니니까요."

"내 말이 기분 나빠?"

"기분 좋게 들리지는 않네요."

에두아르도는 여전히 호기심 가득한 눈빛으로 카를로타가 어떻게 만들어졌는지 이해해 보려는 것처럼 가만히 있었다.

"동물인간들은 어디 있지?"

"갔어요. 영원히."

"흔적도 없이 전부 사라졌을 리 없어."

카를로타가 한숨을 쉬었다.

"인제 와서 당신이 내게 했던 약속을 지킬 거라고 기대할 순 없겠죠. 결혼하자거나 야샤툰을 선물로 달라거나 조금이라도 애정을 보여 달라고 요구하진 않겠어요. 하지만 우리가 지난번에 만났을 때 무슨 일이 일어났든 원만하게 헤어졌으면 좋겠어요.

난 동물인간들이 어디에 있는지 몰라요. 이건 정말이에요. 당신 아버지한테 거짓말을 한 게 아니라고요. 내게 호의가 남아 있다면 당신 아버지한테 말씀드려서 동물인간이 어디로 갔든지 찾지 말라고 설득해 줘요."

"우리가 동물인간을 뒤쫓는 이유는 널려 있어. 우리 자산이라는 사실을 차치하더라도 동물인간은 우리한테 위험해."

"동물인간은 위험하지 않아요. 난 우리 모두가 계속 야샤툰에서 함께 살길 바랐어요. 이제는 불가능하다는 걸 알지만. 집을 비우고 약속한 돈을 드릴게요. 하지만 추적하려는 생각일랑은 부탁이니 취소해요. 아버지는 몹시 편찮으세요. 난 곧 집도 없고 의지할 사람도 없는 고아가 될지도 몰라요."

에두아르도가 바싹 다가와서 카를로타의 시선이 자꾸 불안하게 흔들렸다. 카를로타는 심장이 떨려서 고개를 돌렸다.

"제발, 날 더 비참하게 만들지 말아요. 좀 도와줘요."

"카를로타, 거의 울려고 그러네. 가학적인 걸 좋아하는 사람이 아닌 이상 네가 우는 모습을 보고 싶은 사람은 없을 거야. 그러기에 너는 너무 예뻐. 내가 너한테 첫눈에 반했다는 걸 너도 알 거야."

지난번에 에두아르도는 혐오스럽고 두렵다는 듯이 카를로타를 봤다. 하지만 이제는 혐오스럽다거나 두려운 표정을 드러내지 않았다. 에두아르도는 두 사람이 세노테 근처에서 만났던 때나 함께 보냈던 은밀한 밤을 떠올리는 것처럼 보였다. 에두아르도는 확신을 가지고 카를로타의 허리를 잡고 카를로타의 얼굴을 자기 쪽으로 기울였다. 그러자 카를로타는 저절로 에두아르도와 나누었던 격렬한 애무를 떠올렸고 그 즐거웠던 기억 때문에 입을 벌려서 늘 에두아르도에게 선사했던, 꾸밈없고 솔직하며 달콤한 키스를 했다.

"지금 뭐 하는 거예요?"

"뻔하지 않아?"

"더 이상 날 원하지 않는 줄 알았어요."

"바보 같은 소리 하지 마. 당연히 원하지."

에두아르도는 처음에 카를로타를 사로잡을 때와 같이 강렬하게 말했지만 그 말은 카를로타를 더욱 당혹스럽게 하기만 했다.

"당신은 떠날 때 무척 화가 난 것처럼 보였어요. 내 생각엔……."

"화가 났지. 박사와 네가 날 속이려고 했잖아."

"하지만 내가 속이려고 한 건 아니었어요!"

카를로타가 강하게 부정했다.

"아버지가 내게 비밀을 여럿 숨기셨어요. 그리고 당신을 좋아한다고 한 건 거짓말이 아니었어요. 사랑하는 척 꾸며 낸 건 아니었다고요."

"그래, 사랑하는 척 꾸며 냈다고 생각하진 않아. 나는 너에 대해,

그리고 이 엉망진창인 상황에서 우리가 뭘 할 수 있을지 생각했어. 그러다 결론을 내렸지. 상황을 복잡하게 할 이유가 없다고."

"할 수 있는 게 아무것도 없어요. 내가 야샤툰을 떠나는 것 말고 다른 선택지가 있나요?"

"야샤툰 밖에서 어떻게 하려고? 너처럼 젊은 여자한테 세상은 위험해."

카를로타는 혼란스러워 아무 말도 못 하고 에두아르도를 쳐다보았다.

"카를로타, 내 사랑."

에두아르도는 애무하는 듯한 어조로 말했다.

"난 널 놓아줄 수 없어."

에두아르도가 하려는 말은…… 자기 사랑이 변함없다는 뜻인가? 어쩌면 에두아르도는 카를로타와 함께 도망치길 원하는지도 모른다. 어쩌면 모두의 문제를 해결할 영리한 해결책을 떠올렸을지도 모른다.

에두아르도가 카를로타를 꽉 껴안고 입술로 목을 훑었다. 카를로타는 나중에 쓸쓸하고 비참하지 않고, 따뜻하고 안전한 섬에 있는 모습을 상상했다. 야샤툰이 아니더라도 다른 곳에서 여전히 두 사람이 함께 만들 안식처에 관해 생각했다. 또한 동물인간 모두가 다치지 않고 행복한 모습을 상상했다. 이런 광경을 꿈꾸는 걸 스스로한테 허용했다. 카를로타는 입을 벌리고 숨을 들이마셨다.

"너는 비스타 에르모사에서 내 정부가 되는 거야. 즐거울 거야. 아버지도 찬성했어. 처음에는 내키지 않아 하셨지만 내가 설득했지.

정부는 사창가 매춘부보다 깨끗하고 안전한 데다 동물인간은 아이를 낳을 수 없으니까, 즉 나한테 사생아는 없을 거라고 말이야."

에두아르도는 카를로타의 검은 머리카락을 매만졌다. 그러다가 머리칼을 쥔 손에 힘을 주자 카를로타가 고개를 기울여 그를 쳐다봤다.

"그럴 순 없…… 거기에 동의하지 않을 거예요."

"네가 직접 말했잖아. 내가 너랑 결혼하는 걸 기대할 순 없다고. 완벽한 동화 속 이야기는 아니지만 최선을 다할 거야."

"이렇게 합의하길 바란 것도 아니에요."

"카를로타, 넌 시골에서 안전하게 만족하면서 지내게 될 거야. 난 네가 응석을 부려도 개의치 않을 거고 그 대가로 너도 나한테 관대하게 굴겠지. 남자가 정부를 두는 건 흔한 일이고 이 제안은 확실히 지금 같은 상황에서 네가 바랄 수 있는 최선이야."

카를로타는 에두아르도의 어깨에 힘이 들어간 걸 발견했다.

"동물인간은 어떻게 할 거예요? 날 손에 넣으면 놓아줄 건가요?"

"맙소사, 아니지."

에두아르도가 히죽거리며 말했다.

"동물인간은 우리 자산이야. 예전에 너희 아버지 조수였던 사람이 여기 운영을 맡을 거야. 너는 비스타 에르모사에서 나와 함께 더 편안하게 지낼 거고. 그래, 나는 한번 메리다에 가면 몇 주간 거기 있겠지만……."

카를로타는 자기한테 붙어 있는 에두아르도의 손을 떼어 내고 두 발짝 뒤로 물러섰다.

"난 당신 정부가 되고 싶지도 않고 비스타 에르모사에서 살고 싶지도 않아요. 이 제안이 호의를 베푸는 거라고 생각하면 당신 착각이에요."

"날 거절한다고."

카를로타는 목에 매듭이 걸려 있는 것 같아서 침을 삼켰다.

"내가 당신 제안을 수락할 수도 있죠. 단, 동물인간을 내버려 둔다면."

"네가 나한테 조건을 내걸 수 있다고 생각해?"

에두아르도의 목소리가 거칠어졌다.

"너한테는 선택의 여지가 없어."

눈을 감자 금방이라도 뜨거운 눈물이 카를로타를 집어삼킬 것 같았다. 하지만 카를로타는 다시 눈을 뜨면서 조금도 지체하지 않고 말했다.

"그렇다면 거절할게요."

에두아르도가 난폭하게 몸을 숙여 다시 카를로타를 자기 몸으로 눌렀고 카를로타의 고개를 뒤로 젖혀 야만스럽게 입술을 덮쳤다. 카를로타는 깜짝 놀랐고 화가 나서 몸이 얼어붙었지만 에두아르도가 자기 입술에 혀를 들이밀자 정신을 차리고 밀쳐냈다. 에두아르도는 뒤로 휘청거리다가 벽난로에 부딪치면서 뜻하지 않게 거기 놓여 있던 정교한 시계를 부서뜨렸다. 시계가 굉음을 내며 떨어지자 카를로타가 비명을 질렀다.

땅바닥을 바라보며 카를로타는 나지막이 '아' 하고 탄식을 내뱉었다. 그 시계는 카를로타가 깨어 있는 모든 시간을 주관했고 시계

종소리는 카를로타가 보내는 하루하루의 규칙적인 흐름을 표시했다. 시계가 보여 주는 아름다운 구애 장면은 어린 카를로타의 시선을 사로잡았더랬다. 신사는 아름다운 숙녀의 손에 입을 맞추었고 그 위에 있는 아기 천사들은 커플을 축복하며 미소 지었다.

하지만 이제 파편이 바닥에 널브러진 채 시계의 기계 장치가 적나라하게 드러나 있었다.

"무슨 짓을 한 거예요?"

카를로타가 중얼거렸다.

"난 너한테 잘해 주려고 한 것뿐이야!"

에두아르도가 소리쳤다.

응접실 문이 활짝 열리고 무기를 든 장정들이 다시 들어와 카를로타를 향해 매서운 표정을 지었다. 카를로타는 루페와 몽고메리의 손목이 묶여 있는 걸 발견했다.

"왜 이렇게 소란스러워?"

에르난도 리잘데가 따지듯이 물었다.

에두아르도가 손으로 머리를 쓸어넘기더니 손목을 문질렀다.

"아무것도 아니에요."

"저 여자가 쓸모 있는 이야기를 하던?"

"아니요."

"자, 그럼 이제 말하는 게 좋을 거야, 아가씨."

"동물인간이 어디 있는지 몰라요. 이미 말했잖아요."

카를로타가 부서진 시계에 시선을 고정한 채 말했다.

"이 고집 센 고양이 같으니. 얼마나 고집이 센지 두고 보자고. 로턴을 내 옆으로 데려와."

에르난도의 말에 두 장정이 몽고메리를 앞으로 밀쳤다.

더 긴 말 하지 않고 에르난도 리잘데는 몽고메리의 뺨에 총구를 겨누며 카를로타를 노려보았다. 카를로타는 손으로 가슴을 부여잡았다.

"이 정도 거리에서는 빗나가기가 어렵지."

"몽고메리도 아무것도 몰라요. 거짓말을 하는 게 아니에요."

카를로타가 재빨리 말했다.

"아니, 우릴 속이려고 하고 있잖아."

"아니에요. 정말이에요."

"이 벽을 네 친구 뇌로 칠하고 싶은 건 아니겠지? 망할 동물인간은 어딨냐고!"

에르난도가 고함쳤다.

카를로타는 다시 숨을 쉴 수 없었다. 두 손은 뜨겁다 못해 타는 것 같았다. 눈물이 화끈거리면서 뺨을 타고 흐르는 걸 느끼면서 카를로타는 소파를 붙잡고 바닥에 무릎을 꿇은 채 흐느꼈다.

또 실신할 것 같았다. 입을 벌리고 손으로 목구멍을 틀어막았다.

"동물인간이 어디로 갔는지 알아요. 데려다 드릴게요. 여기서 멀지 않아요."

루페가 단호하게 말해서 카를로타는 깜짝 놀랐다.

"그나마 제정신이 있는 녀석이 여기 있구먼."

에르난도 리잘데가 낮게 중얼거렸다.

카를로타는 그 밖에 그들이 하는 말을 거의 알아듣지 못했다. 카를로타는 호흡이 가빠졌고 소파를 붙잡으면서 몸을 떨었다.

"에두아르도, 가자. 로턴, 자네도. 자네를 두고 갈 만큼 못 믿겠으니까. 이시드로, 너는 모로의 딸이랑 같이 있어. 저 여자가 도망가면 안 되니까. 흠, 왜 저래? 어디 아픈가?"

"신경이 쇠약해져서 그래요."

루페가 카를로타를 쳐다보며 대답했다.

"괜찮을 거야, 로티."

카를로타는 입에서 쓴맛이 나는 걸 느끼며 침을 삼켰다. 에두아르도가 팔을 잡으며 카를로타가 일어서게 도와주었다. 카를로타는 불안정하게 휘청거리면서 힘없이 에두아르도를 밀어내려고 했지만 몸에서 힘이 다 빠져나간 후였다.

"내 상아 손잡이가 달린 총은 어디 있지? 쓸 일이 있을 거야."

에르난도 리잘데가 말했다.

"너한테 소리 지르려던 건 아니었어. 하지만 다시는 나한테 그딴 식으로 말하지 마."

에두아르도가 이렇게 속삭이면서 이시드로가 서 있는 출입문 쪽으로 카를로타를 인도했다.

"난 널 정말 사랑해, 이 바보야. 모르겠어? 우리는 함께해야 해."

에두아르도는 카를로타의 고개를 들어 올려 눈을 들여다보면서 입가에 자신만만한 미소를 지었다.

카를로타는 그곳에 서서 에두아르도의 아름답고 앳된 얼굴을 바라보다가 또 한바탕 속이 메스꺼웠고 그의 손이 자기 얼굴을 쓰다듬자 역겨워서 몸을 피했다. 카를로타는 몸속 균열이 마침내 자신을 두 동강 낼지도 모르겠다고 생각했지만 에두아르도가 끌어당기는 바람에 바닥에 넘어지지 않고 앞으로 비틀거리며 나아갔다.

28장

몽고메리

몽고메리는 너무 꽉 묶인 손목이 아팠고 아무리 해도 매듭을 풀 방법이 없었다. 설사 매듭을 풀 방법을 찾더라도 스무 명이 넘는 무장한 사내들 사이에 남겨질 터였다. 그다지 바람직한 전망은 아니었다.

몽고메리는 길이 좁고 풀이 무성해서 말을 타고 나아가기가 어려워 속도가 늦춰지길 바랐지만 길은 괜찮은 꼴을 갖췄다는 게 드러났다. 그들은 정글을 헤쳐나가지 않고도 말을 타고 갈 수 있었고 이렇게 일렬로 움직일 때조차 충분히 빠르게 갈 수 있었다.

루페가 무리의 선두에서 갔고 몽고메리는 무리의 중간 정도에 있었으며 에두아르도가 그 뒤를 바짝 뒤쫓았다. 루페의 손도 묶여 있었다. 두 사람 모두 달아날 기회라곤 없었다.

몽고메리는 현재 자기가 처한 곤경을 한탄하고 상황을 저주하면서 다르게 행동했으면 좋았겠다고 생각했다. 이 망할 놈들과 다시 만난 것뿐만 아니라 그동안 있었던 일 전부를 말이다. 몽고메리는 육 년 동안 모로 박사 밑에서 야샤툰을 돌봤고 늘 자기가 하는 일이 부도덕한 일이 아니라고 스스로 되뇌곤 했다. 몽고메리는 동물인간을 만들지도 않았고 그들한테서 이득을 취하고 싶지도 않았다. 그는 그저 맡은 일을 하는 사람일 뿐이었다.

몽고메리는 야샤툰의 한적함과 평화로움을 사랑했고 그곳에 있는 모두를 좋아했으며 동물인간이 자기가 가질 수 있는 유일한 친구라고 생각했다. 하지만 자기가 지닌 동정심이 결국 무슨 소용이 있던가? 동물인간은 모로와 리잘데한테 좌우되었고 이제 그들은 동물인간을 뒤쫓고 있었다.

그리고 모로와 함께 남겨진 카를로타는? 카를로타는 어떻게 될까? 모로는 카를로타를 보호할 수 없었고 침대에서 일어나지도 못했다. 하지만 몽고메리는 그 순간 루페와 자기한테 무슨 일이 일어날지 좀 더 걱정해야겠다고 생각했다. 그들이 몽고메리를 죽이고 싶었다면 이미 죽였을 것이고 루페가 어느 정도 가치가 있는 건 리잘데가 루페를 자기 소유물로 여겼기 때문이다. 하지만 그렇다고 이 길 끝에 몽고메리 이름이 적힌 총알이 그를 기다리고 있지 않으란 법은 없었다.

좁은 길이 왼쪽으로 구불구불 나 있었다. 총성이 허공에 울려 퍼졌을 때 몽고메리의 말은 아직 모퉁이를 돌지 않았다. 총성이 세 발 더 잇따랐다. 몽고메리 바로 앞에 있던 남자가 말에서 떨어졌다. 거기 가만히 앉아 있기만 해도 쉬운 표적이 될 것 같아서 몽고메리는 땅바닥으로 몸을 날려 길가로 굴렀다. 이를 악물고 최대한 몸을 낮추자 길에 있는 하얀 먼지가 옷에 달라붙었다.

리잘데의 부하들이 소총을 들고 반격하기 시작했지만 나무와 나뭇잎에 가려서 총알이 정확히 어디서 날아오는지 알기 어려웠다. 말에서 떨어진 남자는 일어나지 않았고 몽고메리는 일어나서 앞으로 달려가 그 남자를 옆으로 잡아당겨 몸을 뒤집었다. 남자는 죽어 있었다. 몽고메리는 길가에 몸을 웅크린 채 숨을 참으며 다음이 자기 순서가 되지 않길 바랐다.

적이 사격을 멈췄다. 에르난도 리잘데가 무리 앞에서 고함을 질렀고, 에두아르도가 손에 고삐를 쥐고 말 등에 올라앉아 초조해하는 모습이 보였다.

"무슨 일이 벌어지고 있는 거야?"

에두아르도가 물었다.

진짜 싸움에 온 걸 환영해.

몽고메리가 이렇게 생각하면서 무슨 일이 일어나는지 더 자세히 보려고 구부러진 길을 지나 앞으로 걸어갔다. 에두아르도도 조심스럽게 뒤를 쫓아갔다.

리잘데의 부하 두 명이 부상을 입었다. 루페는 여전히 열의 선두에 있었고 괜찮아 보였다. 모두가 경계를 늦추지 않고 또 한 번 쏟아질 총알 세례를 기다리면서 사수가 정확히 어디 있는지 파악할 기회를 노렸다. 몽고메리는 그들을 향해 총을 쏘는 건 기껏해야 두세 명이라고 확신했다. 그보다 포수가 많다면 훨씬 더 큰 피해가 있었을 것이다. 그렇지만 쓸 만한 소총을 든 두세 명은 꽤 큰 문제를 일으킬 수 있었다.

"다시 말에 올라타."

에두아르도가 말했다.

"쉿."

몽고메리가 작게 말했다. 잔가지가 부러져서 부스럭거리는 소리가 났다.

"나한테 명령하지 마."

"닥쳐."

"잡아. 이 새끼를 잡아."

에두아르도가 부하 한 명에게 지시했다.

무언가가 수풀 사이로 빠르게 움직이자 리잘데의 부하 한 명이 그쪽으로 총을 겨누었다. 남자는 또 다른 일제 사격을 예상했겠지만 그 대신 그늘에서 몸이 유연한 동물인간이 튀어나와 그를 덮쳐 바닥에 내동댕이쳤다. 그러더니 두 번째와 세 번째 동물인간도 나타났다.

몽고메리는 노란색 긴 머리를 휘날리면서 입으로는 으르렁거리는 칸을 알아봤다. 칸이 말에 탄 남자의 다리를 붙잡아 끌어내리자 남자는 비명을 질렀다. 거기에는 늑대를 닮은 핀타와 카이만 같은 꼬리를 앞뒤로 흔들어 대는 아아인도 있었다. 그들은 미끄러지듯 앞으로 움직여 장정들의 머리 위로 뛰어올랐다. 핀타와 아아인의 주먹이 장정들의 머리와 등을 내리쳤다.

섬뜩한 광경이었다. 하지만 몽고메리를 잡으라고 에두아르도한테 지시를 받은 사내는 세 동물인간이 뛰어다니는 걸 보지 못했거나 개의치 않았다. 그는 오로지 몽고메리한테만 집중했다. 손이 묶여 있는 몽고메리는 주먹을 피하는 것 외에 할 수 있는 일이 거의 없었다. 주먹 한 방이 몽고메리의 복부를 가격했고 다른 한 방은 턱을 때렸다. 몽고메리는 뒤로 비틀거리다가 넘어졌다.

사내가 앞으로 걸어와 몽고메리의 오른쪽 다리를 발로 쾅쾅 짓이겼다. 제기랄! 신음을 내뱉으며 엎드려서 빠르게 날아오는 발길질을 간신히 피했지만 상황은 나아지지 않았다. 사내가 다시 걷어차서 몽고메리는 숨이 가빠졌다. 몽고메리는 흙바닥을 나뒹굴며 달아나려고 애썼다. 몽고메리가 무릎을 꿇고 몸을 가누려고 애쓸 때 총구가 머리를 누르는 게 느껴졌다.

"천천히 일어나."

사내가 말했다.

"나한테 겨눌 필요는 없는데."

몽고메리가 중얼거렸다.

사내가 씨익 웃었다. 사내는 몽고메리가 일어나게 도와주지는 않았지만 적어도 한 발짝 뒤로 물러서면서 여전히 몽고메리의 머리에 권총을 겨누고 있었다. 몽고메리가 스스로 몸을 일으켰다.

"이제 날 놓아주는 게 좋을걸."

몽고메리는 곁눈질로 언뜻 익숙한 회색 형체를 보았다.

"그럴 순 없지."

"확실해? 놓아주는 게 나을 텐데."

"닥쳐."

그때 느리고 덩치 큰 아흐 카브가 왼쪽에서 나타나 사나운 이빨을 드러내자 사내는 즉시 배짱을 잃고 아흐 카브 쪽으로 권총을 겨누어 쏘려고 했으나, 자기 손에서 권총이 확 잡아채진 걸 발견했을 뿐이었다. 권총이 바닥에 떨어졌다. 아흐 카브가 사내의 손을 꽉 깨물었고 사내는 고함을 질렀다.

아흐 카브가 포효하면서 요란하게 물고 뜯자, 착각할 수 없는 뼈 으스러지는 소리가 나서 몽고메리는 몸을 움츠렸다.

몽고메리는 재빨리 땅에 떨어진 권총을 주웠다. 여전히 두 손이 묶여 있어서 쥐는 게 어려웠지만 그나마 이제는 권총이 있었다.

“이게 뭐람!”

에두아르도가 소리쳤다. 마침내 소주인은 손을 더럽히기로 결심하고 말에서 뛰어내렸다.

몽고메리가 쳐다보자 에두아르도도 마주 보았다. 몽고메리는 총손잡이로 에두아르도의 머리를 내리치며 그를 밀쳤다. 그러고는 마지막으로 루페를 봤던 곳으로 뛰어갔다. 루페는 더 이상 말을 타고 있지 않았다.

그곳은 아수라장이었다. 동물인간들을 겁낸 말들이 날뛰면서 힝힝거리며 발길질을 했다. 몽고메리는 말 탄 사람에게 짓밟히는 걸 아슬아슬하게 피하려고 급히 자세를 낮추다가 나무에 부딪쳤다.

“루페!”

몽고메리가 외쳤다.

루페는 어디에도 보이지 않았다. 다친 걸까? 몇몇 사람이 마구잡이로 총을 난사하고 있어서 몽고메리 주위로 총알이 빗발쳤다. 좀 더 신중해 보이는 몇몇은 말에서 내려 권총이나 칼을 바짝 들고 사방을 살피고 있었다.

몽고메리는 다시 몸을 수그렸다. 동물인간이 달려들자 한 사내가 비명을 질렀다. 날카롭고 짧은 비명이었다. 몽고메리는 핀타, 아아인, 칸, 아흐 카브 외에 둘이 더 있는 걸, 호리호리하면서 작고, 육중하면서 힘이 세고, 빙빙 돌고, 민첩하게 움직이고, 포효하고, 사납게 으르렁대는 동물인간이 총 여섯 있는 걸 발견했다. 그들을 보자 말은 겁을 집어먹었고 장정들은 기도를 드리기 시작했다.

리잘데가 소리를 지르면서 짐승들을 죽이라고 지시했지만, 동물인간들이 민첩하게 시야에서 사라졌다 나타나서 부하들은 점점 더 절박해졌다. 이 광경은 마치 세상에 없는 기이한 춤을 추는 것 같았다. 부하들은 돌연 동물인간과 짝을 지어 잠깐이지만 빙글빙글 돌았고 걸을 때마다 피로 새겨진 무늬를 남겼다.

"놈들을 잡아!"

리잘데가 계속 외쳤다.

몽고메리는 루페를 찾는 대신, 천천히 비틀거리며 길을 걷고 있는 아흐 카브와 마주쳤다. 아흐 카브는 혀를 입 밖으로 내민 채 숨을 헐떡이면서 길 한가운데 앉아 큰 머리를 앞으로 떨궜다.

"아흐 카브! 어이, 늙은이!"

몽고메리가 아흐 카브 앞에 무릎을 꿇으며 말했다.

"어서 일어나."

"로턴."

아흐 카브가 커다란 이빨을 드러내면서 주먹을 쥐고 자기 가슴에 대며 말했다.

"말했잖소. 난 나이 먹었지만 강하다고. 난 좀 쉬어야겠소."

"나중에 쉬어, 아흐 카브."

몽고메리가 이렇게 말하면서 아흐 카브의 어깨를 잡았다. 하지만 아흐 카브는 움직이지 않았다. 몽고메리는 복슬복슬한 아흐 카브의 배에 칼 손잡이가 튀어나와 있는 걸 발견하고 숨을 멈췄다.

아흐 카브는 죽었다.

"로턴!"

루페가 외쳤다.

몽고메리가 눈을 깜박였고 루페는 시체를 뛰어넘어 몽고메리에게 달려왔다. 루페의 손은 풀려 있었다. 루페는 몽고메리를 묶고 있는 밧줄을 잡아서 몽고메리가 밧줄을 끊어 버릴 수 있을 때까지 물어뜯었다. 장정들은 고함을 지르며 바닥에 쓰러졌다.

장정들이 겁을 집어먹은 게 동물인간 쪽에 유리하게 작용했지만 동물인간은 수적으로 훨씬 열세였고 에르난도 리잘데가 동물인간은 그저 짐승에 불과하다며 계속 지시를 내리고 있었다. 총을 재장전하려고 허둥대는 사내들이 있었고 도망치기로 결심하고 제 발로 달아나거나 겁에 질린 말 등으로 돌진하는 사내들도 있었다. 말들은 넘어져 있는 사람들의 시체를 짓밟았고 동물인간들은 이리저리 뛰어다니며 피와 살점을 뱉어냈다.

"다쳤어?"

몽고메리가 루페에게 물어보면서 재빨리 길을 따라갔다.

"아니요, 괜찮아요."

빨간색 스카프를 두른 백발의 남자가 주름진 손에 소총을 들고 두 사람 곁으로 다가왔다. 그 옆에는 카치토가 몽고메리를 향해 미소 짓고 있었다.

"몽고메리!"

"지금 무슨 일이 일어나고 있는 거야?"

"짐작이 가지 않아요? 여기 이분은 쿠무쉬의 부관 중 한 분이세요."

"부관님."

몽고메리가 이렇게 말하면서 밀짚모자 챙을 잡으려고 손을 뻗었으나 언젠가 밀짚모자를 잃어버려서 그냥 자기 얼굴에 붙어 있는 머리카락을 털어내고 말았다.

"우리는 지금 싸우고 있어요."

카치토가 흥분해서 말했다.

"엎드려! 엎드리라고!"

루페가 외쳤다.

몽고메리는 카치토의 어깨 너머로 에르난도 리잘데와 그 옆에 서 있는 에두아르도를 보았다. 에르난도 리잘데는 자기가 아끼는 상아 손잡이 권총을 그들 쪽으로 겨누고 있었다. 몽고메리는 카치토를 밀치고 팔을 뻗어서 권총의 방아쇠를 당겼다. 몽고메리는 사냥을 할 때 솜씨 있게 했다. 하지만 바로 그때 그곳에서 우아함이라고는 찾아볼 수 없었다. 몽고메리는 서툴게 방아쇠를 당겼다.

총알은 에르난도를 맞혔고 몽고메리는 에르난도가 비틀거리는 모습을 봤다.

에르난도 리잘데가 얼마나 심하게 다쳤는지는 알 수 없었지만 알아낼 시간도 없었다. 말을 탄 장정 두 명이 그들을 향해 달려와서 몽고메리가 그쪽을 조준해 그중 말 한 마리를 맞혔기 때문이다. 그때 몽고메리는 총알이 바닥났고 누군가 말에 탄 다른 장정을 명중시켜서 거대한 폭발음이 났다. 말의 목에서 피가 분수처럼 뿜어져 나왔다. 몽고메리는 말한테 짓밟히지 않으려고 몸을 돌려 그 불쌍한 짐승과 거리를 두려고 했지만 말의 피가 그의 뺨을 적셨다.

서두르다가 발을 헛디뎌 넘어진 몽고메리는 착지할 때 불편한 자세로 땅에 머리를 부딪쳤다. 말이 습기를 머금은 둔탁한 쿵 소리를 내며 몽고메리의 발 바로 앞에 쓰러져서 그는 말의 눈을 똑바로 바라보며 누워 있어야 했다.

머리를 부딪친 데가 욱신거렸고 모든 것이 흐려지고 어두워졌다. 몽고메리는 자기가 끙끙거리는 소리를 들었다. 그리고 자기 몸이 느껴지지 않았다. 무언가가 그를 정글로 끌고 가고 있었다. 재규어가 덮치면서 발톱으로 살갗을 파고들던 순간이 떠올랐다.

친애하는 패니에게.

몽고메리가 머릿속으로 편지를 썼다.

나 정말 죽을지도 몰라.

재규어. 몽고메리는 재규어가 팔을 물어뜯던 날 죽었어야 했다. 하지만 죽지 않고 살아왔으며 여전히 살아 있었다. 글쎄…… 어쩌면 얼마 안 남았겠지. 몽고메리는 카를로타를 떠올렸다. 카를로타의 얼굴과 그녀가 귓가에 속삭이는 목소리를 기억하며, 이제 죽을지도 모르겠다고 생각했다.

몽고메리가 눈을 깜박였다. 그는 작은 오두막 바닥에 누워 있었다. 왼쪽에는 해먹 두 개와 의자 두 개가 있었다. 마세왈레의 집은 흔히 소박하기 마련이었지만 이곳은 뼈대만 남아 있었다.

몽고메리는 빠근한 등으로 땀이 흘러내리는 걸 느꼈다. 자기를 후려친 소총을 떠올리자 여전히 욱신거렸고 입이 말랐다.

"몽고메리가 눈을 떴어요! 이봐요, 몽고메리. 이제 살았어요."

카치토가 말했다.

몽고메리는 손등으로 입을 닦고 고개를 돌려 카치토를 바라보았다. 분명히 장소가 바뀌었는데 길에서 나던 내장과 죽음의 냄새가 여전히 기억에 맴돌았다.

"여기 어디야?"

"야영지예요! 라모나 말이 맞았어요. 쿠무쉬 일당이 쓰는 야영지가 있어요."

몽고메리가 인상을 찌푸렸다. 카치토의 셔츠 소매가 피로 얼룩져 있었다.

"다쳤어?"

"얕은 상처예요. 움직이면 따끔거려요."

카치토가 자기 팔을 내려다보며 말했다.

"그 인간들이 여기에도 상처를 냈어요."

카치토는 셔츠를 들어 올려 누군가 두꺼운 붕대로 감아 놓은 갈비뼈를 보여 주었다. 카치토는 팔을 움직일 때 움찔거렸다.

"다음번에는 싸움에 끼지 마. 대체 거기서 뭐 하고 있었어?"

"몽고메리, 당신이 싸우지 말라고 했을 때 우리는 당신 고집이 센 걸 계산해서 계획을 세웠어요. 우리 중 몇 명은 당신이 이쪽으로 오기를 기다렸어요. 루페는 당신이 올 거라고 했고 닷새가 지나도 오지 않으면 우리 길을 쭉 가라고 했어요. 그리고 루페는 당신이 거절해서 계획을 망칠까 봐 당신한테 아무 말도 하지 않을 거라고도 했고요."

몽고메리가 눈살을 찌푸렸다.

"루페가 계획한 거였군, 맞아?"

"우리를 막으려고 했을 거잖아요."

"아마 그랬겠지."

몽고메리는 길 한가운데에 남아 있을 불쌍한 아흐 카브의 시체를 떠올리며 인정했다.

"너의 새 친구들은 어디 있어?"

"바깥에요. 쿠무쉬 사람 세 명이 함께 싸워 줬고 싸우기로 한 동물인간들이 있어요. 모두가 기꺼이 기다리거나 싸우려고 한 건 아니었어요. 이게 제가 할 수 있는 최선이었어요."

"어이, 영국인. 살아 있군."

붉은 스카프를 두른 노인이 어깨에 소총을 메고 오두막 입구에서서 말했다. 노인 옆에는 역시 소총을 메고 있는 젊은 친구가 있었고 루페도 있었다.

"좋아. 이제 가야 해."

"잠깐만요. 어디로 가죠?"

몽고메리가 머리를 문지르며 물었다. 머리는 여전히 끔찍하게 아팠다. 그는 자기가 얼마나 오래 의식을 잃었는지, 쿠무쉬의 야영지는 교전이 벌어진 장소에서 얼마나 떨어져 있는지 궁금했다.

"어딘가 다른 곳으로 가야 해. 우리가 자네들을 포로로 붙잡고 있던 놈들 몇 명을 죽였고 다른 몇 명은 겁을 줘서 쫓아냈지만 그게 우리가 여기 머물러도 된다는 뜻은 아닐세. 우린 안전하지 않아."

"다른 동물인간들은 먼저 갔어요. 쿠무쉬의 사람들도 움직였고요. 다른 사람들을 따라잡아야 해요."

카치토가 말했다.

"나는 야샤툰에 돌아가야 해."

몽고메리가 이마를 문지르며 말했다.

"카를로타와 모로 박사님이 거기 있거든."

"야샤툰의 담장 벽은 두껍네."

붉은 스카프를 한 남자가 몽고메리에게 말했다. 그는 반박을 반기지 않는 단호하고 진지한 표정을 짓고 있었다.

"그 벽을 뚫을 순 없네. 게다가 거기에는 그쪽 장정들이 더 많을 거야. 자네는 오늘 운이 좋았어. 내가 라모나한테 신세를 졌기 때문에 우리가 당신 동료들과 함께 와서 자네를 기다린 걸세. 더 이상은 도와줄 수 없네."

카를로타. 몽고메리는 카를로타한테 필요한 만큼 곁에 있겠다고 했다. 몽고메리는 카를로타가 자기를 필요로 하는 때가 있다면 바로 지금일 거라고 생각했다.

"같이 가 달라고 부탁하는 게 아닙니다."

"하지만 혼자 돌아가려고요?"

카치토가 물었다.

"돌아가야만 해."

몽고메리가 여전히 약간 휘청거리면서 스스로를 일으켜 세웠다. 몽고메리와 카를로타 사이에 장정이 천 명 있고, 그들이 든 창이 하늘에 떠 있는 별만큼 많다고 해도 그는 카를로타에게 돌아갔을 것이다.

"제대로 걷지도 못하잖아요."

루페가 비난하듯이 말했다.

"걸을 필요는 없어. 말을 타기는 해야 하지만. 아과르디엔테 몇 모금만 내어 주면 더 좋을 테고 내어 줄 수 없으면 아과르디엔테 없이 해 봐야지."

그들이 술병을 주지 않기에 몽고메리는 아과르디엔테가 없거나 그들이 자기 말을 진지하게 받아들이지 않는다고 생각했다. 뭐, 행운을 비는 의미에서 기운을 북돋게 몇 모금 마시면 좋겠지만 몽고메리는 맨정신에도 이 일을 해낼 수 있었다.

몽고메리가 오두막 밖으로 나왔다. 바깥에는 핀타와 칸, 다른 동물인간 둘, 이렇게 동물인간 넷이 손톱에는 피가 말라붙고 누더기를 걸친 채 지친 모습으로 기다리고 있었다. 아흐 카브는 죽었고 아아인이 보이지 않아서 몽고메리는 아아인도 죽었을 거라고 추측했다.

동물인간들은 몽고메리를 향해 엄숙하게 고개를 끄덕였다. 몽고메리는 자기가 있었던 곳처럼 생긴 야자나무 초가집 세 채와 말 세 마리를 돌보고 있는 흑발 남자를 보았다. 다른 동물이나 건물은 보이지 않았다. 야영지는 조그마했다. 쿠무쉬는 이곳을 물자와 무기를 운반하는 경유지로 이용했을 것이다.

"영국인 친구, 자네한테 무기와 말을 줄 수는 있지만 그건 별로 현명한 행동이 아니라고 경고해야겠네. 자네 동료들과 함께 가는 편이 나을 걸세. 동물인간들은 자네를 걱정하고 있네."

노인이 말했다.

몽고메리는 피투성이가 되고 지쳐 있는 동물인간들을 바라본 다음, 천천히 담배를 말고 있는 노인을 다시 쳐다보았다.

"저 꼬마는 자네가 용감하면서도 어리석다고 생각하네."

노인은 카치토에게 시선을 고정했다.

"하지만 카치토도 용감하면서 어리석지. 자네를 돕지 않으면 날 물겠다고 했거든."

"그랬을 리가요."

"정말 그랬다네. 그리고 다른 이들을 설득해서 자기를 도와 뒤에 남아 있게 했다네."

"그리고 당신은 카치토가 하는 말에 찬성했고요."

"저 애는 나 자신을 떠올리게 하거든."

"동물인간을 두려워하지 않으시군요."

몽고메리가 노인을 이상하게 여기면서 말했다.

"전에 물가에서 동물인간을 본 적이 있네. 우리는 모두 자기와 꼭 닮은 동물이 있지, 영국인 친구."

몽고메리는 카치토가 했던 말을 떠올렸다. 카치토는 루페가 세노테 근처에서 후안 쿠무쉬를 본 적이 있다고 했고, 쿠무쉬는 나이가 많지만 모로와는 다르다고 했다.

"당신, 쿠무쉬의 부관이 아니군요. 당신이 바로 후안 쿠무쉬군요."

몽고메리가 인상을 찌푸리며 말했다.

노인은 대답하지 않았고 대답할 필요도 없었다. 몽고메리가 다시 말했다.

"엄청난 위험을 무릅쓰고 저희를 도와주셨군요."

"그 인간들은 우리를 잡으러 오고 있어. 이번에 놈들이 오고 있다는 걸 알게 된 건 다행이었네. 이제 놈들은 이쪽으로 오는 걸 다시 생각하게 될 걸세."

"사람들이 겁먹고 달아나길 바라시는 건가요?"

"그럴지도. 놈들이 이 지역이 위험하다고 하면 좋겠네."

"그렇군요."

"나도 신세를 졌었네. 이제 자네도 나한테 신세를 진 것 같군, 영국인 친구."

"제 이름은 로턴입니다. 그리고 상관없습니다. 신세는 갚으니까요."

"더 이상 위험을 감수할 순 없다네, 로턴. 내 동료들이 자네 친구들을 숨겨 줄 수는 없어. 동물인간들은 스스로를 지켜야 할 걸세. 동쪽으로 더 멀리 데려가 줄 순 있지만 우리도 우리 사람들한테 돌아가야 하거든."

하지만 당신은 후안 쿠무쉬잖아요.

몽고메리가 생각했다. 루페와 카치토의 영웅. 하지만 모로가 신이 될 수 없는 것처럼 쿠무쉬도 전능할 수 없는 게 진실이라고 몽고메리는 생각했다.

"제 친구들이 먼저 간 다른 친구들과 다시 만날 수 있게 해 주신다면 정말 감사할 것 같습니다. 그리고 제 친구들이 어딘가 숨어 지낼 수 있게 해 주시길 부탁드립니다. 동물인간이 더 이상 피해를 보는 건 못 참겠군요."

"동쪽으로 더 멀리 데려갈 순 있지만, 말했다시피 보호해 줄 수는 없네."

"더 이상 쓰지 않는 동굴이나 야영지든, 뭐든지 좋습니다. 부탁드립니다."

몽고메리가 간청했다.

쿠무쉬는 담배를 다 말고는 고개를 저었다. 그러고는 담배에 불을 붙여 한 모금 들이마셨다.

"이제 나한테 신세를 두 번 진 거네."

"그렇다면 말 한 마리와 소총 한 자루도 빌려주셔서 신세를 세 번 진 걸로 하죠."

"일은 삼세번으로 하는 게 낫지. 그러세."

두 사람은 악수를 하고 말이 있는 쪽으로 걸어갔다. 루페와 카치토가 재빨리 두 사람 뒤를 따라왔다.

"꿈도 꾸지 마."

카치토가 말을 꺼내기도 전에 몽고메리가 말했다. 카치토는 놀라서 휘둥그레진 눈으로 몽고메리를 쳐다봤다.

"너는 다쳤잖아."

"얕은 상처라니까요!"

"다쳤잖아……."

"카치토는 다쳤을지 몰라도 나는 안 다쳤어요."

루페가 말 고삐를 붙잡으며 말했다.

"루페."

몽고메리가 지친 목소리로 말했다.

"날 두고는 못 떠나요, 로턴. 난 카를로타나 당신이 죽는 꼴을 안 보려고 남아 있었고 두 사람 모두 멍청한 선택을 하게 두지 않을 거예요. 카치토와 내가 없었으면 그놈들이 당신을 죽였을 거예요. 카를로타와 당신 모두를 위해 나랑 가야 해요."

루페가 고집스럽게 대꾸했다.

"알겠어. 하지만 문제가 생길 것 같으면 바로 돌아가야 해."

몽고메리와 루페는 그들이 안장 앞쪽에 매고 다니는 소총 한 자루와 물이 가득 찬 조롱박 두 개를 건네받았다. 카치토는 자신이 그렇게 많이 다치지 않았다고 우기면서 두 사람을 보내 주지 않으려고 했지만 몽고메리는 카치토가 말하는 투나 움찔하는 모습을 보고 결코 싸울 수 있는 상태가 아니라는 걸 알았다.

"내 말 잘 들어."

몽고메리가 카치토를 옆으로 끌어당기며 말했다.

"다른 이들은 네가 필요해."

"전 아니에요, 몽고메리. 제가 뭘 아는데요?"

"쿠무쉬는 널 마음에 들어 하고 넌 똑똑해. 모두 단결해서 안전하게끔 해 줘. 뭉쳐 있으면 기회가 올 거야. 우리가 너희들을 찾을게. 남동쪽으로 멀리 가. 알겠지?"

"제발 저희를 두고 또 떠나지 말아요. 이번에는 돌아올 수 있을지 아무도 모르잖아요."

카치토의 눈에는 눈물이 그렁그렁했다.

"카를로타를 찾으러 돌아가야 해, 너도 알잖아. 카치토, 오늘은 네가 나랑 루페를 구했지만 이제는 우리가 카를로타를 데려와야 해. 후안 쿠무쉬는 동물인간을 안전하게 지켜 줄 수 없지만 너는 할 수 있다는 걸 알아."

"아니에요, 몽고메리."

"너한테 내 나침반과 지도가 있잖아."

"그걸로는 충분하지 않아요. 그래서 당신을 데려오려고 한 거예요. 당신이 저희를 도와줄 수 있도록요. 전 못 해요."

몽고메리가 카치토를 껴안았다. 몽고메리가 물러서자 카치토는 마침내 잠잠해지더니 고개를 끄덕였다.

두 사람은 다른 이들에게 작별인사를 했고 몽고메리는 출발하기 전에 쿠무쉬와 악수를 나누었다. 교전이 벌어졌던 길목에 다다르자 몽고메리가 안장에서 뛰어내려 주위를 둘러보며 죽은 말과 시체를 살펴보았다. 이렇게 더운 지역에서는 시체가 곧 썩을 것이다.

몽고메리는 길 한가운데에서 복부에 칼이 튀어나와 있는 아흐카브의 시체를 발견했다. 몽고메리는 칼을 뽑아서 자기 바지에 피를 닦았다. 그러고는 시체를 길가로 끌고 가기 시작했다. 루페도 몽고메리가 무슨 일을 하는지 보고 말에서 내려 도왔다. 두 사람은 시체를 지나가는 사람이 쉽게 발견하지 못하게 길에서 충분히 떨어진 곳에 두었다. 그들은 죽은 말 옆에 엎드려 있는 아아인을 발견하고 똑같은 절차를 반복했다. 나중에 제대로 묻어 줘야겠지만 지금은 도구가 없었다.

몽고메리는 고개를 내저으며 장정들의 시체 사이를 살피다가 총알이 들어 있는 주머니 두어 개를 손에 넣었다. 또한 권총집과 권총

한 자루도 발견했다. 몽고메리는 수색하면서 전사자 중에 에두아르도나 에르난도가 있는지 살펴봤지만 두 사람은 없었다.

루페는 무표정한 얼굴로 몽고메리를 지켜봤다. 몽고메리가 수색을 마치자 두 사람은 피칠갑을 한 하얀 길을 가로질러 말을 끌었다.

"루페, 아직 돌아갈 시간은 충분히 있어. 앞으로는 더 많이 죽을 거야."

"난 죽는 게 두렵지 않아요."

"난 죽는 게 몹시 두려워."

"카를로타는 내 가족이에요, 몽고메리."

"카를로타도 알고 있어?"

루페는 진지한 표정으로 몽고메리의 눈을 바라보았다.

"우린 자매고 난 카를로타를 사랑해요. 그렇다고 매일 밤낮으로 사랑한다고 말해 줘야 하는 건 아니잖아요."

"가끔씩 말해 주면 좋을 텐데."

"당신 일에나 신경 쓰면 좋겠네요. 난 당신이 카를로타한테 뭐라고 해야 할지 말하진 않잖아요. 게다가 카를로타한테 책임이 있는 사람은 당신이 아니라 나예요. 당신은 카를로타와 아무 사이도 아니잖아요."

"흠. 그러면 우리 둘이 같이 카를로타를 데려와야겠네."

몽고메리는 안장에 매달려 있는 호리병박에 든 물을 마셨다. 몽고메리는 손목이 까져서 빨갛고 등이 쑤셨지만 두 사람은 모로 박사의 딸을 데리러 돌아가고 있었다.

29장

카를로타

카를로타는 이시드로나 이시드로의 부하가 지켜보는 가운데 아버지의 침대맡에서 하루를 보냈다. 저녁 늦게 모로 박사가 깨어나자 카를로타가 모로에게 음식과 물을 조금 주었다. 모로는 뭔가 궁금한 듯이 이시드로를 쳐다봤다.

"그 사람들이 오늘 돌아왔어요."

카를로타가 설명했다.

"에르난도는 어디 있지? 에르난도한테 할 말이 있는데."

"여기 없어요."

"삼촌은 당신 딸이 풀어 준 동물인간을 쫓고 있어요."

이시드로가 끼어들었다.

"그게 정말이냐? 네가 동물인간을 풀어 준 게? 동물인간은 내 일생의 업적인데."

"그래야만 했어요."

"카를로타, 내가 한 실험은 위대한 업적이자 유산이란다. 동물인간을 없애버리란 뜻은 아니었다."

모로는 목소리가 점점 거칠어졌고 고통이 묻어났다.

"그건 보존되어야 할 신성한 지식이라고."

아버지가 남긴 유산은 비참함과 고통이에요.

카를로타는 이렇게 생각하면서 고개를 돌렸다.

"아버지 노트는 가지고 있지만 동물인간을 여기 데리고 있을 수는 없었어요. 그건 잔인한 일이 될 테니까요."

이시드로가 히죽거렸다.

"그래, 뭐. 네 돈이 아니니까. 아주 재산을 탕진해 버리자고!"

"당신한테는 연민이라는 감정이 없나 봐요, 그렇죠?"

"연민? 동물 무리한테? 그놈들이 존재하고 기능하는 이유는 인간한테 봉사하기 위해서인데 너는 거기에 간섭할 수 있다고 생각하나 봐. 네가 뭘 이뤄 낼 수 있을 거라고 생각하는 거지? 동물인간이 어떻게 스스로 먹이를 구하고 정글을 헤쳐 나가지?"

"적어도 그들한테는 기회가 생겼어요."

"놈들이 사람과 접촉하면 살아남을 거라고 생각해? 총에 맞고 가죽이 벗겨질걸."

"가능하면 이제 차를 마시고 싶구나."

모로가 두 사람보다 목청을 키워 말했다.

이시드로가 눈을 깜박이며 박사를 쳐다봤다.

"내가 가져올게요."

카를로타가 말했다.

"아니. 여기 있어. 가져오게 시킬 테니."

이시드로가 문을 열더니 누군가를 소리 질러 불렀다. 이시드로는 정말이지 카를로타가 시야를 벗어날 틈을 조금도 주지 않았다. 멀리 갈 수도 없었는데 말이다. 카를로타는 자기가 방 밖을 나서면 자기를 서둘러 찾을 사람이 집 안에 네 명이나 더 있다는 사실을 고려했다.

"정말 동물인간이 전부 떠난 거냐?"

모로가 목소리를 낮춰 물었다.

"네."

"로턴은 어디에 있지?"

"에르난도 리잘데가 동물인간을 찾으러 가면서 루페와 몽고메리를 데리고 갔어요."

"그럼 넌 혼자구나. 카를로타, 침대 옆 저 서랍에 내 성서가 있고 그 옆에 권총이 든 상자가 있단다. 권총을 가지고 떠나렴."

"아버지……."

"권총을 가지고 빨리 가. 안뜰을 통해서 나가."

모로가 손으로 이불을 꽉 쥐면서 다그쳤다.

카를로타는 서랍을 열어 그 안에 있는 성서와 나무 상자를 발견했다. 이렇게 선택하는 게 의미하는 바를 생각하며 카를로타는 두 눈을 크게 뜨고 숨을 들이마신 후 안뜰과 이어지는 하얀 커튼이 달린 프랑스식 문을 쳐다봤다.

천천히 문을 향해 걸음을 옮겼다. 그러고는 밖으로 도망쳐서 어둠 속으로 달아나는 모습을 상상했다. 또 숨이 가빠지고 별이 다 타버릴 때까지 달리는 모습을 상상했다. 그러다 침대에 누워 있는 병들고 쇠약한 아버지를 보았다. 이제껏 벌어진 모든 일에도 불구하고, 어떤 대가를 치르더라도 카를로타는 아버지를 두고 떠날 수 없었다.

커튼 뒤 안뜰에서 그림자가 움직이고 목소리가 들렸다. 카를로타는 재빨리 움직여 다시 의자에 앉았다.

"못 하겠어요."

카를로타가 이렇게 속삭이면서 두 손으로 얼굴을 감싸며 소리 죽여 흐느꼈다.

"괜찮아. 얘야, 걱정 말아라."

이제 이런저런 목소리가 복도에서 들려왔고 점점 커졌다. 에두아르도가 머리카락이 헝클어지고 셔츠가 피에 젖은 채 방에 들어왔다. 이시드로와 또 다른 장정도 따라 들어왔다.

"박사님, 일어나세요. 아버지가 총에 맞으셔서 치료가 필요해요."

에두아르도가 말했다.

"에르난도가?"

"네, 또 누가 있겠어요? 어서요, 박사님. 지팡이는 어디에 있죠?"

에두아르도가 방을 둘러보며 물었다.

"제정신이에요? 아버지는 일어나실 수 없어요."

카를로타가 대신 일어서며 말했다.

"아버지 상처를 봐줄 사람이 필요해. 박사님이 아니면……."

"당신 아버지를 실험실로 데려가서 제가 봐 줄게요."

"하지만 너는 의사가 아니잖아!"

에두아르도가 놀라워하며 외쳤다.

"내가 처리할 수 있어요."

"카를로타 말이 맞네. 카를로타는 충분히 잘 알아."

모로가 말했다.

그들은 카를로타를 의심스럽게 쳐다보았지만 에두아르도가 이시드로에게 뭔가를 중얼거리자 이시드로가 카를로타를 향해 고개를 까딱했다. 카를로타는 재빠르게 움직였다. 그들이 실험실에 도착했을 때 실험실 문은 에르난도 무리가 오기 전처럼 여전히 열려 있었고 모로의 서류는 문간방 여기저기에 흩어져 있었다. 카를로타는 에두아르도와 그 옆에 있는 장정에게 등을 켜 달라고 부탁했다.

카를로타가 선반 사이를 살피며 아버지의 의료 가방을 집어 들었다. 총상을 다뤄 본 경험은 없었다. 하지만 박사가 가진 책에서 전쟁터에서 입은 부상에 관해 읽은 적이 있었다. 카를로타는 그 책을 꺼내서 페이지를 훑어보았다. 몇 분 후 이시드로가 에르난도와 함께 들어왔다. 에르난도는 팔을 움켜쥐며 얼굴을 찌푸렸다.

"모로는 어디 있지?"

"나밖에 없어요. 아버지는 아직 침대에 누워 계세요."

"그렇게는 안 되지. 모로를 데려와."

"아버지는 당신을 도울 수 있는 상태가 아니에요. 앉아요."

"그럼 네가 이제 의사 노릇을 하겠다고? 너는 이 여자 손에 나를 맡길 거냐?"

에르난도가 에두아르도를 향해 물었다.

"난 아버지한테 배웠고 당신한테 아무런 해도 끼치지 않을 거예요. 당신을 돕고 싶지 않지만 어쩔 수 없이 돕게 됐네요. 어디를 다쳤죠?"

"어깨."

에르난도는 피곤해 보였고, 입씨름해 봤자 이길 수 없다는 걸 알고 자리에 앉았다. 아니면 단지 고통이 에르난도를 누그러뜨린 것인지도 몰랐다. 카를로타는 물을 끓이면서 에르난도에게 재킷과 셔츠를 벗으라고 했다. 준비가 되자 카를로타는 에르난도의 어깨를 깨끗이 소독했다. 이제 총알이 낸 흉측한 상처를 볼 수 있었다. 총알은 어깨 근처를 깨끗이 관통했다. 뼈나 관절은 다치지 않았다. 에르난도는 운이 좋았다. 찢긴 흉터가 전부였다.

감염이 되는 게 제일 위험하기 때문에 카를로타는 도구를 깨끗하게 하고 어떤 이물질도 유입되지 않도록 하는 데 가장 신경을 썼다. 카를로타는 요오드포름을 피부에 넉넉히 뿌렸다. 그러고는 드레싱을 바르고 다친 팔을 붕대로 감고 겨드랑이 밑에도 거즈를 넉넉히 붙여 주었다.

카를로타가 치료하는 동안 에르난도는 포탄에라도 맞은 것처럼 큰 소리로 투덜거리고 끙끙거렸으며 숨을 깊게 들이마시면서 이를 악물었다.

처치를 끝낸 카를로타는 손으로 이마를 훔치고 한 걸음 뒤로 물러섰다.

"다른 사람들은 어디 있죠?"

에르난도 리잘데가 움찔하더니 붕대를 살펴보았다.

"그 망할 동물들이 우리를 공격했어."

"동물인간이요?"

카를로타가 놀라서 물었다.

"그래, 너네 동물인간이. 그리고 그 밖에 다른 이들도 있었지. 원주민 세 명이 같이 있었어! 하지만 우리는 군대를 데려올 거고 당장 병사들을 불러서……."

"이제 어두워요. 놈들이 바깥에 어두운 곳에서 매복하고 있을 수도 있어요. 동이 틀 때까지 기다려야 해요."

이시드로가 조심스럽게 말했다.

"그놈들이 여기로 오면 어떻게 하고?"

에르난도가 물었다.

"여기 문은 두꺼워요. 놈들이 문을 부술 수 있을 것 같지는 않아요. 이시드로 말이 맞아요. 저희는 어둠 속에 노출될 수도 있어요. 저희는 일곱 명이지만 바깥에서는 충분한 숫자가 아닐 수도 있고 엎친 데 덮친 격으로 소총을 정글 한가운데 두고 와서 이제 소총이 많이 없어요."

에두아르도가 골똘히 생각하며 말했다.

"하지만 여기 장정들한테 총알과 권총이 있어. 그리고 분명 집 주변에 무기가 더 있을 거야."

"재고를 살펴본 건 아니지만 로턴이 소총을 보관해 뒀을 수도 있어요. 어쨌든 로턴은 사냥을 하니까요."

이시드로가 말했다.

"여전히 어두운 곳에서 돌아다녀야 하는 문제가 남아 있어요. 그리고 아버지, 솔직히 말해서 저는 완전히 지쳤어요. 아버지도 마찬가지이실 것 같은데요."

에두아르도가 말했다.

"정말 길고 힘든 하루긴 했지."

에르난도가 손가락을 구부리면서 말했다.

"동이 트자마자 움직여야 할 거야. 난 독주를 마시고 좀 누워야겠다. 어서, 방으로 안내해라."

"삼촌한테 딱 맞는 방이 있어요."

"술은?"

"부엌에서 가져가면 돼요."

카를로타가 무미건조하게 말했다.

"이쪽이에요."

그들이 복도로 나갈 때 이시드로가 말했다.

카를로타가 그들을 따라가려고 움직이자 에두아르도가 팔을 붙잡아 멈춰 세웠다.

"네가 살펴봐야 할 상처와 타박상이 있는데."

에두아르도가 상처들을 쉽게 볼 수 있게 하려는 듯이 재킷을 벗으며 말했다.

"난 아버지 곁으로 돌아가야 해요. 의료 가방을 챙겨 가서 직접 치료해요."

"아니, 그렇게는 안 되겠는데."

"하지만 누군가는 아버지를 보살펴야 해요."

"이시드로! 아버지가 침대에 눕는 걸 도와 드린 후에 모로 박사를 좀 지켜봐 줄래?"

에두아르도가 소리쳤다.

이시드로가 고개를 돌려 에두아르도를 쳐다봤다.

"안 올 거야?"

"나는 카를로타를 감시할게."

"감시한다고? 물론 그렇겠지."

이시드로가 심술궂은 말투로 중얼거렸다. 하지만 그 밖에 다른 말은 하지 않았다.

에두아르도의 부하가 여전히 문간에 서서 두 사람을 바라보고 있었다. 그는 즐거워 보였다.

카를로타는 그 남자에게 등을 옮겨 달라고 부탁한 다음 의료 가방을 다시 가져와 열면서 아버지의 일지를 옆으로 치웠다. 그러고는 문간방에 있는 탁자 위에 가방을 올려놓았다. 카를로타가 보기에 에두아르도는 손가락 마디에 상처가 조금 있을 뿐이어서 그 부분을 소독해 주었다. 에두아르도의 오른쪽 관자놀이에 피가 묻어 있어서 그 부분도 깨끗이 소독했다.

"넌 훌륭한 간호사가 될 거야. 아주 꼼꼼해."

"아까 말했다시피 아버지가 가르쳐 주셨어요."

"지난번에 대화한 이후로 친절하게 굴지 않을 거라고 생각했어."

"이건 친절한 게 아니에요."

그것은 모로가 카를로타에게 가르친 자제력과 인간에 대한 최소한의 예의일 뿐이었다. 카를로타는 괴물이 아니었다. 카를로타는 미워하고 싶지 않았고 해치고 싶지도 않았다.

"거기서 무슨 일이 있었죠?"

"동물인간들이 난데없이 나타나서 우리를 공격하기 시작했어.

거기에는 소총을 든 남자들도 있었어. 아버지가 말씀하셨듯이 원주민들이었지. 나는 원주민이 세 명 있는 걸 발견했어. 놈들이 아수라장을 만들었지. 몇몇은 죽었고 몇몇은 달아났어."

"루페는요? 몽고메리는?"

"네 친구 몽고메리가 아버지를 쐈고 날 때렸지."

에두아르도가 관자놀이를 가리키며 말했다.

"다시 만나면 꼭 보답하려고."

카를로타는 고개를 돌리고 웃지 않으려고 입술을 깨물었다.

"그러면 그들은 살아 있군요."

"아마도."

하지만 그들은 살아 있어야 했다. 에르난도와 에두아르도는 결국 살아남지 않았는가. 거기다가 카를로타는 두 사람이 부상을 입었는데, 카를로타가 이들을 도와준 것처럼 두 사람을 도와줄 사람이 아무도 없을까 봐 걱정이 됐다. 카를로타는 의료 가방에 다시 물건을 넣기 시작했다.

"피곤해. 좀 눕자."

"방이 어딘지 알잖아요."

카를로타가 손을 움직이지 않고 대답했다.

"네 방으로 가자는 말이야."

"당신이랑 같이 있고 싶지 않아요."

"저번에는 같이 있고 싶어 했잖아. 자, 어서. 너도 피곤한 게 분명해. 어젯밤에 얼마나 잤어?"

에두아르도는 한 손으로 카를로타의 팔을 붙잡고 다른 손으로는 등을 들었다. 에두아르도가 카를로타를 난폭하게 잡은 건 아니었고 그저 어디로 가야 할지를 지시했다. 카를로타는 저항할까도 생각했지만 한 손을 무심하게 총에 내려놓은 채 문간에서 두 사람을 쳐다보고 있는 남자를 보았다. 모로의 침대 옆에 있던 권총을 가져왔어야 했다. 카를로타는 자기가 겁쟁이인 것처럼 느껴졌다.

카를로타의 방에 다다르자 에두아르도는 고개를 돌리고는 조용히 두 사람을 뒤쫓아오던 남자를 물리쳤다. 방에 들어가자 에두아르도가 자물쇠에 걸린 열쇠를 돌려 문을 잠가 버렸다. 카를로타는 에두아르도한테서 몇 발짝 떨어져 시선을 고정한 채 그의 허리춤에 있는 권총집과 권총을 살펴보았다.

에두아르도가 궁금한 듯이 카를로타를 쳐다보았다.

"왜 그런 표정을 하고 있지? 내가 무서운 건 아니지?"

카를로타는 대답하지 않고 대신 팔을 문지르며 한 발짝 더 물러서서 두 사람 사이에는 침대가 가로놓였다. 책장에는 늠름한 해적이 나오는 소설과 낡은 인형으로 가득했고 침대 발치에 있는 상자에는 어린 시절 가지고 놀던 장난감 병정이 놓여 있었다.

에두아르도가 등을 내려놓고 권총집을 벗어서 탁자에 놓았다.

"해치지 않을게. 자, 이리 와서 앉아."

에두아르도가 이렇게 말하면서 침대에 앉아 손을 내밀었다.

카를로타는 고개를 내저었다.

"당신이 여기 있는 걸 원하지 않아요."

"가장 안전한 곳은 내 옆이야. 밖에 있는 저 남자들은 고용된 짐승이라고. 그리고 네가 아버지를 도와 드렸지만 아버지는 널 좋아하지 않으셔. 하지만 내가 데리고 있는 건 허락하실 테니 걱정 마."

"어찌나 친절하신지."

에두아르도가 손으로 얼굴을 문지르고 콧등을 꼬집으며 깊은 한숨을 내쉬었다.

"카를로타, 너는 이 모든 상황을 잘못 이해하고 있어. 이성적으로 생각해야 해. 내 옆에 앉아 봐."

에두아르도가 이불을 두드리며 말했다.

카를로타가 에두아르도를 노려보았다.

"제발 가게 해 줘요."

"이것 봐, 난 널 위해 할 수 있는 모든 걸, 아니 그 이상을 했어."

"당신이 뭘 했는데요? 동물인간을 뒤쫓으면서 내 친구들을 해친 것 말고요."

"그놈들이 우리를 죽이려고 한 건? 그건 어쩌고? 나머지는 말했잖아. 널 안전하게 보호하고 있는 거라고. 난 널 위해 아버지랑 싸웠어. 너한테는 해가 가지 않을 거고 너는 내 소유로 남게 될 거야."

"당신 소유요? 마치 시장에서 산 것처럼 말이죠."

"제길, 그런 뜻이 아니잖아!"

카를로타는 자기 몸을 작게 만들고 싶어서 뒤로 몸을 움츠렸으나 이 몸짓이 에두아르도를 더욱 화나게 한 것 같았다. 에두아르도는 쿵쾅거리며 다가가 카를로타의 허리를 잡으려고 손을 뻗었다. 카를로타는 재빨리 에두아르도의 가슴 쪽으로 손바닥을 들고 에두아르도를 뒤로 밀어서 퇴짜를 놓았다. 몽고메리와 함께 서 있다가 실수로 할퀴었던 때가 떠올랐다. 하지만 이제는 사람한테 정말로 고통을 주고 싶어도 공격할 발톱이 없었다. 약하다는 게 끔찍하게 느껴졌고 거의 실신할 것 같았다. 카를로타는 자기가 묵묵히 따른다고 에두아르도가 생각하길 원치 않았지만 에두아르도는 카를로타를 침대 쪽으로 끌어당겼고 카를로타는 하마터면 그의 발에 걸려 넘어질 뻔했다.

"열이 나네."

에두아르도가 카를로타의 뺨을 손으로 쓰다듬으며 말했다.

"몸이 안 좋아요. 날 좀 내버려 둬요."

"나도 피곤해. 우리 같이 쉬자."

"난 당신을 원하지 않아요."

에두아르도는 카를로타를 눕히고 그 옆에 몸을 뻗었다. 함께 보낸 밤을 흉내 낸 행동이었다. 두 사람은 그렇게 누워서 잠을 잤고 아침이 거의 다 되어서야 에두아르도가 카를로타의 방을 몰래 빠져나갔다. 그때는 카를로타가 에두아르도를 사랑했지만 지금은 에두아르도가 두려웠다. 이제 에두아르도는 카를로타를 팔로 감싸서 억지로 자기를 보게 했다.

"언젠가 다시 날 원하게 될 거야."

"아니요. 당신이 모든 걸 망쳤어요. 난 도망갈 거예요."

"불쌍한 네 아버지를 두고? 친구들은 어쩌고? 우리가 네 친구들을 찾을 거라는 걸 알잖아."

카를로타는 몽고메리가 상처 낸 에두아르도의 관자놀이를 손바닥으로 쳤다. 에두아르도는 아파서 거친 숨을 몰아 쉬다가 손으로 카를로타의 턱을 꽉 쥐었다.

"날 얕보지 마."

에두아르도가 목소리를 낮추어 말했다.

"앞으로 사는 게 힘들어질 수 있어. 아니면 사는 게 단순하고 좋을 수도 있지."

카를로타가 아무 말도 하지 않자 에두아르도는 그저 카를로타의 등이 자신을 향하도록 자리를 옮겼다. 에두아르도가 팔로 카를로타의 허리를 감쌌다. 마치 쇠사슬이 세게 옥죄는 것 같았다.

"나랑 비스타 에르모사에 가고 싶지 않아?"

에두아르도가 카를로타의 귀에 대고 속삭였다. 쇠가 비단으로 변한 듯한 말투였지만 여전히 달콤한 말투 밑에는 흉포함이 깔려 있었다.

"마차를 타고 에메랄드와 진주를 목에 두르고 싶지 않아? 말했잖아. 너한테 첫눈에 반했다고. 널 놓지 않을 거야. 해치지도 않을 거고."

에두아르도가 카를로타의 머리카락을 쓰다듬었다. 그러더니 천천히 숨 쉬는 소리가 들렸다. 잠시 후 카를로타는 에두아르도가 고된 하루를 보내서 곯아떨어졌다고 생각했다. 하지만 카를로타를 쥐고 있는 손길은 느슨해지지 않았다. 에두아르도는 좋아하는 장난감을 쥐고 있는 욕심 많은 아이처럼 카를로타를 세게 움켜쥐고 있었다.

에두아르도에게 자신은 그저 들고 다니는 인형에 불과하다고 카를로타는 생각했다. 에두아르도가 말한 것처럼 그와 함께하는 삶은 단순하고 좋을 것이다. 단, 카를로타가 에두아르도의 말에 전부 동의한다면 말이다. 그러다가 카를로타가 동의하지 않으면 에두아르도의 손가락은 카를로타의 피부를 바짝 파고들 것이고, 에두아르도가 하는 말은 카를로타의 귀에 낮고 위험하게 긁는 소리를 낼 것이다.

카를로타는 에두아르도의 손가락을 입에 넣어 물어뜯고 싶은 격렬한 욕망을 느꼈다. 피부가 석탄처럼 불타는 것 같았다.

커다란 비명을 듣고 두 사람 모두 벌떡 일어났다.

"저건 무슨 소리죠?"

에두아르도는 침대에서 몸을 일으켜 문으로 달려가다가 권총을 움켜쥐려고 잠시 멈췄다. 그러고는 열쇠를 가져갔다.

"잠깐만요."

카를로타가 에두아르도를 급히 뒤쫓으며 말했지만 그에게 닿기도 전에 에두아르도는 문을 닫고 바깥에서 문을 잠가 버렸다. 카를로타는 손바닥으로 문을 쾅쾅 두드렸다.

30장

몽고메리

몽고메리와 루페가 야샥툰에 도착해 무어식 아치 옆 나무에 말을 매었을 즈음에는 이미 밤이 깊어서 저택이 그림자 속에 파묻혀 있었다. 몽고메리는 튼튼한 정문을 주시했다. 그는 자물쇠를 따 본 경험이 없었고 저택의 대문은 힘으로 열리지 않을 것 같았다. 몽고메리가 아직 그들이 처한 곤경에 관해 생각하고 있을 때 루페가 긴 스카프로 소총을 등에 메고 저택 문을 올라가기 시작했고 몽고메리는 이를 뒤늦게 알아차렸다.

몽고메리는 루페가 도마뱀처럼 잽싸게 움직이면서 나무에 손톱을 박아 넣으며 문 너머로 사라지는 모습을 경외심에 찬 눈빛으로 지켜보았다. 이 분 후에 루페는 대문을 열고 몽고메리를 들여보내주었다.

“네가 그렇게 할 수 있는 줄 몰랐어.”

“어렵지 않아요.”

루페가 어깨를 으쓱하며 대답했다.

몽고메리는 소총을 쏠 준비를 갖추고 걸어갔다. 박사의 침실에서 나오는 불빛이 희미하게 안뜰을 비췄다. 나머지 집 안은 어두웠다. 몽고메리는 이시드로와 함께 남아 있던 장정의 수를 세어 보았다. 이시드로를 제외하고 네 명이 더 있었다. 에르난도와 에두아르도 리잘데는 전사자 사이에 없었기 때문에 몽고메리는 두 사람이 야샤툰으로 돌아갔을 거라고 추정할 수밖에 없었다. 그 말인즉슨 집 안에 적어도 일곱 명의 장정이 있다는 뜻이었다.

야샤툰의 창문에는 장식용 쇠창살이 있었고 안뜰 보조문은 아시엔다 정문에 사용한 것과 같이 튼튼한 검은색 목재로 되어 있었지만 모로의 침실과 응접실은 유리로 된 프랑스식 문이어서 몽고메리는 응접실 쪽으로 움직여 소총 개머리판으로 판유리를 깨부순 다음 깨진 창문을 통해 집 안으로 들어가 문을 활짝 열어젖혔다.

저택에는 방이 많았고 몽고메리는 리잘데 사람들이나 카를로타가 어디에 숨어 있을지 알 수 없었다. 그들이 조금이라도 생각이 있다면 무기를 곁에 두고 준비를 갖추고 있을 터였다.

"너는 카를로타가 자기 방에 있는지 봐 봐. 나는 박사님을 확인할게. 박사님을 잡아서 끌고 나올게."

몽고메리가 루페한테 속삭였다.

"말 옆에서 만나자. 아까 말한 것처럼 소총은 어깨에 받치고 쏴야 해. 안 그러면 반동으로 튀어 오를 거야."

"그냥 방아쇠를 당기면 되잖아요."

루페가 속삭이면서 황급히 사라졌다.

몽고메리는 일정한 걸음걸이로 박사의 침실과 연결된 복도를 따라 갔다. 방문 앞에 도착하자 몽고메리는 잠시 숨을 멈추고 잽싸게 방 안으로 들어갔다. 모로는 침대에 누워 있었고 그 옆에는 한 남자가 의자에 앉아 있었다.

남자는 몽고메리 쪽으로 돌아서더니 곧장 권총을 잡았다. 몽고메리가 먼저 쏜 총에 남자는 앉아 있던 자리에서 목숨을 잃었다. 그런 다음 몽고메리는 모로를 향해 고개를 돌렸다. 모로는 떨리는 손으로 몸을 일으켜 세우고는 휘둥그레진 눈으로 그를 쳐다보았다. 몽고메리가 방 안을 둘러봤지만 카를로타는 어디에도 없었다.

"카를로타는 어디에 있죠?"

박사는 침을 삼키면서 침대 옆 탁자를 향해 손을 뻗었다.

"모르겠네. 그자들이…… 로턴! 뒤에!"

프랑스식 문이 활짝 열리는 소리가 들렸다. 몽고메리가 미처 반응하기도 전에 탕 하는 소리가 났고, 총알이 팔을 명중해 통증이 느껴졌다. 몽고메리는 몸을 돌려 바닥에 배를 깔고 엎드렸다. 창가에 있던 그림자가 움직였다.

총성이 다시 울렸다.

몽고메리는 자신이 곧 총알받이가 될 거라고 생각했다. 하지만 두 번째 총알은 빗나갔고 세 번째도 마찬가지였다. 이윽고 몽고메리는 힐끗 살펴보고 자기한테 총을 쏜 사람이 이시드로라는 걸 알았지만 이제 이시드로는 프랑스식 문 옆에 고꾸라져 있었다. 모로 박사가 가슴에 권총을 댄 채 이시드로를 향해 총을 쐈고 이어서 이시드로의 총에 맞았던 것이다.

몽고메리는 몸을 움찔거리면서 일어나 이시드로가 누워 있는 곳으로 갔다. 맥박을 짚어 봤지만 이미 죽어 있었다. 죽은 이시드로 옆에는 리잘데가 아끼는 아름다운 상아 손잡이 권총이 놓여 있었다. 몽고메리는 몸을 돌려 다시 박사 쪽으로 갔다.

"자, 박사님. 제가 좀 봐 드리겠습니다."

"볼 거 없네."

박사가 몽고메리의 손을 뿌리치며 말했다.

"박사님, 제가……."

모로의 눈빛에는 죽음의 기색이 완연했고 가슴은 새빨갛게 물들어 있었다. 몽고메리는 자기가 해 줄 수 있는 일이 그뿐인 것 같아서 모로의 손을 꽉 잡아 주었다.

"내 딸. 내 딸을 지켜 주게."

"카를로타는 괜찮을 겁니다, 박사님."

"카를로타한테 사랑했다고 전해 주게. 카를로타……."

카를로타의 이름을 나지막이 부른 게 박사가 마지막으로 한 말이었다. 박사의 성서가 흔들리더니 바닥에 떨어졌다. 몽고메리는 신을 믿지 않았기 때문에 박사를 위해 기도하지 않고 그저 두 눈을 감기고 시신 옆에 성서를 놓았다. 그런 다음 몽고메리는 숨죽여 욕을 내뱉고 자기 팔을 쳐다보았다.

몽고메리는 소총을 버렸다. 이제는 오른쪽 팔을 못 쓰기 때문에 권총과 왼손을 써야 했다. 벨트에 끼워 넣은 칼도 있었다. 몽고메리는 모로의 옷장으로 달려가 셔츠를 꺼내어 찢고는 상처를 동여맸다. 현재 상황을 고려했을 때 몽고메리가 할 수 있는 최선의 행동이었다. 그와 더불어 그날 밤 자신이 과다 출혈로 죽지 않길 기도한 것도.

다섯 명이라. 운이 좋으면 다섯 명이 남았군.

몽고메리는 다섯 명이 남아 있을 가능성이 마음에 들지는 않았지만 거기 서 있는다고 상황이 나아지지는 않을 것이므로 권총을 들고 복도로 나왔다.

몽고메리는 단순히 루페가 간 길을 따라 카를로타의 방으로 가서 장정들이 달려들기 전에 셋이 함께 달아나기를 바라는 게 최선이라고 생각했다. 하지만 그들이 낸 떠들썩한 소리가 분명히 들렸고 방문이 쾅 소리를 내며 열렸다. 어떤 남자가 몽고메리를 향해 권총을 겨누고 발사했다. 서툴게 쏜 총은 빗나갔고 총알이 몽고메리 뒤쪽 벽에 맞았다. 몽고메리는 재빨리 남자의 가슴에 총알을 연달아 쏘는 걸로 보답했다.

몽고메리는 문간에 서서 권총을 쏠 준비를 하고 방 안을 들여다보았다. 에르난도 리잘데가 침대 옆에 서서 공포에 질린 눈으로 몽고메리를 쏘아봤다. 몽고메리는 에르난도의 팔과 어깨에 감겨 있는 붕대를 보았다. 창문 옆 탁자 위에 소총이 놓여 있었지만 에르난도로부터 먼 곳에 있었다.

"로턴. 살아 있었군."

에르난도가 걸걸한 목소리로 말했다.

"당신도."

"난 빈손이네."

"카를로타는 어디 있지?"

"난들 알겠나."

"무릎 꿇어."

몽고메리가 여전히 문간에 서서 말했다.

"세상에, 로턴. 무장 해제한 사람을 쏘는 법이 어디 있나."

"묶으려는 거야. 이 돼지 새끼야. 무릎 꿇어!"

에르난도가 몽고메리가 지시한 대로 무릎을 꿇었다.

"자, 로턴. 잘 생각해 보게. 왜 나한테 맞서지? 난 돈이 있어. 자네한테 줄 수 있다고. 모로는 가진 게 아무것도 없네. 자네는 내 편이어야지."

"나는 카를로타를 여기서 데리고 나가길 원할 뿐이야."

몽고메리가 이렇게 말하면서 방으로 들어갔다. 방에 들어간 순간 몽고메리는 에르난도의 눈이 자기 오른쪽으로 움직이는 걸 눈치챘다. 바닥에 있던 그림자가 움직였다.

몽고메리는 가능한 한 빨리 벽 쪽으로 문을 밀쳐서 문 뒤에 누가 숨어 있든지 공격을 막으려고 했지만 다친 팔에 칼이 파고들어 날카로운 통증을 느꼈다. 남자가 칼을 뽑으려고 하자 몽고메리가 왼손으로 총을 쏴서 남자의 사타구니를 맞췄다. 남자가 끔찍한 비명을 지르며 쓰러졌다.

몽고메리는 고개를 들어서 에르난도 리잘데가 소총이 놓인 탁자 쪽으로 달려가 소총을 들고 몽고메리의 복부를 쏘려고 하는 모습을 봤다. 몽고메리는 문에 등을 부딪치며 총을 쐈다. 총알이 에르난도의 얼굴에 명중했고 에르난도는 바닥에 쓰러졌다.

심호흡을 한 몽고메리는 총을 권총집에 다시 집어넣으며 아직 칼이 튀어나와 있고 만신창이가 된 자기 팔을 바라보았다. 그러고는 큰 소리로 끙끙거리며 칼을 빼냈다. 몽고메리는 그 빌어먹을 칼을 발밑에 떨어뜨리고 욱신거리는 팔을 잡고 거기 서 있었다. 그때 발소리가 들려 주위를 돌아보니 에두아르도 리잘데가 혼란스러운 표정으로 몽고메리를 쳐다보고 있었다.

에두아르도는 곧 정신을 차렸다. 그러고는 총을 들어 올렸다. 몽고메리가 문 쪽으로 밀치며 손을 비틀자 에두아르도는 손에 쥐고 있던 총을 떨어뜨렸다.

몽고메리는 에두아르도를 제압할 수 있을 터였다. 그러나 좌절감을 맛보고 분노에 휩싸인 에두아르도가 몽고메리의 머리를 주먹으로 내리치더니 부상당한 팔을 향해 달려들었다. 온몸에 고통이 퍼져서 몽고메리는 몸을 움찔하면서 뒤로 비틀거렸다. 에두아르도가 주먹으로 몽고메리의 턱에 이어 복부를 가격했다. 부상으로 고통에 휘청이던 몽고메리는 차마 공격을 막지 못했다. 이마와 얼굴을 타고 피가 뚝뚝 떨어져 한쪽 눈을 가려 앞을 보기가 어려웠다. 또다시 주먹이 날아와서 몽고메리는 바닥에 나자빠졌다.

이제 에두아르도는 몽고메리의 갈비뼈를 발로 찼다. 몽고메리는 전에 없던 통증을 느꼈다. 갈비뼈. 에두아르도가 갈비뼈를 부러뜨렸다. 몽고메리는 바닥에 누워 재규어와 맞섰던 순간과 재규어가 자기 살갗에 송곳니를 박아 넣던 모습을 떠올렸다. 재규어와 맞섰던 끔찍한 기억을 떠올리자, 가라앉고 있던 고통의 늪에서 비로소 빠져나올 수 있었다.

재규어와 마주쳤을 때 지금 맞서 싸우지 않으면 죽는다는 사실을 명확히 깨닫는 순간이 있었다. 그리하여 자기가 가진 힘과 열띤

생존 욕구를 전부 불러일으켜 싸웠고 재규어의 머리에 칼을 꽂아 넣는 단 한 번의 일격에 모든 것을 쏟아부었다.

피투성이가 된 채 바닥에 쓰러진 몽고메리는 온몸에 통증을 느끼며 고통에서 벗어나려고 몸부림쳤다. 한 번 해낸 적이 있으니 다시 할 수도 있었다.

에두아르도가 다리를 들어 올려 얼굴을 짓밟으려고 하자 몽고메리가 두 손을 들어 올려 그의 발을 잡고 발목을 비틀었다. 으드득거리는 소리가 났다. 에두아르도는 비명을 지르며 몽고메리한테서 몸을 빼냈다. 몽고메리는 칼을 잡으려고 손을 뻗으며 자리에 일어나 앉았다.

몽고메리는 침을 뱉으며 어떤 동물인간보다 거칠어 보이는 이를 에두아르도에게 드러냈다. 입에 고인 피 맛이 몽고메리를 더욱 자극했다. 그날 밤 몽고메리는 죽지 않을 것이다. 이런 식으로, 망할 에두아르도 리잘데의 손아귀에 죽을 수는 없었다. 칼을 꽉 움켜쥐고 타는 듯한 고통에 끙끙거리던 바로 그 순간 몽고메리는 자기 얼굴이 미치광이처럼 보일 게 틀림없다는 사실을 알았다.

에두아르도가 눈살을 찌푸렸지만 총이 없어서 다리를 절뚝이며 뒤로 물러섰다. 담력을 잃은 것 같았다. 몽고메리는 에두아르도가 복도를 따라 박사의 침실 쪽으로 가는 소리를 들었다.

몽고메리는 그냥 바닥에 쓰러지고 싶었다. 숨을 쉴 때마다 아팠고 머리가 욱신거렸다. 하지만 거기에 계속 있을 수는 없었다. 에두아르도가 무기를 가지고 돌아올 것이다. 카를로타와 루페가 아직 집 안 어딘가에 있을 것이다.

몽고메리는 복부를 끌어안아 몸을 조금 일으켰다가 다시 뒤로 넘어졌다. 숨을 들이마시면서 어깨를 곧추세우고 끙끙거리면서 억지로 몸을 일으켜 세웠다. 몽고메리는 제대로 감기지 않은 태엽 인형처럼 앞으로 비틀거리며 입술을 깨물었다.

31장

카를로타

두 손으로 문을 힘껏 두드렸으나 아무 소용이 없었고 비명을 지르면 지를수록 힘이 빠져나가는 것 같았다. 이제 열이 나던 것이 끓는점에 도달한 것 같았다. 카를로타는 하루 종일 야샤툰 근처에 있는 길을 질주한 것 같은 기분을 느끼면서 문에 몸을 기댄 채 아래로 미끄러졌다. 손깍지를 끼고 손마디를 입술에 붙인 채 기도했다.

"카를로타!"

"루페?"

카를로타가 중얼거렸다. 처음에는 자기가 루페의 목소리를 상상하고 있다고 생각하다가 이내 방문에 뺨을 갖다 댔다. 카를로타는 문을 더듬거리며 몸을 일으켜 세웠다.

"루페, 나 여기 갇혀 있어."

"문에서 떨어져."

카를로타가 뒤로 물러섰다. 루페가 무거운 물건으로 문을 세게 쳐서 커다랗게 쿵 소리가 났고 파편이 허공으로 날아가 구멍이 뚫렸으며 문손잡이 전체가 쨍그랑하고 울리는 소리를 내며 바닥에 나동그라졌다. 루페가 문을 열고 카를로타 쪽으로 달려갔다.

"루페, 돌아왔구나!"

"그래, 이번이 마지막이길 바라."

말은 이렇게 했지만 루페는 웃고 있었다.

"세상에, 정말 넌 곤란한 상황을 찾아다닌다니까! 자, 어서 말이 있는 쪽으로 달려가서 몽고메리랑 박사님이 빨리 우리를 찾길 바라자."

"몽고메리가 여기 있어?"

"박사님이랑 있어. 몽고메리가 박사님을 모셔 올 테니 걱정 마."

"아버지는 못 걸으시는데."

"아직 방에 들것이 있잖아, 그치?"

"응, 하지만……."

"어서! 다른 사람들이 기다리고 있어!"

카를로타는 몸을 떨었다.

"다른 사람들? 다들 잘 있어?"

"다들 괜찮아. 자, 어서. 나중에 말해 줄게."

카를로타는 몽고메리가 모로를 어디론가 데려갈 수 있을지 알 수 없었지만 루페는 겁을 먹은 것 같았고 두 사람은 방에 있을 수 없었다. 카를로타는 몇 발짝 떼어 보았지만 마치 몇 시간 동안 아과르디엔테를 마신 것처럼 휘청거렸다.

"무슨 일이야?"

"숨을 제대로 못 쉬겠어."

카를로타가 중얼거렸다. 이마에 땀방울이 송골송골 맺히고 온몸이 따끔거렸다. 전에 발작을 일으켰을 때와 비슷했다. 상황이 나쁠 때 벌어져서는 안 될 일이었다.

루페는 카를로타의 팔을 자기 어깨에 둘러서 카를로타를 일으켜 세웠고 다른 손으로는 소총을 쥐었다.

"정신 드는 약을 구해 줄 수 없으니까 여기서 날 좀 도와줘야겠어. 자, 한 걸음씩 떼어 봐. 그렇지, 좋아."

누가 바늘로 피부를 찌르는 것 같았지만 카를로타는 루페가 하는 말을 따랐다. 두 사람은 발을 끌며 어둠 속에서 앞으로 나아갔다. 두 사람이 안뜰에 다다랐을 무렵 소총을 든 남자가 앞으로 나와 아무 예고도 없이 루페를 향해 총을 쐈고 루페의 다리를 맞혔다.

루페가 비명을 지르며 카를로타를 옆으로 밀쳤다. 카를로타는 기운 없이 벽에 몸을 부딪쳤다. 카를로타가 비명을 지르자 남자가 그 소리를 듣고 깜짝 놀라서 멈칫했다.

남자가 다시 총을 쏘기 전에 루페가 앞으로 뛰어나가 소총을 휘둘러 머리를 가격했다. 남자가 소리를 지르며 소총을 들려고 했지만 루페가 다시 때려서 떨어뜨리고 말았다. 두 사람은 격렬하게 몸싸움을 벌였다. 남자가 주먹으로 치려고 하자 루페는 이를 꽉 깨물며 소총을 휘두르며 소총 개머리판으로 그의 복부를 세게 내리쳤고 이는 효과가 있는 것처럼 보였다. 그런 다음 루페는 먼저 복부를 치고, 다음에는 머리를 노리며 남자를 계속 때렸다. 팔다리가 마구 흔들리는 남자의 모습에 카를로타는 돼지가 도살되던 때가 떠올랐다.

피가 바닥에 흩뿌려져 타일을 적셨다. 남자는 움직이지 않았고 루페는 커다랗게 덜커덕 소리를 내며 소총을 내려놓았다. 루페는 카를로타를 향해 몸을 돌렸다.

카를로타는 벽에 등을 기대고 있다가 조금씩 아래로 미끄러져 바닥에 주저앉았다. 피비린내가 코를 찔러서 속이 메스꺼웠다.

"가자."

루페가 팔을 뻗어 카를로타를 일으키려고 했으나 막상 카를로타가 기대자 루페는 움찔했다.

"다리가 아파. 천천히 가야겠어."

루페가 중얼거리면서 벽을 붙잡았다.

두 사람은 안뜰을 가로질러 걷기 시작했다. 루페가 다리를 절뚝거려서 카를로타는 체중을 싣지 않으려고 애썼다. 하지만 발을 끌면서 가는 게 몹시 힘들었다. 마치 그날 밤에 겪은 괴로움이 다리를 납으로 만든 것 같았고 카를로타는 아버지와 있을 때처럼 자신이 짐승으로 변할까 봐 두려워했다. 카를로타는 모로를 진열장에 던져 다치게 했고 그다음에는 왼쪽 발톱으로 몽고메리의 가슴에 흉터를 남겼다.

아니야. 그런 일이 일어나선 안 돼.

그래. 그러진 않을 거야.

아. 아버지. 아버지. 아버지. 카를로타는 모로의 침실로 달려가 모로를 껴안고 싶었다.

"멈춰야겠어."

"멈추면 안 돼!"

"숨이…… 안 쉬어져."

카를로타는 몸에 불이 붙은 것 같았고 심장은 불타는 석탄 같았다.

"숨을 들이마셔. 자, 로티. 박사님이 말씀하신 것처럼 천천히 숨을 들이마셨다가 내뱉어 봐."

카를로타는 눈을 감고 맹렬한 심장을 가라앉히려고 노력했다. 깊게 숨을 들이마시고 내뱉었다. 세상에, 아프잖아! 눈이 따끔거렸다. 마침내 카를로타는 마음을 굳게 다잡고 걷기 시작했다. 두 사람이 안뜰의 절반 정도를 지났을 때 타일을 밟는 부츠 소리와 크고 거친 에두아르도의 목소리가 똑똑히 들렸다.

"나는 지금 네 동물인간의 머리를 조준하고 있어. 뒤돌아."

에두아르도가 말했다.

두 사람이 뒤돌았다. 카를로타는 루페의 팔을 붙잡고 에두아르도를 노려봤다. 에두아르도는 루페에게 총을 겨누면서 총의 상아 손잡이를 거칠게 잡고 있었다. 카를로타는 입이 빠짝빠짝 타들어 가서 아무 말도 할 수 없었다. 안뜰 바닥에는 카를로타와 루페가 남긴 가느다란 핏자국이 두 사람을 집과 연결하는 것처럼 보여서 두 사람의 발자취를 쫓는 건 쉬웠다.

"에두아르도, 제발. 다 끝났어요."

카를로타가 속삭이듯이 말했다.

"끝? 끝나지 않았어. 네가 내 인생을 망쳤잖아!"

에두아르도가 한 걸음 내디디면서 부상을 입은 듯 찡그리며 외쳤지만 총을 잡고 있는 손에는 힘을 풀지 않았다.

"너희들은 모두 잡종 괴물이야! 하지만 네가 날 떠날 수 있다고 생각했다면 단단히 착각한 거야. 너는 내 거야!"

"알았어요."

카를로타가 루페한테서 한 발짝 떨어져 앞으로 나아가며 에두아르도한테 손을 내밀었다.

"알았어요, 난 당신 거예요. 하지만 루페는 해치지 말아요."

"저놈들은 마지막 한 명까지 모조리 죽일 거야. 그리고 너는…… 넌 이리 와! 넌 내 거라고 했잖아!"

에두아르도 역시 끔찍한 병에 시달리는 것처럼 열에 들떠 보였다. 흐트러진 머리카락은 땀에 젖어 있었다. 하지만 에두아르도는 단순히 증오라는 병에 걸린 것이었다. 카를로타는 에두아르도가 자기 말대로 하지 않으면 총을 쏠 거라는 사실을 알았기 때문에 루페가 손을 잡고 욕을 지껄이면서 막으려고 했는데도, 에두아르도 쪽으로 움직였다.

"당신이 원하는 곳이면 어디든지 갈게요."

"좋아."

에두아르도가 고개를 끄덕이며 말했다.

"옳지. 이리 와."

"하지만 총은 내려놔요."

카를로타가 에두아르도에게 간청했다. 왜냐하면 에두아르도의 눈빛에는 뭔가 섬뜩한 것이, 뭔가 사악한 것이 있었고 권총을 쥔 에두아르도의 모습이 겁났기 때문이었다. 총은 여전히 루페의 머리를 똑바로 겨누고 있었다. 에두아르도는 고개를 흔들며 입술을 핥았다.

"아버지가 돌아가셨어. 그 자식이 아버지를 죽였어."

"우린 그 일하고 아무 관련이 없어요."

"너희 전부 관련되어 있어! 이리 오라고 했잖아!"

카를로타는 숨을 쉬기도 힘들었지만 휘청거리면서 에두아르도한테 갔다. 그의 곁에 다다르자 에두아르도는 한 팔로는 카를로타의 허리를 붙잡아 자기 쪽에 가깝게 끌어당겼고 다른 팔로는 총을 들었다.

"나 여기 있잖아요."

카를로타가 중얼거리면서 에두아르도를 달래려 노력했다.

에두아르도는 여전히 총을 확실히 들고 있었지만 잠시 흔들렸고 아주 조금이지만 달콤함을 약속하는 것처럼 카를로타를 슬쩍 봤다. 그러다 무언가 사악한 것이 에두아르도의 눈을 흐렸다. 카를로타는 자신을 감싸고 있는 근육에 힘이 들어가는 걸 느꼈고, 에두아르도가 자기도 모르게 입술을 꽉 깨무는 걸 보고 그가 방아쇠를 당길 거라는 사실을 알았다. 카를로타가 에두아르도의 팔을 쳐서 총알이 목표물을 놓친 채 공중으로 날아갔다. 권총에서 귀를 먹먹하게 할 정도로 크게 소리가 나서 카를로타는 귀를 막아야겠다고 생각했다.

에두아르도가 되밀쳐서 카를로타는 넘어지며 무릎을 다쳤고, 그녀의 주먹이 안뜰 바닥을 장식하는 예쁘고 반질반질한 돌 틈에 자란 길 잃은 잡초와 맞닿았다. 루페는 재빨리 달아났지만 에두아르도가 다시 한번 총을 쏘자 움찔하고 비틀거리면서 비명을 질렀다.

루페는 팔을 움켜쥐고 있었고 에두아르도는 서둘러 공이치기를 당기고 앞으로 눌러 세 번째로 총을 쏘려고 하고 있었다. 루페를 죽일 모양새였다. 카를로타는 알았다. 지금이 됐든 내일이 됐든 에두아르도가 루페를 죽일 것이라는 사실을. 에두아르도는 갈증을 채워야 했다. 카를로타는 예전에 느낀 적 있는 끓어오르는 통증과 늘 없애려고 애썼던 창자 깊은 곳에 있는 분노, 숨 쉬기 힘들게 흉부를 누르는 압박을 느꼈다. 이에 맞서려고 하지 않고 새로운 수확을 준비하려고 들판을 태우는 들불처럼 환하고 맹렬히 폭발하게 내버려두었고, 온 힘을 다해 앞으로 달려가 에두아르도를 쓰러뜨렸다.

총이 공중으로 날아가 분수에 첨벙 하는 소리를 내며 떨어졌다. 카를로타는 에두아르도 위에 올라타 어깨를 손으로 누르면서 그를 제압했다.

"이 나쁜 년."

에두아르도가 밀치려고 하자 카를로타는 갑자기 근육에 힘이 솟구쳐서 그를 더 세게 눌렀다.

"그만! 그만해!"

카를로타가 지시했다. 하지만 에두아르도는 반격했다. 갑자기 움직이면서 카를로타를 겨냥해 카를로타가 숨이 턱 막힐 정도로 주먹을 날렸다.

"너!"

그 뒤에는 더 말이 없었지만 그 한마디에 증오심이 들끓어서 카를로타는 에두아르도가 루페와 자신을 모두 죽일 거라는 사실을 깨달았다.

카를로타가 등을 동그랗게 구부리자, 목재가 계절에 따라 더위와 습기 때문에 휘어지는 것처럼, 척추뼈에서 우드득 소리가 나고,

뼈와 근육에서 쩍쩍 금 가는 소리가 나면서 움직이는 게 느껴졌다.

카를로타는 자신이 변화하고 있으며, 자기 자신이 뭔가 다른 것이 되고 있다는 걸 느꼈다. 아버지가 늘 두려워하면서 멀리하라고 경고했던 무언가가 되고 있었다. 하지만 그것은 질병도 아니고 결함도 아니었으며 카를로타가 거의 맛보지 못한 원초적인 힘이었다. 그것은 카를로타의 신체에서 일어나는 불가사의한 일이었다. 그 순간에 그것은 카를로타를 구원했고 카를로타는 변화가 어떻게 일어나는지도 모르는 채로 변화가 일어나서 박차를 가하게 내버려 두었다. 숨 한 번 쉬는 사이에 뼈와 골수가 스스로 재구성되어서 찢어지는 고통을 느꼈다.

에두아르도가 목을 조르면서 카를로타를 꽉 붙잡았다. 기다란 손가락으로 카를로타의 숨통을 조이며 그는 분노에 차서 울부짖었다.

카를로타는 잠시 에두아르도가 두려웠다. 그 완력과 광기 어린 분노가 두려웠다. 자기가 무슨 짓을 하는지도 두려웠다. 에두아르도는 카를로타를 조르면서 손에서 통증을 느꼈고 카를로타도 몸에서 타는 듯한 고통을 느꼈다.

카를로타는 턱을 벌리고 힘줄에 힘을 줬다. 그러고는 낮고 거칠게 으르렁거리다가 에두아르도의 얼굴을 물어뜯었다. 평소보다 이가 크게 느껴졌고 입에는 칼날이 가득한 것 같았다. 카를로타가 살점을 뜯어내자 에두아르도가 비명을 질렀다. 카를로타는 고개를 뒤로 젖혀 살점을 뱉은 후 손톱으로 에두아르도의 얼굴과 목을 베었다.

카를로타는 더 이상 카를로타가 아니었다. 카를로타는 공포이자 분노이자 죽음이 되었고 털과 송곳니와 격정이 되었다. 카를로타는 베고 뜯고 갈가리 찢어 버렸다.

에두아르도의 경정맥이 깔끔히 잘려 나가자, 카를로타는 에두아르도가 헐떡거리는 소리를 들었고 에두아르도가 몸을 떠는 걸 느꼈다. 하지만 비켜서지 않고 계속 에두아르도를 내리누르면서 생각했다.

아니, 내 동생은 안 돼. 넌 절대 내 동생을 해치지 못해.

안뜰 타일을 밟는 부츠 소리에 카를로타는 고개를 들어서 몽고메리가 비틀거리면서 집 밖으로 나오는 걸 봤다. 몽고메리는 피투성이가 된 채 몸을 들썩거리며 서 있었고 한 팔은 가슴에 걸려 있고 다른 팔은 손을 떨면서 겨우 총을 쥐고 있었다.

"카를로타!"

루페가 외치며 옆으로 와서 에두아르도한테서 카를로타를 떼어 냈다.

카를로타는 루페가 자기를 들어 올리게 내버려 두고 루페의 팔이 자신을 감싸는 걸 느꼈다. 그러고는 고개를 흔들면서 천천히 옆으로 움직였다. 몽고메리는 에두아르도의 시신을 내려다보았다. 카를로타는 에두아르도가 그곳에 누워 죽을 때까지 피를 흘리면서, 분수대에서 나는 소리와 다를 바 없이 꿀꿀거리는 소리를 내는 걸 들었다.

입안에 고여 있던 피가 턱을 따라 흘러내렸다. 피가 불타는 타르처럼 뜨겁게 느껴져서 카를로타는 콧구멍을 벌름거리며 피를 뱉고 입으로 크게 한숨 들이마셨다. 의식하지 못했지만 눈에서는 눈물이 흘렀다.

"아직 안 죽었어요."

카를로타가 중얼거렸다.

몽고메리가 총을 겨누고 방아쇠를 당기자 탄약이 폭발하면서 에두아르도의 두개골 속에 파묻혔다. 총성은 마치 천둥소리 같았다.

카를로타와 몽고메리는 서로를 바라보았다. 몽고메리의 팔은 힘없이 옆구리에 축 처져 있었다. 카를로타는 손등으로 입을 문질러 입술에 묻은 피를 닦아 냈다. 애써 눈물을 닦으려 하지 않고 그 대신 루페와 손깍지를 꼈다.

그들이 새장에 있는 새를 모두 풀어 주어서 안뜰은 조용했다. 밤이 저물어 화초와 꽃이 검게 물들자 카를로타의 눈이 어둠 속에서 노랗게 빛났다.

에필로그

카를로타

카를로타는 잠이 오지 않아서 준비해야 할 시간보다 한참 전에 일어나 머리를 빗고 옷을 차려입었다. 루페가 커피 한 잔을 들고 방에 들어와 카를로타를 놀라게 했다.

“몽고메리도 벌써 일어났어.”

루페가 이렇게 말하면서 눈을 굴렸다.

“네가 자꾸 날 깨우는 바람에 우리 모두가 마실 걸 만들어야겠다고 생각했어.”

“고마워.”

카를로타가 이렇게 말하며 안마당으로 들어갔다.

그들이 세 들어 사는 집은 가구가 갖춰져 있고, 위치가 좋고 가격이 저렴했기 때문에 카를로타는 그 집을 마음에 들어 했지만 그 집에는 정말 필요한 것들만 있었고 마당은 보기 흉했으며 야샤툰에서처럼 카나리아가 든 새장도 없었다. 분수대도 물론 없었다. 카를로타는 분수를 좋아했었다.

커피를 다 마신 후 카를로타는 루페가 검은 드레스와 장갑, 두꺼운 베일을 쓰는 걸 도와줬다. 루페는 메리다에서는 외출하는 일이 드물었고 이것이 그들이 이사를 해야만 하는 이유 중 하나였다. 누군가 루페를 볼 수도 있는 도시에서 외출하는 건 불가능했기 때문이다. 하지만 이번에는 루페가 반드시 참석해야 했다. 몽고메리 역시 마찬가지였다. 몽고메리는 여러 주 동안 침대에 누워 쉬었고 이제 괜찮아졌다고 맹세했다. 그러나 카를로타가 몽고메리가 돌아다니는 걸 좋아하지 않았기 때문에 몽고메리는 말 잘 듣는 환자 역할을 해 왔다.

루페가 옷을 갖춰 입자 카를로타는 마지막으로 거울을 한 번 보고 함께 마당으로 갔다. 몽고메리도 검은색 옷을 입고 있었다. 몽고메리는 값싼 검정 모자와 검정 넥타이를 매고 있었고, 여전히 방 안에 몰래 아과르디엔테 병을 들여놓을 것만 같은 회색 눈빛을 가끔씩 보이곤 했다. 그렇지만 적어도 회복하는 기간에는 술을 끊었다. 그게 지속될지는 카를로타도 알 수 없었다.

"숙녀분들."

몽고메리가 이렇게 말한 후 그들은 거리로 나섰다. 그들은 목적지까지 내내 걸었다. 이 집을 고른 또 다른 이유는 프란시스코 리터의 사무실이 몇 블록밖에 떨어져 있지 않았기 때문이었다.

그들은 정확히 약속 시간에 변호사 사무실에 도착했고 변호사는 카를로타가 잘 아는 방으로 세 사람을 들여보냈다. 카를로타는 전에도 몇 번 그곳에 가 봤지만 이번에는 새로운 점이 있었다. 반원형으로 죽 의자들이 정렬되어 있어서 세 사람이 커다란 책상 뒤에 앉으면 변호사들과 마주 보는 자리에 연갈색 콧수염을 기른 남자가 의자에 앉아 있었다.

"마케 씨, 카를로타 모로 양을 소개해 드립니다. 이쪽은 모로 양의 수행원이자 벗인 루페예요. 그리고 이쪽은 야샤툰에서 모로 박사님의 마요르도모였던 로턴 씨입니다."

"만나서 반갑습니다."

마케가 말했다.

"저도요."

카를로타가 이렇게 대답하고 자리에 앉아 장갑 낀 두 손을 얌전히 맞잡았다.

나머지 사람들도 자리에 앉았다.

"먼저 모로 양의 아버님이 돌아가신 일과 야샤툰에서 벌어진 모든 비극에 관해 애도를 표합니다."

마케의 말에 카를로타가 고개를 끄덕였다.

변호사들이 알고 있는 '비극'은 에르난도 리잘데가 야샤툰에서 원주민 무리를 죽이려고 정글로 행군했다가 오히려 원주민들에게 목숨을 잃은 사건을 가리켰다. 에르난도가 정글에 갈 때 모로와 로턴이 동행했다. 모로의 시신이나 리잘데 가 사람들의 시신이 모두 발견되지 않았지만 그들은 거의 죽은 것으로 추정되었다.

루페와 카를로타가 아흐 카브와 아아인을 묻고 집 안에서 죽은 장정들을 장작 더미까지 끌고 가서 시체가 화염에 불타는 모습을 지켜보는 데에는 상당한 노력이 들었다. 그 후에 남은 것들은 두 사람이 석호에 빠뜨렸기 때문에 두개골과 뼛조각은 석호 바닥에 있는 아주 오래된 뿌리와 뒤섞였을 것이다.

이 모든 일은 몽고메리한테 도움을 받지 않고 서둘러 이루어졌고, 몽고메리는 카를로타한테 치료를 받은 후 침대에 누워 있어야 했다. 다행히 루페는 체격이 튼튼하고 부상도 경미해서 두 여성은 도움을 받지 않고 이 일을 해낼 수 있었다. 시체를 처리한 지 오래지 않아 비스타 에르모사에서 온 사람들이 리잘데 가 사람들의 행방을 찾았다. 도착한 사람 중 한 명이 의사여서 몽고메리를 살펴봤고, 그는 모로 박사의 딸이 몽고메리의 상처를 잘 치료해 줬다고 했다.

카를로타는 반군이 집 근처를 침입한 적이 있어 환자 대부분이 겁을 먹어 떠났고 불안정한 재정 상황으로 인해 환자가 거의 없었다고 방문객을 납득시켰다. 카를로타는 실제로 에르난도 리잘데가 원주민 반군을 두려워해서 농장을 닫을 생각까지 했다고 말했다. 이제 몽고메리가 피투성이가 된 데다 심한 부상을 입고 집에 돌아오자 환자들은 모두 떠나고 카를로타와 몽고메리, 수행원 한 명만 남았다.

그들이 다른 질문을 하면 카를로타는 대답을 회피했고 사람들은 애도 중인 숙녀의 기분을 상하게 할까 봐 주저했다. 또한 그들은 젊은 여성이 하는 이야기 속 허점보다 리잘데의 행방을 더 걱정했다.

모두가 허둥거리면서 실종된 리잘데 가 사람들이 남긴 발자취를 쫓을 때 카를로타는 아버지의 노트와 가장 중요한 유품을 모아 메리다로 운송할 준비를 마쳤다. 급히 떠난(결국 들것은 몽고메리를 운반하는 데 사용되었다.) 세 사람은 나중에 그곳에 남아 있는 게 너무 두려웠다고 주장했다. 그들은 메리다에서 세 들 집을 구하고 모로의 변호사를 찾았다.

리터가 몇 주 동안 관계 당국에 현 상황을 분명히 밝히도록 밀어붙여서 마침내 그들은 모로 박사의 사망 진단서를 받을 수 있었다. 하지만 이제 이 문제는 일단락됐지만 모로의 유언장과 은행 계좌 등 해결해야 할 다른 문제가 남아 있었다. 세 사람은 이제까지 리터가 아량을 베풀고 앞으로 이익이 생길 거라는 약속에 의지해 생활을 이어 나가고 있었다. 카를로타는 변호사 비용을 갚고 이 문제를 완전히 해결할 작정이었다.

"조의를 표해 주신 데 감사드립니다."

카를로타의 음성은 낮고 부드러웠다.

"제 의뢰인이신 에밀 모로 씨는 이 일로 굉장히 큰 충격을 받으셨습니다. 에밀 씨는 형제분과 가까운 사이는 아니었지만 형제분이 이상하고도 갑작스럽게 유명을 달리하셔서요. 하지만 동시에 에밀 씨는 모로 박사님이 자기 연구를 하려고 위험한 활동을 하고 외딴 장소를 택하셨기 때문에 이런 일이 일어날 것을 반쯤은 예상했다고 인정하셨습니다. 그렇지만 에밀 씨가 예상하지 못한 것은 이 유언장과 따님이 추가된 일입니다."

마케가 말했다.

"추가라니요?"

"모로 박사님은 동생에게 편지를 보낼 때 한 번도 모로 양에 관해 언급한 적이 없습니다."

카를로타가 고개를 끄덕였다.

"하지만 말씀하신 것처럼 두 분은 가까운 사이가 아니었지요."

리터가 짜증 섞인 한숨을 내쉬었다.

"마케 씨, 비록 세례받은 기록을 찾지는 못했지만 모로 양이 박사님의 친딸이라는 사실은 밝혔다고 생각했는데요. 저는 모로 양이 어린아이였을 때 만났고, 지난 육 년간 모로 양의 가족을 위해 일하신 여기 로턴 씨도 모로 양을 계속 봐 왔다고 진술하는 공증 서류에 서명하셨습니다."

"그렇기는 하지만 이게 제 의뢰인에게 얼마나 골치 아픈 일인지 이해해 주셔야 합니다. 딸과 사생아는 별개의 문제입니다. 제 의뢰인이 모로 양을 프랑스로 데려가 자기 가족들과 같이 살기를 바라겠습니까? 그분은 모로 양을 만난 적이 없고 모로 양이 존재한다는 사실을 내비치는 편지조차 받은 적이 없습니다."

"박사님이 왜 모로 양을 동생분에게 소개하지 않았는지는 잘 모르겠습니다. 하지만 여전히 모로 양은 에밀 씨의 조카입니다."

"그렇지만 사생아지요. 게다가 아직 굉장히 어리고요. 아직 스물한 살이 채 되지 않았고 모로 양이 요구하는 지원은…… 여성에게는 엄청난 거금입니다."

"이것 보세요. 모로 양은 어엿한 숙녀입니다. 모로 양이 길거리 부랑자처럼 살기를 바라는 건 아니시겠죠? 모로 박사님은 틀림없이 딸이 도시를 떠돌며 저녁을 구걸하길 바라진 않으셨을 겁니다."

"모로 양한테는 남자 친척도 남편도 없는데 누가 금전 문제를 감독하죠? 제 의뢰인이 얼마나 이 문제를 염려하시는지 이해해 주셔야 합니다. 젊은 아가씨니까 경솔하게 아무 데나 돈을 탕진할 수도 있겠죠. 드레스나 구두를 너무 많이 살지도 모르잖습니까.”

카를로타는 마케가 하는 말에 움찔하거나 반응하지 않고 가볍게 깍지를 끼고 있을 뿐이었다.

“가난한 사람들을 위해 요양소를 열고 싶어요. 도움이 필요한 사람이 많은데 제가 도움이 될 수 있을 것 같아요.”

“정말 경건하시군요. 하지만 다시 한번 말하지만, 여자가 어떻게 그런 일을 해낼 수 있겠습니까?”

“저희 아버지의 유언장은 유효합니다.”

카를로타가 마케를 향해 시선을 돌리며 차분하게 말했다.

“그리고 제가 스물한 살이 될 때까지 아버지 재산을 완전히 관리할 수는 없겠지만 그때까지 리터 씨가 제 일을 감독하는 데 도움을 주실 거라고 장담합니다. 몇 개월만 있으면 저는 스물한 살이 되고요. 만약 모로 가에서 저희 아버지의 유언을 방해하려고 한다면 적합한 관계 당국에서 다툴 수밖에 다른 도리가 없네요. 필요하다면 프랑스에서라도요.”

“프랑스에서?”

마케가 얼굴을 찡그렸다.

“삼촌이 이 문제를 직접 의논하고 싶으시다면 저는 삼촌을 만나러 가는 데도 거리낌이 없어요.”

“그럴 필요는 없을 것 같군요.”

마케가 재빨리 대답했고 마케가 말하는 투로 미루어 보아 카를로타는 에밀 모로가 가장 꺼리는 일은 자기 형의 사생아를 만나는 일이라고 짐작했다. 리터가 입수한 편지와 전보 덕분에 카를로타가 미리 수집한 정보이기도 했다.

"그러면요? 작은아버지는 뭘 제안하시는 거죠?"

리터와 마케가 귓속말을 주고받았다. 모로 가의 변호사가 카를로타를 속이려고 한 게 분명했으나 카를로타가 꿈쩍도 하지 않았기 때문에 이제 진정한 제안을 해야 했다.

"제 의뢰인은 모로 박사님의 유언을 존중하겠습니다. 에밀 씨는 유언에 이의를 제기하지 않고 모로 양이 요청하신 돈을 매년 지급하여 모로 양이 충분히 보살핌을 받을 수 있게 할 것을 제안합니다. 하지만 에밀 씨는 한 가지 조건을 거셨습니다."

"그게 뭐죠?"

"그건 모로 양이 스스로를 카를로타 모로라고 칭하지 않는 것입니다. 그리고 박사님의 성(姓)을 따르거나 제 의뢰인의 가족과 관계가 있다고 주장하거나, 그분들과 어떤 식으로든 친해지길 바라거나, 연락을 취해서는 안 됩니다. 모로 가는 자부심 있는 가문입니다. 그분들은 사생아와 연관되어 있다는 걸 인정하실 수 없습니다."

카를로타가 구슬이 굴러가듯이 까르르 웃자 변호사들은 깜짝 놀란 것처럼 보였다.

"마케 씨, 그 조건은 괜찮은 것 같네요."

그 후 그들은 적절한 서류에 서명을 하고 악수를 나눴다. 카를로타는 펜을 한 번 그어서 재산을 좀 얻고 성을 잃었다.

"상관없어?"

나중에 세 사람이 집으로 돌아와 카를로타의 방에 앉아 있을 때 루페가 카를로타에게 물었다. 카를로타는 헝클어진 머리를 풀면서 잠자리에 들 준비를 하고 있었다.

"응. 이렇게 해야 내가 되고 싶은 사람이 될 수 있을 것 같거든. 나는 지금까지 '박사의 딸'로만 살아왔지만 이제 다른 사람이 되어서 내가 나아갈 길을 그려 볼 수 있을 것 같아."

"하지만 모로는 네 가족이 사용한 성이잖아."

"모로는 내 아버지야. 하지만 내 가족은 아니니까."

카를로타는 거울을 통해 털 많은 루페의 얼굴에 웃음이 번지는 걸 봤지만 루페는 여전히 카를로타를 놀리는 것처럼 비웃었다.

다음 날 카를로타는 성당에 갔다. 카를로타가 보기에 메리다에서 가장 예쁜 장소는 대리석 분수대와 화단, 우아한 철제 벤치가 있는 작은 광장이었다. 이 광장은 대성당에서 멀지 않은 곳에 있었고 카를로타는 대성당을 별로 좋아하지 않았다. 왜냐하면 대성당은 너무 컸고 카를로타는 이브 그림이 있는 작은 예배당이 그리웠기 때문이다. 이 대성당에 있으면 도시에서 길을 잃은 것처럼 떠도는 느낌이었다.

이제 카를로타는 계획을 실행에 옮길 수단을 가졌으므로 사람들 눈에 띄지 않고 그들 모두가 함께 살 수 있는 조그만 땅덩어리를 찾기를 간절히 원했다. 그들 세 명뿐 아니라 동물인간이 모두 함께 살 곳을 말이다. 카를로타는 다른 동물인간들이 어떻게 됐는지 몰랐지만 그들 모두 건강하고 안전하길 바랐다. 지금까지 여러 차례 신중하게 조사했지만 유카탄반도 동쪽이나 남쪽에서 사람처럼 움직이는 동물에 관한 소문은 듣지 못했다. 동물인간과 맞서 싸우다가 도망친 비스타 에르모사 출신 장정들은 현명하게 입을 다물고 있거나, 자기가 본 것을 믿지 못하거나, 그도 아니면 그들이 하는 이야기를 아무도 들어 주지 않았을 것이다.

모로 박사는 자기한테 이득이 되는 일을 했다. 카를로타는 다른 이들한테 이득이 되는 일을 하고 싶었다. 동쪽 해안에는 의료적으로 돌봐 줘야 할 사람들이 있을 것이었다. 카를로타는 진료소에 자금을 지원하면서도 동물인간이 모두 무사히 함께 살 수 있는 집을 꾸릴 수 있었다. 집은 조그만 마을 속 한적한 곳에 자리 잡을 것이다. 가능한 계획이었다.

카를로타는 촛불을 켜고 고개를 숙인 뒤 아버지를 위해 기도했다. 하느님에게 아버지의 영혼을 지켜 달라고 빌었다. 하지만 자기 자신을 위해 자비를 베풀어 달라고 빌지는 않았다. 언젠가는 자기가 저지른 끔찍한 일, 자기가 앗아 간 죽음을 가슴에 품고 심판을 마주할 것이다. 아마 하느님도 이해해 주시겠지.

나가는 길에 카를로타는 성수가 담긴 세례반에 손가락을 담갔다. 하늘은 청명했고 카를로타는 대리석 분수대가 있는 작은 광장에 앉아 비둘기들이 부스러기를 찾는 모습을 바라보면서 미소 지었다.

카를로타가 집에 도착했을 때 밖에는 마부가 딸린 마차가 기다리고 있었고 집 안으로 들어가자 몽고메리가 한 손은 주머니에 넣고 옆구리에는 짐 가방을 든 채 안뜰에 서 있는 게 보였다. 나머지 짐은 이미 마차에 실은 게 분명했다.

몽고메리는 여행할 때 입는 옷을 입고 머리에는 새 밀짚모자를 쓰고 있었다.

"떠나는 거예요?"

카를로타가 약간 놀란 표정으로 물었다.

"돈이 생기면 떠나기로 했잖아. 너도 내가 다른 동물인간들을 찾길 원하잖아, 그치? 그리고 나는 영국령 온두라스를 잘 아니까."

"그렇긴 해요, 하지만 이렇게 빨리 갈 줄은 몰랐어요."

"이제 몸이 좀 나아졌어."

몽고메리가 갈비뼈를 가볍게 두드리며 말했다.

"게다가 가는 길이 더 추워지는 건 싫거든."

"다 좋은데 돌아올 생각이 없는 건 아닌지 의심스럽네요."

카를로타가 나무라는 듯한 눈빛으로 몽고메리를 쳐다보았다.

몽고메리는 한숨에 가까운 들숨을 내뱉으며 고개를 흔들었다.

"동물인간들을 찾을 거고 그다음에는 걔네가 확실히 널 찾을 수 있게 할 거야."

"그게 정말이면 이제 나도 당신이랑 같이 가고 싶은데요. 그런데 당신은 이렇게 쉽게 우리를 버리고 가려고 하잖아요."

"혼자 가야 해. 난 지형을 잘 알고 빨리 움직이는 데다……."

"그런 데다 나랑 같이 있고 싶지 않은 거겠죠."

몽고메리가 아무 대답도 하지 않아서 카를로타는 짜증이 났다.

"왜 떠나야만 하죠? 정말로요?"

"왜냐하면 난 쉴 수 없거든. 나는 옳지 못한 일들을 저질렀고 올바른 길을 외면했기 때문에 그 점에 관해 오랫동안 열심히 생각해야 해."

"먼지 날리는 길을 간다고 당신이 저지른 죄를 용서받을 수는 없을 거예요."

이렇게 말하면서도 카를로타는 그렇게 간단히 용서받을 수는 없지만 길 위에서 하느님을 언뜻 볼 수 있을지도 모르겠다고 생각했다. 카를로타는 몽고메리가 신을 믿지 않고 아버지가 다른 신에 관해 설교했다는 사실도 알았지만 정글에 있는 돌과 꽃과 짐승 하나하나에 모두 신이 실재한다는 사실도 알았다.

어쩌면 몽고메리는 정말로 그게 필요한지도 몰랐다. 여기를 떠나 신의 참된 얼굴을 찾는 일 말이다. 카를로타는 언젠가 야샥툰에 있는 난초와 덩굴 식물 사이에서 즐거움의 신을 언뜻 본 적이 있었다. 카를로타는 그 신에게 기도했다.

"필요하면 곁에 있어 주겠다고 했잖아요."

그럼에도 불구하고 카를로타는 몽고메리를 질책했다. 카를로타는 이기적이었다.

"이제 내가 필요하지 않잖아."

몽고메리가 쾌활하게 말했다.

"너한테는 네 자신이 있고 힘이 있고, 그리고 루페도 있잖아."

"알아요. 하지만 이렇게 헤어지긴 싫어요. 게다가 당신이 아직 말하지 않은 게 있는데 난 사람들이 비밀을 가지고 있는 게 싫어요."

몽고메리가 모자를 벗었고 느긋하고 쾌활하던 모습은 그가 카를로타를 보며 쓴웃음을 짓는 순간 사라졌다.

"비밀은 아니라고 생각해. 너와 거리를 조금 두는 게 필요해. 전에 말했던 두 걸음 정도? 지금은 삼 센티미터에 가깝거든. 어쩌면 어느 정도 균형 잡힌 시각을 얻게 될지도 모르지. 아닐 수도 있지만 말이야. 시도해 보려고."

자기 말을 강조하려는 것처럼 몽고메리가 카를로타를 향해 두 걸음 다가서자 카를로타는 물러나지 않았지만, 그렇다고 가까이 다가오지도 않았다. 카를로타는 눈 하나 깜짝 안 하고 늘 그랬듯이 몽고메리를 똑바로 바라보았다. 두 사람 사이에 정적이 흘렀고 거기에 무게가 실렸다.

"사랑한다고 말하면 남아 있을 거예요?"

카를로타가 마침내 중얼거렸다.

몽고메리가 다시 쓴웃음을 지었다.

"그러면 내가 널 사랑하지 않을 거야. 네가 거짓말하는 걸 알 테니까."

"당신이 떠나길 바란 적은 없어요."

"맞아. 정말 그런 적은 없지. 사과하지 마."

카를로타는 슬펐지만 꼿꼿하고 당당하게 서서 손을 내밀었다.

"무슨 일이 생기더라도 난 변호사랑 계속 연락해서 주소를 전달할 거예요. 우리를 찾고 싶어지면 변호사한테 연락해요. 여정이 끝나면 우리를 찾아 줘요. 변화가 있든 없든 우리를 찾아 줘요. 당신이 돌아오는 길을 잘 찾을 수 있게 공물을 바칠게요."

몽고메리는 카를로타와 악수를 하고 미소 지었다. 그러고는 모자를 다시 쓰고 작은 여행 가방을 들었다.

"카를로타, 네 여정에도 행운이 따르길 빌게."

카를로타는 마차가 출발할 때까지 기다리지 않고 몽고메리를 뒤로 한 채 문을 닫고는 다시 집 안으로 들어와 바닥을 유심히 쳐다보았다. 루페가 안뜰로 나와 카를로타 옆에 섰다.

"몽고메리는 갔어."

카를로타가 말했다.

"알아. 몽고메리는 너한테 작별인사를 하려고 기다리고 있었어. 기다리는 것처럼 안 보이길 바랐지만 그 사람한테는 도박꾼으로서의 자질이 없다니까. 얼굴을 보기만 해도 무슨 생각을 하는지 보이는걸."

루페가 어깨를 으쓱하며 말했다.

"포커 게임은 물론이고 다른 확률 게임도 잘 못했을 거야. 카치토가 몽고메리를 두 번은 이긴 거 알고 있어? 몽고메리는 체스도 잘 못 둘 거야."

"어, 음, 그러면 몽고메리는 카드 게임을 하지 말아야겠네."

"넌 몽고메리를 그리워할 거야."

"맞아."

카를로타가 간단히 대답했다.

몽고메리가 바라는 방식이 아니었더라도 몽고메리는 카를로타에게 소중한 존재였다. 하지만 카를로타는 거짓말을 하거나 현실을 왜곡하지 않았고 반쪽짜리 진실로 자기 마음을 속이지도 않았다. 몽고메리도 이미 말한 것처럼 그런 걸 원하지는 않았다. 카를로타는 얄팍한 약속은 하지 않을 것이다.

"이제 그만 울어, 카를로타. 넌 어떨 때 보면 감정에 휘둘리는 멍청이야."

"조용, 이제 안 울 거야!"

카를로타는 동생의 손을 잡고 그 어깨에 자기 머리를 기대며 미소 지었다.

"괜찮아질 거야. 우리는 몽고메리를 다시 만날 거니까. 우리가 다른 이들을 찾을 때, 카치토랑 모두와 다시 재회할 때 말이야. 그때 다시 만날 거야."

카를로타는 엿보는 시선이나 호기심 어린 질문에서 벗어나서, 한적한 곳에 있는 집을 또렷이 상상했다. 그 집은 남동쪽에, 산 근처에, 강이나 바다가 휘어진 곳 근처에 있었다. 정확한 위치를 알지는 못했지만 카를로타는 꽃과 이슬, 어린 나무의 잎에서 나는 향기를 맡을 수는 있었다. 그들은 안전할 것이고 세상은 살 만할 것이며 집 안은 가족들과 카를로타가 가장 아끼는 사람들이 웃는 소리가 울려 퍼질 것이다.

그들, 즉 다른 이들은 저 밖에서 카를로타에게 돌아오는 길을 찾을 것이다. 파도가 밀려왔다가 다시 돌아가는 것처럼. 그들은 재회할 것이다.

카를로타는 카치토가 들려줄 농담을 떠올렸고 자기가 감정에 휘둘려서 기쁨의 눈물을 흘릴 때 루페가 자기를 흘깃 곁눈질할 모습을 떠올렸다. 카를로타는 그들 모두가 말하는 소리를 들으며 활기차게 대화를 나눴다.

그들이 기도하던 예배당에서 카를로타는 흠 없는 에덴동산을 발견했고 하느님의 창조물에는 괴로움이 필요하지 않다는 사실을 알았다. 그들이 건설할 천국은 여느 인간이 건설한 게 아니라, 그들의 것이 될 거였다.

그들이 건설하는 천국은 참된 천국이 될 것이다. 카를로타에게는 희망이 있고 믿음이 있었으며 무엇보다도 동생인 루페의 손을 잡았을 때 사랑을 느꼈기 때문이다.

카를로타는 그 집과 연결되는 먼지 날리는 길을 상상했다. 그 먼지 날리는 길은 매일 햇살을 받아 황금빛으로 부드럽게 뒤덮이는 방 창문에서 완벽하게 보일 것이다.

어느 날 아침, 화창한 날씨에 나무 위에 새들이 지저귀는 날이 오면, 한 남자가 말을 타고 그 먼지 날리는 길을 따라올 것이다. 그는 서두르지 않을 것이고 그녀도 천천히 대문으로 걸어가 참을성 있게 기다리면 마침내 그는 고삐를 당겨 말에서 내릴 것이다.

그러면 그녀는 미소를 지으며 말할 것이다. 잘 돌아왔어요.

〈끝〉

작가 후기

『모로 박사의 딸』은 H. G. 웰스가 쓴 소설 『모로 박사의 섬』에서 임의로 영감을 얻었습니다. 『모로 박사의 섬』은 조난당한 한 남자가 기이한 피조물들이 서식하는 섬을 발견하고, 이 피조물들은 모로 박사가 생체 해부 실험의 일환으로 수술한 것이라는 사실을 알게 되는 이야기입니다. 19세기 말에 생체 해부는 논란이 많은 관행이었고 모로는 말 그대로 동물을 사람으로 탈바꿈시켜서 "살아 있는 형태에서 가소성의 극한"을 발견하려고 합니다.

『모로 박사의 딸』은 실제 분쟁이 있던 멕시코를 뒷배경에 두고 사건이 펼쳐집니다. 유카탄은 반도지만 위치상 멕시코의 다른 지역과 연락을 유지하기가 어렵기 때문에 때때로 섬처럼 느껴집니다. 몇몇 오래된 스페인 지도에서는 유카탄이 정말 섬으로 표시되어 있습니다. 이것이 이 소설을 쓰는 계기가 되었습니다.

유카탄 카스트 전쟁은 1847년에 시작되어 50년 이상 지속되었습니다. 유카탄반도의 마야 원주민은 멕시코인과 유럽계 후손, 혼혈인에 맞서 봉기했습니다.

분쟁이 일어난 원인은 복잡하며, 오랫동안 들끓던 반감에 뿌리를 두고 있었습니다. 지주들은 소를 키우거나 설탕을 재배하려고 농장을 확장했습니다. 마야인이 노동력을 제공하는 주된 원천이었기 때문에 지주들은 마야인을 통제하기 위해 채무와 처벌로 이루어진 착취 제도를 이용했습니다. 마야인에게 가해진 폭력과 차별뿐 아니라 세금 역시 논쟁의 대상이 되었습니다.

유카탄반도에서 일어난 갈등과 상호 작용은 멕시코인과 마야 공동체에만 관련된 일이 아니었습니다. 멕시코에는 마야인보다 더 높은 사회적 지위를 차지하기 쉬운 흑인들이 있었고, 이들은 매슈 레스탈이 '중간자적 위치(interstitial position)'라고 부르는 역할을 수행했습니다. 특히 19세기 후반으로 갈수록 중국인 및 한국인 노동자도 일부 있었고, 심지어는 농장주가 병든 이탈리아인을 고용해서 사망하는 일도 있었습니다. 혼혈인은 어지러울 정도로 다양한 조합(파르두[80], 물라토, 메스티소[81]가 이들을 기술하는 데 사용되는 일부 용어이며 스페인 식민지 시대의 인종 분류에서 차용한 용어임)이 있었습니다. 또한 영국인도 있었습니다.

영국인은 오늘날 벨리즈에 자리를 잡고 당시에는 영국령 온두라스라고 불리는 국가를 세웠습니다. 영국인은 마야인과 교역을 했고 1850년에 마야 자유국(찬 산타 크루즈)을 공인했는데, 이는 이 지역에 대한 멕시코의 영유권을 약화시키는 한편 이 지역의 천연 자

80 토착민, 유럽인, 아프리카인의 혼혈인을 총칭.

81 중남미 원주민과 에스파냐계 · 포르투갈계 백인의 혼혈.

원에서 이득을 취하기 위한 조치였습니다.

마야 반군이 반드시 단일화된 세력으로 나타난 건 아니었으므로 영국인과 마야인의 관계는 복잡했습니다. 1849년에 반군 지도자인 호세 베난시오 펙은 사리사욕을 채우기 위해 무장 투쟁을 이용했다는 혐의를 제기하면서 다른 영향력 있는 지도자인 하신토 팻을 살해했습니다. 또 다른 지도자인 세실리오 치는 그의 추종자 중 한 명에게 살해당했습니다. 세월이 흐르면서 마야 반군은 동쪽에 무리를 이룬 반면 유카탄반도 서쪽에 있던 농장주들은 사탕수수 농장을 경영하다가 섬유의 일종이자 수익성이 아주 높은 작물인 용설란을 재배하는 것으로 전환하였습니다. 용설란 붐은 1880년에 시작되어 1910년경 멕시코 혁명이 시작될 때까지 이어졌습니다. 그동안 마야인의 처우는 개선되지 않았습니다. 빚을 갚기 위한 노역 시스템이 계속되었습니다.

1893년에 영국 정부는 멕시코 정부와 새로운 조약을 체결하여 유카탄 전역의 지배권을 승인하였습니다. 영국은 찬 산타 크루즈와 마야 반군에 대한 지원을 중단했습니다.

『모로 박사의 섬』은 1896년에 처음 출간되었습니다. 5년 후, 멕시코 군대가 찬 산타 크루즈를 점령했습니다.

감사의 말

이 소설과 다른 책을 쓸 수 있게 저를 믿고 맡겨 주신 델 레이 출판사 편집팀과 편집장 트리시아 나르와니에게 대단히 감사드립니다. 또한 제 소속사와 오랫동안 매니저로 일해 준 에디 슈나이더에게도 큰 감사 인사를 전합니다. 언제나처럼 가족과 첫 독자인 남편에게도 감사드립니다.

이 소설에서는 19세기 마야어 철자법 대신 현대 마야 유카텍어의 철자법을 사용했습니다. 가능한 정확하게 철자법을 지키고자 했지만 그럴듯한 식민지 시대의 음역을 반영하고자 야악스 아크툰(녹색 동굴)을 야샤툰으로 표기했습니다. 마야어 어휘를 수정해 주신 데이비드 볼스에게도 감사드립니다.

옮긴이 | 김은서

한국외국어대학교에서 러시아어를 공부했다. 현재 영문학을 공부하는 배우자와 함께 미국에 거주하며 프리랜서 번역가로 일한다. 매주 한글학교에서 영어 화자에게 한국어를 가르친다.

모로 박사의 딸

1판 1쇄 찍음 2025년 2월 14일
1판 1쇄 펴냄 2025년 2월 21일

지은이 | 실비아 모레노-가르시아
옮긴이 | 김은서
발행인 | 박근섭
편집인 | 김준혁
책임편집 | 장은진
펴낸곳 | 황금가지

출판등록 | 2009. 10. 8 (제2009-000273호)
주소 | 06027 서울 강남구 도산대로 1길 62 강남출판문화센터 5층
전화 | **영업부** 515-2000 **편집부** 3446-8774 **팩시밀리** 515-2007
홈페이지 | www.goldenbough.co.kr

도서 파본 등의 이유로 반송이 필요할 경우에는 구매처에서 교환하시고
출판사 교환이 필요할 경우에는 아래 주소로 반송 사유를 적어 도서와 함께 보내주세요.
06027 서울 강남구 도산대로 1길 62 강남출판문화센터 6층 민음인 마케팅부

ISBN 979-11-7052-560-8 03840

㈜민음인은 민음사 출판 그룹의 자회사입니다.
황금가지는 ㈜민음인의 픽션 전문 출간 브랜드입니다.